SÉRIE NOIRE

Collection créée par Marcel Duhamel

JO NESBØ

RAT ISLAND

TRADUIT DU NORVÉGIEN
PAR CÉLINE ROMAND-MONNIER

nrf

GALLIMARD

Cet ouvrage a été publié avec le concours
de Marie-Caroline Aubert.

Cette traduction a été publiée
avec le soutien financier de NORLA.

NORLA
Norwegian
Literature Abroad

Titre original :
ROTTEØYA OG ANDRE FORTELLINGER

RAT ISLAND

1

Une drisse claque mollement contre le mât de pavoisement. Je contemple la ville. Elle paraît étrangement paisible, mais, c'est évident, du toit d'un gratte-ciel de quatre-vingt-dix étages, on ne distingue pas la fourmilière humaine, les fourmis qui fuient dans les rues, les fourmis qui traquent. On n'entend pas les cris des gens frappés, leurs suppliques, le déclic du chien qui se dresse. En revanche, on entend les tirs, le rugissement d'une moto solitaire. Et maintenant que la nuit est tombée, on aperçoit les feux.

Même si, vus d'ici, ils paraissent pour la plupart modestes. Les voitures incendiées ressemblent à de douillettes lanternes éclairant une ville où les lampadaires ne se sont pas allumés depuis plus d'un an.

J'entends une salve de mitrailleuses. Pas trop longue. Ils ont beau être jeunes, ils ont appris quand il fallait s'arrêter pour éviter une surchauffe de l'arme. Ils ont appris ce qu'on doit savoir pour survivre par les temps qui courent, ou plus exactement pour vivre un peu plus longtemps que la personne qui a besoin de la même chose que soi. Des victuailles, des armes, un toit, de l'essence, des vêtements, de la drogue, une ou plusieurs femmes pour transmettre les gènes de l'homme. En bas, pour employer un cliché, c'est la jungle. Et cette jungle se rapproche un peu plus non pas chaque jour, mais chaque heure. Je parie que d'ici l'aube elle aura englouti cet édifice au sommet duquel nous nous trouvons.

Ceux qui le peuvent évacuent les lieux. L'élite, les plus riches parmi les riches, ceux qui ont eu les moyens de se payer un billet de sortie. Je l'observe, ce dernier groupe de quatorze personnes tournées en direction de la baie, guettant l'hélicoptère militaire qui fait la navette vers le *New Frontier*. Le porte-avions peut embarquer trois mille cinq cents passagers, ainsi que les vivres, les médicaments et tout le nécessaire pour passer quatre années en mer sans escale. Cette nuit, il mettra le cap sur le large et y restera pour une durée indéterminée. J'ignore combien coûtent les places, je sais simplement qu'on les dit légèrement meilleur marché pour les femmes, car il a été décidé qu'il y aurait une représentation égale des deux sexes à bord. Personne ne l'a formulé tout haut, mais ceci est l'arche de Noé de l'élite.

J'ai en face de moi Colin Lowe, mon ami d'enfance. Sa femme, Liza, et sa fille, Beth, se tiennent plus près de l'héliport, à l'affût. Colin est l'un des entrepreneurs les plus fortunés du pays, il possède des sites Internet, des actifs dans le monde entier, y compris ce gratte-ciel. Et pourtant, il leur a fallu moins de trente minutes pour choisir ce qu'ils voulaient emporter, vient-il de m'expliquer.

« Il y a tout ce dont vous avez besoin », lui promets-je.

Il règne une ambiance fébrile, frénétique, mais singulièrement enjouée aussi. Lourdement armés, les membres d'une milice privée en uniforme montent la garde autour de l'héliport et à la porte du toit, ils sont rémunérés par la société Colin & Lowe. D'autres sont en bas, devant les ascenseurs et dans la rue. Leur mission est d'arrêter les gens qui tenteraient de prendre d'assaut l'édifice dans l'espoir de se mettre à l'abri des gangs ou, mieux, de monter dans l'hélicoptère pour le *New Frontier*. On peut difficilement leur en vouloir, tout comme on peut difficilement en vouloir à ceux qui essaient de les en empêcher. Tous autant que nous sommes, nous nous battons pour nous-mêmes et pour nos proches, nous fonctionnons ainsi.

À mon arrivée, en début de soirée, les rues respiraient la terreur et le désespoir. À l'entrée du gratte-ciel, j'ai vu un homme en costume proposer une mallette pleine de billets de banque à un garde, qui toutefois a décliné, parce qu'il y avait des témoins ou parce que nul ne sait si cet argent aura une quelconque valeur demain. Aussitôt après s'est avancée une jolie femme, entre deux âges, qu'il m'a semblé reconnaître. Elle s'est offerte à lui en lui rappelant dans quels films elle avait joué.

« Nous nous dirigeons vers l'entropie, déclare Colin.

— Tu sais bien que je n'ai pas la moindre idée de ce que ce genre de mot signifie.

— La deuxième loi de la thermodynamique.

— Ça ne m'évoque rien.

— Mais vous ne connaissez rien à rien ou quoi, vous, les juristes ?

— La seule chose que nous sachions, c'est comment faire le ménage derrière les ingénieurs. »

Colin rit. Je viens là de résumer nos quinze et quelques années de partenariat symbiotique au sein de Lowe Inc.

« L'entropie… » Il porte son regard sur la ville dont les contours accidentés se découpent dans la lumière du soleil qui plonge dans la mer. « L'entropie, c'est que, dans un système clos, tout finit par être détruit. On laisse un château de sable un jour, le lendemain le vent et les intempéries l'ont transformé. Ce qui le remplace n'est pas une scène plus fabuleuse, mais du plat, du gris, de l'inerte, du sans-âme. Du néant. Voilà l'entropie, Will. La plus universelle de toutes les lois de la nature.

— La loi de l'absence de lois.

— Ainsi parle le juriste.

— Ainsi parlent les philosophes. Hobbes pensait que sans loi, sans contrat social, nous serions projetés dans un chaos pire que les plus sévères dictatures. Et selon moi, il se pourrait bien qu'il ait eu raison.

— Léviathan est là, renchérit Colin.

— C'est quoi, Léviathan ? »

La fille de Colin nous a rejoints sans que nous nous en soyons aperçus. Beth a dix-sept ans, trois ans de moins que Brad, son frère, dont personne ne sait où il se trouve. Elle ressemble tant à Amy, ma fille… Ce n'est toutefois pas l'unique raison pour laquelle je sens les larmes monter quand je la regarde.

« C'est l'histoire d'un monstre marin qui n'existe pas, lui dis-je puisque son père garde le silence.

— Comment il peut être là, alors ?

— C'est une image, ma chérie. » Colin attire sa fille tout

contre lui. « Un philosophe célèbre l'utilisait pour décrire une société sans ordre ni loi.

— Comme ici ? » demande-t-elle.

Un homme en treillis se dirige vers nous. Colin toussote.

« Va donc tenir compagnie à maman, Beth, je ne vais pas tarder. »

Elle part en courant.

« Lieutenant ? demande Colin.

— Monsieur Lowe. »

L'homme en treillis a les cheveux courts, gris et drus. Dans la friture de son talkie-walkie, une voix cherche à entrer en contact avec lui. « Mon chef d'escouade au rez-de-chaussée m'indique que nos troupes commencent à avoir du mal à contenir les gens dehors. Devons-nous tirer à balles réelles si jamais… ?

— Il y a des gangs ?

— Surtout des gens ordinaires qui espèrent trouver une place dans l'hélicoptère, monsieur.

— Les pauvres. Ne tirez qu'en cas de stricte nécessité.

— À vos ordres, monsieur.

— Dans combien de temps arrive l'hélicoptère ?

— D'après le pilote, dans une vingtaine de minutes, monsieur.

— Bien. Prévenez-nous quand il sera en approche, pour que tous les passagers soient prêts à embarquer dès l'atterrissage.

— À vos ordres, monsieur. »

Le lieutenant s'éloigne en répondant dans son talkie-walkie. « Je comprends, sergent, mais on nous a donné l'ordre de n'employer la force que si c'est absolument nécessaire. Compris ? Oui, tenez votre position et... »

Sa voix s'amenuise, et la drisse de pavillon reprend son doux battement, doublé d'une sirène de police qui s'élève des rues obscures. Enfin, nous savons bien qu'il ne s'agit nullement de la police, depuis plus d'un an aucun policier ne se risque à patrouiller dans les rues après la tombée de la nuit, c'est probablement un quatuor de jeunes, munis d'armes automatiques, juste assez intoxiqués pour que leurs réflexes soient conservés, voire aiguisés, et leurs inhibitions émoussées, ou plutôt vaincues ; attitude qui s'applique non seulement à ces prédateurs, mais à la population entière. L'expression « actes transgressifs » perd tout sens quand il n'y a plus rien à transgresser.

Et c'est sans doute ma seule excuse pour ce que j'ai fait.

J'entends toujours la moto, il doit y avoir un trou dans ce que je crois qu'on nomme le silencieux.

Sur l'avenue déserte, j'accélère. Je traverse la ville, en direction du sud, de l'abattoir. Le pot d'échappement pétarade, la balle l'a percé, il faut que je m'en occupe. Et il faut aussi que je trouve de l'essence. L'aiguille de jauge pointe dans le rouge, pas sûr du tout que j'arrive à destination, bordel ! Surtout, ne pas échouer dans le centre en pleine nuit sans son gang, parce que là, d'un seul coup, on devient une proie, mais bon, tant que j'ai de l'essence, tant que ce moteur tourne, je ne suis pas tout en bas de la chaîne alimentaire. Parce que j'ai trouvé ce que je cherchais sur le versant de la colline derrière moi. L'ouverture. La brèche dans la forteresse. Dans quelques heures, tous les habitants de cette maison mourront, ou pas. Ce n'est pas moi qui vais prononcer le jugement, moi, je ne fais que transmettre le message. Le bruit de la moto résonne entre les tours de bureaux vides. Si j'accélère trop, je vais tomber en panne d'essence, mais plus je m'attarde dans le centre, plus je risque d'avoir des problèmes. Il n'y a qu'à regarder la foule que j'ai dépassée devant la tour Lowe : dès que je ralentissais, on essayait de me tacler pour me prendre ma moto. Les gens sont des bêtes sauvages, ils sont désespérés, furieux, ils ont peur. Putain ! Mais qu'est-il arrivé à cette ville, à ce grand et beau pays ?

2

« L'hélicoptère arrive dans dix-huit minutes ! annonce le lieutenant.

— Mille quatre-vingts secondes. »

Colin a toujours été plus rapide que moi en calcul mental.

Tout est allé vite, de la découverte du virus à la pandémie, puis à la débâcle générale.

Les gens tombaient comme des mouches. Conséquence d'abord de la maladie, puis de l'effondrement de l'économie et, de fil en aiguille, des institutions politiques et sociales. Comme toute mauvaise nouvelle, la pandémie avait bien sûr frappé plus durement les pauvres, mais avec la pénurie alimentaire nous sommes passés d'une recherche de solution collective, en tant que société, à une situation de lutte pour les ressources entre ceux qui possèdent et les autres. D'abord entre riches et pauvres, ensuite entre pauvres et pauvres, puis, dans toutes les classes sociales, entre voisins, jusqu'à ce qu'il ne reste plus que la famille et les amis qui ne soient pas des ennemis. Les supermarchés se sont vidés, et les armureries ont pris le même chemin, bien que la production de pistolets et de fusils ait été la dernière activité à s'arrêter. Déjà proches du point de rupture, les forces de l'ordre se sont disloquées. Les gens les plus fortunés se sont retranchés à la campagne, dans des fermes et des forts, situés souvent sur des hauteurs, plus faciles à défendre. Anticipant l'effondrement, et ce bien avant la pandémie, quelques rares individus extrêmement aisés, comme Colin Lowe, avaient pris leurs précautions et acquis des propriétés et des îles autosuffisantes, protégées par des milices équipées d'armes de premier plan. Paradoxalement, le virus les assistait dans leur combat contre ce qui constituait la véritable menace : la masse des pauvres et des désespérés. Car la contagion se répandait sans entrave au sein des foyers où l'on vivait à l'étroit et où personne n'avait ni assurance maladie ni moyen de respecter les règles de quarantaine décrétées par les autorités. Par la suite, en revanche, une fois la pandémie quelque peu stabilisée, une fois qu'elle a présenté moins de risques que les pillages, je crois que les plus touchés ont été ceux qui se trouvaient dans l'entre-deux, qui avaient quelque chose à perdre, mais pas les moyens de le sauvegarder. Et une fois qu'on leur avait tout pris, ils sont souvent devenus des pilleurs à leur tour. C'était une nouvelle pandémie. La pauvreté, le désespoir, la violence, c'était contagieux.

Je dirigeais le service juridique de la société de technologies de l'information de Colin quand le virus est apparu. Il se propageait depuis l'est, à l'autre bout du pays, et il est passé avant que nous, la majorité, la classe moyenne, n'ayons eu le temps de réagir.

Cinq ans auparavant, quand Colin me faisait visiter Rat

Island, un îlot-prison d'environ dix hectares, au large de l'aéroport, je l'avais taquiné en le traitant de survivaliste, un de ces tarés qui passent leur temps à anticiper le pire, à se préparer à devoir s'en sortir exclusivement par leurs propres moyens. Leur présence si nombreuse dans notre pays n'est sans doute pas sans lien avec notre culture de la liberté. Chacun est l'artisan de sa propre fortune, personne ne l'arrête, mais personne ne l'aide non plus.

« C'est purement rationnel, avait-il répondu quand je lui demandais si cela ne frisait pas la paranoïa. Je suis ingénieur et programmeur. Les gens de mon espèce ne sont pas des hystériques qui pensent que la fin est proche. Non, comme dans notre travail, nous ne faisons que calculer les probabilités qu'un événement improbable se produise. Car une chose est certaine : avec le temps, tout arrive, absolument tout. La probabilité que l'ordre social s'effondre de mon vivant est faible, mais pas négligeable. En la multipliant par ce que cet événement me coûterait, financièrement et au niveau de ma qualité de vie, j'obtiens le montant que je devrais être prêt à verser pour une assurance. » Il avait désigné les bâtiments en béton désertés, construits jadis pour empêcher des tueurs de s'évader et non d'entrer. « Cet achat est un moindre prix à payer si l'on veut dormir plus tranquille la nuit. »

J'ignorais alors qu'il avait déjà de nombreux placards remplis d'armes sur son île rocheuse aride. Je ne savais pas non plus que son opération de la myopie au laser, qu'avaient subie aussi plusieurs de ses amis directeurs, n'obéissait pas à des considérations esthétiques, mais au pronostic qu'on se procurerait difficilement des lunettes ou des verres de contact en cas d'effondrement de l'ordre mondial ; or il serait crucial d'avoir une vue perçante quand la lutte pour la survie nous aurait ramenés plus près de l'âge de pierre.

« Tu n'as aucune raison de ne pas te préparer, Will, ne serait-ce que pour ta famille. »

Mais je n'avais pas été préparé.

C'est faux de dire que les pillages ont commencé quand les autorités ont décidé de vider les prisons, qui étaient de pures chambres de la mort, où l'isolement était impossible et où le virus avait champ libre. Les prisonniers libérés n'étaient pas suffisamment nombreux pour créer le chaos à eux seuls. En revanche, cette libération a donné le sentiment que les autorités perdaient le contrôle, que l'ordre était aboli, que nous devrions bientôt faire main basse sur tout ce que nous pouvions, avant les autres. Nous voyions ce qui se passait, nous le comprenions. La peur n'était pas irrationnelle. Nous savions que si nous mettions cette pandémie derrière nous, et elle était déjà en recul dans certains pays, nous pourrions reprendre le cours de nos vies, mais nous constations aussi que la peur triomphait du sens commun. Il ne s'agissait pas d'hystérie collective, mais d'absence de bon sens collectif. Prises isolément, les décisions des individus étaient rationnelles et raisonnables pour eux et pour leurs proches, mais additionnées, elles se montraient désastreuses pour la société.

Certains devenaient pilleurs et agresseurs par nécessité.

D'autres, comme Brad, le fils de Colin, par goût et envie.

Brad Lowe avait toujours entretenu une relation compliquée avec son père. En tant qu'aîné, il était celui que Colin voyait comme le continuateur de son œuvre. Hélas, Brad n'avait vraiment pas la carrure pour réussir cette mission. Il ne possédait ni l'intellect de son père ni sa capacité de travail. Ses visions, son désir de changer le monde lui faisaient également défaut, ainsi que sa nature avenante et son talent à susciter l'enthousiasme chez les autres. Ce que Brad avait hérité, en revanche, c'était de son égoïsme parfois sans bornes et de sa facilité à écraser tous ceux qui se trouvaient en travers de son chemin. Il utilisait l'argent paternel pour soudoyer son entraîneur et être sélectionné dans l'équipe de football de l'école aux dépens d'un camarade plus doué. Ou convainquait son père de financer un prétendu projet d'aide aux étudiants en difficulté qu'il avait lancé avec des amis, les fonds se révélant par la suite avoir été dépensés en drogue, filles et soirées extravagantes dans la maison qu'ils louaient aux abords du campus. Il avait fallu que le président de l'université contacte Colin et lui explique que son fils avait falsifié des documents, s'attribuant ainsi la réussite d'examens qu'il n'avait même pas passés, puis, une fois la supercherie découverte, il l'avait menacé physiquement pour que Colin le retire de la fac.

Quand Brad était rentré chez lui cet été-là, c'était en loser fini. Et je ne pouvais m'empêcher d'avoir pitié de lui. Nos deux familles passaient des vacances ensemble à la montagne, dans un gigantesque chalet à un étage. Pendant des années, nous l'avions loué conjointement, mais Colin avait fini par acheter le tout. Il régnait une ambiance délétère entre le père et le fils, ce qui rendait Brad encore plus infréquentable pour nous autres. Car ce garçon n'était pas dépourvu de sentiments, bien au contraire, il en débordait. Depuis toujours, il adorait et admirait son père, et c'était évident pour tous. Plus évident que l'amour du père pour son fils. Cet été-là, les sentiments de Brad oscillaient entre le désespoir, la colère, l'indifférence apathique et une agressivité dirigée contre tous ceux qui n'obtempéraient pas à ses exigences, que ce soit sa famille, la nôtre ou le personnel du chalet. C'est à ce moment que j'ai vu en Brad l'autre Colin. Celui qui se manifestait quand l'enthousiasme séducteur et l'intelligence ne parvenaient pas à convaincre : le Colin menaçant qui, sur un coup de tête, pouvait racheter un petit concurrent gênant pour ensuite liquider la société et flanquer tous les employés au chômage. Quand, à une ou deux occasions, j'avais anéanti ses plans pour des raisons juridiques, il avait failli me licencier de fureur. Je le sais parce que j'avais reconnu ce regard noir, celui qu'il avait dans notre enfance quand il n'obtenait pas ce qu'il voulait.

Jusqu'à ce qu'il l'obtienne…

Et je crois que Brad avait compris cela. En vainquant ses inhibitions, on peut imposer sa volonté par la violence, les menaces et la force brute. Il avait ainsi contraint les frères Winston du chalet voisin à l'accompagner pour incendier le vieux garage de Ferguson. Comme les frères allaient l'expliquer lors de l'interrogatoire, Brad les avait menacés de mettre le feu à leur chalet pendant qu'ils dormaient.

Son tempérament passionnel, Brad le manifestait aussi dans la cour effrénée qu'il faisait à ma fille. Il était amoureux d'Amy depuis toujours, mais au lieu de passer, comme c'est souvent le cas chez les enfants, son attachement semblait se renforcer chaque été, quand ils se revoyaient pendant les vacances. Bien sûr, ce n'était sans doute pas sans rapport avec la beauté croissante d'Amy, mais il s'agissait peut-être tout autant de la non-réciprocité de son amour ; les fins de non-recevoir répétées ne faisaient que le motiver, car de toute évidence il considérait qu'Amy lui revenait de droit.

Une nuit, j'avais été réveillé par la voix de Brad dans le couloir, devant la chambre d'Amy. Insistant pour entrer, ce qu'elle lui avait manifestement refusé, il disait : « C'est notre chalet, tout m'appartient ici, alors laisse-moi entrer, sinon on vous jette dehors et ton père se fera virer ! »

Je n'en ai jamais parlé à Colin, après tout, l'amertume de sentiments contrariés m'a aussi fait commettre une ou deux maladresses, et je soupçonnais qu'il sanctionnerait son fils plus durement que de raison afin de nous montrer qu'il ne tolérait pas ce genre de comportement. Pour Colin, la goutte d'eau qui a fait déborder le vase n'a donc pas été l'attitude menaçante de Brad envers Amy, mais l'incendie du garage, qui avait donné lieu à une peine d'emprisonnement avec sursis et un dédommagement considérable à M. Ferguson. Colin avait réglé la somme avant de priver son fils de sortie. Deux jours plus tard, Brad filait en ville sur la moto qu'il avait reçue pour ses dix-huit ans. Il avait subtilisé une grosse somme d'argent en liquide dans le coffre de son père, ainsi que les clefs d'un appartement de Downtown.

« Bon, comme ça, au moins, je sais où il est », avait soupiré Colin au petit déjeuner.

Trois mois plus tard, il me rapportait que la police l'avait informé de la destruction totale de son appartement dans l'un des nombreux incendies de Downtown. On n'avait retrouvé aucun corps dans les décombres, mais Brad restait introuvable. Colin l'avait fait porter disparu en faisant pression sur la police pour qu'elle le recherche, mais à cette époque déjà, les forces de l'ordre avaient cessé de se consacrer à quoi que ce soit d'autre qu'aux affaires les plus pressantes : violences dans les rues, incendies, meurtres. On disait que la police de certaines villes de la côte est restait barricadée dans les commissariats, cibles privilégiées des gangs en raison de l'arsenal d'armes qui y était rangé. D'après les rumeurs, pour assurer leur survie, les policiers de certains États avaient tout bonnement cessé de venir travailler et s'étaient à la place transformés en bandits de grand chemin.

Lorsque le gouvernement avait finalement décrété l'état d'urgence dans tout le pays et que Colin était parti s'installer avec sa femme et Beth dans les geôles désaffectées de Rat Island, il m'avait confié qu'il venait enfin d'obtenir par d'autres canaux des informations sur Brad : son fils avait pris la tête d'une horde de pilleurs qui se faisait appeler le Chaos.

« Pourquoi piller ? avait demandé Colin en secouant la tête. Il lui suffit de venir me voir pour obtenir tout ce dont il a besoin.

— C'est peut-être ça dont il a besoin, justement, avais-je répondu. Te montrer qu'il peut s'en sortir tout seul, que non seulement il parvient à survivre sans ton aide par les temps qui courent, mais peut diriger, y arriver. Comme toi.

— Hmm, avait fait Colin en m'observant. Donc tu ne penses pas que c'est simplement qu'il aime ça ?

— Aime quoi ?

— Le chaos. Piller… détruire.

— Je ne sais pas », avais-je dit.

Et c'était vrai.

Pendant que le monde s'effondrait autour de nous, Heidi, Amy et moi nous efforcions de mener une vie aussi normale que possible dans Downtown.

Heidi et moi nous étions rencontrés à la fac de droit et tout avait été parfaitement simple. Il nous avait fallu deux soirs pour comprendre que nous étions faits l'un pour l'autre et deux ans pour vérifier que nous avions raison. Nous n'avions donc pas tellement de questions à nous poser. Nous nous étions mariés et, trois ans plus tard, Amy était venue au monde. Nous voulions d'autres enfants, mais quatorze années allaient s'écouler avant la naissance du petit Sam, il va bientôt fêter ses quatre ans.

Quand le virus sévissait et que la ville était confinée, la société pour laquelle travaillait Heidi avait fait faillite et elle s'était rendu compte qu'il lui serait difficile de retrouver un emploi sur un marché où le taux de chômage était monté de cinq à trente pour cent et où la récession avait atteint ce que les experts qualifiaient de masse critique, à savoir que la spirale descendante s'autorenforçait. Après la pandémie, quand les gens avaient pu à nouveau se voir sans crainte, Heidi s'était donc lancée dans l'aide juridique pour les plus démunis. Elle travaillait dans notre cuisine et, bien entendu, il ne lui arrivait qu'exceptionnellement d'être payée. Par bonheur, l'argent ne constituait pas un problème majeur dans notre famille. Ayant accepté l'offre de rachat par la plus grande société de technologies de l'information du pays juste avant la pandémie, le conseil d'administration de Lowe Inc. s'était dissous, ce qui signifiait dans les faits que, comme les autres actionnaires internes de la société, je n'avais plus besoin d'effectuer de travail rémunéré jusqu'à la fin de mes jours. J'avais donné ma démission pour réfléchir à ce que je voulais faire de ma vie. Et puis, au cours des semaines suivantes, le virus avait frappé et décidé ce qu'il voulait faire non seulement de ma vie, mais de celle de tous les habitants de cette planète.

J'étais parvenu à la conclusion que ce qui aurait le plus de sens serait que j'aide Heidi à aider les autres.

Dès lors, non seulement notre cuisine, mais encore notre salon et notre bibliothèque avaient fait office de cellule de crise pour âmes naufragées et destins tortueux. Toutefois, la justice aussi commençait à prendre l'eau. Le gouvernement, l'Assemblée nationale et les tribunaux fonctionnaient tant bien que mal, mais ce n'était qu'une question de temps avant que nous n'ayons plus de police opérationnelle pour faire respecter les lois et les décisions de justice, de prisons pour mener à bien l'exécution des peines, ni même de défense loyale. L'Assemblée nationale avait attribué des pouvoirs étendus au commandement de l'armée pour défendre le droit de propriété, à tout le moins la propriété publique. En d'autres circonstances, ç'aurait pu être un premier pas permettant à un groupe de dirigeants militaires de prendre les rênes de la nation — si l'on en croyait la philosophie sociale de Léviathan, la junte demeurait tout de même préférable à l'anarchie —, mais cela ne s'était pas produit. Soldats et officiers avaient été recrutés dans les milices privées des nantis, où leurs revenus étaient cinq fois plus élevés que dans l'armée.

Nous, qui étions un peu moins riches, avions, nous aussi, commencé à prendre des mesures pour défendre ce qui nous appartenait — ce que nous considérions nous appartenir —, et pour nous préparer au pire.

Mais rien n'aurait pu me préparer à ce qui allait se passer.

Et alors que je me trouve ici, au sommet d'un gratte-ciel, à guetter le grondement d'un hélicoptère, je continue de sentir le goût de la corde dans ma bouche, l'odeur de l'essence dans le garage, je continue d'entendre les cris des gens que j'aime dans la maison, et je continue d'éprouver cette dure certitude que j'allais tout perdre, absolument tout.

« Seize minutes ! » annonce le lieutenant.

Colin et moi avançons jusqu'au bord du toit, contemplons les rues obscures. Je perçois encore tout juste le bruit de la moto solitaire. Il y a seulement un mois, la ville regorgeait de gangs de motards, désormais la pénurie d'essence a rendu la plupart des braqueurs piétons.

« Donc tu penses que Justitia est morte, qu'il ne lui reste plus qu'un trou dans le front ? » demande Colin.

Je lève le regard. Colin est difficile à suivre, mais étant donné que je m'exerce depuis notre rencontre à l'école primaire, il m'arrive de parvenir à comprendre ses associations d'idées. Un vrombissement de moto et il pense automatiquement à son fils Brad et au Chaos, dont les membres portent des casques ornés d'un motif frappant : la déesse Justitia, telle qu'on la connaît avec sa balance et ses yeux bandés, à ceci près que cette Justice-ci a un grand trou sanglant dans le front.

« Elle est au tapis, dis-je, mais je continue de penser que l'état de droit peut encore se relever.

— Et moi, j'ai toujours pensé que c'était une conviction

naïve, que tôt ou tard la situation serait ce qu'elle est aujourd'hui, qu'on ne pourrait plus compter que sur sa famille proche. Qui de nous deux avait raison, Will ?

— Les gens se battront contre ton entropie, Colin. Ils veulent ce qu'il y a de mieux, ils veulent une société civilisée, ils veulent la *rule of law*, l'état de droit.

— Ce que les gens veulent, c'est venger les injustices commises, c'était à cela que l'état de droit travaillait, et l'état de droit n'étant désormais plus en mesure d'accomplir cette mission, ils prennent les choses en main. Regarde l'histoire, Will. Les vengeances de sang, les vendettas où des fils et des frères vengent leurs pères et leurs frères. Nous y voilà revenus. Car c'est ce que nous ressentons, Will, les humains sont ainsi faits. Même toi.

— J'entends ce que tu dis, mais je ne suis pas d'accord. Je place la raison et l'humanisme au-dessus de la vengeance.

— Tu parles ! Tu arrives peut-être à faire semblant, mais je sais quels sentiments font rage en toi. Et tu sais aussi bien que moi que le cœur l'emporte toujours, toujours, sur la raison. »

Je ne réponds pas, cherche la moto sur l'avenue. Le vrombissement s'est tu, mais je vois un faisceau lumineux se déplacer et j'espère que c'est ça. Nous avons besoin de lumière maintenant, et nous avons besoin d'espoir. Parce qu'il a raison. Colin a toujours raison.

3

Je ralentis. Il n'y a ni passants ni véhicules sur l'avenue, mais n'ayant allumé que mes feux de stationnement pour rester aussi discrète que possible, je ne dois pas rouler trop vite si je veux pouvoir repérer les trous dans le revêtement. C'est dingue de se dire que les gens n'ont plus d'essence depuis belle lurette, mais que, manifestement, ils disposent encore d'un tas de grenades. Chaque jour qui passe, les détonations se succèdent de plus en plus rapidement.

Je freine. Ce n'est pas un cratère, mais une lampe de poche. Un gang s'est positionné au carrefour suivant. Derrière, une voiture brûle sans bruit.

Et merde! Ils ont déployé un tapis clouté en travers de toute la chaussée.

Je regarde dans mon rétroviseur, et en effet, à la lueur de mes feux de freinage, je constate qu'ils sont derrière moi aussi. Ils déboulent à pied des immeubles qui s'alignent de part et d'autre, en tirant un autre tapis clouté pour couper toute retraite par ce chemin. En deux secondes, j'établis qu'ils sont douze, six devant, six derrière, que seuls quatre d'entre eux sont visiblement armés, qu'ils bougent comme des gens jeunes, et qu'ils n'arborent aucun symbole ni insigne pouvant m'indiquer à quel gang ils appartiennent. La mauvaise nouvelle pour moi est que, s'ils se sont procuré des tapis cloutés, c'est probablement lors d'une descente dans un commissariat, ce qui signifie pour le moins qu'ils sont audacieux. D'aucuns diraient prêts à tout. La bonne nouvelle est qu'ils se sont positionnés d'une façon assez hasardeuse et peu appropriée, ce qui me suggère qu'ils ne sont pas très expérimentés, voire simplement stupides, ou alors ils se figurent que la supériorité du nombre suffit.

Toujours à cinquante mètres de distance, j'arrête ma moto et enlève mon casque. Je le brandis.

Je crie « Chaos! », en espérant qu'ils remarqueront le symbole sur mon casque.

« Putain, c'est une fille! entends-je commenter.

— Encore mieux! »

Rires.

« Si vous ne voulez pas d'ennuis, enlevez ces tapis et laissez-moi passer! »

Comme je me doutais, mes paroles suscitent l'hilarité générale. J'actionne le mode pleins phares. Ils m'apparaissent plus clairement à présent, un pêle-mêle d'ethnicités diverses et de vêtements hétéroclites, le rebut dont les autres gangs n'ont pas voulu. Alors je dégaine la carabine fixée sur le flanc de ma moto et vise le plus grand, qui est toujours ébloui et se tient de surcroît pile devant le tapis clouté. Je repense à la dernière fois que je m'en suis servie. J'ai réussi à former un triangle parfaitement isocèle entre les deux yeux et l'impact de balle, mais ma cible était alors pendue à un crochet en face de moi. Je tire, les immeubles renvoient l'écho aigu de la détonation. Le type tombe dans le bon sens, à la renverse, sur le tapis clouté, j'accélère, pointe la moto entre ses jambes écartées, et parviens à ranger la Remington et à replacer mes deux mains sur le guidon avant que ma roue avant ne le touche et que je ne lui roule dessus.

Derrière moi, personne ne tire.

Par les temps qui courent, on ne gâche pas de munitions pour des causes perdues.

Je ne sais pas si je choisis sciemment de faire passer ma trajectoire devant la maison des Adams, je n'ai pas précisément d'essence pour un détour, mais j'ai sans doute besoin de revoir la scène du crime, afin de me rappeler pourquoi je vais faire ce que je m'apprête à faire.

Il n'y a pas de bruit, il fait noir. Je ne m'arrête pas, me contente de ralentir.

Le trou dans le portail est toujours là. Le trou que *j'ai* fait.

J'avais serré les poignées du coupe-boulon et les mâchoires avaient mordu le grillage du portail.

Je sentais les regards des douze autres derrière moi, l'odeur de testostérone, le bruit nerveux des bottillons qui ne tenaient pas en place sur l'asphalte.

« Plus vite ! » avait chuchoté Brad, énervé.

J'aurais pu lui demander quelle était l'urgence, lui rappeler que la police n'allait pas débarquer.

J'aurais pu lui proposer de me relayer, lui signifier que je travaillais à mon rythme.

Ou alors j'aurais pu lui suggérer de laisser tomber toute cette histoire, lui dire les choses telles qu'elles étaient : c'était une mauvaise idée.

En l'occurrence, en tant que commandante en second

de Brad, mon devoir était de lui signaler que je n'étais pas d'accord, d'essayer de le faire changer d'avis. J'y ai beaucoup réfléchi après coup. Je me suis demandé si j'aurais pu changer quelque chose. J'en doute. Car si cette idée était mauvaise, c'était celle de Brad. D'abord, comme toujours, il aurait été peu enclin à admettre que j'avais raison et à perdre ainsi la face devant son gang, mais j'aurais pu procéder comme d'habitude, présenter mes arguments comme s'ils n'étaient qu'une interprétation des siens. Quand il se serait rendu compte que j'avais raison — ce qui s'est confirmé par la suite —, il aurait pu en assumer les honneurs. Soit. Un leader stupide peut convenir s'il apprend à distinguer les bons conseillers des mauvais. Et Brad avait cette aptitude. Lui-même d'intelligence seulement moyenne, il semblait cependant connaître l'intelligence d'expérience, avoir vécu le phénomène de près, et il l'identifiait automatiquement. Il semblait la visualiser comme si elle sortait de votre front, sans avoir besoin de comprendre vos raisonnements. C'était ça, et non ma carrière de kickboxeuse, qui l'avait incité à nommer une fille commandante en second du Chaos.

Si je n'avais même pas tenté de m'opposer à lui ni de le manipuler, c'était que j'avais perçu que ce cambriolage n'était pas seulement une question de vivres, d'armes, d'essence et de groupe électrogène se trouvant peut-être, ou pas, dans le garage. J'avais compris que Brad connaissait ces gens, ils avaient quelque chose qu'il lui fallait à toute force et il ne céderait pas d'un pouce. Alors je l'avais bouclée. Car je peux admettre ceci : je ne risque pas ma position au sein du Chaos, la seule chose qui me maintienne en vie, pour des Blancs pétés de thunes que je ne connais même pas!

« Voilà! »

J'avais écarté le pan de grillage et m'étais glissée de l'autre côté du portail, sous les pointes qui éraflaient ma peau et mon blouson en cuir.

Les autres m'avaient emboîté le pas. Brad restait à regarder la maison qui baignait dans le clair de lune. Il était deux heures du matin, les lumières étaient éteintes. Si les gens dormaient par les temps qui couraient, c'était à cette heure-ci.

Nous avions sorti nos armes. Bien sûr, il existait des gangs plus lourdement armés que nous, surtout ceux composés de déserteurs de la police et de l'armée ou encore de gens issus des cartels de la drogue qui avaient traversé la frontière, mais en comparaison des gangs de jeunes ordinaires, nous étions une pure milice : nous disposions chacun d'un AK-47, d'un pistolet Glock 17 et d'un couteau de combat. Notre stock de grenades de bazooka était épuisé, mais Brad et moi avions chacun deux grenades à main.

Les prunelles de Brad brillaient comme chez quelqu'un d'amoureux. Il aurait presque pu être beau. Peut-être l'était-il quand il dormait. Quand il était réveillé, en revanche, l'expression de son visage, ou son rayonnement, dégageait quelque chose de perturbant, de la peur, comme s'il s'attendait à être frappé, comme s'il vous détestait avant même que vous ayez levé la main. Cette haine dure et froide et cette peur alternaient si rapidement avec le chaleureux, le beau, le sensible, qu'on se demandait comment c'était d'être dans ses bottes. Oui, on ne pouvait s'empêcher d'avoir pitié. De vouloir l'aider. Et ce soir précis, au clair de lune qui retombait sur sa longue chevelure blond sale, Brad ressemblait à Kurt Machin-Chose, un rockeur que mon père adoptif écoutait quand il était bourré, en braillant que tout le monde aurait dû faire comme Kurt, écrire une ou deux chansons bien cool et puis se tirer une balle. Mais il ne savait rien faire du tout, mon père, alors il s'était contenté du second volet.

Brad m'avait regardée.

« Prête, Yvonne ? »

Le plan était que j'emmène Dumbo et que je sonne à la porte pendant que les autres se faufilaient derrière la maison. Je n'avais pas compris non plus pourquoi nous devions réveiller une famille sans doute endormie au lieu d'exploiter pleinement l'effet de surprise, mais Brad avait décrété que le spectacle d'une fille colombienne et d'un gosse de petite taille attardé mental leur ferait baisser la garde, c'était ce genre de gens. Des gens qui aident, avait-il dit, du mépris dans la voix.

J'avais hoché la tête, Brad avait descendu sa cagoule sur son visage.

Dumbo et moi étions allés sonner. Nous avions attendu au bas mot une minute avant que je voie le voyant s'allumer au-dessus de la caméra.

« Oui ? avait fait une voix endormie dans l'interphone.

— Je m'appelle Grace, j'étais dans la classe d'Amy », avais-je expliqué, la voix étranglée. Je tenais ces noms de Brad, et mon talent de comédienne d'une femme colombienne et d'un homme dont j'ignore tout. « Et ça, c'est mon petit frère.

— Mais qu'est-ce que vous fabriquez dehors en pleine nuit, et comment êtes-vous entrés ?

— On est allés apporter de la nourriture à notre grand-mère, mais là, il y a un gang plus bas dans la rue et je me suis souvenue de la maison d'Amy. On a escaladé la clôture de barbelés. Regardez Sergio. »

J'avais montré les accrocs que nous avions faits sur le T-shirt de Dumbo. Dumbo dont, soit dit en passant, n'importe qui aurait pu voir qu'il n'avait pas une goutte de sang latino dans les veines.

Il y avait eu un silence. Le mec devait réfléchir. Ce n'était pas inhabituel d'acheminer des vivres et diverses choses d'un foyer à l'autre sous le couvert de l'obscurité.

« Un instant », avait-il dit.

J'avais tendu l'oreille. Des pas dans l'escalier, un homme adulte, semblait-il.

La porte s'était ouverte. D'abord un peu, puis complètement.

« Entrez, je suis Will, le père d'Amy. »

L'homme avait les yeux bleus et des rides du sourire, une impériale, des cheveux roux bouclés qui lui donnaient l'air sans doute plus jeune qu'il n'était. Brad devait avoir raison. Le genre qui aide. Il était pieds nus, mais avait enfilé un jean élimé et un T-shirt d'université, probablement celle où il avait étudié. Je m'étais faufilée derrière lui pendant qu'il tenait la porte à Dumbo et j'avais sorti mon pistolet pour le frapper violemment à la tempe. Dans l'intention non pas de le blesser — j'étais suffisamment grande pour lui administrer facilement un coup de pied crocheté et retourné dans la tête —, mais de lui montrer que la fille et le garçon de petite taille n'hésiteraient pas à user de violence.

Il avait poussé un cri de surprise en portant la main à sa plaie sanglante. J'avais braqué mon pistolet sur lui.

« Ne faites pas de mal à ma famille, avait-il imploré. Prenez tout, mais ne…

— Si vous faites exactement ce que je dis, personne dans la maison ne sera blessé », avais-je déclaré. Croyant dire la vérité.

4

Le sang coulait de ma tempe vers mon T-shirt quand ils m'ont emmené dans le garage et ligoté sur la chaise, qu'ils ont ensuite attachée au tour à métaux. La fille qui s'était fait passer pour une camarade de classe d'Amy — et qui sait, peut-être l'était-elle réellement — a tâté le groupe électrogène. Il est monté sur roues, mais pèse cent cinquante kilos, elle devait évaluer comment ils allaient pouvoir l'emporter.

Je me demandais ce que faisait Heidi, la question tournait en boucle dans ma tête. Elle aussi avait été réveillée par la sonnette, elle avait dû comprendre ce qui se passait. Avait-elle conduit Amy et Sam en sécurité à la cave ? Dans ce que nous appelions notre *panic room*, mais qui n'était à proprement parler qu'un débarras sans fenêtres, muni d'une porte épaisse qui pouvait se verrouiller de l'intérieur, et où nous stockions des réserves d'eau et de vivres pour une semaine. Si la grande aux cheveux noirs était aussi rationnelle qu'elle en avait l'air, ils ne feraient que prendre ce dont ils avaient besoin, dans la limite de ce qu'ils étaient en mesure de transporter, et puis ils s'en iraient. Le garçon qui l'accompagnait n'avait pas prononcé un mot, il se contentait de suivre le moindre de ses faits et gestes. Il paraissait trop inoffensif pour être quelqu'un qui prenait plaisir à infliger de la souffrance à autrui.

En entendant les cris de Heidi dans la maison, j'ai compris qu'ils étaient plusieurs.

« Vous m'aviez dit que…, ai-je commencé.

— La ferme ! »

La fille m'a encore frappé avec son pistolet.

Le garçon lui a lancé un regard, mais elle n'a rien dit, s'est contentée de m'observer, avec comme une demande de pardon dans les yeux.

Aussitôt après est apparu à la porte du garage un type coiffé d'un casque de hockey blanc, sur l'avant duquel était peinte Justitia.

« Il veut que vous veniez. »

Le type réprimait un fou rire.

Qui était cet *il* ? Leur chef, probablement.

Le gamin et la fille sont partis, le type s'est posté devant moi. Il avait dans les mains une de ces armes automatiques russes que, soudain, tout le monde semblait avoir, très fiable, paraît-il. Une kalachnikov. Elle figure sur le drapeau de certains pays comme symbole de liberté. Moi, elle me fait froid dans le dos ; le chargeur courbe, ça a quelque chose de pervers.

« Je vous paie cinq mille balles si vous nous relâchez, ma famille et moi.

— Que je dépenserais où ? » Le type se marrait. « Au 7-Eleven ?

— Je peux vous donner…

— Vous n'avez pas besoin de me donner quoi que ce soit, mon vieux, ce que je veux, je le prends. »

Il a attrapé mon ancien casque de moto sur une étagère, a ôté le sien pour l'essayer. Après avoir relevé et rabaissé la visière une ou deux fois, il l'a fourré dans son sac à dos, l'air satisfait.

De nouveau, j'ai entendu des cris dans la maison, je suffoquais. J'étais l'imbécile qui avait ouvert la porte et laissé entrer Léviathan. Je ne voulais plus respirer, je voulais mourir, mais je ne pouvais pas, pas maintenant, ils avaient besoin de moi. Je devais me libérer. Tirant sur les serre-câbles dont la fille s'était servie pour me ligoter, j'ai senti ma peau se déchirer, le sang couler dans un flux lent et chaud sur mes paumes.

Heidi a crié encore, si fort que j'ai pu distinguer un mot. Le seul. « Non ! » Une protestation désespérée, vaine, contre ce qu'elle savait se profiler.

Le type m'a observé, a empoigné sa kalachnikov et fait voyager sa main d'avant en arrière autour du canon, dans un geste de masturbation. Il a affiché un grand sourire.

Et c'est là que tout a commencé, je crois. C'est là que ce que je pensais être moi pour toujours a commencé à se disloquer.

Arrivés sur le seuil de la salle à manger, Dumbo et moi avons porté notre regard sur la table. Une table en planches grossières, en bois marron, un peu rustique, mais qui à coup sûr valait la peau du cul. Comme celle que Maria m'avait montrée dans un magazine de déco en disant qu'elle en voulait une, mais évidemment, je n'arriverais pas à la prendre sur ma moto. Fatalement, mon regard a glissé dessus, vers la femme. Elle était ligotée. Ils avaient dû dénicher une corde quelque part et l'avaient tendue sur sa gorge, sa poitrine, son ventre. Ses jambes étaient attachées aux pieds en bois, et sa chemise de nuit, remontée sous ses seins.

Devant elle, je voyais le dos d'un blouson en cuir rouge orné d'un motif brodé, un dragon à la gueule béante qui sortait de la mer. Ragnar. Il s'était tourné vers nous.

« Ah, vous voilà. »

Sous ses cheveux bruns lisses, qu'il perdrait avant ses trente ans, il avait des yeux clairs de prédateur, qui irradiaient une souffrance dangereuse, même quand il souriait ou, plutôt, surtout quand il souriait. Ce n'était peut-être pas un hasard qu'il parle de la ville comme de la « savane » et garde sur sa moto une longue chaîne en métal, dont il se servait pour « isoler l'animal faible du troupeau ».

« Vraiment ? ai-je dit.

— Vraiment. » Son sourire s'est élargi. « Des objections ? »

Je les ai ravalées et il m'a vue le faire. Le prix à payer pour être dans un gang, c'est d'en accepter les règles, mais ce qui a suivi n'en faisait pas partie.

« C'est le grand jour, Dumbo ! a déclaré Ragnar. C'est ton tour.

— Hein ?

— Allez ! Il n'y a pas de quoi avoir peur. »

Dumbo s'est tourné vers moi, interrogateur.

« Il n'a pas besoin de le faire, ai-je protesté, entendant mon timbre voilé.

— Mais il va le faire. »

Ragnar m'a lancé un regard plein de défi, censé me signifier que le C2, ç'aurait dû être lui, pas moi. Il attendait que je proteste encore pour pouvoir jouer son va-tout, mais je savais ce que c'était.

« Ordre de Brad, a-t-il finalement ajouté.

— Et où est-il ? » ai-je demandé en regardant autour de moi.

Tous fixaient la femme sur la table, comme subjugués, Dumbo y compris. C'est alors seulement que j'ai aperçu le petit garçon aux yeux ronds dans le fauteuil orienté vers la table. Trois ou quatre ans tout au plus, et il était là, à regarder sa mère.

« Brad est en haut, a répondu Ragnar avant de se concentrer sur Dumbo. Alors, le petit, tu es prêt ? »

L'un des jumeaux O'Leary s'est glissé derrière Dumbo et lui a baissé son pantalon d'un coup sec. Tout le monde a éclaté de rire. Y compris Dumbo, mais il rit toujours avec les autres, pour éviter qu'on se rende compte qu'il n'a pas compris ce qui est drôle.

« Hé, hé ! a fait Ragnar. Voyez-vous ça, le nain est prêt, oui... »

Hilarité générale. C'était Dumbo qui riait le plus fort.

Ragnar m'a regardée.

« Dis à Yvonne que tu es prêt, Dumbo !

— Je suis prêt ! » a déclaré Dumbo en riant, galvanisé par l'attention des autres, fixant un regard vitreux sur la femme.

« Merde, Dumbo..., ai-je dit. Ne...

— Insubordination, Yvonne ? » Ragnar était goguenard. « Est-ce une incitation à l'insubordination que j'entends là ?

— Je suis prêt ! » a crié Dumbo. Quand il estimait avoir réussi à tourner une phrase, il aimait la répéter.

Les autres l'ont hissé sur la chaise et vivement encouragé, tout en montant le volume de la musique.

Je sentais mon sang bouillir. C'est comme ça qu'on perd ses matchs de boxe, en laissant la température du sang décider. Alors je me suis contentée de dire, à voix basse, mais suffisamment fort pour qu'il l'entende foutrement bien :

« Ça, Ragnar, tu me le paieras. »

Des chaises ont raclé le sol. La tête tournée sur le côté, la femme observait le petit garçon. Des larmes roulaient sur ses joues alors qu'elle murmurait quelque chose. Je n'ai pas pu m'en empêcher, je me suis approchée pour entendre sa voix qui luttait pour rester calme, mais tremblait malgré tout.

« Ça va aller, Sam. Ça va aller. Ferme les yeux maintenant. Pense à quelque chose de bien. Quelque chose que tu as envie que nous fassions demain. »

Je me suis avancée et j'ai soulevé Sam par les aisselles.

« Lâchez-le ! s'est écriée la femme. Lâchez mon fils ! »

J'ai réussi à capter son regard. « Je vais lui épargner ça », ai-je dit.

Puis j'ai pris le garçonnet sur mes épaules, je l'ai tenu, il se débattait et criait comme un goret qu'on égorge, et j'ai mis le cap sur la cuisine. Ragnar s'est interposé. Nos regards se sont croisés. Je ne sais pas ce qu'il discernait dans le mien, mais au bout de quelques secondes, il s'est écarté.

J'ai entendu la mère s'exclamer « Non ! » alors que je franchissais le seuil. J'ai traversé la cuisine et continué dans un couloir jusqu'à ce que je trouve une salle de bains. Après avoir posé le petit dans la baignoire, tiré le rideau de douche en lui expliquant que sa mère viendrait le chercher s'il ne faisait aucun bruit et se bouchait les oreilles avec ses mains, j'ai retiré la clef de la serrure, je suis ressortie et j'ai verrouillé la porte de l'extérieur.

Ensuite, je suis montée à l'étage et j'ai dépassé deux chambres ouvertes avant d'arriver à une porte close, j'ai doucement appuyé sur la poignée.

La lumière du couloir est entrée dans la pièce. Brad était assis à côté d'un lit où une fille blonde de mon âge dormait avec des écouteurs. Je connaissais ces modèles, la réduction du bruit permettait de dormir pendant que des grenades explosaient dans la rue.

Ou que sa famille se faisait torturer à quelques mètres de distance.

De toute évidence, Brad la contemplait depuis un certain temps. Et certes, cette fille était belle, dans le genre romantique désuet. Pas tout à fait mon style, mais celui de Brad, manifestement. Ce regard tendre et rêveur, ce petit sourire aux lèvres, c'était la première fois que je le voyais content.

La fille s'est détournée de la lumière sans se réveiller.

« Il faut qu'on file, ai-je murmuré. On entend les cris jusque dans le garage, les voisins ont peut-être averti la police.

— On a le temps, a-t-il répondu. Et elle vient avec nous.

— Hein ?

— Elle est à moi.

— Mais t'es complètement taré ou quoi ? »

Je ne sais pas si c'est moi qui ai parlé trop fort, mais la fille a ouvert les yeux. Brad lui a ôté ses écouteurs.

« Salut, Amy, a-t-il murmuré d'une voix de velours que je ne lui connaissais pas.

— Brad ? »

Les yeux écarquillés, la fille a instinctivement reculé sur son lit pour s'éloigner de lui.

« Chut. Je suis venu te sauver. Il y a un gang au rez-de-chaussée, ils ont tes parents et Sam. Balance quelques vêtements dans un sac et viens avec moi, j'ai une échelle de l'autre côté de la fenêtre. »

Mais la fille, Amy, m'a vue.

« Qu'est-ce que tu fabriques, Brad ?

— Je te sauve, a-t-il répété en chuchotant. Les autres sont dans le salon. »

Amy clignait des yeux encore et encore, absorbait l'information, l'absorbait vite, comme nous avions tous appris à le faire.

« Je ne laisserai pas Sam ! s'est-elle exclamée. Je ne sais pas ce qui se passe, mais soit tu m'aides, soit tu dégages. » Elle m'a regardée. « Et tu es qui, toi ?

— Fais ce qu'il te dit », ai-je répondu en lui montrant mon pistolet.

Je ne sais pas si c'était juste ou faux, Brad n'avait donné aucune instruction à propos d'un quelconque kidnapping. Ensuite, alors qu'elle s'apprêtait à se mettre debout sur son lit, il l'a attrapée par les cheveux, lui a tiré la tête en arrière avant de lui plaquer un chiffon sur la bouche et le nez. Elle a résisté pendant à peine deux secondes avant d'avoir un soubresaut et de devenir toute molle dans ses bras. Du chloroforme, et moi qui croyais que nous n'en avions plus.

« Aide-moi à la porter. »

Il a glissé le chiffon dans sa poche.

« Mais qu'est-ce que tu veux d'elle ?

— Me marier et avoir des enfants. »

Sur le coup, évidemment, j'ai cru qu'il blaguait.

« Allez », a-t-il fait en prenant la fille évanouie sous les bras.

Le sourcil haussé, il m'a dévisagée. Je n'ai pas bougé. Je ne savais pas si j'en étais capable. Je regardais le poster qu'elle avait au-dessus de son lit. Un groupe que j'avais écouté.

« C'est un ordre, a déclaré Brad, alors décide-toi. »

Décide-toi. Je savais évidemment ce que ça voulait dire. Décide si tu veux rester dans la seule famille que tu aies. Avec la seule protection que tu puisses avoir. Décide-toi tout de suite.

Et, manifestement, j'étais capable de bouger. Je me suis penchée en avant. J'ai saisi ses jambes.

J'ai entendu le bruit de plusieurs motos qui s'éloignaient quand Heidi est arrivée en titubant dans le garage, vêtue d'un de mes manteaux. Elle a trouvé un couteau sur l'établi et m'a libéré. Je l'ai enlacée. Tremblant de tout son être, elle criait au creux de mon cou comme si elle avait trop de larmes et pas assez de temps pour les verser, comme si elle était sur le point de s'étouffer.

« Ils l'ont prise, hoquetait-elle alors que ses larmes chaudes coulaient dans mon T-shirt. Il a pris Amy.

— Il ?

— C'est Brad.

— Brad ?

— Il ne s'est pas montré, mais c'est Brad Lowe.

— Tu es sûre ?

— C'était le seul d'entre eux qui portait une cagoule et il n'a pas parlé. Mais c'est lui qui commandait et c'est lui qui est monté dans la chambre d'Amy. Et quand la fille et le garçon sont arrivés dans le salon, quelqu'un a dit que c'était l'ordre de Brad.

— Qu'est-ce qui était l'ordre de Brad ? »

Heidi n'a pas répondu.

J'ai resserré mon étreinte, je n'avais pas besoin de savoir. Pas encore.

La fille au teint mat connaissait le nom d'Amy et savait qu'elle avait son âge. Brad était à la tête d'un gang. Ça collait. Qu'il cache son visage aux gens risquant de l'identifier était logique. Et qu'il n'ait malgré tout pas été assez intelligent pour éviter d'être démasqué lui correspondait aussi.

Oui, c'était lui, Brad Lowe. Fourvoyé, mais malade d'amour.

À tout le moins, cela nous laissait un espoir.

5

« L'hélicoptère sera là dans neuf minutes ! » annonce le lieutenant.

Au bout du toit, la drisse de pavillon bat plus vite, le vent a forci.

Colin fait signe à un homme, qui disparaît dans le penthouse et en ressort avec un seau à glace dont dépasse un goulot vert.

« On peut tout de même se dire au revoir avec un peu de classe, non ? fait Colin en souriant. Étaient-ce les décadents qui disaient si justement "Après nous, le déluge" ? Dans notre cas, vu qu'on peut affirmer que le déluge est déjà là, les bons millésimes doivent être ouverts sans tarder et bus par ceux qui ont des palais et des gosiers à même de les apprécier. Avant que lesdites gorges ne soient tranchées.

— Eh bien, dis-je en prenant la flûte que me tend l'homme au seau à champagne. Je suis sans doute un peu plus optimiste, Colin.

— Tu l'as toujours été, Will. Après ce qui est arrivé, je ne peux qu'admirer ta foi en l'humanité. J'aurais voulu avoir un peu de ta naïveté et de ton cœur, au moins ça apporte une touche de chaleur, mais je n'ai que ce cerveau rationnel et froid, je vis seul dans une grande forteresse de pierre en plein hiver.

— Comme ta prison de Rat Island.

— Oui. À propos, on m'a donné une nouvelle explication sur la présence de tous ces rats. Au XIXe siècle, avant la construction de la prison, il y avait là un hôpital où on envoyait des malades du typhus, pour les empêcher de contaminer les habitants de la ville. On savait qu'ils allaient mourir et que jamais personne sur le continent ne prendrait en charge un corps atteint de typhus, même pas la famille. Les rats aussi le savaient. Quand la nuit tombait, ils hurlaient en attendant que des cadavres frais soient jetés par la porte de service de l'hôpital. Les morts étaient dévorés avant le lever du soleil, c'était un bon dispositif pour tous.

— Tu crois à cette histoire ? Ou tu continues de penser que les rats se sont rendus sur l'île pour y trouver refuge, comme toi ? »

Colin hoche la tête.

« Les rats ne peuvent pas contracter le typhus des hommes, Will, en revanche même eux sont contaminés par notre peur. Les rats apeurés deviennent agressifs, et c'est alors nous qui sommes effrayés et nous les massacrons. Ce n'est pas le virus qui nous brisera, Will, mais la peur que nous avons les uns des autres. »

Je pense à la peur. Cette peur lorsque le Chaos est venu chez nous. Cette peur dont j'ai vainement essayé de faire part la nuit même au commissariat, quand Heidi et moi avons porté plainte, et le lendemain, quand nous avons parlé avec les deux enquêteurs.

Installés à leurs bureaux, ils ne croisaient plus nos regards, fixaient leur attention sur leurs calepins. Je pensais que c'était l'horreur de notre récit : notre fille avait été enlevée et ma femme avait subi un viol collectif pendant que j'étais ligoté dans le garage. Plus tard, j'ai compris que la gêne était survenue quand je les avais informés que le leader du gang était très certainement Brad Lowe, fils de Colin Lowe, l'entrepreneur des technologies de l'information.

« Nous allons examiner l'affaire, a déclaré l'enquêtrice qui s'était présentée comme l'inspectrice principale Gardell. Mais ne vous faites pas trop d'illusions.

— Pas trop d'illusions ? Mais comment imaginez-vous que nous allons pouvoir vivre, bon sang ?! »

Je ne m'étais pas rendu compte que je hurlais avant de sentir la main de Heidi sur mon bras.

« Je suis navré, ai-je dit, mais ma fille est quelque part dehors, et nous, nous restons là à... à...

— Nous comprenons, a répondu Gardell. Je me suis mal exprimée. Ce que je voulais dire, c'est qu'en l'état actuel des choses ça peut prendre du temps, la police ne dispose pas des ressources nécessaires pour s'occuper de toute la criminalité violente.

— Je comprends que vous soyez obligés de prioriser, mais on parle du kidnapping récent d'une jeune personne, et nous vous servons quasiment le coupable sur un plateau, a rétorqué Heidi. Si la priorité doit être mise sur quelque chose...

— Nous vous promettons de faire notre possible, a conclu Gardell en échangeant un regard avec son collègue.

Maintenant, nous devons nous rendre sur une scène de crime, mais on vous tiendra au courant. »

Les deux policiers se sont levés, je les ai imités.

« Vous n'allez pas faire de relevés d'empreintes ? ai-je demandé. ADN, auditions de voisins...

— Comme je vous le disais... », a commencé Gardell.

Toute la journée, j'ai vainement essayé de contacter Colin.

Je me suis aussi rendu à l'appartement dont son fils avait pris les clefs : Colin avait raison, il n'en restait qu'une ossature calcinée.

Je roulais dans les rues en espérant presque qu'un gang essaierait de m'en empêcher, je ne sais pas vraiment pourquoi, mais ce n'est pas arrivé, on aurait dit que toute activité s'était arrêtée. Comme un cessez-le-feu.

Je suis rentré chez nous, et Heidi et moi nous sommes couchés avec Sam entre nous, sans doute pour nous donner le sentiment que nous lui apportions la sécurité que nous n'avions pas offerte à Amy.

À l'aube, Sam était profondément endormi et j'ai demandé à Heidi si elle voulait me raconter le reste, des détails qui n'étaient pas ressortis de la description concrète, mais succincte, qu'elle avait livrée à la police.

« Non », a-t-elle répondu laconiquement.

Je l'ai regardée en me demandant comment elle parvenait à être si calme et froide. Le choc psychologique peut se traduire par de l'apathie, mais ce n'était pas son cas. On aurait dit qu'elle avait repris le contrôle de son corps et de son cerveau, qu'elle se forçait à adopter ce calme froid, comme certains animaux peuvent abaisser leur température corporelle.

« Je t'aime », ai-je dit.

Elle n'a pas répondu. Et j'ai compris. Elle avait bloqué toute émotion, gelé son cœur pour qu'il soit de glace et ne ruisselle pas hors de son corps, sur la table, par terre. Car elle ne nous serait alors d'aucune utilité. Par amour, elle nous aimait un peu moins, ce devait être ça, l'explication.

« Je t'aime », a-t-il dit.

Elle n'a pas répondu.

Les épiant par le trou de la serrure, j'avais vu Brad se pencher vers la fille, Amy. Elle était assise sur le lit de Brad, la tête baissée, vêtue d'un pantalon de golf à carreaux tellement ample que c'en était comique, Brad avait dû le dégoter dans la penderie des gens qui avaient vécu là auparavant, ils n'avaient pas emporté grand-chose en partant.

J'ai regardé autour de moi, sur mes gardes, l'oreille tendue vers la cuisine où se trouvaient les autres, je n'avais pas envie de me faire prendre en train d'espionner le boss.

Puis j'ai collé de nouveau mon œil contre la serrure.

Elle était tellement belle, même avec ses cheveux lui cachant la majeure partie du visage.

Était-ce pour cela que je les espionnais ?

Nous étions rentrés directement après le braquage. Je roulais derrière la moto de Brad dans l'une des vallées étroites et profondes qui creusent le paysage de collines du nord de la ville. À une époque, quand il s'agissait de terres de coyotes, les gens qui y vivaient étaient des artistes et des hippies, des personnes qui n'avaient pas les moyens de prendre un logement en ville. Désormais, le phénomène s'était inversé, les pauvres habitaient dans le centre et les riches, dans de grandes maisons avec vue sur la baie et sur les gratte-ciel en contrebas. Toutefois, la situation était peut-être sur le point de se retourner encore. Plusieurs maisons étaient vides et de plus en plus de coyotes et de chiens sauvages trottaient le long des routes, en quête de nourriture.

Le nouveau lieu de séjour du Chaos se trouvait juste en face d'une maison où, très, très longtemps auparavant, un gang avait tué six personnes, notamment la femme d'un riche réalisateur de cinéma. Nous nous y étions installés après l'incendie de l'appartement de Brad dans Downtown. C'était la villa d'un associé de son père ; au début de la pandémie, Brad l'avait entendu mentionner que ce type avait emmené sa famille en Nouvelle-Zélande. Apparemment, de nombreux preppers *fortunés avaient acheté des maisons là-bas, dans cet endroit si loin de tout qu'il était forcément protégé de toute la misère du reste du monde. Eh bien, on ne peut pas toujours avoir de la chance. Si l'on en croyait les bulletins d'informations des chaînes de télévision avant qu'elles ne cessent d'émettre, la Nouvelle-Zélande était l'un des lieux les plus touchés par le virus. Quoi qu'il en soit, que le propriétaire de cette vaste maison soit mort ou non, Brad avait jugé qu'elle était tellement vide que c'était quasiment une invitation.*

Sur tout le chemin, Brad avait maintenu la fille redressée sur la moto, alors que nous prenions les virages à vitesse d'escargot. Je ne l'avais jamais vu conduire si prudemment.

Et le voilà qui lui déclarait son amour.

C'était indéniablement un aspect méconnu du bonhomme.

Avec Brad, j'étais la seule à disposer de ma propre chambre, les autres membres du gang se partageaient les cinq autres. La villa prenant de plus en plus des allures de porcherie inhabitable, j'avais demandé à Brad, au prodigieux agacement de

Ragnar, de me confier les pleins pouvoirs pour imposer à tous des corvées de ménage.

« Tu entends ce que je dis, Amy ? » Brad a baissé la tête pour croiser son regard. « Je t'aime. »

Amy a levé le menton. « Mais moi, je ne t'aime pas, Brad. Je ne t'apprécie même pas, je ne l'ai jamais fait. Tu peux me reconduire chez moi, maintenant ?

— Je comprends que tu aies peur, Amy, mais…

— Je n'ai pas peur, a-t-elle coupé d'un ton vif. C'est toi qui as peur, Brad. »

Il a ri, mais d'un rire crispé. « Et de quoi aurais-je peur ? Tu sais kickboxer, peut-être ?

— Tu as peur de ce dont tu as toujours eu peur, petit Brad. De ton papa, si grand. Tu as peur qu'il punisse son rejeton merdeux qui le déçoit. »

Brad a blêmi. « Il n'y a pas de quoi s'inquiéter, parce qu'il n'est pas là.

— Oh si, il est là. Toujours assis sur ton épaule. C'est à lui que tu dis… » Elle a incliné la tête sur le côté et imité son ton fervent. « … je t'aime. »

Cela ne pouvait que mal tourner, mais Amy a continué.

« Et comme tu l'entends, ton père te dit qu'il ne t'aim… »

Brad l'a frappée. Du plat de la main, simplement, mais avec une force suffisante pour faire partir sa tête sur le côté, au-dessus de son cou fin et délicat. Elle a porté ses doigts à son visage. Du rouge s'écoulait d'une narine. Je connaissais Brad, je l'ai si souvent vu perdre le contrôle, et j'étais parfaitement certaine que les choses ne feraient qu'aller de mal en pis pour Amy.

« Arrête de parler comme ça, a murmuré Brad. Déshabille-toi.

— Quoi ? Tu vas me violer ? » a-t-elle soufflé avec mépris.

— Il faut que tu comprennes une chose, Amy. Je suis le seul qui puisse te sauver du monde extérieur. Et ce monde commence au rez-de-chaussée, dans la cuisine. Si je ne suis pas là pour les arrêter, ils te mettront en pièces. Une meute de loups, c'est ce que nous sommes.

— Plutôt dix d'entre eux que toi, Brad. »

Il l'a frappée encore. Le poing serré, cette fois. Elle a voulu lui rendre son coup, mais il a arrêté son geste. Brad a des réflexes rapides. Il est fort et s'entraîne volontiers. Il aurait fait un bon combattant s'il était capable de maîtriser aussi ses émotions.

Il a empoigné la chemise d'Amy et tiré violemment. Les boutons ont ricoché sur le parquet. Puis il s'est levé et a enlevé son pantalon. Elle a saisi l'occasion pour tenter de s'élancer vers la porte, mais Brad l'a sans peine rattrapée d'un seul bras et balancée sur le lit.

« J'espère pour toi que tu n'es pas vierge. »

Il s'est assis sur sa poitrine, lui immobilisant les deux bras.

« Non, je ne suis pas vierge, a-t-elle répondu d'un ton rebelle, mais sa voix chevrotait à présent. Toi, en revanche, si. Comme les viols ne comptent pas, je veux dire. Et là, tu ne vas pas y arriver… »

Son discours s'est interrompu quand Brad lui a serré la gorge d'une main, tandis qu'il lui retirait son pantalon et sa culotte de l'autre. Sans doute l'a-t-il relâchée légèrement dans l'opération, car elle a alors réussi à gargouiller : « Parce que je suis ton père, tu as peur de moi aussi, regarde… » avant qu'il lui bloque de nouveau la trachée.

Brad s'est introduit de force entre ses cuisses. Ses fesses nues se contractaient régulièrement, mais j'ai compris à ses jurons stressés et à ses mouvements saccadés qu'il n'y arrivait pas. Ou bien elle lui avait bousillé son érection ou alors, tout simplement, il ne gérait pas la situation. Ou encore, cela m'a frappée : il aimait vraiment cette fille.

« Merde ! » a-t-il beuglé en sautant du lit.

Il a remonté son pantalon, reboutonné sa braguette, et il est allé chercher quelque chose dans la penderie. Il m'a fallu un instant pour voir que c'était un club de golf. Il l'a brandi à deux mains au-dessus de son épaule en marchant vers Amy.

J'ai serré la poignée de porte, je l'ai tournée. Enfin, l'ai-je tournée ? Peut-être n'en ai-je pas eu le temps, peut-être que la porte était verrouillée de l'intérieur. Peut-être que je me suis ravisée. Car qu'est-ce que ça pouvait changer ? Quand le club s'est enfoncé dans son buste, j'ai entendu un claquement sourd, comme un maillet à viande sur un steak. Puis le coup suivant, au front, a entraîné un craquement sec, comme un œuf à la coque qu'on ouvre. Elle s'est affalée sans bruit sur le lit.

Brad a pivoté sur son axe et s'est dirigé droit sur moi. Je n'ai pu m'écarter que de quelques mètres quand la porte s'est ouverte et qu'il a déboulé dans le couloir, mais j'ai eu le temps de me retourner pour avoir l'air non pas de m'éloigner, mais de marcher vers la chambre.

« Ah, te voilà ! Demande à quelqu'un de t'aider à la porter à la cave. Enferme-la. Utilise la laverie.

— Mais…

— Tout de suite ! »

Il est passé devant moi et a dévalé l'escalier.

6

Trois jours s'étaient écoulés depuis l'enlèvement d'Amy. Après avoir essayé en vain d'entrer en contact avec Colin par téléphone, par e-mail et par des intermédiaires, je suis allé sur le port. Les sex-clubs étaient toujours ouverts, comme s'il n'était jamais rien arrivé. Et c'est dans l'un d'eux que j'ai fini par trouver un pêcheur éméché prêt à m'emmener sur Rat Island, certes pour une somme outrageusement élevée par rapport à la longueur de la traversée. La strip-teaseuse sur scène m'a lancé un regard de reproche alors que je partais en lui enlevant un tiers de son public.

Aux abords de l'île, nous avons vu se ranger à nos côtés un navire du genre de ceux, utilisés par les garde-côtes, enfin d'ailleurs, à la réflexion, c'était sans doute véritablement un navire de garde-côtes, mais avec une mitrailleuse montée sur le pont avant. J'ai crié à un type en uniforme l'objet de ma venue, il a communiqué par radio et attendu quelques minutes avant de nous donner le feu vert. Nous avons accosté, Colin m'a accueilli sur le ponton, tout sourire.

« Quelle sympathique surprise, a-t-il dit en me serrant dans ses bras.

— J'ai essayé de te joindre.

— Ah bon ? Le réseau est encore plus mauvais ici qu'en ville. Viens ! »

Il m'a précédé vers le colosse de béton au centre de l'îlot.

« Alors ? Tout va bien pour toi et pour ta famille ? »

J'ai avalé ma salive.

« Non.

— Non ? »

Il a essayé de feindre la surprise.

« Je vais y venir, mais donc c'est ta maison, désormais ?

— Moui, pour l'instant. Liza déteste, elle trouve que j'aurais dû acheter une grande et belle île plutôt que ce bout de rocher désolé. Elle ne comprend pas que, par les temps qui courent, la beauté importe moins que la visibilité, le panorama dégagé. »

Nous nous sommes arrêtés juste devant le bâtiment. J'ai renversé la tête en arrière et contemplé la grande façade.

« Tu te sens en sécurité dans ton foyer ?

— Ici, oui. » Colin a claqué sa main dans le béton lisse. « Ces murs pourraient arrêter la Révolution française. Et mes tireurs d'élite sont capables d'intercepter tout ce qui vient, y compris de nuit. »

En hauteur, des fenêtres étroites en forme de meurtrières offraient une vue imprenable, à tous vents. Autour de nous, la mer brasillait intensément, comme s'il s'agissait d'une simple journée ordinaire. Pourtant, on ne voyait aucun voilier, seulement l'épaisse fumée des incendies qui dérivait du continent. Cela dit, pour la mer, cette journée était tout aussi ordinaire qu'un jour à surfeurs et à joyeux voiliers, rien ne la distinguait des autres jours où l'espèce humaine évoluait sur la surface de la terre.

« Allons déjeuner, j'ai demandé aux cuisines de nous préparer…

— Non. » J'ai suivi du regard un rat brun qui filait sur les rochers. « Laisse-moi t'expliquer pourquoi je suis venu. Brad nous a agressés dans notre maison.

— Qu'est-ce que tu racontes ?

— Il a enlevé Amy.

— Quoi ?! »

Il a essayé de prendre un air choqué.

« Et la police ne veut pas, ou ne peut pas, agir.

— Quand…

— Il y a trois jours.

— Mais pourquoi ne nous as-tu pas prévenus ? Enfin oui, c'est vrai, il n'y avait pas de réseau. »

Colin, qui maîtrise beaucoup de choses, mais pas l'art de la comédie, a secoué la tête du mieux qu'il pouvait. Alors je lui ai raconté cette nuit cauchemardesque, avec autant de détails que Heidi m'avait autorisé à en donner. Et cette fois, il n'a plus eu à faire semblant pour avoir l'air horrifié.

« Nous avons fourni les mêmes explications aux enquêteurs, mais ils ont cessé de prendre note quand ils ont compris que la personne que nous désignions était le fils de Colin Lowe. » J'ai inspiré à fond. « Mais je vois que je ne t'apprends rien, donc je suppose qu'ils t'ont contacté aussitôt après.

— La police m'a contacté ?

— Allons, Colin. Je te connais par cœur. Et étant ton juriste, je n'ignore pas que tu as des relations dans la police. »

Colin m'a apprécié du regard ; comme d'habitude, son appréciation était juste.

« Il faut que tu comprennes, Will, tu es mon ami, mais Brad est mon fils.

— Je le sais, et tu es pardonné, mais il faut qu'il libère Amy, et tu dois faire en sorte que la police l'arrête.

— Attends. Ce n'est pas tout. La police m'a indiqué que votre seul indice pour incriminer Brad est que quelqu'un aurait prononcé ce prénom quand ce gang était chez vous. Vous ne l'avez pas reconnu. Tu ne vas pas me dire que vous ne reconnaissez pas un garçon qui a pratiquement grandi parmi vous ? Que vous ne reconnaissez pas son langage corporel, son regard, sa voix ?

— Qu'est-ce que tu sous-entends, Colin ?

— Rien, simplement quand sa fille se fait kidnapper, on est désespéré. On fouille de fond en comble jusqu'à ce qu'on trouve quelque chose, n'importe quoi. Et ce que vous avez trouvé, c'est un prénom, qui au passage est l'un des plus répandus de cette ville, et vous vous y raccrochez parce que vous n'avez rien d'autre. Mais je connais Brad. Dieu sait que ce n'est pas un enfant de chœur, mais ça, Will, il ne l'a pas fait.

— Alors va lui parler !

— Personne ne sait où il est, personne n'arrive à le joindre. Je me fais autant de souci pour Brad que toi pour…

— Alors laisse la police lancer un avis de recherche, ai-je coupé pour lui épargner de terminer cette phrase absurde.

— Mais il n'y a aucune preuve, pas même un soupçon. Et c'est la police qui le dit, pas moi. On ne peut les forcer à mobiliser leurs ressources pour une enquête en laquelle ils ne croient pas.

— Si. Toi, tu le peux!

— Non, je ne peux pas, mon cher Will. Quand bien même je le voudrais.

— Mais tu ne veux pas, tu as peur que Brad soit coupable.

— Il n'est pas coupable.

— Alors tu as peur qu'il soit jugé coupable.

— Ça, c'est autre chose, oui. »

Dans mon désespoir, j'ai cogné le mur.

« Les tribunaux fonctionnent encore, Colin. Et je jure sur ma vie que Brad aura un procès juste. Même s'il l'a tuée. Tu m'entends?

— Et moi, je jure sur ma vie que mon fils n'est ni un meurtrier ni un ravisseur, Will. Sur ma vie. Tu m'entends? »

J'ai regardé encore la mer, cette brute d'océan qui, chaque seconde de chaque jour, voyait des destins comme celui-ci se sceller et pourtant souriait et scintillait en y restant parfaitement indifférent.

« Oui, je t'entends, ai-je répondu. Tu jures sur ta vie. »

Un autre rat a couru sur les rochers, le soleil faisait luire sa longue queue.

Puis, sans un mot ni un geste d'adieu, je suis redescendu sur le ponton vers le navire de pêche qui m'attendait.

Cette nuit-là, une fois de plus, j'ai roulé dans les rues de la ville, à la recherche d'Amy ou de quelqu'un qui puisse me fournir des informations. Le lendemain, j'étais de retour au commissariat de Downtown pour prendre des nouvelles, pour demander aux enquêteurs d'enquêter, pour les convaincre que Brad Lowe était le coupable. De nouveau, on m'a fermé la porte au nez, on a fait la sourde oreille et pour finir on m'a enjoint de quitter le commissariat.

En traversant le grand parking devant le centre commercial, j'ai vu une personne appuyée contre ma voiture. C'était l'inspectrice principale Gardell.

« Et vos recherches à vous, comment ça va ? »

J'ai secoué la tête.

« Vous voulez un renseignement que vous ne tenez pas de moi ? »

Je l'ai observée avant d'acquiescer.

Elle a retiré une feuille d'un dossier, me l'a tendue.

J'y ai lu une adresse avec un nom que je reconnaissais.

« C'était l'un des associés de Lowe, ai-je dit. Vous pensez qu'Amy pourrait y être ? »

Gardell a haussé les épaules. « Nous avons reçu des plaintes du voisinage. Drogue, salves de tirs, fêtes jusqu'au petit matin. Il semblerait que Brad Lowe et son gang s'y soient installés.

— Mais vous n'avez rien fait ?

— Les plaintes pour tapage nocturne ne sont pas notre priorité à l'heure actuelle.

— Mais les tirs et les infractions au droit de propriété, c'est tout de même d'une certaine gravité, non ?

— Nous n'avons reçu aucune plainte du propriétaire. Et si ça se trouve, les occupants de la maison ont son autorisation.

— Je vais monter voir, ai-je répondu.

— À votre place, je ne sais pas si je ferais ça.

— Ah bon ?

— Avec tant d'armes dans la maison, il n'est pas conseillé de se présenter simplement à la porte. Pas seul, en tout cas. »

Je l'ai regardée. « Mais vous ne voulez pas nous aider. »

Gardell a ôté ses lunettes noires en plissant une paupière face au soleil.

« Vous n'êtes pas le seul à avoir prononcé cette phrase ces derniers mois.

— Non ?

— Non. »

Elle m'a tendu le dossier. J'ai feuilleté les documents. Des plaintes. Vols à main armée. Coups et blessures. Violence aggravée. Viols. Vingt, peut-être trente.

« Et le point commun de ces plaintes est…

— Brad Lowe et son gang. Ce n'est qu'une sélection, mais une sélection qui peut vous intéresser. »

Je l'ai observée encore. « Je pense saisir ce que vous risquez, inspectrice principale. Alors pourquoi faites-vous cela ? »

Elle a poussé un soupir, chaussé ses lunettes de soleil. « Pourquoi faisons-nous quoi que ce soit dans ce monde totalement désaxé ? »

Puis elle est partie.

Au cours de l'après-midi, j'ai parlé avec la plupart des plaignants dont les noms figuraient dans le dossier.

J'ai d'abord contacté les victimes de viol, partant du principe qu'elles, ou leurs pères et leurs frères, seraient les plus motivées et les plus faciles à convaincre, mais j'ai vite compris que Gardell avait effectué un tri au préalable : toutes ces personnes avaient une bonne raison de vouloir se venger, et elles étaient qui plus est physiquement et mentalement aptes. A fortiori si elles n'agissaient pas seules.

« Vous voulez dire une milice ? » a demandé l'un des hommes.

J'ai réfléchi à ce mot. Il incarnait tout ce à quoi je m'opposais. À tout le moins dans une société où il existait déjà un système juridique en état de fonctionnement ; cependant, si le système juridique en place ne fonctionnait pas, il ne s'agissait plus d'une organisation paramilitaire illégale, mais du système juridique se présentant comme la meilleure option possible. Il fallait le voir ainsi : ce n'était pas une infraction à la loi, mais une forme de principe de nécessité.

J'ai essayé de lui expliquer, mais je n'exclus pas que le jargon juridique ait rendu mon raisonnement difficile à suivre.

« Ça ressemble à une milice, a-t-il conclu. J'en suis. »

Le soir venu, j'ai pu informer Heidi que j'avais avec moi quinze hommes adultes, dont l'un se chargeait de nous fournir des armes.

Je m'attendais à ce qu'elle soit contente, ou au moins à ce qu'elle sorte de la morne apathie dans laquelle elle avait sombré ces derniers jours, mais elle s'est contentée de me dévisager comme si j'étais un étranger.

« Va chercher Amy », a-t-elle simplement déclaré en refermant la porte de notre chambre.

Je dormais dans le salon et dehors, dans la nuit, j'entendais un animal hurler à n'en plus finir, ainsi que des explosions sourdes de grenades à cinquante mètres de distance, ou cinq cents, peut-être, impossible à dire. Je ne sais pas de quel animal il s'agissait, mais c'était probablement une grosse bête. La nuit précédente, le zoo avait été incendié, et les cages, ouvertes pour sauver les animaux. Très bien, me disais-je, mais si celui-ci est comestible… Je n'ai pas eu le temps de poursuivre ma pensée, une détonation a retenti et le hurlement a cessé net.

« Ce que vous voyez là, c'est mon droit le plus fondamental », a déclaré l'homme chauve en désignant d'un geste ce qui évoquait une collection d'insectes sur épingles, mais en plus gros, et en plus grotesque : un mur couvert d'armes de poing. Des pistolets, des carabines, des armes automatiques, des mitraillettes, et même une grande mitrailleuse sur son affût, dont la position évoquait une mante religieuse.

« La liberté de me défendre. »

Le chauve nous a observés en affichant un sourire satisfait. Il nous avait demandé de l'appeler Fatman, car il souhaitait conserver l'anonymat. Sur les quinze hommes qui, deux jours auparavant, s'étaient dits prêts à participer, trois s'étaient désistés. Rien d'inattendu, après l'enthousiasme initial suscité par cette occasion de se venger étaient intervenus des questionnements plus rationnels : que vais-je en retirer au-delà d'une courte satisfaction émotionnelle ? Quels sont les risques ? Avec sa suprématie, un État de droit ne risque pas grand-chose quand il sanctionne des criminels, mais nous ? Que se passe-t-il quand on se venge d'une vengeance ?

« Ils savaient que nous avions des armes, c'est pour ça qu'ils sont venus, a affirmé Fatman, mais ils n'ont pas trouvé cette pièce secrète, et c'est pour ça qu'ils ont emporté seulement les kalachnikovs et les grenades à main. Messieurs, servez-vous. »

Alors que Fatman lui montrait comment armer, ôter la sécurité et remplacer le chargeur de l'arme qu'il avait choisie, Larsen, un prof de musique afro-américain, vêtu d'une chemise bleue sans un pli, a voulu savoir ce que le gang leur avait fait, à lui et à sa famille.

« Eh ben, je viens de le dire.

— Ils… euh… ils vous ont volé quelques armes ?

— Et mes grenades.

— Des grenades. Et ça vous suffit pour vouloir vous venger ?

— Mais qui a parlé de vengeance ? Je veux simplement dézinguer quelques salopards, et là, j'ai une super bonne raison de le faire, non ?

— C'est beau », a commenté Larsen doucement.

Le visage de Fatman s'est empourpré. « Et vous ? a-t-il soufflé avec mépris. Ils vous ont pris votre Volvo ? »

J'ai juré intérieurement, fermé les yeux. J'avais besoin que ces hommes coopèrent, pas de ce genre de choses. Ayant soigneusement lu les plaintes, je savais ce qui allait suivre.

« Ils ont tué ma femme », a répondu Larsen.

Le silence complet s'est fait dans la cave humide. Quand j'ai rouvert les yeux, j'ai vu tous les regards braqués sur l'homme en chemise bleue. D'après le procès-verbal, Larsen et sa femme étaient sur le trottoir, les mains chargées de vivres, devant un dépôt secret de nourriture où ils s'étaient rendus avec huit membres de leur famille ; les gens avaient pris l'habitude de circuler en groupe, c'était considéré comme plus sûr. Une bande de motards était arrivée en face d'eux, les hommes avaient dégainé le peu d'armes dont ils disposaient, des couteaux et un vieux fusil de chasse, mais les motos les avaient dépassés sans ralentir. Ils croyaient le danger passé, mais le dernier de la troupe avait lancé une chaîne dont le crochet s'était planté dans la cuisse de la femme de Larsen, laquelle avait ensuite été traînée sur la chaussée avec ses sacs de provisions. Alors que les hommes se précipitaient pour l'aider, le gang s'était arrêté pour récupérer les vivres.

« Elle a eu l'artère fémorale perforée. Elle s'est vidée de son sang dans la rue pendant que les bandits ramassaient du jambon et des boîtes de conserve. »

On n'entendait rien d'autre que la respiration tremblante de Larsen, ses déglutitions.

« Et ils avaient… ? » a fait quelqu'un, délicatement.

Larsen a retrouvé la maîtrise de sa voix.

« Oui. Ils avaient des casques à l'effigie de Justitia morte. »

Les hommes ont hoché la tête.

L'un d'eux a toussoté.

« Dites-moi, cette mitrailleuse… Elle marche ? »

Deux jours plus tard, nous étions prêts.

Nous nous étions entraînés dans une salle de tir sous la direction de Pete Downing, un ancien marine expérimenté qui avait fait la guerre dans les maisons de Bassorah, en Irak. Lui, Chung, qui était ingénieur en bâtiment, et moi avions analysé des plans que Chung s'était procurés auprès d'une relation à la direction de l'urbanisme. Downing avait préparé un plan d'attaque, il nous l'a exposé à tous dans un local que nous avions pu louer au sous-sol de la salle de tir. Curieusement, s'il avait souligné la possibilité qu'il y ait plusieurs kidnappés dans la maison, décentrant ainsi la perspective d'Amy, il a néanmoins terminé en s'adressant à moi.

« Alors, Will Adams, ça vous paraît bien ? »

J'ai acquiescé.

« Merci », a-t-il conclu en roulant les grandes feuilles sur lesquelles il avait fait ses dessins.

Je me suis levé. « Donc on se retrouve tous ici à minuit. Pensez à porter des vêtements foncés. »

Les hommes ont défilé devant moi, plusieurs m'ont adressé un signe de tête. Je me suis rendu compte qu'ils me voyaient comme le leader. Parce que j'avais pris l'initiative ? Pour une autre raison ? Était-ce ma présentation de notre mission dans ses modalités pratiques, mais aussi dans ses aspects moraux et sociaux ? En disant que la justice n'était pas quelque chose qui se recevait, mais quelque chose qui se prenait, avais-je éveillé une ferveur du combat qu'ils n'avaient pas su mobiliser d'eux-mêmes, mais qui leur avait manqué, maintenant qu'on leur servait un mobile moralement acceptable ? Peut-être. Car ils percevaient sans doute que je pensais chaque mot que je prononçais : c'est la responsabilité de tous de décapiter Léviathan avant que ce monstre marin ne devienne si gigantesque qu'il nous engloutisse tous.

Je ne crois pas, toutefois, que quiconque se soit attardé sur ces pensées après minuit, quand trois voitures gravissaient en colonne la route escarpée et tortueuse vers la villa sur la colline. Engoncé entre deux hommes sur une banquette arrière, je ne réfléchissais qu'à ce que je devais faire, aux tâches qui m'étaient imparties d'après notre plan, et au fait que je ne voulais pas mourir. L'odeur que je décelais dans la sueur des autres était probablement celle que j'exsudais moi-même : celle de la peur.

7

J'ai été réveillée par des tirs, des cris, des cavalcades dans le couloir.

Mon premier réflexe a été de conclure que c'était encore une fête qui avait dégénéré, une dispute, sans doute avec Ragnar.

Quelqu'un secouait la poignée de ma porte et s'est rendu compte qu'elle était verrouillée. Comme toujours. Ce n'est pas que j'aie peur de me faire violer. Premièrement, ils n'ignorent pas que je les alignerais sans problème, deuxièmement, ils savent aussi que Brad les décapiterait, et troisièmement, on perd son magnétisme d'objet sexuel auprès des mecs quand ils comprennent qu'on aime la même chose qu'eux : les filles. Mais je sais aussi qu'avec leur consommation de stupéfiants en progression constante, ce n'est qu'une question de temps avant que l'un d'eux se ridiculise en tentant le coup. Ce qui lui causerait suffisamment de problèmes pour que je ne voie aucune raison de ne pas verrouiller la porte. Cela dit, telles que je vois les choses, ceux qui sont enfermés, c'est eux, pas moi.

Je me suis levée et j'ai attrapé la kalachnikov sous mon lit. Les voix dans le couloir n'étaient celles d'aucun des mecs du gang, et j'entendais maintenant de fortes détonations, comme des grenades incapacitantes. C'était Oscar qui montait la garde cette nuit, qu'est-ce qui s'était passé, putain, il s'était endormi ou quoi ?

La poignée de la porte a cessé de tourner, avaient-ils passé leur chemin ? J'ai alors entendu le bruit sourd d'une détonation de l'autre côté du vantail, et celui, cinglant, de la balle qui fusait devant ma tête pour se ficher dans le mur.

J'ai levé mon arme, basculé le levier de sécurité en mode automatique. Même dans la pénombre, j'ai pu voir la salve transpercer la porte et le bois voler en éclats blancs. De l'autre côté, quelqu'un est tombé de tout son poids et s'est mis à crier. J'ai enfilé mes chaussures, mon pantalon et mon blouson, et me suis avancée jusqu'à la fenêtre. En bas, Oscar gisait dans l'herbe, sur le dos, les bras en croix, la kalachnikov à côté de lui, comme s'il se dorait au clair de lune. Je me suis livrée à un rapide calcul. Je ne savais pas combien ils étaient, mais de un, ils avaient liquidé Oscar avant qu'il ait le temps de donner l'alerte, et de deux, ils étaient équipés de grenades incapacitantes. Pas de purs amateurs, donc. Et nous ? Nous, nous étions une bande de jeunes drogués entraînés à l'attaque, pas à la défense. Si je ne prenais pas une décision rapidement, on la prendrait pour moi.

La clef de ma moto était dans ma poche.

Merde, quoi ! J'avais même un endroit où aller, Maria m'avait proposé de m'installer chez elle. Ne l'avais-je pas envisagé, peut-être, indépendamment de ce qui se passait à cet instant précis ? D'accord, j'avais été sauvée par le Chaos, mais ce sauvetage n'était-il pas réciproque ? Ne nous étions-nous pas sauvés les uns les autres ? N'était-ce pas le groupe, ce nombre de douze, qui nous protégeait ? Plutôt que la loyauté, les codes d'honneur ? Fuck *tout ça ! Qui que ce soit ici, avait-il sacrifié quoi que ce soit pour moi, peut-être ?*

J'ai ouvert la fenêtre, me suis hissée dans l'embrasure en m'accrochant aux montants et me suis laissée pendre de l'autre côté, par les bras, avant de lâcher prise. Les rosiers du massif au-dessous étaient peut-être foutus depuis longtemps, mais les ronces, elles, avaient continué de grandir, et leurs épines étaient monstrueuses, c'était comme se rouler dans des barbelés.

J'ai respiré à fond, j'ai dégoupillé la grenade incapacitante et adressé un signe de tête à Downing. Il m'a répondu d'un même signe de tête, a tourné la poignée et entrebâillé la porte de ce que j'avais désigné, au vu des plans, comme la chambre principale.

Reproduisant les gestes qu'il m'avait montrés, je me suis baissé et j'ai fait rouler la grenade sur le plancher pour occasionner le moins de bruit possible. Downing a refermé la porte et j'ai compté jusqu'à quatre.

Même à travers le battant, la détonation a été assourdissante. Un rai de lumière s'est échappé par le trou de la serrure.

Downing a ouvert la porte d'un coup de pied, nous sommes entrés en nous postant de part et d'autre de l'embrasure, conformément à ses instructions.

Mon pouls battait furieusement alors que le faisceau de ma torche cherchait Amy. La lumière a balayé la fenêtre. J'ai vu quelqu'un sur la pelouse courir vers les motos garées. J'ai continué d'inspecter la pièce jusqu'à ce que le faisceau capture ce que j'ai d'abord pris pour une sculpture : un garçon blafard qui s'était assis dans son lit et regardait fixement droit devant lui, comme paralysé. Downing nous avait expliqué qu'il s'agissait là précisément de l'effet des grenades incapacitantes.

C'était Brad.

Downing lui a gueulé de lever les mains mais, visiblement, Brad n'avait pas encore recouvré l'audition après la détonation, en tout cas il s'est contenté de nous dévisager sans comprendre. Downing l'a frappé au visage avec la crosse de son arme, et une glaire sanglante a tourbillonné dans mon faisceau lumineux.

J'ai poussé Brad sur le lit, me suis assis sur lui. Il n'a opposé aucune résistance.

« C'est moi. Will. Où est Amy ? »

Il m'a dévisagé en clignant des yeux.

J'ai répété ma question tout en appuyant le canon du pistolet sur son front.

« On sait que c'était vous, ai-je dit. On a déjà tué votre sentinelle. Tu veux être le suivant, Brad ?

— Elle... »

Deux longues secondes se sont écoulées, suffisamment longues pour que je tremble comme une feuille, puis il a poursuivi :

« Elle n'est pas ici. On l'a laissée partir dès qu'on est sortis de Downtown. Elle ne s'est pas montrée ? »

Je ne sais pas si c'est parce qu'il avait hérité des mimiques de son père, mais je savais qu'il mentait.

Je l'ai frappé avec mon pistolet, et manifestement refrappé puisque, quand Downing m'a arrêté et que j'ai repris mes esprits, le visage de Brad n'était plus qu'un grotesque masque sanglant.

« Elle est morte, ai-je déclaré.

— Ça, vous ne le savez pas. »

J'ai fermé les yeux. « Il n'aurait pas menti si elle n'était pas morte. »

J'ai enfourché ma moto sous le grand auvent du garage. D'où je me trouvais, je voyais la pelouse et la danse d'une torche dans la chambre de Brad.

Ils le tenaient.

J'étais sur le point de démarrer, quatre secondes et je serais sortie de là, mais je ne l'ai pas fait. L'idée m'en empêchait. L'idée d'abandonner Dumbo, de le laisser tomber. J'ai lancé un coup d'œil vers la chambre qu'il partageait avec Herbert, le seul Noir du gang. La lumière était allumée. Ils n'étaient peut-être pas encore passés chez eux. Je suis redescendue de ma moto et me suis précipitée vers leur fenêtre. Debout sur la pointe des pieds, j'ai regardé à l'intérieur. Dumbo était assis sur le lit, en slip et T-shirt, il balançait ses jambes en contemplant la porte. Herbert n'était pas visible. J'ai tapoté sur la fenêtre. Dumbo a sursauté, mais son visage s'est éclairé quand j'ai appuyé le mien contre la vitre et qu'il a vu que c'était moi.

Il est venu ouvrir. « Herbert est allé voir ce qui se passe, a-t-il dit. Tu sais…

— Mets tes chaussures ! ai-je chuchoté. Il faut qu'on file !

— Mais…

— Tout de suite ! »

Dumbo est reparti.

Je l'ai regardé se débattre avec ses lacets pendant que je comptais les secondes. J'aurais dû lui procurer des chaussures à scratchs.

« On ne bouge plus ! » ai-je entendu juste derrière moi.

Je me suis tournée. C'était un homme chauve muni d'une carabine à lunette de visée. J'ai continué mon mouvement.

« T'as pas entendu… », a-t-il commencé, mais il a lâché sa carabine et cessé et de parler et de respirer quand mon side kick *l'a atteint à l'entrejambe. Je l'ai vu s'effondrer et suis revenue à Dumbo, qui se tenait dans l'embrasure de la fenêtre.*

« Saute ! »

Je l'ai réceptionné, mais il pesait lourd maintenant, nous avons tous deux roulé sur la pelouse. Puis nous nous sommes remis debout et il s'est élancé derrière moi.

Entendant Fatman et une autre voix au pied de la fenêtre, j'ai regardé dehors. Une fille aux jambes longues et un garçon de petite taille aux jambes arquées couraient sur la pelouse. C'étaient eux, j'en étais sûr ; tout en eux — leurs visages, leurs corps, leurs démarches, leurs voix — était gravé en moi depuis que j'avais été ligoté dans le garage. Ils sont arrivés aux motos, la fille en a enfourché une et le garçon a grimpé derrière elle. Elle a extirpé quelque chose de sa poche, des clefs, sans doute. Et j'ai alors vu un point lumineux rouge se promener sur son T-shirt blanc sous son blouson.

Laser.

J'ai ouvert la fenêtre. Couché sur la pelouse, Fatman épaulait sa carabine à lunette de visée.

« Ne tirez pas ! ai-je crié. Nous ne sommes pas des assassins !

— La ferme ! a-t-il lâché, se concentrant sur sa lunette de tir.

— C'est un ordre!

— Désolé, mais là, je tiens un de ces salopards.

— Si vous tirez, je tire», ai-je dit. À voix basse.

C'est sans doute pourquoi il s'est interrompu. Il a vu le pistolet que je braquais sur lui et m'a dévisagé alors que nous entendions le grondement forcir puis diminuer avant de s'évanouir, la moto avait franchi le portail et disparu dans la vallée.

J'ai abaissé mon pistolet. Je ne sais pas pourquoi, mais une petite partie de moi avait eu envie qu'il les descende. Pour me permettre de le descendre à mon tour.

«L'hélicoptère sera là dans quatre minutes! a annoncé le lieutenant. Que tous ceux qui partent se préparent!»

Je ne l'entends qu'à moitié, car sur ce toit, alors que je m'apprête à prendre congé, mes pensées sont ailleurs. Cette nuit-là, je voulais tirer. Je souhaitais que les circonstances m'offrent un prétexte pour devenir quelque chose que je pensais ne pas être. Je ne sais plus qui je suis. Je regarde les heureux élus qui écoutent l'hélicoptère, je recherche leur mauvaise conscience. Si elle est présente, je ne la vois pas.

Nous avons rassemblé tout le monde dans le salon pendant que Downing et Larsen fouillaient les dernières pièces de la maison.

Nous avions un homme grièvement blessé, eux, un tué, leur sentinelle, et quatre blessés.

«Il faut le conduire à l'hôpital, a commenté Chung au sujet de notre blessé, touché par des balles qui avaient traversé une porte.

— Niet. On était d'accord pour ne pas y aller, a décrété Fatman, qui semblait souffrir de douleurs au bas-ventre.

— Mais…, a protesté Chung.

— Oubliez ça, on ne veut pas avoir la police sur le dos ! » a insisté Fatman.

J'ai tranché.

« Conduisez-le à l'hôpital. »

Fatman s'est tourné vers moi, le visage cramoisi de colère. « Et c'est vous qui dites ça… Vous qui avez laissé filer un de ces bandits…

— Je n'avais aucune raison de la tuer, elle s'enfuyait.

— Nous, nous sommes ici pour sanctionner, Adams. Vous, vous êtes seulement là pour retrouver votre fille et vous vous servez de ça contre nous. Soit, mais alors il ne faut pas jouer au bon samaritain à nos dépens. Expliquez donc à Simon que cette fille méritait d'échapper à ma balle. »

J'ai observé Simon. Un cuisinier rondouillard à la voix douce, au regard clément et au rire communicatif. Car oui, nous avions aussi ri. Simon et sa famille avaient reçu la visite d'un gang dont les membres étaient coiffés de casques à l'effigie d'une défunte Justitia. Ils avaient tiré des grenades au bazooka. En quelques minutes, la maison était en proie aux flammes. La femme et le fils de Simon étaient toujours à l'hôpital, souffrant de graves brûlures, leur pronostic vital était engagé.

« Qu'est-ce que vous en dites, Simon ? Aurais-je dû le laisser les tuer ? »

Simon m'a longuement scruté. « Je ne sais pas, a-t-il fini par répondre.

— Vous aidez Chung pour conduire Ruben à l'hôpital ? » lui ai-je demandé.

Il a hoché la tête.

Downing et Larsen sont entrés dans la pièce.

« Vous avez trouvé des gens ? » les a interrogés Fatman.

Ils n'ont pas répondu, ils évitaient mon regard. Tout espoir que j'avais pu entretenir s'est éteint.

Amy gisait sur un matelas crasseux au sous-sol. Ils l'avaient enfermée dans la laverie, qui manifestement n'était pas utilisée, non pas pour l'empêcher de s'enfuir, mais pour cacher son corps. Je l'ai fixée. Mon cœur était débranché. Mon cerveau se contentait d'enregistrer. À moins qu'elle ne soit morte d'autre chose auparavant, la cause du décès était évidente. Elle avait le front défoncé.

Je suis ressorti dans le couloir, où m'attendaient Larsen et Downing.

J'ai désigné l'étage au-dessus de nous, le salon où nous avions ligoté et assis par terre les membres du gang.

« Interrogeons-les.

— Vous ne voulez pas d'abord…

— Non, ai-je répondu à Larsen. Allons-y. »

La question de la culpabilité a été élucidée promptement, grâce à une vieille technique, efficace mais discutable. En tant que juriste, j'ai été le premier à en décrier l'usage par la police.

Après avoir réparti les membres du gang dans les différentes pièces de la maison, nous les avons fait attendre, puis deux d'entre nous sont allés les trouver les uns après les autres, en prétendant nous être entretenus avec leurs camarades. Je parlais le premier, toujours avec les mêmes phrases d'ouverture :

« Je ne dirai pas qui, mais l'un de vos camarades vient de vous désigner comme meurtrier de ma fille Amy. Vous pouvez sûrement deviner qui. C'est avec plaisir que je me chargerai personnellement de vous abattre dans cinq minutes, à moins que vous ne parveniez à me convaincre que c'était quelqu'un d'autre. »

Le bluff est si patent qu'il y aura toujours quelqu'un pour le percer à jour immédiatement, mais ils ne peuvent avoir de certitude absolue, et ils peuvent encore moins avoir l'assurance que tous leurs camarades auront compris aussi. Ils font donc le calcul suivant : pourquoi la bouclerais-je en misant sur le fait que c'est du pipeau quand, forcément, d'autres vendront la mèche ?

Au bout de quatre interrogatoires, deux personnes avaient dit que c'était Brad. Au bout de six, nous savions que ça s'était passé dans la chambre à coucher, avec un club de golf. Je suis entré dans l'un des deux bureaux, où Brad avait les mains ligotées derrière le dossier d'un fauteuil en cuir, et je lui ai exposé nos informations.

Il s'est carré sur son siège en bâillant. « Bon ben, vous n'avez qu'à me descendre, alors. »

J'ai dégluti, attendu, et attendu encore. Les larmes sont venues. Pas les miennes, les siennes. Elles gouttaient sur le bureau en teck patiné, pénétraient dans le bois gris.

« Je ne voulais pas, monsieur Adams, a-t-il reniflé. J'aimais Amy. Je l'ai toujours aimée. Mais elle... » Il a repris son souffle en tremblant. « Elle me méprisait, elle ne me trouvait pas assez bien pour elle. » Il a eu un petit rire.

« Moi ! Moi qui vais hériter d'un des deux hommes les plus riches de la ville, qu'est-ce que vous en pensez ? »

Je n'ai pas ouvert la bouche. Il a levé les yeux.

« Elle m'a dit qu'elle me détestait, monsieur Adams. Et vous savez quoi, ce sentiment, on le partage. Moi aussi, je me déteste.

— Devons-nous considérer cela comme des aveux, Brad ? »

Il m'a observé, a acquiescé. J'ai lancé un regard à Larsen, qui d'un bref signe de tête m'a signifié qu'il avait vu ce que j'avais vu. Nous sommes sortis de la pièce pour rejoindre Downing.

« Aveux, ai-je annoncé.

— Que voulez-vous faire ? » s'est enquis Larsen.

J'ai respiré. « Le mettre en prison.

— En prison ?! » Downing ne cachait pas son dédain. « Mais il faut le pendre !

— Vous avez bien réfléchi, Will ? a vérifié Larsen. Vous savez bien que si vous le livrez à la police, il ressortira demain.

— Oh, mais c'est dans sa propre prison que je veux le mettre.

— Comment ça ?

— La prison dans laquelle il a enfermé Amy. Il pourra y rester en garde à vue jusqu'à ce que j'aie traité le dossier et que je l'aie fait condamner.

— Vous voulez… conduire le fils de Colin Lowe devant un juge et un jury ?

— Bien entendu. Nous sommes tous égaux devant la loi. C'est sur ce principe qu'est bâtie notre nation.

— Là, Adams, je crains que vous ne vous trompiez, a glissé Downing.

— Ah bon ?

— Notre nation est bâtie sur le droit du plus fort. C'est comme ça aujourd'hui et c'était comme ça hier. Tout le reste, c'est pour la galerie.

— Eh bien, ai-je conclu. Il est peut-être possible d'être juste tout en étant le plus fort. »

Des cris ont résonné derrière la maison.

Nous avons accouru, juste à temps pour constater que nous arrivions trop tard.

« Le noiraud a avoué. »

Fatman avait à la main un flambeau dont la lumière scintillait sur son visage en nage. Comme nous, il regardait fixement le grand chêne. Les autres hommes étaient là aussi, nous étions tous silencieux.

À la plus basse des branches maîtresses, un garçon pendait au bout d'une corde. Il était grand, maigre, avait peut-être seize ans, et portait un T-shirt avec l'inscription CHAOS faite main.

« Herbert ! » a crié une voix rauque à une fenêtre. Je me suis tourné vers la maison, mais je n'ai vu personne.

« Nous avons eu des aveux, ai-je dit. Vous avez pendu la mauvaise personne.

— Pas ces aveux-là, a précisé Fatman. Il a avoué qu'il avait allumé l'incendie. Et ce n'est pas moi qui l'ai pendu, c'est lui. »

Fatman désignait l'homme sous le pendu. Simon, le cuisinier jovial. Les mains jointes, il contemplait le cadavre en murmurant. Une prière, peut-être. Pour les grands brûlés de sa famille. Pour le défunt. Pour lui-même. Pour nous tous.

Nous n'avions pas parlé de ce que nous ferions des membres du Chaos. Nous nous étions centrés sur la libération d'Amy, et il était implicite que nous serions sans pitié pour les membres du gang en cas de résistance : ils seraient blessés ou tués, et la plupart d'entre nous jugions sans doute que c'était une vengeance suffisante. En revanche, nous ne nous étions pas mis d'accord sur la marche à suivre si certains se rendaient.

Au fond, nous disposions seulement de trois options : l'exécution, la mutilation, la libération.

Fatman a été le seul à voter pour l'exécution.

Certains plaidaient pour l'amputation, d'une main droite, par exemple, mais personne ne s'est porté volontaire pour procéder à l'intervention. Je suspectais que la perspective de savoir que neuf jeunes hommes mutilés, mais parfaitement opérationnels et assoiffés de vengeance, erraient dans les rues de la ville n'était pas très tentante.

L'option qui semblait recueillir le plus de soutien était la proposition de Downing de les fouetter avec une corde. La sanction serait sans doute perçue comme clémente et ne motiverait pas de futures représailles.

En ce qui me concerne, j'ai parlé en faveur de nous abstenir de toute sanction tant que nous ne pouvions pas livrer de procès juste aux « prévenus ». C'était précisément ce qui nous distinguait d'eux ; en renonçant à la vengeance, nous respecterions les principes juridiques sur lesquels nos ancêtres avaient construit ce pays, et nous montrerions de surcroît le bon exemple, nous indiquerions à ces jeunes gens que le comportement civilisé restait possible même par des temps chaotiques, que le retour en arrière était envisageable. J'ai promis que je veillerais personnellement à ce que, autant que faire se pouvait, l'affaire Brad Lowe soit traitée dans le respect des principes fondamentaux de l'état de droit.

Je ne sais pas si ce sont mes mots qui les ont convaincus, si c'est la brève prise de parole de Larsen — le seul à part moi dont un proche ait été tué — pour me communiquer son soutien, ou si c'est le vent qui, en faisant balancer le jeune homme noir dans l'arbre, entraînait une plainte des branches nous obligeant à ramener sans cesse notre regard vers lui…

Quoi qu'il en soit, nous les avons tous libérés sans plus de cérémonie, sauf Brad.

« Ça, on va le regretter », a décrété Fatman alors que les feux arrière de leurs motos étaient engloutis par l'obscurité de plus en plus profonde de la ville.

8

Amy a été ensevelie après une messe dans une église de Downtown. L'édifice était très simple, mais on était néanmoins surpris de constater que tout semblait intact, comme si la maison de Dieu était sacrée, même pour les pilleurs. Nous n'avions pas annoncé les funérailles ni invité quiconque, et les seules personnes présentes avec Heidi, Sam et moi étaient Downing, Larsen et Chung.

J'ai ensuite passé l'après-midi à convaincre Heidi d'emménager dans la villa de l'associé de Colin, avec les familles de Chung, Larsen et Downing. J'ai rappelé avec quelle facilité le Chaos s'était introduit chez nous ; cela pouvait et cela allait se reproduire, nous serions nettement plus en sécurité en étant nombreux. Heidi arguait que nous ne pouvions pas, que si la maison était vide actuellement, cela n'en restait pas moins la demeure, et le terrain, de quelqu'un. J'ai dit que je respectais absolument le droit de propriété, mais qu'en ce moment précis le droit de propriété pouvait prendre de toutes petites vacances. En plus, il nous fallait un endroit où assurer la détention privée de Brad jusqu'à son procès.

Le lendemain, nous avons déménagé le peu d'affaires dont nous avions besoin et engagé le travail de transformation de notre fort sur la colline.

Le bâtiment blanc du ministère public, dans Downtown, offrait un parfait équilibre entre l'emphase architecturale et la sobriété fade qui s'abstient de chagriner le contribuable ayant financé sa construction.

La procureure Adele Matheson occupait l'un de ces bureaux dont on se sert, non pas pour envoyer des signaux d'autorité et de statut social à ses visiteurs et à ses collègues, mais pour travailler. Une table simple, jonchée de piles de documents, un ordinateur légèrement daté, bardé de câbles, des rayonnages de littérature juridique pertinente, une fenêtre apportant de la clarté, mais surtout pas de vue distrayante. Et aucune photo de famille pouvant lui rappeler qu'il existait des choses plus essentielles dans la vie que le travail et qu'il était l'heure de rentrer chez elle.

Dans son fauteuil en cuir à dossier haut, elle m'observait par-dessus la monture de ses lunettes. Moins médiatisée que certains de ses collègues, elle en était d'autant plus respectée dans son milieu professionnel. Si elle était connue, c'était pour son intégrité, son endurance dans la traque des gens de pouvoir et sa récalcitrance à la médiatisation. Un journaliste avait un jour écrit que les réponses de la procureure Matheson à toutes les interviews et conférences de presse se limitaient à un répertoire de quatre possibilités : « oui », « non », l'un peu plus longue « nous ne le savons pas » et la franchement loquace « nous ne pouvons pas le commenter ».

« Vous êtes juriste, monsieur, a-t-elle précisé après m'avoir écouté. Si vous pensez avoir des preuves que cette personne a tué votre fille, pourquoi venir ici au lieu d'exposer les faits à la police ?

— Parce que je n'ai plus confiance en la police.

— Nous vivons une époque singulière, assurément. Mais vous gardez confiance dans le ministère public ?

— En nous adressant directement à un procureur, nous supprimons à tout le moins une étape avant que l'affaire puisse être jugée.

— Vous craignez la corruption, n'est-ce pas ?

— Le père du garçon est Colin Lowe.

— *Le* Colin Lowe ?

— Oui. »

Posant l'index sur sa lèvre supérieure, elle a inscrit quelque chose sur une feuille. « Vous savez où se trouve le garçon actuellement ?

— Oui.

— Et c'est… ?

— Si je vous disais qu'il est en détention privée, vous seriez obligée de me mettre en examen et le procès contre ce garçon serait alors compromis, non ?

— La détention illégale est bien sûr une infraction grave et, si les aveux sont livrés dans un tel contexte, le tribunal peut les rejeter entièrement.

— Les fruits d'un arbre empoisonné.

— Oui, vous connaissez les principes, naturellement. Cela dit, si la situation est telle que vous la décrivez, si des témoins peuvent confirmer qu'il est bel et bien passé aux aveux, et sans contrainte, notre affaire devient plus robuste. »

J'ai noté son « notre » plutôt que « votre ». Était-ce le nom de Colin Lowe qui était à l'origine de cette évolution ?

« Il vous faudra aussi retrouver au moins un membre du gang ayant accusé Brad du meurtre, a-t-elle précisé.

— Ça pourrait être difficile, mais nous sommes plusieurs à les avoir entendus indiquer que c'était lui.

— Il s'agit là de témoignages de seconde main, en tant que juriste, vous savez bien que c'est insuffisant dans un procès pénal. Pour lancer des poursuites, je dois être au moins aussi sûre d'obtenir une condamnation que le jury qui rend son verdict, la culpabilité doit être hors de tout doute raisonnable.

— Je vais trouver quelqu'un.

— Bien. » Adele Matheson a tapé dans ses mains. « Je lance les opérations, restons en contact. Cette affaire pourrait être intéressante pour montrer que l'état de droit n'est pas en déconfiture totale.

— C'est aussi ce que j'espère. »

J'ai contemplé l'unique tableau accroché dans la pièce. Il était petit, légèrement de travers, mais le cadre et le verre étaient entiers. Justitia. Aveugle et juste. Sans balle dans le front.

Ensuite, je me suis rendu directement au commissariat de Downtown. Alors que l'inspectrice principale Gardell me raccompagnait sur le parking du centre commercial, je lui ai expliqué que je pouvais mener Brad Lowe devant un tribunal si je parvenais à débusquer l'une des personnes qui l'avaient désigné.

« Vous aviez ce salopard entre les mains et vous le laissez s'en tirer en le plaçant devant une cour de justice ? »

Elle parlait sur le ton que je suppose être celui d'un athée qui demande à un croyant s'il gobe véritablement cette histoire de marche sur l'eau.

« Il faut que je retrouve un membre du gang, un seul. Pouvez-vous m'aider ? »

Elle a secoué la tête. J'ai cru que c'était un « non », jusqu'à ce qu'elle dise : « Je dois pouvoir garder les yeux et les oreilles ouverts, mais… » Je savais ce qui allait venir : « … ne vous faites pas trop d'illusions. »

Je l'ai remerciée et je suis reparti, avec le sentiment qu'elle me regardait m'éloigner en continuant de secouer la tête.

C'est Chung, l'ingénieur en bâtiment, qui a dirigé nos travaux pour rendre la villa inexpugnable.

Nous avons rehaussé le mur d'enceinte de la propriété, consolidé les deux portails, éliminé tout ce qui, entre la clôture et la maison, pouvait potentiellement servir d'abri ou de protection. Nous avons occulté les fenêtres avec des panneaux pare-balles où étaient ménagées des meurtrières, nous avons renforcé les cloisons, les portes et le toit pour leur permettre de résister à des grenades. Nous avons truffé le terrain de mines et de fusils-pièges à détecteurs de mouvement et mise à feu automatique. Par ailleurs, nous avons établi une salle de contrôle au sous-sol, d'où nous pouvions surveiller la propriété et télécommander des mitrailleuses et des lance-grenades installés au premier étage. Nous disposions de deux drones avec caméra, eux aussi télécommandés depuis la salle de contrôle, ou salle de guerre, comme l'appelait systématiquement Downing.

Bref : pour prendre cette villa, il fallait de l'artillerie et des bombes.

Dans l'éventualité où quelqu'un parviendrait néanmoins à pénétrer à l'intérieur, Downing disposait d'une paire de lunettes de vision nocturne. En Irak, nous avait-il expliqué, quand ses frères d'armes et lui chassaient les terroristes, la nuit, dans les quartiers hostiles de Bassorah, le courant était coupé et ils avaient appris à faire de l'obscurité leur alliée. Une fois nos familles couchées et les lampes éteintes, Larsen, Chung et moi nous sommes un peu entraînés dans la maison, mais pour être tout à fait honnête, ces lunettes ne faisaient que me donner le vertige et la nausée. Et la fois où Chung a rallumé la lumière sans prévenir alors que je les avais sur le nez, ça a été comme regarder droit dans le soleil, et je suis resté longtemps aveuglé.

Chung avait proposé que nous creusions aussi un tunnel, pour le cas où nous aurions besoin de battre en retraite. J'y ai longuement réfléchi avant de répondre que le coût serait trop élevé. Je mentais.

Par d'anciens collègues des marines, Downing avait eu vent de l'existence d'un dépôt où l'on pouvait troquer médicaments et vivres contre des munitions. Nous nous y sommes rendus, et Larsen et moi avons ensuite rangé les munitions dans la petite cave à vin, dont les rayonnages étaient vides — le Chaos avait dû faire un sort aux bouteilles —, qui présentait l'avantage d'être une pièce aux murs épais. Toutefois, quand Chung est entré et a vu les munitions, il a pointé l'index sur un percement dans le mur. Pour parer à l'éventualité d'un siège où nos raccordements aux réseaux publics seraient coupés, il avait posé une conduite d'égouts privatifs, qui débouchait au milieu d'une friche escarpée en contrebas de la propriété, et branché en outre une canalisation sur le conduit d'eau potable, plus bas dans la vallée. Dans l'hypothèse peu vraisemblable où nos assiégeants découvriraient l'écoulement d'eaux usées et identifieraient sa provenance, il n'était pas inconcevable qu'ils lancent une grenade dans la conduite et que cette grenade remonte jusqu'à la maison, mais l'épaisseur des murs préviendrait des dégâts trop importants. À moins que des munitions hautement explosives ne soient entreposées à cet endroit, évidemment.

Chung l'avait dit sur son mode habituel, sec, factuel, sans mimique trahissant l'ironie ou l'humour. Et c'est précisément pourquoi nous avons éclaté de rire, Larsen et moi, alors qu'il nous considérait de son regard mélancolique, qui nous a fait nous esclaffer encore plus.

Nous avons décidé de transférer les munitions dans la laverie, qui faisait office de cellule pour Brad. Je l'y avais installé parce que c'était là qu'ils avaient conservé le corps d'Amy. J'avais sans doute dans l'idée que ce constant rappel de ses actes s'assortirait de la brûlure des remords.

Une fois notre roque effectué, je suis resté dans l'embrasure de la porte, à regarder Brad dans la cave à vin. Couché sur son matelas, il feuilletait l'un des livres que je lui avais apportés. Sa garde à vue avait déjà suffi à le rendre pâle et amaigri, bien que nous lui ayons chaque jour prodigué de la nourriture en abondance et permis de faire des promenades dans le jardin.

« Qu'est-ce que c'est ? a-t-il demandé en désignant le percement dans le mur à côté de sa tête.

— C'est pour les égouts.

— Pour les merdes comme moi ? »

Il a reposé son livre, serré le poing et enfoncé son bras dans le trou jusqu'à l'épaule.

« Aucun humain n'est une merde, ai-je protesté.

— Si je mincis assez pour passer par ce trou et sortir, où est-ce que je finirai ?

— Sur le versant de la colline, en contrebas de la maison Polanski. »

Je ne savais pas pourquoi je le lui disais. Enfin, le savais-je ? Déjà ? J'ai chiffonné de la bande plastique qui était tombée d'une caisse de munitions et l'ai enfoncée dans ma poche.

Brad a ricané. « C'est pour m'empêcher de me pendre avec ? »

Je n'ai pas répondu.

Il s'est hissé sur son coude. « Pourquoi vous ne m'exécutez pas, qu'on en finisse ? »

C'était curieux. Il était couché et moi debout, il était enfermé, soumis à mon pouvoir, et pourtant, on aurait dit que c'était lui qui me toisait et non l'inverse.

« Parce que nous ne sommes pas comme toi, ai-je répondu en soutenant son regard.

— Vous allez bientôt le devenir. Enfin, si vous voulez survivre.

— Mon espoir est que toi, tu deviennes comme nous. Non, d'ailleurs, pas comme nous, meilleur que nous.

— Et qu'est-ce que ça changerait ? Si je reste enfermé jusqu'à la fin de mes jours…

— Rien ne dit que tu n'auras plus jamais à prendre de décision pouvant avoir des conséquences sur tes prochains, Brad.

— Alors donnez-moi une chance ! Libérez-moi ! Je vous promets, papa vous paiera ce que vous exigerez. Non, ce que moi, j'exigerai ! »

J'ai secoué la tête. « Ça va au-delà de ça, Brad, il s'agit de quelque chose de plus grand.

— Allez ! Qu'est-ce qui est plus grand que la putain de fortune de papa ?

— De choisir le bien plutôt que le mal. »

Brad a ri et m'a envoyé son livre en le faisant glisser sur le sol en béton. « Comme c'est écrit dans ce bouquin ? De la pisse de libéraux de gauche, si vous voulez mon avis. »

Tom Bingham. *The Rule of Law*. De la pisse de libéraux de gauche ? Au moins, cela devait signifier qu'il l'avait lu et s'était fait une opinion. Comme tout le monde, j'avais peut-être sous-estimé ses capacités intellectuelles, je l'espérais.

« Vous prétendez ne pas réclamer vengeance ? a-t-il demandé. Alors vous mentez !

— Peut-être, mais de toute façon, t'exécuter ne serait pas une vengeance suffisante. Car oui, je veux que tu regrettes. Je veux que tu ressentes la même douleur que moi, en perdant des êtres que tu aimes plus que tout et je veux que tu éprouves le même sentiment de culpabilité que moi, de n'avoir pas su protéger ta famille. Je ne vaux pas mieux que ça. Mais nous autres, humains, possédons cette aptitude exceptionnelle qui est d'être capables de renoncer à une satisfaction à court terme au profit d'un but plus élevé.

— Là, vous parlez comme ce bouquin.

— Lis-le et on pourra discuter de tout ça. »

Je suis sorti en verrouillant la porte derrière moi.

Dans notre chambre, Heidi et Sam jouaient avec deux Transformers que Sam avait reçus pour Noël « d'oncle Colin », comme l'indiquait l'étiquette du cadeau. Quand il avait déballé les figurines, Heidi et moi avions vu à sa réaction que nous briserions un cœur d'enfant si jamais nous les lui enlevions pour les échanger contre des jouets glorifiant moins la violence.

« Tu t'amuses apparemment », a fait remarquer Heidi.

Le tranchant de sa voix suggérait qu'elle m'avait entendu rire avec Larsen.

« J'essaie en tout cas, ai-je répondu en retrouvant ce même tranchant dans ma propre voix.

— Tu lui as parlé ? »

Lui, c'était Brad. Elle avait cessé de prononcer son nom.

« Je suis allé voir comment il allait », ai-je menti.

Comme s'il ne suffisait pas que j'aie éclaté de rire, devais-je maintenant tenter aussi de lui expliquer que j'avais eu une espèce d'échange constructif avec le meurtrier de notre fille ? J'avais certes dit que nous avions l'obligation de surmonter la mort d'Amy, d'aller de l'avant, pour nous, pour Sam, mais Heidi considérait que les gens doués de sentiments laissaient de la place au chagrin et au deuil, qui étaient l'équivalent du recul d'une arme, mais pour l'amour. Si je ne les ressentais pas, c'était que je n'avais pas aimé Amy autant que je le prétendais. Ses paroles m'avaient blessé, naturellement, elle s'en était aperçue et s'était excusée. J'avais rétorqué que chacun portait son deuil à sa façon, qu'il se pouvait que la sienne soit meilleure, que je diffère ce travail auquel elle se livrait. Je m'étais rendu compte qu'elle ne croyait pas à ma sincérité, mais je voyais qu'elle appréciait que je cherche un compromis.

« Papa, regarde ! »

Sam s'est élancé vers moi, a bondi sur mes genoux et a brandi sa figurine Transformers en feulant : « Je suis Devastator ! Je peux me transformer ! »

Il a tordu certaines parties du personnage et une arme ressemblant à une fourche est apparue, puis il s'est désintéressé de son jouet et m'a regardé droit dans les yeux.

« Et toi, tu peux te transformer, papa ? »

J'ai ri en lui ébouriffant les cheveux. « Bien sûr que oui.

— Fais voir, alors. »

J'ai esquissé une grimace qui d'ordinaire le faisait rire. Cette fois, il s'est contenté de me regarder. Je sentais une certaine déception. Puis il a refermé ses bras autour de moi et caché son visage dans mon cou. J'ai regardé Heidi, qui m'a adressé un sourire las.

« Je crois qu'il trouve bien que les papas ne se transforment pas », a-t-elle conclu.

Nous restions dans l'enceinte de la propriété en essayant d'éviter de nous taper sur les nerfs. Même à trois familles, nous disposions de plus de place que dans notre maison de

Downtown, mais d'une certaine façon, l'espace avait rétréci. Après l'enlèvement, Heidi était devenue si angoissée qu'elle gardait Sam auprès d'elle en permanence. Elle ne le laissait même pas jouer dans le grand jardin avec les autres enfants hors de sa présence. J'avais essayé de lui expliquer que, en ce moment précis, nous étions plus en sécurité ici que n'importe où ailleurs, mais c'était peine perdue.

« Nous allons nous faire attaquer », a-t-elle déclaré un jour que nous étions assis dans le jardin à regarder Sam jouer avec les deux enfants de Larsen. Ils marchaient dans la zone des mines et des fusils-pièges, mais il n'y avait aucun danger, tout était désactivé depuis la salle de contrôle. C'était salutaire d'entendre le rire insouciant des enfants, d'obtenir la confirmation qu'ils éprouvaient le sentiment de sécurité que nous cherchions désespérément à instiller. Heidi s'était fait violer, mais refusait d'en parler. Quand je lui avais demandé pourquoi, suggérant le bénéfice potentiel de s'ouvrir un peu, elle avait répondu que, tout simplement, elle ne se souvenait pas de grand-chose. Par bonheur, une fille avait emmené Sam hors de la pièce, mais ensuite, Heidi avait bloqué son esprit. Pendant le viol, elle n'avait pensé à rien d'autre qu'à Sam et à Amy. Elle avait donc bien peu à rapporter. Et si les souvenirs étaient enfouis dans son inconscient, eh bien, qu'ils y restent, car maintenant, elle avait besoin d'être opérationnelle. Personnellement, j'attribuais cette propension au refoulement au fait que, comme pour les maux physiques, la plus vive des douleurs pouvait être temporairement supplantée par une autre douleur. En l'occurrence, la plus vive des douleurs était de perdre Amy. J'ai compris que c'était la raison pour laquelle Heidi, femme forte, attentionnée, dotée du sens du sacrifice, qui en d'autres circonstances aurait tout de suite joué les mamans de substitution, évitait presque les enfants orphelins de mère de Larsen. À la place, c'était la jeune femme de Chung qui endossait ce rôle.

« Peut-être que certains essaieront, ai-je répondu, mais ils iront chercher des proies plus faciles.

— Pas les gangs. Lui. Colin. Il va nous retrouver.

— Pas si nous faisons profil bas. »

J'ai jeté un œil légèrement inquiet sur les enfants, qui pelletaient là où nous avions enterré le garçon noir, Herbert. Brad ne connaissait pas son nom de famille et tant mieux, de toute façon, nous n'en avions pas besoin. La tombe n'était signalée par aucune croix qui aurait pu révéler le lynchage.

« Un père ou une mère retrouvera toujours ses enfants », a conclu Heidi.

Je n'ai pas répondu. Je savais bien qu'elle avait raison.

Le lendemain, je suis passé au commissariat, où m'attendaient de bonnes nouvelles. L'inspectrice principale avait retrouvé la trace d'un membre du Chaos, un certain Kevin Wankel. L'affaire avait été on ne peut plus simple, il était détenu en prison. Il s'était fait arrêter récemment pour le braquage et le meurtre d'un policier. Dans sa déposition, il avait indiqué être membre du Chaos, mais le Chaos ne parvenant pas à ratisser suffisamment d'argent pour couvrir ses besoins en méthamphétamines, il était parti de son côté, en quête de quelqu'un à braquer. Il avait attendu devant un club de strip-tease, s'en était pris à la première personne qui en était sortie et lui avait pointé un pistolet sur le front en lui demandant son portefeuille. L'homme en question ayant, d'après des témoins, déclaré très calmement qu'il était policier et que Kevin serait fort avisé de déguerpir, celui-ci avait fait feu, pris le portefeuille et filé. Une heure plus tard, il se faisait arrêter alors qu'il cherchait à acheter des méthamphétamines dans la rue. Son procès était déjà passé, il avait été condamné à la prison à vie.

Elle m'a montré la photo d'identité judiciaire de Wankel, mais je ne reconnaissais pas d'emblée son visage, en tout cas ce n'était pas l'un des garçons qui avaient désigné Brad comme le tueur.

« Je lui ai parlé, a expliqué Gardell. Il est plus que disposé à témoigner à la barre et à dire qu'il a vu Brad le faire. En échange, il voudrait simplement que nous lui procurions un peu de meth.

— Quoi ?!

— Bien sûr, je n'ai pas accepté. Adele Matheson n'engagera jamais de poursuites contre quelqu'un sur la foi d'un témoignage recueilli en échange de stupéfiants, mais nous pourrions essayer de le rétribuer avec une réduction de peine. »

J'ai regardé la photo, secoué la tête. « Il n'y était même pas.

— Quoi ? »

J'ai repoussé la photo vers elle en lui montrant la date.

« Cette photo d'arrestation a été prise deux jours avant notre raid dans la villa. Il était déjà en prison. Il veut seulement de la drogue, il vendrait sa mère pour un gramme.

— Mince ! »

Gardell avait l'air aussi déçue que moi.

C'est curieux, l'espoir qui vient et qu'on vous dérobe. J'avais pourtant eu les mains tout aussi vides en entrant au commissariat, mais quand j'en suis ressorti, ma journée s'était détériorée.

Après nous être échappés de la villa l'autre nuit, Dumbo et moi nous sommes installés chez Maria.

Elle n'était sans doute pas emballée à l'idée d'avoir un invité supplémentaire, mais elle l'a accepté comme faisant partie du deal. Le deal n'étant pas seulement que nous partagions un toit, une table et un lit, mais aussi que je nous protégerais et que, quand nous viendrions à manquer de nourriture, je sortirais nous en procurer. Maria n'a pas cherché à savoir comment et je ne lui ai pas expliqué.

L'une de nos stratégies était d'identifier une ruelle peu passante, où Dumbo se couchait sur la chaussée. Cela faisait bien longtemps que plus personne ne s'arrêtait pour aider quelqu'un qui gisait sur la route, mais les gens ralentissaient au moins pour l'éviter, et c'est là que j'entrais en scène. J'arrivais en face, à moto, créant un semblant d'embouteillage. Les automobilistes cessaient d'avancer. Si notre timing était bon, la voiture se trouvait alors à côté de Dumbo, qui se levait, dégainait l'arme sur laquelle il avait été allongé, et brisait la vitre latérale avec le canon en criant « Les mains en l'air ! », réplique qu'il adorait éructer à tort et à travers. Les automobilistes ne pouvant pas savoir si j'étais de mèche avec le petit bonhomme armé, ils ne mettaient pas forcément les gaz pour m'écraser, et je profitais de ces secondes d'hésitation pour dégainer aussi.

Ce jour-là, nous venions de mettre en œuvre notre stratégie, le conducteur avait les mains en l'air et l'arme de Dumbo pointée sur le front tandis que je fouillais sa voiture pour voir si j'y trouvais des vivres avant d'enfoncer un tuyau en plastique dans le réservoir.

« Les mains en l'air ! a lancé Dumbo pour la troisième fois.

— Mais j'ai les mains en l'air…, a protesté l'automobiliste, du désespoir dans la voix.

— Les mains en l'air !

— Dumbo ! ai-je crié. On se calme, là. »

J'ai refermé mes lèvres sur l'extrémité du tuyau et aspiré pour amorcer le pompage de l'essence dans le jerrycan que j'avais posé sur l'asphalte.

J'étais tellement concentrée sur ma tâche que je ne les ai pas entendus venir, pas avant qu'une voix bien trop familière clame : « Je savais pas que la gouine savait sucer. »

J'ai avalé de l'essence, toussé alors que je pivotais sur moi-même pour épauler ma Remington, tout en sachant qu'il était trop tard.

Ils étaient trois. L'un des jumeaux O'Leary braquait un pistolet sur le front de Dumbo, le deuxième me visait avec une kalachnikov. Le troisième gars, celui qui avait parlé, portait un blouson en cuir que je savais orné d'un dragon dans le dos.

« Ragnar. Ça faisait longtemps.

— Mais pas assez ? » m'a-t-il répondu en souriant.

J'ai commencé à me lever.

« Reste à genoux, Yvonne, ça te va bien. Et demande à ton nain de poser son gun, ou alors on dégomme tout le monde. »

J'ai dégluti. « Fais ce qu'ils disent, Dumbo. Vous avez l'intention de prendre notre butin ? »

Ragnar a fait tourner sa chaîne. « Tu n'aurais pas fait pareil ? »

J'ai haussé les épaules. « Ça dépend.

— Bon, alors on va prendre l'exemple d'une C2 qui file quand son gang est attaqué ? Tu n'aurais pas fait pareil, hein ? Tu nous as trahis. Un Chaos ne laisse pas tomber un autre Chaos. C'est la règle numéro un. Pas vrai, les mecs ?

— Oui, ont répondu les jumeaux O'Leary en chœur.

— La bataille était perdue, ai-je dit. Je n'aurais rien pu faire pour vous.

— Ah bon ? Pourtant tu as sauvé le gnome. » Ragnar a désigné Dumbo d'un signe de tête. « Tu l'as bien dressé, on dirait qu'il commence à se rendre utile. Pour nous aussi, ce serait bien pratique d'en avoir un.

— Comment ça s'est passé, là-haut ? » ai-je demandé.

Ragnar a jeté un coup d'œil dans les sacs de vivres que j'avais posés sur la chaussée.

« Ils ont lynché Herbert et gardé Brad. Et nous, ils nous ont relâchés, les cons.

— Alors je suppose que tu as dirigé une attaque contre eux. »

Ragnar m'a regardée sans comprendre.

« Vu qu'ils ont Brad et qu'un Chaos ne laisse pas tomber un autre Chaos, ai-je expliqué. Il a essayé de sauver Brad, hein, les mecs ? »

Cette fois, les jumeaux O'Leary n'ont pas répondu.

Les petits yeux de Ragnar n'étaient plus que de simples fentes, mais je n'arrivais pas à m'arrêter.

« Non ? Ah ? Mais alors tu étais peut-être content qu'on ne fasse plus partie du paysage, Brad et moi, ça te permettait de prendre les rênes et de devenir chef, non ? »

Les jointures de Ragnar ont blanchi quand il a resserré sa main autour de la chaîne. « Tu as toujours été grande gueule, Yvonne. Personne t'a expliqué que c'est pas très malin quand tu as une kalachnikov braquée sur toi ? »

Ma gorge s'est asséchée. Je pensais à cette fille, Amy. J'aurais voulu lui avoir donné le même conseil.

« J'ai parlé avec le père de Brad et je lui ai raconté ce qui s'était passé, a poursuivi Ragnar en regardant les jumeaux, comme pour s'assurer qu'ils écoutaient. Il va s'en occuper lui-même.

— Tu as réussi à joindre le père de Brad ? »

Ragnar a haussé les épaules. « Disons plutôt que c'est lui qui nous a trouvés. Enfin bref… » Il a sorti une pomme d'un sac, l'a croquée. « Ce n'est plus mon problème. » Il a grimacé et balancé le fruit, qui a roulé sur l'asphalte.

« Tu savais que le sexe avec nains continue de se vendre sur le port ? »

Je n'ai pas répondu.

« Souviens-toi que je t'ai laissé la vie sauve, Yvonne Grande Gueule. » Il a tourné les talons et est parti vers le coin de rue où ils avaient dû laisser leurs motos avant de nous surprendre. « N'oubliez pas les sacs ! a-t-il lancé par-dessus son épaule.

— OK ! a crié le jumeau qui me visait. On prend les armes aussi ?

— Mais bon sang, qu'est-ce que vous croyez ? »

Les jumeaux avaient beau nous avoir désarmés, ils sont repartis à reculons, en nous visant, Dumbo et moi.

J'ai entendu la moto de Ragnar démarrer, elle avait son propre timbre rauque. Il a tourné et il m'a fallu deux secondes pour comprendre ce qui allait se passer. Je l'ai vu faire tournoyer le crochet, je me suis relevée, j'ai eu le temps de crier à Dumbo de dégager. C'étaient deux secondes de trop, au moins. Un bruit mat a accompagné le crochet qui s'enfonçait à l'arrière de l'épaule de Dumbo, et j'ai vu la pointe ressortir devant, sous sa clavicule. Il a poussé un long gémissement avant d'avoir le souffle coupé quand il s'est trouvé arraché de la vitre de voiture à laquelle il tentait de s'accrocher. Il a rebondi deux ou trois fois sur la chaussée avant d'être traîné en hurlant et de disparaître dans le virage. Voulant les poursuivre, j'ai pivoté pour me jeter sur ma moto. Les jumeaux arrivaient sur les leurs. Leurs salves crépitantes ont transpercé mon véhicule.

Une fois qu'eux aussi eurent disparu et que la poussière fut retombée, littéralement, j'ai examiné, à genoux, les perforations de mon moyen de locomotion sacré, de mon moyen de locomotion maudit.

« Je vous dépose quelque part ? » a proposé le type de la voiture, qui était toujours là.

J'ai fermé les yeux. J'avais envie de pleurer. Ce ne sont ni la ville ni des temps pour les larmes. Non. Mais j'ai pleuré.

Il était tard et je rentrais au terme d'une autre journée de vaines recherches des membres du Chaos. J'avais besoin d'un témoin de première main, de quelqu'un qui puisse pointer l'index sur Brad Lowe.

En passant devant l'édifice du ministère public, j'ai vu de la lumière dans quelques bureaux et, presque impulsivement, je me suis garé sur le parking quasi désert, près de l'entrée, et j'ai sonné. J'ai prié la personne qui me répondait d'appeler le bureau d'Adele Matheson. Presque aussitôt, je l'entendais dans l'interphone.

« J'ai essayé de vous joindre, a-t-elle dit. Je m'apprête à rentrer chez moi, vous m'attendez cinq minutes ? »

Quatre minutes plus tard, elle est sortie. Sa tenue, jusqu'à son chemisier, était la même que la fois précédente. Elle s'est tout de suite dirigée vers le parking. Ses chaussures étaient usées sur l'intérieur, ce qui accentuait ses jambes en X.

« Pouvez-vous m'aider à trouver Brad Lowe ? a-t-elle demandé.

— Mais je vous ai…

— Vous disiez que je préférerais sans doute ne pas savoir, je suggère que nous continuions ainsi. Pouvez-vous faire en sorte qu'il se présente au tribunal, oui ou non ?

— Oui, ai-je répondu, stupéfait.

— Bien. Sa famille est informée de son inculpation, et maintenant vous l'êtes aussi. Cela requiert que vous et ceux qui étaient avec vous pour chercher Amy témoigniez à la barre.

— Êtes-vous en train de dire que… ? »

Nous nous sommes arrêtés près d'une Ferrari rouge. J'avais peine à croire que cette voiture de sport sexy lui appartienne, jusqu'à ce qu'elle ouvre la portière.

« Je ne vous promets rien, a-t-elle ajouté. Je dis simplement qu'après quelque temps de réflexion le ministère public est parvenu à la conclusion que nous disposions de suffisamment d'éléments pour inculper Brad Lowe de meurtre. »

9

Ils ont attaqué juste avant l'aube.

Ils étaient préparés. De toute évidence, ils connaissaient bien les plans de la propriété et ils s'attendaient à rencontrer de la résistance.

Vêtus de treillis militaires, ils se faufilaient courbés sur eux-mêmes le long du mur ; on aurait dit un banc de dauphins à la surface de la mer.

Sur son siège, Downing s'est adossé en regardant les moniteurs.

« Ces mecs sont des pros. »

Moins de deux minutes s'étaient écoulées entre le déclenchement des alarmes silencieuses et l'instant où nous nous étions tous retrouvés au sous-sol. Downing, qui était de garde, nous avait réveillés. Les femmes s'étaient enfermées avec les enfants dans la pièce sécurisée en face de la cellule de Brad, et Downing, Chung, Larsen et moi avions rejoint la salle de contrôle au bout du sous-sol. Nos caméras cachées, des caméras de chasse ordinaires avec mode nocturne, montraient les assaillants qui se rassemblaient contre le mur, côté jardin, et se dispersaient pour approcher ensuite de toutes les directions.

La troupe a cessé d'avancer vers la maison.

« Ils sont une trentaine, a déclaré Downing. Différents types d'armes, des carabines automatiques légères. Je ne vois ni grenades ni lance-flammes, donc ceci doit être une attaque chirurgicale, ne doivent mourir que ceux qui sont censés mourir. »

Tout le monde sauf Brad, ai-je conclu intérieurement, mais je n'ai rien dit.

« Lunettes de vision nocturne… Un vieux modèle, comme les miennes. Ce sont des vétérans qui ont de l'expérience, les gars, les pires adversaires possibles.

— Ils sont très nombreux, a commenté Larsen, d'une voix qu'on sentait chevrotante. On ne devrait pas activer les mines tout de suite ?

— On est dans le scénario deux, a répondu Downing, qui tambourinait légèrement avec ses doigts sur la table, à côté du clavier. Qu'est-ce que ça implique, Larsen ? »

Larsen a dégluti, le bruit évoquait le glouglou d'une bouteille.

« Qu'on activera les mines et les fusils-pièges seulement une fois qu'ils auront lancé l'attaque…, a-t-il murmuré.

— Exact. Chung ?

— Oui ? »

Chung venait d'entrer après s'être assuré que les femmes et les enfants étaient tous dans la pièce sécurisée.

« Quand les mines et les fusils-pièges commenceront à détoner, vous allumerez le courant du mur d'enceinte pour que personne ne puisse filer.

— OK.

— Adams, vous pilotez le drone et vous nous donnez des images de la situation.

— Reçu cinq sur cinq, ai-je répondu dans notre idiome militaire fraîchement acquis.

— Et Larsen, vous êtes prêt avec les mitrailleuses, n'est-ce pas ?

— Ouaip », a dit Larsen en s'installant plus confortablement sur sa chaise et en saisissant la manette sur la télécommande.

Nous nous efforcions visiblement de paraître plus hardis que nous ne nous sentions. En même temps, je pense que nous ressentions tous une certaine excitation : ce à quoi nous nous étions préparés se produisait enfin.

« Bien, alors scénario deux. Quand ils commencent à bouger, je commence le compte à rebours à partir de trois et à zéro, on active. Des questions ? »

Silence.

« Prêts ? »

Trio de « oui » à l'unisson.

Bien des choses ne sont pas comme dans les films.

Ceci n'en faisait pas partie.

Les secondes suivantes — car les enregistrements que nous avons regardés par la suite ont révélé que l'opération n'avait duré que quelques secondes — ont été aussi irréelles que ce que j'avais pu voir au cinéma.

Quand ils ont attaqué et que nous avons allumé les projecteurs, quand les mines ont commencé à exploser, les bras et les jambes, à voler, quand les fusils-pièges ont pris par surprise assaillant après assaillant, quand plusieurs d'entre eux ont désespérément battu en retraite et essayé de gravir le mur désormais électrifié et que, par la caméra du drone, j'ai vu leurs corps convulsés tomber au sol, puis continuer d'être secoués par les balles de la mitrailleuse de Larsen, il était difficile de saisir que ces scènes se produisaient réellement.

Puis les explosions et les salves de tirs ont cessé, le silence s'est fait d'un coup.

Dehors, certains blessés se sont mis à appeler à l'aide. À côté de Downing, Larsen, qui dirigeait les mitrailleuses avec sa manette, comme dans un jeu d'ordinateur, s'est interrompu. Il a regardé les moniteurs, et s'est servi des images de mon drone pour viser de nouveau, ne tirant plus que de brèves salves. À chacune d'entre elles, on entendait une personne de moins crier.

Puis le silence complet.

Nous avons regardé l'écran. Des corps partout.

« On les a battus, a chuchoté Chung, comme s'il ne croyait pas totalement aux paroles qui sortaient de sa bouche.

— Yiiiha ! » s'est exclamé Larsen, les bras levés au-dessus de la tête.

On aurait dit qu'une lumière avait été rallumée dans son regard, une lumière éteinte depuis longtemps.

J'ai dirigé le drone de l'autre côté du mur. Trois camionnettes blindées étaient garées cent mètres plus bas, leurs moteurs tournaient. Il y avait aussi un SUV qu'il me semblait reconnaître.

« Ils ont encore des hommes à l'extérieur de la propriété, ai-je commenté. On allume le haut-parleur et on leur dit qu'on ouvre le portail pour qu'ils puissent venir chercher leurs morts ?

— Attendez ! Regardez. »

Downing a désigné les voyants d'alarme. L'un d'eux était allumé.

« Quelqu'un a forcé la fenêtre de la cuisine. »

J'ai fait revenir le drone et, en effet, l'écran devant la fenêtre était tordu et écarté sur le côté, sans doute à l'aide d'un pied-de-biche.

« C'est un pion passé. » Downing a chaussé ses lunettes de vision nocturne et empoigné sa carabine. « Adams, vous prenez les commandes. »

Un instant plus tard, il avait franchi la porte et disparu dans l'obscurité du couloir.

Nous nous sommes regardés. Les « pions passés », avions-nous appris, étaient des soldats dont le nom venait du jeu d'échecs et qui opéraient indépendamment de leur unité. Sans attendre les ordres, ils pouvaient réagir avec une rapidité fulgurante aux possibilités qui se présentaient. Nous tendions l'oreille, mais n'entendions pas les pas de Downing. Il nous avait offert une brève démonstration de marche ninja silencieuse, mais nous n'avions pas eu le temps de nous entraîner au combat rapproché ; nos préparatifs étaient concentrés sur la défense des accès à la maison.

Une détonation nous a fait sursauter.

Puis un bruit évoquant une chute dans l'escalier du sous-sol.

Nous avons attendu. Je serrais si fort ma carabine automatique que j'en avais mal à l'avant-bras.

Ayant compté jusqu'à dix sans que Downing frappe à la porte, je me suis tourné vers mes deux camarades.

« Downing est mort, ai-je déclaré.

— Le pion passé n'arrivera pas à s'introduire dans la pièce sécurisée, a affirmé Chung.

— Mais il pourrait libérer Brad, ai-je dit. Je sors.

— Vous êtes fou ? a murmuré Larsen. Le pion passé a des lunettes de vision nocturne, vous n'avez pas la moindre chance de vous en sortir, Will !

— Mais c'est précisément là qu'est ma chance, ai-je répondu en m'assurant que mon fusil était chargé et la sûreté enlevée.

— Comment ça ? »

J'ai montré le panneau de contrôle, l'interrupteur qui coupait la lumière dans toute la maison.

« Quand je sors, vous allumez, après huit secondes, vous éteignez, et ensuite, vous allumez et éteignez en alternance toutes les cinq secondes.

— Mais…

— Faites ce qu'il vous dit », a conclu Chung, qui avait compris.

J'ai ouvert la porte et me suis glissé dans le couloir. La lumière s'est allumée. J'ai couru vers l'escalier, évoluant avec la fluidité ninja d'un rhinocéros. Downing était au pied des marches. Ses yeux étaient couverts par les lunettes de vision nocturne, mais j'ai vu qu'il était mort, il avait un trou dans le front. Je lui ai pris ses lunettes, tout en comptant les secondes mentalement. Sans vraiment l'entendre, j'ai senti l'ennemi approcher, j'espérais qu'il avait été suffisamment retardé en devant retirer ses lunettes de vision nocturne à cause de la lumière qui l'éblouissait.

Six, sept…

Je venais de chausser celles de Downing quand la lumière s'est éteinte.

Des pas s'éloignaient. Le pion passé battait en retraite, il était probablement en train de rechausser ses lunettes.

J'avançais en suivant le bruit, je m'efforçais de marcher doucement, mais de toute façon je supposais qu'il ne m'entendait pas très bien maintenant qu'il était lui aussi en mouvement.

À l'approche de l'embranchement en T avec la pièce sécurisée vers la droite et la cave à vin de Brad sur la gauche, j'ai compté. Trois, quatre… J'ai remonté les lunettes sur ma tête et pris à droite au moment où la lumière s'allumait.

Vide.

J'ai pivoté sur mes talons, et là, à sept ou huit mètres, je l'ai vu, devant la porte de Brad. Tout en noir et non en treillis. Il s'est tourné vers moi, vers le bruit, car manifestement il ne voyait rien, et il a levé la main pour dégager ses lunettes.

Sa cagoule m'a peut-être facilité la tâche, je ne sais pas, mais en tout cas je me suis laissé tomber à genoux et j'ai tiré dans sa direction. À ma grande stupéfaction, et mon horreur, aucune balle ne semblait le toucher. Il a dégagé ses lunettes d'un coup sec, les envoyant valser sur le sol, et fait feu à son tour. Entre les murs en béton, les tirs étaient assourdissants. Je n'ai ressenti aucune douleur, simplement une pression dans le deltoïde gauche, comme si quelqu'un m'avait poussé d'un petit coup amical, mais j'ai perdu toute force dans le bras et lâché mon fusil.

Le pion passé a constaté que j'étais à sa merci, mais au lieu de tirer sauvagement, il a porté le fusil à son épaule. Il mettait un point d'honneur à abattre l'ennemi d'une balle dans le front, semblait-il.

J'ai levé la main droite, paume vers lui, et pendant un bref instant, il a hésité, comme si, avec ce geste intemporel de reddition, je touchais à quelque chose d'instinctif ou d'inné chez lui. Car j'aime à croire que la miséricorde est présente.

Cinq…

L'obscurité s'est faite, j'ai roulé sur le flanc alors qu'il ouvrait le feu. Abaissant les lunettes sur mon nez, j'ai vu sa silhouette se découper dans la lumière vert vomi. J'ai appuyé sur la queue de détente. Un tir à la fois. Le deuxième l'a touché. Le troisième aussi. La quatrième balle l'a manqué et est allée ricocher dans le mur derrière lui, mais la cinquième l'a atteint, je crois, et la sixième aussi.

La lumière s'est allumée et éteinte deux fois avant que mon chargeur ne se vide.

Plus tard, quand ils sont venus chercher leurs morts et leurs blessés et que j'ai retiré mes lunettes de vision nocturne, je me suis rendu compte que je n'avais pas subi les vertiges et la nausée que j'avais pu connaître auparavant. Au contraire, je ne m'étais jamais senti si équilibré, si dispos, si lucide.

Et à l'aube, pour la première fois depuis la disparition d'Amy, Heidi s'est glissée contre moi dans le lit et m'a serré dans ses bras. Je l'ai embrassée et, avec plus de délicatesse que d'habitude, nous avons fait l'amour.

10

Quelques jours après l'attaque repoussée, j'étais de retour sur Rat Island. Cette fois encore, Colin m'attendait sur le ponton. Il avait maigri. Pas minci, maigri.

Alors que nous nous dirigions vers l'ancienne geôle, les rats fusaient de toutes parts devant nous.

« Ils sont plus nombreux », ai-je noté.

Les rochers, blancs lors de ma venue précédente, paraissaient désormais noirs et, contrairement à ce que j'avais cru quand j'étais sur le navire de pêche, ce n'était pas le ressac qui les assombrissait, mais la densité de rongeurs.

« Je crois qu'ils viennent à la nage la nuit, a commenté Colin, qui avait suivi mon regard. Ils ont peur.

— Peur de quoi ?

— Des autres rats. Ceux qui sont sur le continent n'auront bientôt plus rien à manger, donc ils ont commencé à s'entre-dévorer, alors les rats plus petits viennent se réfugier sur notre île.

— Et ici, ils ne vont pas s'entre-dévorer ?

— Si, à terme. »

Nous sommes entrés dans une aile du bâtiment qui avait

été transformée en une espèce de demeure seigneuriale du type château médiéval austère. Liza nous attendait sur le palier du premier étage. Elle m'a serré la main. Jadis, nous avions coutume de nous embrasser. Cet usage avait certes été rayé de l'étiquette après la pandémie, mais ce n'était pas notre unique raison de nous en tenir aux contacts physiques strictement nécessaires. L'absence d'Amy et de Brad les rendait bien trop présents.

Liza a prétexté une quelconque tâche à accomplir et s'est éclipsée, tandis que Colin et moi nous rendions dans une salle à manger vaste mais spartiate et arrivions juste à temps pour voir un rat exceptionnellement gros disparaître à l'autre extrémité de la pièce.

« Bon sang, me suis-je exclamé, il était énorme, celui-là !

— Oui, enfin bon, il a tout de même fui devant nous, donc il n'était pas si énorme que ça, a protesté Colin avant de soupirer. Mais ce n'est probablement qu'une question de temps… »

Nous nous sommes attablés, deux serviteurs sont venus déposer des serviettes blanches sur nos genoux et nous ont servis directement d'une marmite fumante.

« On ne peut plus rien laisser dans des plats de service non couverts, a expliqué Colin. Les rats sont partout et ils ne reculent devant rien quand ils voient de la nourriture. Ils se reproduisent tellement vite qu'on n'arrive pas à les éliminer. »

J'ai contemplé la viande filandreuse dans la sauce brune grumeleuse devant moi. J'ai supposé qu'elle provenait d'animaux que nous avions l'habitude de manger, mais l'idée était semée et l'imagination est un terreau fertile.

« Merci d'avoir accepté de venir. Compte tenu de la situation, a ajouté Colin, qui, lui non plus, ne semblait pas avoir d'appétit.

— Tu nous as attaqués. Tu as tué l'un des nôtres.

— Et toi, tu as tué dix-neuf des nôtres et tu gardes mon fils prisonnier.

— En détention provisoire, ai-je rectifié. Dans l'attente d'un procès équitable. Tu avais appris par le ministère public l'inculpation de Brad et malgré tout, tu as attaqué. Parce que tu sais qu'il sera condamné.

— Tu te places au-dessus de la loi.

— J'avais cru comprendre que tu ne croyais pas à la loi.

— Non, en revanche, toi, tu dis y croire, Will, et un homme ne peut être blâmé que parce qu'il trahit ses propres principes, pas ceux d'autrui.

— Ou parce qu'il n'en a pas. »

Colin a esquissé un petit sourire. Je savais pourquoi. C'était le genre d'échanges que nous avions développés dans notre enfance, perfectionnés ensuite dans le club de débat sur lequel nous régnions en maîtres à l'école et continué de pratiquer quand mon travail était devenu d'offrir de la résistance à son cerveau parfois trop rapide. Comme toujours, il a eu le dernier mot :

« Ne pas avoir de principes est aussi un principe, Will. Comme s'en tenir strictement au fait qu'aucun principe ne peut entraver sa propre survie et celle des siens. »

J'ai regardé mes mains. D'ordinaire, elles tremblaient, ça avait commencé à peu près en même temps que la pandémie, mais là, ce n'était pas le cas.

« Qu'est-ce que tu veux, Colin ?

— Je veux Brad. Et je veux ta villa. »

Je n'ai ni ri ni souri. J'ai reposé ma serviette et je suis sorti de table.

Colin m'a imité.

« Attends. » Il a levé la main. « Tu n'as pas entendu ce que j'avais à t'offrir.

— Tu n'as rien que je veuille, Colin, tu ne comprends pas ?

— Peut-être pas toi, mais Heidi et le petit Sam ? Et si c'était quelque chose qui pouvait leur apporter une nouvelle vie, une occasion de construire une société meilleure, gouvernée par la loi. Tu as entendu parler du porte-avions *New Frontier* ? Il va bientôt mettre les voiles avec trois mille cinq cents personnes à son bord. J'ai trois billets, acquis il y a quelque temps pour une véritable fortune. On ne peut plus en acheter, quel que soit le montant proposé. Je te donne mes trois billets si tu me donnes Brad et la villa. »

J'ai secoué la tête. « Garde tes billets, Colin. Laisser Brad échapper à sa sanction serait une insulte à la mémoire d'Amy.

— Tiens donc, voilà le magnanime Will Adams qui redescend parmi nous… D'un seul coup, il ne s'agit plus de respecter des principes de droit au nom de l'humanité, mais de venger ta fille.

— C'est une manière de parler, Colin. De toute façon, quel que soit mon avis, Heidi, elle, ne permettrait jamais un troc pareil.

— Sur ces questions, les femmes sont souvent plus pragmatiques que les hommes, Will. Elles voient ce qui sert la communauté et font des gorges chaudes de nos obsessions vaniteuses de l'honneur et de la fierté.

— Alors je vais répondre avant qu'elle puisse me contredire : non. »

La hâte des rats qui fuyaient devant nous était peut-être un peu moins frénétique quand Colin m'a raccompagné au bateau.

« Tu n'avais pas peur que je te fasse prisonnier pour t'échanger contre Brad ? »

J'ai secoué la tête. « Tous les occupants de la villa ont juré qu'ils n'accepteraient aucune forme de chantage si jamais je ne revenais pas. Je ne leur ai pas donné d'instructions concernant Brad, mais je pense que nous savons tous deux ce qu'il adviendrait.

— Il n'aurait pas le procès que tu veux lui donner. »

Il y avait réfléchi, bien sûr.

« Ce sont les rats qui t'incitent à vouloir partir d'ici ?

— Beth est malade, nous pensons que c'est le typhus, elle a pu l'attraper en se faisant mordre. Nous avons tout essayé pour éradiquer ces foutues bestioles, tous les moyens qui ne nous éradiquent pas nous aussi par la même occasion. Tu savais que les rats et les humains partagent quatre-vingt-dix-sept pour cent de leur ADN ? Un jour naîtra un homme-rat. Si ce n'est pas déjà fait.

— Elle guérira sur ce porte-avions. J'ai entendu dire que certains des meilleurs médecins du pays avaient obtenu une réduction sur le prix des billets.

— Oui. Et ces billets, tu voudrais vraiment les enlever à

ta famille en vertu d'un principe que tu sais dépourvu de sens dans un monde de rats ? »

Je n'ai pas répondu. Je me suis contenté de franchir les derniers pas qui me séparaient du navire de pêche. J'ai vu Colin rapetisser de plus en plus alors que nous voguions tranquillement vers le continent.

Et cependant, une pensée me rongeait. Je le connaissais trop bien, jamais il ne m'aurait laissé en réchapper si facilement s'il n'avait pas eu un atout dans sa manche. Un plan alternatif.

11

Je suis sur ma moto, je roule vers le sud, dans la nuit. Je repense au jour où Ragnar et les jumeaux O'Leary ont enlevé Dumbo, à tout ce qui aurait pu être différent. Enfin, aurait-ce vraiment pu être différent ? Quoi qu'il en soit, je me dirige vers l'abattoir, vers la fin de cette histoire. Derrière moi se trouvent un tapis clouté et dessus un type qui a essayé de m'arrêter, la maison où j'ai rencontré Will Adams pour la première fois et la tour Lowe, que la foule semble sur le point d'investir. Peut-être que tout est décidé depuis le début, que les gens comme moi font seulement le jeu du destin, un point c'est tout. L'aiguille de niveau d'essence oscille dans le rouge. Soit. Le destin n'aura qu'à décider aussi si je dois tomber en panne et si ça ne doit pas se terminer comme prévu.

Car l'inattendu se produit toujours. Par exemple, il était inattendu que Dumbo reparaisse plus d'une semaine après son enlèvement.

J'avais perdu tout espoir de jamais le revoir quand mon téléphone a sonné. Maria m'a réveillée en me montrant l'appareil, presque avec effroi. La plupart des réseaux étant détruits et seul un téléopérateur restant en activité, il n'avait pas sonné depuis deux ou trois mois.

J'ai répondu et entendu la voix de Dumbo.

« Je n'ai droit qu'à un appel. »

Il était dans la prison de Downtown, la dernière en service de la ville. Elle servait désormais aussi bien pour les détentions provisoires que pour les incarcérations plus longues. Une heure plus tard, nous nous retrouvions dans le grand parloir, assis de part et d'autre d'une épaisse paroi en verre, chacun un combiné téléphonique à la main. Il portait une tenue rayée que j'ai qualifiée de rétro, et là, au moins, il a ri, il avait compris que je disais un truc censé être drôle.

Puis il m'a raconté ce qui s'était passé, et ça ne nous a fait rire ni l'un ni l'autre.

Ragnar et les autres l'avaient emmené dans la nouvelle demeure du Chaos, qui, d'après ses explications, devait être l'abattoir désaffecté près du champ de pétrole, sur la route de l'aéroport. Un soir, Ragnar était arrivé accompagné d'un homme et avait chassé les gars avec qui Dumbo partageait sa pièce dans l'abattoir.

« Ragnar m'a montré en disant que j'étais parfait, a expliqué Dumbo. L'homme pouvait me prendre s'il fournissait au gang un endroit bien où se loger, une nouvelle moto pour Ragnar, douze kalachnikovs, cinquante grenades de bazooka et cinquante grenades à main, cent cinquante grammes de meth, deux cents comprimés de Rohypnol, deux cents comprimés d'antabiato… non, anta…

— D'antibiotiques.

— Oui, et…

— Ça suffit », ai-je dit. Dumbo avait parfois une mémoire

des détails surprenante, surtout quand ils étaient insignifiants. « Mais l'homme n'a pas payé tout ça simplement pour une nuit, si ?

— Non. Pour le reste de la vie.

— Donc il venait de ce club sur le port ?

— Non, il a dit qu'il venait de Rat Island.

— Ah bon ? Il t'a expliqué ce qu'il voulait que tu fasses ?

— Oui. Enfin, Ragnar me l'a expliqué.

— Et que t'a expliqué Ragnar ?

— Que je devais dire aux policiers qui allaient bientôt venir que j'avais tapé sur la tête de la fille de l'autre jour avec un club de golf. Et ensuite je devais le redire au juge aussi. »

Je l'ai dévisagé. « Et si tu ne le faisais pas ? »

Les grands yeux de Dumbo se sont emplis de larmes, sa voix chevrotait.

« Il a dit qu'ils me feraient manger par les rats de Rat Island.

— Alors je comprends que tu aies dû accepter, mais quand le juge t'entendra dire…

— Je n'ai pas accepté, hoqueta-t-il. J'ai refusé. Parce que autrement je vais devoir rester en prison toute ma vie et je ne veux pas.

— Je comprends. Mais tu as dit à la police que tu l'avais fait, c'est pour ça que tu es ici, non ? C'était très malin, comme ça, ils ne peuvent plus te donner aux rats et tu vas pouvoir expliquer au juge qu'ils t'ont menacé.

— Non ! »

Dumbo s'est tapé le front contre la vitre, il avait parfois ce genre de réactions quand il était frustré de ne pas pouvoir se faire comprendre. J'ai vu un gardien se diriger vers nous.

« Doucement, Dumbo.

— Ils ne me menaçaient pas, moi. Ils te menaçaient, toi ! Ils disaient que si je ne faisais pas ce qu'ils disaient, ils tueraient Yvonne. »

J'ai enregistré l'information, fragment par fragment. Les salauds ! Tout ce qu'ils ont besoin de savoir pour ferrer quelqu'un, c'est ce qui est irremplaçable pour cette personne.

Le gardien a toussoté derrière moi et j'ai plaqué ma main contre la vitre.

« Je vais te faire sortir d'ici, Dumbo. Je te le promets. Je vais te faire sortir d'ici, tu m'entends ? »

Dumbo a appuyé sa main de l'autre côté. Les larmes roulaient sur ses joues rondes.

« Il reste une minute, une, avant l'atterrissage de l'hélicoptère ! »

Bien sûr, cela paraît absurde d'être sur le toit d'un gratte-ciel à faire tourner une flûte de champagne entre ses doigts alors que le monde tel que nous le connaissons s'effondre au-dessous de nous. D'un autre côté, la scène n'aurait pas été tellement moins absurde sans le champagne.

Le lieutenant vient vers nous, murmure à l'oreille de Colin et repart en courant vers l'héliport, où les derniers riches privilégiés attendent d'être hissés vers un nouveau départ sur le porte-avions *New Frontier*.

« Il m'a informé que la foule est entrée dans l'immeuble, mais mes hommes ont coupé les câbles des ascenseurs, alors les gens doivent prendre l'escalier. Au fait, sais-tu pourquoi les escaliers des anciens forts et des cathédrales montent toujours en tournant dans le sens des aiguilles d'une montre ? » Comme d'habitude, Colin Lowe n'a pas attendu de réponse.

« C'était pour donner l'avantage aux défenseurs droitiers, qui avaient ainsi plus de champ que les agresseurs pour manier leur épée.

— Intéressant. À propos, tu connais un chemin pour sortir d'ici sans risquer de se faire couper la tête ? Pour les gens qui ne vont pas prendre l'hélicoptère, j'entends.

— Mais oui. Détends-toi, ça va aller. Regarde, voilà l'hélicoptère. »

Un point lumineux diffus plane vers nous. Je plonge le regard dans mon verre. Les bulles se détachent du fond, remontent à la surface. Avec la force obligatoire d'une loi de la physique.

« Dis-moi, Colin, as-tu, comme les rats, été contaminé par la peur ? »

Colin me considère avec une certaine stupéfaction. Il n'a pas encore levé sa flûte pour le toast que je sais qu'il va porter. À l'amitié, à la famille, à une bonne vie. Toujours ces trois-là.

« À quoi penses-tu ?

— Quand tu as acheté les aveux de Dumbo, c'était un accès de panique ? »

Colin secoue la tête. « Je ne sais pas si un père est capable de penser avec lucidité quand il s'agit de son fils ou de sa fille, mais quand ce Ragnar m'a téléphoné en m'annonçant qu'il avait une proposition et qu'il lui semblait que je ne pouvais pas la refuser, il avait parfaitement raison.

— Ta conscience n'a pas protesté ?

— Comme tu le sais, la mienne est moins sonore que la tienne, Will. Et non, elle n'a pas fait trop de bruit. D'après Ragnar, le handicap mental de Dumbo était tel qu'il pouvait être considéré comme irresponsable et ne serait donc pas condamné.

— Ce n'est pas si simple, Colin, et je crois que tu le sais.

— Tu as raison, mais j'aimerais que ce le soit. En plus, je trouve qu'il méritait la sanction dont il risquait d'écoper. Ragnar m'a raconté qu'il avait violé Heidi. »

Je serre si fort le pied de ma flûte que, l'espace d'un instant, je suis certain que je vais le casser. Dans le ciel vespéral orangé, je vois un mouvement entre les gratte-ciel. C'est l'hélicoptère qui approche. Il me rappelle une sauterelle. Comme la jolie verte que j'avais rapportée de la ferme de ma grand-mère au retour des vacances d'été. Je l'avais mise dans un bocal à confiture, dont j'avais percé le couvercle. Et pourtant, à notre arrivée, elle était morte. Pendant des années ensuite, mon père a rappelé cet épisode lors des réunions de famille, s'épanchant sur mon chagrin inconsolable ; je m'étais piqué le bout du doigt avec une aiguille pour me punir. Je n'ai jamais pu comprendre pourquoi les adultes riaient.

« Je pense à ce qui s'est passé ensuite, dis-je.

— Tu sais bien que je n'ai rien à voir là-dedans, soupire Colin.

— Mais tu aurais pu l'empêcher.

— Les registres débordent de nos péchés par omission, Will. On pourra bien sûr m'accuser de n'avoir pas eu assez d'imagination pour me représenter le cynisme de ce Ragnar, mais je n'aurais jamais permis tout ça s'il m'avait posé la question. »

J'entends à peine l'hélicoptère à présent, le rotor qui cingle l'air, le fredonnement du moteur.

Il pleuvait le lendemain, quand je suis allée au tribunal. Je n'ai pas pu voir Dumbo, mais j'ai appris que l'avocat désigné était un certain Marvin Green de chez Amber & Doherty. J'ai mis le reste de la journée à localiser le cabinet, qui avait déménagé de l'adresse qu'on m'avait donnée au tribunal pour s'installer dans un immeuble couvert de tags. Je n'ai pas pu entrer, on m'a simplement indiqué à l'interphone que Green n'était pas là. Quand j'ai demandé où on pouvait le trouver, en précisant que c'était urgent, que j'avais des informations concernant une affaire sur laquelle il travaillait, mon interlocutrice a ri. Elle m'a précisé que je le trouverais au pub du coin et que, s'il n'y était pas, c'était qu'il avait terminé sa journée et était rentré chez lui. Je suis descendue au pub, le barman m'a informée que Green venait de partir, je suis retournée à l'immeuble et, après pas mal d'insistance, on m'a communiqué son adresse. Il pleuvait à verse, j'avais l'impression de rouler dans un ruisseau sur le versant de la colline.

La maison était située non loin de la villa dont on nous avait chassés, mais elle était petite, presque un bungalow, comme ceux construits par les artistes qui avaient été les premiers à investir autrefois les environs. Néanmoins, elle était dotée d'un portail en acier et d'un mur d'enceinte surmonté d'éclats de verre et de barbelés.

J'ai sonné à la porte.

« Qui est-ce ? » a fait une voix rauque, voilée, dans l'interphone.

J'ai levé les yeux vers la caméra fixée au sommet d'un montant du portail, me suis présentée et ai expliqué que je disposais de renseignements qui pourraient aider Me Green dans la défense de Gabriel Norton, aussi connu comme mon ami Dumbo.

J'ai entendu du verre tinter. « Allez-y, a-t-il dit.

— Allez-y comme dans "entrez" ?

— Comme dans "parlez". Je ne laisse jamais entrer d'inconnus. »

Alors j'ai exposé ma requête debout sous la pluie. J'ai expliqué que Dumbo n'avait pas tué Amy, qu'il était victime d'une conspiration destinée à innocenter le gosse de riche qu'était Brad Lowe. J'ai déclamé un long monologue, et comme je n'avais pas été interrompue ni n'avais perçu d'autre signe qu'il m'écoutait, je suspectais que mon interlocuteur avait raccroché, mais au moins, personne n'était venu me chasser, et je n'avais rien d'autre à faire, alors j'ai continué de disserter sans relâche. J'ai raconté que, sans nous connaître, nous nous étions, par une coïncidence, mutuellement sauvé la vie dans un incendie et que nous étions depuis lors restés ensemble. Nous avions été intégrés dans un gang et c'est ainsi que nous avions survécu. J'ai ajouté qu'on pouvait certainement incriminer Dumbo de beaucoup de choses, mais le meurtre d'Amy n'en faisait pas partie, j'étais dans la maison au moment des faits et je pouvais lui fournir un alibi.

À la fin, j'étais trempée jusqu'aux os et tellement frigorifiée que je claquais des dents alors que je regardais fixement la plaque en laiton sous la sonnette. J'avais envisagé de mentionner que j'étais témoin oculaire des coups mortels que Brad avait portés à Amy, mais j'étais arrivée à la conclusion qu'avec le père de Brad sur le chemin de guerre je ne mettrais pas seulement ma vie en danger, mais aussi celles de Dumbo et de Maria.

Mon objectif était de faire libérer Dumbo, que Brad purge une peine d'emprisonnement ou non m'était indifférent.

« Maître Green ? »

Pas un bruit. Puis j'ai entendu une toux grasse, et sa voix rauque, à l'élocution un peu moins troublée à présent : « J'aurai besoin de votre adresse si je dois vous appeler à témoigner. »

J'ai énoncé l'adresse de l'immeuble où Maria et moi habitions, et je lui ai dicté le numéro de l'appartement si lentement et en articulant si distinctement que même un avocat bourré qui avait tout laissé tomber depuis longtemps était forcé de le saisir.

« Le plus sûr serait que vous ne parliez à personne de ce que vous savez et que vous ne disiez à personne que vous êtes venue ici, a-t-il précisé. Je vous contacterai, ne cherchez pas à me joindre. »

En redescendant de la colline, j'ai dû m'arrêter à la sortie d'un virage. Au milieu de la route, immobile dans l'obscurité, se tenait un coyote. Ses yeux reflétant la lumière de mon phare m'évoquaient ceux d'un revenant. D'ordinaire, les coyotes s'enfuyaient, mais celui-ci est resté. Comme moi. J'ai envisagé de prendre ma Remington et de l'abattre, nous n'avions plus de viande, et la chair de coyote était peut-être comestible si on la cuisait à feu vif, mais je me suis souvenue que ma carabine m'avait été volée par Ragnar et les jumeaux. J'ai attendu que le coyote bouge, il ne l'a pas fait. Deux autres sont arrivés des bas-côtés.

Depuis quelque temps, on en voyait davantage sur les routes. Pas seulement des coyotes, d'ailleurs. D'une manière générale, il y avait plus de bêtes, et moins d'humains. La nuit, je pouvais rouler, rouler, rouler, sans voir âme qui vive. Les gens se calfeutraient-ils à l'intérieur, comme pendant la pandémie, ou étaient-ils partis vivre à la campagne ?

J'ai regardé par réflexe dans mon rétroviseur si d'autres coyotes venaient derrière moi.

Non. Pas encore.

J'ai fait vrombir mon moteur, mis les gaz, klaxonné.

Les coyotes n'ont pas eu l'air de s'en émouvoir, ils n'ont bougé qu'à contrecœur. L'un d'eux a glapi sur mon passage.

12

En rentrant de ma dernière visite sur Rat Island, je n'ai pas raconté à Heidi que j'avais refusé les places de Colin sur le porte-avions *New Frontier*. Je n'imaginais certes pas qu'elle aurait accepté le marché qu'il me proposait, j'étais certain qu'elle se préoccupait tout autant que moi que Brad soit jugé, mais si elle ignorait qu'il y avait eu une alternative, elle n'aurait pas à se positionner sur ce dilemme, à connaître ce doute insidieux : avions-nous fait le bon choix en privant Sam de cette occasion d'avoir ce qui était peut-être, très certainement, une vie meilleure ?

En même temps, j'attendais plus ou moins le prochain mouvement de Colin. S'il avait un autre plan pour libérer Brad, et parvenait à le mettre en œuvre, n'allais-je pas regretter amèrement de n'avoir pas accepté sa proposition ? Ou continuerais-je de considérer que j'avais fait ce qu'il fallait, que j'avais fait ce que se doit de faire une personne intègre ? Je n'avais peut-être pas obtenu la satisfaction de voir l'assassin de ma fille écoper de sa juste peine, mais je n'avais pas perdu mon âme.

Puis il est venu. Son mouvement.

J'étais dans le jardin quand Adele Matheson m'en a informé par téléphone, il y avait beaucoup de friture sur la ligne. Un certain Gabriel Norton, surnommé Dumbo, avait avoué le meurtre d'Amy, et à moins qu'il ne se rétracte ou ne soit blanchi, elle ne pouvait bien sûr plus inculper Brad Lowe.

J'ai répondu que c'était l'œuvre de Colin Lowe ; ce Dumbo se sacrifiait ou alors il était menacé de pire qu'une vie entière en prison.

« Nous ne pouvons pas l'exclure, a admis Matheson, mais… »

Elle n'avait pas besoin de finir sa phrase. Tant que nous n'étions pas en mesure de prouver que Dumbo mentait ou avait été manipulé, nous étions impuissants.

M'adossant à un arbre, je me suis assuré que Heidi et Sam étaient à bonne distance et n'avaient rien pu entendre, et j'ai essayé de reprendre mes esprits. Adele Matheson m'a laissé du temps, mais je ne faisais qu'ouvrir et fermer la bouche sans que le moindre mot en sorte.

« Je suis navrée, a-t-elle dit après un long silence. Il ne nous reste plus qu'à espérer que ce Dumbo changera sa déposition ou ne parviendra pas à convaincre la justice qu'il est un tueur. J'ai entendu un enquêteur dire que l'angle de frappe paraissait difficilement compatible avec la stature de Norton, qui est nain.

— Nain ?

— Personne de petite taille, pardon. Ou ce qui est l'euphémisme en vigueur actuellement. Quoi qu'il en soit, face à des aveux, ce genre d'indices matériels ne pèse pas lourd. »

J'écoutais d'une oreille distraite, tout en réfléchissant.

La personne qui avait avoué était donc le garçon qui avait sonné à la porte avec la fille, ce soir-là. Celui-là même que j'avais laissé s'échapper la nuit où nous avions assiégé la villa.

« Je vais lui parler, ai-je déclaré.

— Je vous en prie, essayez donc.

— Je suis sérieux. J'ai empêché l'un des nôtres de les abattre, lui et la fille, quand ils s'enfuyaient à moto. Il a pu savoir que je… enfin, que je leur avais sauvé la vie. Je pourrais peut-être lui donner le sentiment qu'il m'est redevable. »

Matheson n'a pas répondu.

« Je vous tiendrai au courant, ai-je conclu.

— Adieu », a-t-elle dit.

Un « adieu » indiquant que nous n'aurons sans doute plus jamais aucun commerce l'un avec l'autre.

13

J'avais été fouillée et on m'avait fait entrer dans le grand parloir. Quatre autres visiteurs parlaient dans leurs combinés avec des détenus de l'autre côté des vitres de séparation, c'était exactement comme quand j'avais rendu visite à Maria à l'hôpital pendant la pandémie. Le gardien a désigné ma chaise, la numéro huit. Dumbo n'était pas encore là.

J'avais hâte de lui expliquer que j'avais discuté avec son avocat, qui allait m'appeler à témoigner pour que je puisse lui fournir un alibi. Il nous suffisait de dire que nous étions ensemble au moment du meurtre. Pas un mot sur le fait que j'avais vu par le trou de la serrure que c'était Brad, et tout irait bien. Ce n'était pas mentir, c'était ne pas tout raconter.

En m'asseyant, j'ai aperçu un visage familier derrière la vitre, dans le coin, à la place numéro un. Kevin Wankel. C'était donc ici que ce tox pathétique purgeait sa peine d'emprisonnement à vie.

J'attendais, les yeux sur la porte par laquelle je savais que Dumbo allait arriver.

Kevin ne semblait pas avoir grand-chose à raconter à sa visiteuse, ils étaient tous deux ratatinés sur leurs sièges, elle, penchant sur le côté, lui, les cheveux gras, les dents complètement gâtées par les méthamphétamines.

Puis la porte au fond s'est ouverte et Dumbo est entré, vêtu de la même tenue rayée que la dernière fois. Son visage s'est illuminé quand il m'a vue, le mien aussi, sans doute. Le gardien qui l'accompagnait lui a dit des paroles que la paroi en verre m'empêchait d'entendre et lui a montré la chaise en face de moi.

Alors que Dumbo commençait à marcher dans ma direction, j'ai perçu un mouvement en bordure de mon champ de vision, mais je n'ai pas réagi tout de suite, c'était Kevin qui, manifestement, avait décidé d'un coup que la visite était terminée et se dirigeait vers la sortie, et vers Dumbo. Alors qu'il approchait, je me suis aperçue qu'il gardait la main dans son dos, sous sa ceinture.

Je me suis levée et j'ai crié, mais cette putain de paroi en verre monte jusqu'au plafond et étouffe presque tous les bruits.

Du métal a brillé alors que la main de Kevin traçait une courbe basse et atteignait Dumbo. Plié en deux, Dumbo s'est pris le ventre, je voyais le sang couler entre ses doigts courts. Kevin l'a attrapé par les cheveux, lui a relevé légèrement la tête et lui a tranché la gorge, formant une entaille en arc de cercle. Le sang a giclé, claqué par terre, et Dumbo est tombé en avant alors que deux gardiens accouraient dans la salle. Kevin a lâché son arme, qui ressemblait à un bout d'acier plat, et a levé les mains en l'air pour indiquer qu'il se rendait. Les deux gardiens l'ont plaqué au sol alors qu'un troisième se précipitait vers Dumbo et plaçait une main sur sa plaie béante. La pression artérielle retombait, le sang était désormais expulsé en faibles jets.

Le regard de Dumbo était vitreux, mais dirigé sur moi. Avec tout ce sang qui se répandait sur le sol au lieu de passer dans le cerveau, je me rendais compte qu'il avait perdu connaissance, mais malgré tout j'ai soulevé le combiné, posé la main sur la vitre et dit à voix haute : « Ça va aller, regarde-moi, Dumbo. Ça va aller. »

Puis une membrane a semblé glisser sur ses prunelles éteintes et j'ai su qu'il était mort.

Je venais d'entrer dans la salle d'attente du parloir et avais trouvé une chaise pour attendre mon rendez-vous avec Gabriel « Dumbo » Norton. Plus tôt dans la journée, j'avais vu la photo d'identité judiciaire confirmant mes suppositions, c'était bien le garçon qui s'était tenu sur le perron de notre maison. Qui avait aidé à me ligoter. Qui avait…

Cela, je savais qu'il ne fallait pas y penser, pas si je voulais parvenir à faire ce que j'avais prévu. À savoir construire une relation, créer de la sympathie et de la compréhension mutuelles, jeter les bases de l'humanité, de la miséricorde et, le plus difficile, du pardon.

Je ne savais pas avec qui il était en ce moment, pas son avocat, en tout cas, puisque ces rendez-vous-là se déroulaient ailleurs.

D'un seul coup, j'ai entendu des cris et des appels de l'autre côté de la porte, des raclements de chaises.

Le gardien de la salle d'attente a regardé par une petite lucarne dans la porte et s'est ensuite assuré que ladite porte était verrouillée.

« Que se passe-t-il ? »

Il ne s'est pas retourné.

« Quelqu'un s'est fait poignarder. »

Au bout d'une minute, il a ouvert pour laisser sortir les cinq visiteurs. Ils avaient l'air pâles, éprouvés, mais de toute évidence, aucun d'entre eux ne s'était fait poignarder.

Une femme pleurait. Elle n'émettait pas un son, mais les larmes ruisselaient sur son visage. Peut-être l'aveuglaient-elles, l'empêchant de me reconnaître.

J'ai rapidement compris la situation.

Je l'ai suivie.

Elle n'a rien remarqué avant que nous soyons dans la rue. Elle a enfourché sa moto et je me suis posté devant elle.

« Dumbo est mort ? » ai-je demandé.

J'ai vu qu'elle portait par réflexe la main à une poche latérale de sa moto, vers une arme, peut-être, mais qui n'y était pas.

« C'est vous qui l'avez tué ? »

Je l'ai dévisagé. Car c'était vraiment lui, le père d'Amy, je le voyais maintenant. Se demandait-il si c'était moi qui avais tué Dumbo ?

« Non, ai-je répondu, sans aucune maîtrise de ma voix. En revanche, c'était peut-être vous.

— Dans ce cas, j'aurais plutôt laissé le chauve avec son pointeur laser vous abattre à la villa, l'autre jour. »

Je ne savais que dire. Ni faire. Car oui, je m'étais demandé si ce n'était pas sa voix que j'avais entendue crier « Nous ne sommes pas des assassins », si ce n'était pas lui qui, sauf erreur de ma part, avait pointé un pistolet sur le type qui me visait avec sa carabine pour l'empêcher de me tuer.

« Alors qui était-ce ? a-t-il voulu savoir.

— Je ne sais pas. »

J'ai démarré.

« Mais vous savez que ce n'est pas Dumbo qui a tué ma fille. »

Qu'étais-je censée répondre ? Dumbo était mort, il n'y avait plus personne à sauver, à part moi-même.

« Je ne sais rien. »

J'ai fait vrombir mon moteur, mais il n'a pas bougé, ce pauvre naze hétéro.

« Vous savez que c'était Brad. »

Il a posé les deux mains sur mon guidon, le regard intense comme s'il avait pris du speed.

Je suis restée muette.

« Allez. Vous n'êtes pas comme eux.

— Comme qui ?

— Comme les autres du gang. Du Chaos. Vous souhaitez plus que ça, non ?

— Ce que je souhaite, c'est récupérer ma Remington. Pour le reste, je n'en ai rien à foutre de rien. Bougez-vous, monsieur.

— J'habite dans la villa. Venez me trouver si, comme moi, vous souhaitez la justice. Je crois que nous pouvons peut-être nous entraider. »

Il s'est écarté d'un bond quand j'ai relâché le levier d'embrayage. J'ai accéléré. En criblant ma moto de balles, O'Leary avait percé le pot d'échappement, qui tantôt pétaradait, tantôt sifflait. Je roulais tellement vite que je sentais les larmes couler à l'horizontale sous mon casque et partir vers mes tempes.

C'était Ragnar. Je savais que c'était lui. Lui seul pouvait obtenir que Kevin fasse une chose pareille. La question était de savoir comment il avait compris que grâce à moi Dumbo allait se rétracter. Enfin, ce n'était pas sorcier.

Et tout cela s'est révélé encore plus évident quand je suis arrivée chez nous et que j'ai vu une ambulance dans la rue. D'un côté, j'étais surprise, parce qu'on voyait rarement des ambulances ces temps-ci, d'un autre côté, je m'y attendais plus ou moins.

Je suis descendue de ma moto et me suis approchée des hommes qui engouffraient une civière à l'arrière du véhicule.

« Qui... », ai-je commencé, mais ils ont sauté dans l'ambulance et m'ont claqué les portières à la face avant de partir toutes sirènes hurlantes.

En me retournant, j'ai vu la trace de sang qui reliait l'endroit où avait été garée l'ambulance à notre porte d'immeuble. Ma gorge s'est nouée. C'était ma faute. Encore ma faute.

C'est moi qui avais donné l'adresse à l'alcoolique avocat véreux de Dumbo.

Non, ce n'était vraiment pas sorcier.

La porte s'est ouverte et une jolie jeune femme m'a rejointe.

« Qu'est-ce qui s'est passé ? ai-je demandé.

— Un type est venu, il portait le même casque que toi.

— Blouson en cuir rouge avec un dragon ?

— Oui.

— Et ?

— Et il a forcé la porte de l'appartement au bout de notre couloir avec un pied-de-biche.

— Mais ?

— Mais quand il est entré, l'homme de l'appartement a essayé de le poignarder. Sauf que le motard avait une kalachnikov. Il l'a criblé de balles avant de filer. J'ai parlé avec sa femme. Elle dit qu'il va survivre. »

Elle a essuyé une larme et j'ai passé mon bras autour de son épaule, l'ai attirée contre moi.

« J'ai peur, a-t-elle reniflé.

— Oui, j'avais compris, Maria. »

Il régnait un tel silence que j'entendais encore les modulations de la sirène d'ambulance, comme si elle cherchait une fréquence sans la trouver.

J'ai pensé à l'homme. Il ressemblait à Amy, sa fille. J'ai pensé au garage, quand il était ligoté, son visage en entendant les cris dans la maison. La douleur à l'idée que ceux qu'on aime souffrent.

« Donc ce n'est pas toi, mais Ragnar qui était à l'origine du meurtre de Dumbo ? »

Je dois élever la voix à cause de l'hélicoptère qui n'est pas loin.

« Il ne m'a informé qu'après coup. Comme je te l'ai dit, je n'aurais jamais permis une chose pareille. Pas un meurtre. » Colin soupire, regarde le ciel. « Enfin, c'est clair, je ne peux pas nier avoir ma part de culpabilité.

— Ah ?

— J'avais contacté l'avocat de Dumbo. Les bons pénalistes sont une denrée rare, la plupart ont fui la ville, et il a donc fallu recourir à quelqu'un comme Marvin Green, un pauvre alcoolique qui n'a pas les moyens de partir. Bref, c'était une cible facile et il n'a pas exigé grand-chose. On lui a donné pour instruction de ne pas trop se fouler pour défendre Dumbo, de ne pas le faire témoigner, afin d'empêcher que ce pauvre garçon sème la confusion dans ses aveux, mais ensuite, Green m'a appelé pour m'informer qu'une jeune femme était venue chez lui en expliquant qu'elle pouvait fournir un alibi à Dumbo. Il m'a donné son adresse. » Colin reprend son souffle. « Tu sais, avant qu'ils coupent l'électricité, je n'avais jamais réfléchi à la beauté des étoiles au-dessus de la ville.

— Continue.

— Alors j'ai recontacté ce Ragnar et je lui ai expliqué que la condition pour obtenir les armes et toutes les autres choses qu'il réclamait était que les aveux de Dumbo soient maintenus tels qu'il les avait livrés à la police et que Brad ne puisse pas être inculpé.

— En d'autres termes, tu lui as intimé l'ordre de tuer Dumbo et la fille. »

Colin secoue la tête. « Il aurait suffi qu'il menace la fille sans bruit et que Dumbo soit jugé, point final. Ce Ragnar a décidé d'être drastique, parce que, comme il l'a dit après coup, les morts ne parlent pas. Il était fier comme un paon quand il m'a raconté ce qu'il avait fait. Certes, il n'était pas venu à bout de la fille, qui manifestement n'avait pas eu entièrement confiance en Green et lui avait donné une fausse adresse, mais peu importait, a-t-il dit, parce que, de toute façon, il avait rabattu le caquet de Dumbo de manière définitive, et ses aveux ne pouvaient plus être changés. Il ne voyait pas pourquoi j'étais hors de moi…

— Tu n'as pas le sentiment que cela va au-delà du "ne pas pouvoir nier avoir une part de culpabilité", Colin ? »

Il hausse les épaules, avance la lèvre inférieure comme il le fait toujours quand il prétend ne pas comprendre ce qui est évident.

« Ce n'était pas mon choix, Will. C'était son libre-arbitre d'agir comme il l'a fait.

— Tu as laissé le champ libre à sa nature maléfique parce que tu savais quel serait le résultat. De toute évidence, tu lui as donné l'adresse de cette fille. Ce choix-là, c'est ton libre-arbitre à toi qui l'a fait, Colin.

— Je me disais qu'il pourrait avoir une conversation avec elle, pas que… » Il écarte les bras. « D'accord, je suis peut-être naïf, mais en l'occurrence, je crois que les gens peuvent apprendre. Je crois en leur capacité à changer, à choisir le bien.

— C'est bon à savoir.

— Quoi donc ?

— Le fait que tu croies qu'avec leur libre-arbitre et de l'expérience des personnes qui étaient mauvaises peuvent se mettre à choisir le bien.

— Pourquoi, pas toi ?

— Si. C'est pour cela que nous laissons les gens ressortir de prison, avec l'espoir que nous serons en sécurité. Alors espérons pour toi et pour ta famille que ce sera le cas, Colin.

— De quoi parles-tu, Will ? »

Je dois crier pour me faire entendre par-dessus le vacarme de l'hélicoptère, à présent. « Je dis simplement que, en dernière analyse, ma survie, la tienne, celle de tous dépendent de notre aptitude à apprendre la miséricorde, la sagesse, la charité. Et a fortiori de l'aptitude de nos proches à apprendre tout cela.

— Amen ! »

Colin le beugle vers les étoiles et l'hélicoptère tout en levant enfin sa flûte de champagne.

14

Vingt-quatre heures seulement se sont écoulées entre ma rencontre avec Yvonne devant la prison où Dumbo venait d'être tué et le moment où elle s'est présentée à notre portail.

« Merci d'être venue. »

Elle a marmonné une réponse et j'ai compris que cette habitude du constant remerciement pour tout et rien ne s'étendait pas forcément à toutes les strates de la société.

J'ai appris son nom pendant que nous étions debout dans le salon à regarder Heidi et Sam jouer au jeu de la palombe et de l'épervier dans le jardin. Heidi prenait une voix grave et marchait vers lui, les jambes raides, les mains crochées en serres d'oiseau de proie. Je n'entendais pas ce qu'elle disait, seuls les cris réjouis de Sam nous parvenaient à travers la vitre.

« Un chouette garçon, a commenté Yvonne. Comment… »

Elle n'a pas achevé sa question.

« Il semble avoir tout oublié. Vous comprenez comment c'est possible, vous ? »

Yvonne a haussé les épaules. « J'en sais rien, mais

j'imagine que, pour un enfant, la plupart des événements sont nouveaux et spectaculaires, y compris les choses du quotidien que les adultes considèrent comme des bagatelles. Par exemple je ne suis pas sûre que, pour eux, assister au passage à tabac d'un membre de leur famille soit pire que se faire piquer par une guêpe ou avoir son nounours privé d'un œil. »

J'ai observé la jeune femme. Mon intuition me disait qu'elle parlait d'expérience.

« Alors, pour quelle raison des enfants vont-ils être traumatisés par une agression sexuelle, mais apparemment pas par des mutilations génitales ?

— J'en sais rien, mais je dirais que la douleur et l'humiliation sont plus faciles à encaisser quand elles paraissent naturelles, nécessaires, en quelque sorte. Les gens torturés dans une guerre dénuée de sens deviennent fous, mais pas ceux à qui on a arraché une dent de sagesse sans anesthésie. Ni les femmes qui ont donné naissance à un enfant. »

J'ai acquiescé. Heidi avait attrapé Sam et ils roulaient ensemble dans l'herbe en riant. Heidi riait. Je me suis rendu compte que je n'avais pas entendu son rire depuis cette nuit-là.

« Le contexte, ai-je dit.

— Hein ?

— J'ai lu que, selon certaines personnes, notre psyché supporte mieux la douleur quand nous parvenons à la resituer dans un contexte nous semblant propre à la justifier.

— Bien. Alors quelqu'un a écrit ce que je pense.

— Cependant. » J'ai inspiré profondément, joint les mains. « La douleur qu'a été pour moi la perte d'Amy et pour vous celle de Dumbo n'est pas une souffrance que nous parvenons à resituer dans un contexte ayant du sens, alors nous devons trouver d'autres moyens de la gérer. N'est-ce pas ?

— La vengeance. »

J'ai contemplé mes mains. D'après Colin, je les joignais toujours avant une déclaration importante, et les déclarations importantes d'un juriste étaient en général de mauvaises nouvelles.

« C'est une façon de procéder, en effet. L'appétit de vengeance des humains les distingue des animaux, mais il n'en est pas moins logique d'un point de vue évolutionniste. Si tout le monde sait que tuer un enfant entraînera une vengeance, cet enfant sera plus en sécurité. Si l'enfant est tué et qu'il y a désaccord sur la question de la culpabilité, l'éventuelle vengeance entraînera une contre-vengeance, puis une contre-vengeance de la contre-vengeance, et ainsi de suite. L'Islande et l'Albanie, par exemple, ont connu de telles escalades qui décimaient leurs populations. En Islande, on a résolu le problème en créant un tribunal indépendant et en confiant à des hommes présumés sages le soin de trancher la question de la culpabilité, de prononcer d'éventuelles sanctions et également d'appliquer les peines. Ainsi, on supprimait le mobile de la contre-vengeance. Cette idée est non seulement le fondement de l'appareil judiciaire, mais encore des sociétés où l'on convient qu'il faut des lois qui valent pour tous. Ainsi, on supprimait également la tyrannie, qui est le droit du plus fort. Car quand l'État est le plus fort, le tyran et le terrible doivent plier devant la suprématie de la loi, et la justice, la raison et la compassion humaines peuvent gouverner. C'est ce que je souhaite, c'est pour cela que je n'ai pas exécuté Brad et que je veux le traduire devant une cour de justice indépendante. »

Je ne sais pas si j'avais tout compris, mais je crois que je voyais ce qu'il voulait dire.

D'abord, c'est mieux pour tous les conducteurs qu'il existe un code de la route, et quand il y a eu un accident, ce n'est pas forcément malin de laisser les deux enragés qui viennent de se rentrer dedans régler leurs comptes entre eux.

« C'est bien beau, tout ça, mais qu'est-ce qui se passe quand on comprend que le juge est acheté par la partie adverse et qu'en fin de compte c'est la loi du plus fort quand même ? On est censé se coucher ou se lever pour se battre ? »

Will, comme il insistait pour que je l'appelle, m'a regardée en se frottant le menton.

« Ma femme et mon fils reviennent à l'intérieur. Évitons une rencontre, ça vaut sans doute mieux. Suivez-moi. »

Je l'ai suivi. Au sous-sol, j'ai constaté qu'ils avaient changé pas mal de choses. Il m'a emmenée dans une pièce qui ressemblait à un curieux mélange entre une passerelle de navire et une régie de studio d'enregistrement.

« De quoi avez-vous besoin ? Pour obtenir ce que vous voulez.

— D'armes.

— D'armes ?

— Ragnar m'a volé ma carabine Remington. Mais pour ça, il me faut du lourd. »

Will a hoché la tête. Il est sorti de la pièce en disant qu'il allait faire un tour à la laverie et est revenu avec une mitrailleuse. Il m'a montré comment elle fonctionnait. Elle aurait pu cribler de balles un peloton entier, mais restait suffisamment légère pour que je puisse la tenir. Il a déposé quatre grenades à main sur la table devant moi.

« Ça suffira ?

— Oui, merci. Pourquoi vous m'aidez ? J'ai pourtant participé à l'agression de votre famille. »

Il m'a regardée droit dans les yeux. « Premièrement, j'ai l'intention de vous demander un service en contrepartie. Deuxièmement, je sais que vous n'avez pas participé quand ma femme a... Que vous avez emmené Sam hors de la pièce avant que... » Sa voix était devenue rocailleuse et il a cligné des yeux à deux reprises. On les entendait tous deux marcher au-dessus de nous. Il a toussoté.

« Et troisièmement, vous me rappelez Amy. »

Son regard soudain tendre s'est rempli de larmes, et pendant une seconde, j'ai cru qu'il allait me caresser les cheveux.

« La même combativité, a-t-il poursuivi. Le même sens de la justice. Quand nous aurons disparu, nous les vieux, et que vous prendrez les rênes, j'espère que le monde sera dirigé par des gens comme vous, Yvonne. Pas des gens comme Brad et Ragnar. »

J'ai lentement hoché la tête. Je n'avais pas fait grand-chose pour empêcher le viol, mais ça ne pouvait sans doute pas faire de mal qu'il ait une haute opinion de moi, même si je n'en méritais pas tant.

« Je vais faire de mon mieux, monsieur Adams. Quel service me demandez-vous ? »

Son visage était empreint d'une douleur désespérée quand il m'a exposé ses souhaits, avec lenteur et précision. J'ai compris que la décision avait été difficile à prendre, oui, le doute le déchirait encore, et cette fois, c'est moi qui ai eu envie de lui caresser les cheveux.

« D'accord. »

Il a eu l'air presque surpris. « Oui ?

— Oui. J'en suis. »

Il a vérifié que sa femme et le petit Sam n'étaient pas dans les parages, puis il m'a raccompagnée à ma moto.

« Vous ne trouvez pas ce plan horrible ?

— Bien sûr que ce plan est horrible. Laisser les horribles aux horribles… » Elle a rangé la mitrailleuse démontée dans la poche latérale de sa moto, a enfourché le véhicule. « J'ignore totalement si votre plan va fonctionner, Will, mais si ça marche, c'est le plus près que je puisse approcher de la justice en l'absence de votre tribunal.

— Ce sera votre mission de le réintroduire une fois que tout cela se sera effondré et devra être reconstruit. »

Elle a levé les yeux au ciel avant de coiffer son casque orné de la Justice assassinée. La moto a démarré dans un rugissement de prédateur.

Je l'ai regardée jusqu'à ce qu'elle disparaisse dans le virage.

Quand je redescendais de la colline, aucun coyote ne s'est montré. Il paraît qu'ils flairent le danger. De bien sages animaux.

15

Le lendemain de ma visite à Adams, à la villa, j'ai monté la mitrailleuse légère à l'avant de ma moto pour pouvoir tirer tout en roulant. Les yeux ronds, Maria m'a demandé si je partais en guerre.

« Oui », ai-je répondu.

L'abattoir se trouvait dans la zone industrielle au sud de Downtown, sur une plaine entourée de puits de pétrole dont les incessantes courbettes évoquaient des fourmis debout sur leurs pattes antérieures. Les vieux puits, comme les fourmis, semblaient poursuivre leur activité coûte que coûte, que l'humanité parte en vrille ou non.

Quand je suis arrivée devant l'abattoir, le soleil était bas. L'horaire n'était bien sûr pas choisi par hasard. Dumbo m'avait expliqué qu'ils dînaient tous ensemble dans le hangar avant de sortir faire leurs razzias après le coucher de soleil. Or j'avais besoin qu'ils soient tous rassemblés, c'était ma seule chance.

En les observant plus tôt dans la journée, j'avais pu constater qu'ils n'avaient pas de sentinelle, qu'une grande porte coulissante restait ouverte en permanence, sûrement pour pallier l'absence de climatisation parce qu'ils n'avaient pas d'électricité.

Ça ne devait pas les gêner beaucoup, ils ne se sentaient sans doute pas menacés dans cette cambrousse.

J'ai roulé dans le hangar, un espace tout en longueur, grand comme deux terrains de foot, éclairé par des verrières. À des rails et des poulies tout là-haut étaient accrochés des filins terminés par des crochets, sans carcasses, tout ce qui pouvait ressembler à de la viande était digéré depuis bien longtemps. Le sol en béton lisse suivait un plan incliné vers les bondes, il était probablement crucial que le sang soit évacué avant de coaguler.

Les motos étaient garées au fond du bâtiment. Et voilà les gars assis au milieu, autour d'une grande table, comme dans ce tableau de Jésus avec ses disciples, sinon que Jésus n'était pas là. Il m'a fallu deux secondes pour compter jusqu'à douze. Ragnar n'était pas là.

Deux d'entre eux se sont levés et élancés vers les motos. Des nouveaux. Ils ne savaient pas qui j'étais.

J'ai ouvert le feu, plaçant ma rafale devant eux pour qu'ils voient le ciment gicler et comprennent que jamais de la vie ils n'auraient le temps de rejoindre leurs motos pour attraper les armes qui y étaient rangées. Ils se sont jetés au sol.

« Restez couchés ! » ai-je crié.

Les murs ont renvoyé l'écho. Ils ont obéi.

Ensuite, j'ai avancé en roulant au pas et je me suis arrêtée entre deux crochets à carcasses à cinq ou six mètres de la grande table afin de les garder tous à portée de tir.

« Qu'est-ce que tu veux ? » a demandé l'un des jumeaux O'Leary. On ne peut jamais savoir avec certitude lequel c'est avant qu'ils prennent leurs motos.

« Je veux récupérer ma carabine. Et mon gang.

— Ton gang ?! s'est exclamé son frère.

— Mon gang, ai-je confirmé. Quand Brad n'est pas là, c'est moi qui dirige le Chaos. »

Un type a éclaté de rire. Nouveau, lui aussi.

« Où est Ragnar ? »

En réponse à ma question, j'ai entendu un moteur démarrer. Un grondement rauque caractéristique. Je me suis tournée vers les motos et j'ai vu Ragnar diriger sa Yamaha rouge vers nous, d'une seule main. L'autre tenait ce qui ressemblait à une kalachnikov flambant neuve avec poignée pistolet. Je me demandais où il s'était procuré ces nouveaux machins, mais j'avais ma petite idée. Il était à cinquante mètres de distance quand j'ai orienté l'avant de ma moto vers lui et tiré une courte salve.

Aucune balle ne l'a atteint, mais il a pilé. Il venait de découvrir que mon arme était une mitrailleuse et qu'il disposait donc d'une force de frappe moindre.

« À l'assaut ! a-t-il éructé. Elle n'arrivera pas à vous prendre tous.

— Pas tous, mais pas mal d'entre vous quand même, ai-je rétorqué si bas que seuls les gens de la tablée m'ont entendue.

— C'est un ordre ! a-t-il braillé.

— L'ordre est que vous restiez assis, ai-je dit. J'ai besoin de vous vivants. »

Tous m'ont dévisagée. Personne ne bougeait. Ce n'est pas que je croyais être devenue leur cheffe, pas encore, mais pour l'instant, c'était une mitrailleuse qui dirigeait les opérations et non Ragnar. Ragnar perdait.

Cependant il sait comment on joue à ce jeu. Il a abaissé la béquille de sa moto d'un coup de pied, est descendu et a brandi sa kalachnikov.

« Toi et moi, sans armes ! »

Il a retiré le chargeur courbe, l'a balancé au loin, dans de bruyants ricochets sur le sol.

« À moins que tu n'oses pas, mademoiselle la kickboxeuse ? »

J'aurais pu décliner, bien sûr, j'aurais pu l'abattre sur-le-champ.

Je savais toutefois que pour me faire accepter comme cheffe de gang, moi, une fille, je ne pouvais pas me contenter d'appuyer sur une queue de détente, je devais montrer quelque chose de plus.

J'ai mis pied à terre, pris la mitrailleuse, avancé jusqu'à la table, où j'ai déposé ma bande de munitions devant les gars. Entendant le grondement rauque derrière moi, je me suis retournée. Ragnar était remonté sur sa moto. Il se dirigeait déjà vers moi en maniant sa chaîne à crochet au-dessus de la tête. Je suis allée dans sa direction, me suis postée entre les crochets à viande et ai attendu. Je l'avais vu faire si souvent, je connaissais la technique, je savais lire sur son corps quand le lancer allait intervenir. Et quand le lancer est intervenu, j'ai tenu la mitrailleuse devant moi à deux mains. Sa chaîne a heurté le dessus du canon, s'est enroulée autour, et le crochet s'est fixé en plein milieu. J'avais une seconde devant moi. J'ai glissé le canon dans deux crochets à carcasses, puis j'ai lâché l'arme et fait un pas en arrière. Il y a eu un cliquetis de poulies, suivi de la vibration des filins qui se tendaient en lignes droites d'acier entre la poutre et la moto de Ragnar. Le moteur Yamaha a produit un vilain couinement quand la moto a été brusquement arrêtée et que les roues ont perdu leur adhérence. Ragnar lui-même est parti en vol plané par-dessus son guidon et a dessiné une ravissante courbe sur dix mètres avant d'atterrir dans un claquement mou sous une rangée de crochets à viande. Il ne s'est pas relevé.

J'ai avancé.

Il était sur le ventre, visiblement sonné, mais en approchant, il m'a semblé voir bouger le dragon sur son blouson et Ragnar a attrapé quelque chose à sa ceinture. J'ai pris mon élan et expédié un coup de pied dans sa main alors qu'il se tournait vers moi. Un pistolet rutilant a volé dans les airs, un Glock de prix, semblait-il. J'aurais pu laisser Ragnar se mettre debout, de toute façon, je le tenais, mais j'avais un public. Un gang qui se demandait si celle qui prétendait être leur cheffe avait suffisamment de nerf, était suffisamment efficace. Suffisamment impitoyable. Alors j'ai administré à Ragnar, qui était couché, un *foot jab* simple, mais percutant. Avant qu'il ait pu se remettre, j'étais derrière lui pour ce qu'on appelle un *rear naked choke*, à savoir que j'ai placé mon bras gauche autour de son cou, l'ai verrouillé du bras droit et ai calé mon front contre son occiput, comme pour le consoler, avant de serrer pour interrompre l'irrigation du cerveau. Au bout de dix secondes, Ragnar a perdu connaissance. Je l'ai relâché, ai descendu l'un des crochets à viande juste au-dessus de lui. Lançant un regard vers la table, à quinze mètres de distance, j'ai pu vérifier que les gars suivaient. J'ai retourné Ragnar sur le ventre, ai remonté son blouson et, refoulant la nausée qui m'étreignait, ai enfoncé d'un coup sec le crochet dans son dos pâle. Je me suis ensuite dirigée vers la manivelle sur le mur et j'ai hissé Ragnar en l'air alors que le sang dégorgeait en un flux tranquille et régulier sur son dos. Quand il a été à cinquante centimètres du sol, je suis allée décrocher la chaîne sur sa moto et l'ai utilisée pour lui attacher les mains dans le dos. Il a repris connaissance, juré, *crié, il se débattait pour se libérer, mais il s'est vite arrêté, il devait sentir le crochet s'enfoncer dans ses chairs.*

Je suis allée me poster devant la table. Je voyais la question sur les visages des gars : mais bordel, qui est-ce qui allait les diriger, veiller à ce que, en tant que groupe, ils aient leur prochain repas, des vêtements, un toit au-dessus de leur tête, à l'abri de leurs ennemis ? Ce n'était plus ce loser pendu à un crochet à carcasse, ça, c'était clair, mais cela pouvait-il vraiment être elle, une fille ?

« Vous avez pris quelque chose qui m'appartenait, ai-je déclaré. Une carabine Remington. Lequel d'entre vous l'a ? »

Bien entendu, ils n'ont pas pu s'en empêcher, ils se sont tournés vers le type qui l'avait. Un garçon acnéique aux gros furoncles rouges, quinze ans à tout casser.

« Toi, lui ai-je dit. Va la chercher. Tout de suite ! »

Il s'est levé et a commencé à marcher vers les motos.

« Cours ! »

Il a couru.

« Les autres, vous venez avec moi. »

J'ai pivoté sur mes talons et suis repartie vers Ragnar. N'entendant rien derrière moi, je me suis dit : Merde, je les ai perdus, mais des couverts ont tinté, des chaises ont bougé.

Nous nous sommes positionnés en arc de cercle autour de Ragnar. Il respirait péniblement et son visage se convulsait de douleur, mais il ne bronchait pas. Le sang, même si c'était sans commune mesure avec l'hémorragie de Dumbo quand il s'était fait trancher la carotide, coulait de ses godillots et partait en effet vers la bonde la plus proche.

« Ce gars-là a forcé l'un des nôtres à avouer un meurtre qu'il n'avait pas commis, ai-je expliqué en désignant Ragnar.

Et ensuite, il l'a fait liquider. Il n'y a pas beaucoup de règles dans le Chaos, mais celles que nous avons sont tout ce que nous sommes. » Je parlais fort, plus fort que prévu. Peut-être pour assourdir l'écho, j'avais l'impression d'être dans une église. « La règle numéro un est un pour tous, tous pour un. Si nous la respectons, nous sommes imbattables, si nous ne la respectons pas, le Chaos sera fini dans un mois. »

J'ai regardé autour de moi. J'en ai vu un ou deux hocher la tête.

J'ai entendu galoper. Je me suis retournée, le boutonneux me tendait ma carabine.

« Ragnar, ai-je dit, voici ton jury. Tu plaides coupable ? »

Il a gémi, donné quelques coups de pied d'une jambe, qui l'ont fait pivoter.

« Non ? » J'ai armé ma carabine. « Alors, dans ce cas… »

Il a émis un sifflement et j'ai baissé mon arme.

« Je l'ai fait pour nous. » Son chuchotement était à peine audible. « Pour le Chaos. Si Dumbo se rétractait, nous n'allions pas obtenir d'armes, ni rien d'autre.

— Combien de meth tu as dû offrir à Kevin pour qu'il le tue ?

— Pas beaucoup, a murmuré Ragnar.

— Non, parce que Kevin est déjà détenu à vie, donc il n'avait rien à perdre à commettre un meurtre de plus.

— Rien à perdre, a répété Ragnar, qui commençait à piquer du nez.

— Je pars du principe que tu n'as raconté à personne ici que tu avais l'intention de faire descendre un membre du gang ?

— Toutes les armes, la nourriture… » Ragnar parlait d'une

voix sibilante, son menton était retombé sur sa poitrine. « Sans moi, nous n'aurions rien eu.

— Nous aurions eu Dumbo. »

Il n'a pas répondu. Son corps était revenu à sa position initiale.

« Bon, OK. » Je me suis adressée aux autres. « Alors que ceux qui s'opposent à ce que je condamne cette personne à mort lèvent la main. »

Pas de mains levées.

« Le condamné à mort peut choisir. Tu veux rester pendu là jusqu'à ce que tu meures ou tu veux une balle ? »

Ragnar a à peine redressé la tête. Ses paupières semblaient alourdies. J'ai dû m'astreindre pour entendre ce qu'il disait : « Je crois que je vais prendre cette balle. »

J'ai mis ma Remington en joue, appuyé cette bonne vieille crosse bien fraîche contre ma peau. Au prix d'un effort considérable, Ragnar a levé le menton un peu plus haut, comme pour me faciliter la tâche. En visant son front, j'ai eu une idée : je voulais essayer de former un triangle isocèle entre l'impact de la balle et ses deux yeux.

Puis j'ai tiré.

16

Dans la matinée, j'ai retrouvé Adele Matheson et l'inspectrice principale Gardell. L'aéroport avait fermé pendant la pandémie, lors de la faillite de la plupart des compagnies non étatiques, pour ne jamais rouvrir.

Garé sur la piste d'atterrissage, je regardais se dessiner les contours de leurs véhicules, tels des fantômes ondulant dans la brume de chaleur : une voiture de police et une voiture de sport basse, rouge. Elles se sont garées de part et d'autre de mon véhicule et nous sommes tous sortis.

« Merci d'être venues, ai-je dit.

— Il n'y a pas de quoi, mais je vous préviens, j'ai peu de temps devant moi, a répondu Matheson.

— Pourquoi ici ? a demandé Gardell, qui gardait ses lunettes de soleil.

— Parce que la vue est dégagée. » Je savais qu'elles avaient remarqué la kalachnikov sur mon siège passager. « Je voulais simplement vous informer qu'à partir de cet après-midi Brad Lowe sera un homme libre. J'ai fait en sorte que quelqu'un de son entourage proche aille le chercher. »

Matheson a acquiescé. « L'inspectrice principale Gardell

et moi interprétons cela comme une information que vous possédez et non comme le signe que vous auriez participé à une éventuelle détention illégale.

— Ma formulation est destinée à rendre une telle interprétation possible, en effet.

— Alors vous n'aurez pas de problèmes de notre part, a précisé Matheson.

— Reste bien sûr à savoir quelle sera l'interprétation de Brad Lowe. S'il porte plainte, vous savez où me trouver.

— Bon, si vous avez terminé, j'ai un procès dans une heure», a conclu Matheson.

Je lui ai tendu la main. D'abord, elle s'est contentée de la regarder comme si je me livrais là à un geste obscène, désuet dans le meilleur des cas, puis elle l'a serrée délicatement. Elle a regagné sa Ferrari, Gardell est restée. Et a voulu savoir pourquoi.

«Je n'ai pas déjà répondu à cette question?

— Quoi, votre histoire de respecter la loi et l'état de droit? Je n'y crois pas. Ou plus exactement, je pense que vous êtes tout aussi avide de vengeance que nous tous.

— Œil pour œil, dent pour dent.» Je regardais la merveille rouge de Matheson se dissiper dans la brume. «Loi du talion, Pentateuque. L'un des premiers recueils de lois que nous connaissions. Elle dit que le coupable doit expier à l'aune du dommage qu'il a occasionné. Mais comment le coupable expie-t-il quand il a tué le membre d'une famille? Le plus grand dommage n'est pas nécessairement commis contre celui qui a perdu la vie, mais plutôt contre ceux qui ont perdu un être aimé, ceux qui demeurent et doivent vivre avec cette perte, cette douleur, la culpabilité. Le coupable devrait vivre avec la même douleur.

— Œil pour œil…

— C'est une bonne loi», ai-je ajouté.

Une fois Gardell partie à son tour, je suis monté en voiture et j'ai contemplé le fusil.

J'ai attendu, scruté la brume, attendu.

Puis il est arrivé. Un grand SUV noir, celui-là même que j'avais vu quitter la villa après l'attaque. La voiture de Colin Lowe.

Brad a pleuré quand je lui ai annoncé que je le libérais, que quelqu'un qu'il aimait allait venir le chercher.

«Je ne le mérite pas, a-t-il fait en reniflant, ses larmes tombant sur le matelas.

— Ça fait un moment que tu es en détention ici.» J'ai pris mon élan pour prononcer la phrase suivante. «Tout le monde mérite une seconde chance.

— Vous savez quoi, monsieur Adams? Vous m'avez plus appris pendant le temps que j'ai passé ici que mon père pendant toute mon enfance et mon adolescence.» Il a ouvert puis fermé la bouche, et laissé échapper ensuite un sanglot. «Je suis tellement désolé qu'Amy soit morte. Je sais que je ne peux rien faire pour vous, mais…»

J'ai posé la main sur son épaule. «Tu peux faire quelque chose. Chung et Larsen ont déménagé hier et j'ai besoin d'un homme fort pour m'aider à rapporter ici les munitions qui sont dans la laverie.»

Il m'a considéré d'un air interrogateur.

« Heidi et moi avons plus besoin d'une laverie que de cette cave à vin, ai-je menti.

— Je suis prêt. »

Brad n'a pas cherché à savoir si cela pouvait m'inquiéter d'avoir une conduite d'égout menant dans la pièce des munitions. Il s'est contenté de porter vaillamment, caisse après caisse de cartouches, de grenades, de dynamite, d'essence.

L'opération terminée, nous étions tous deux en nage, épuisés. Ce n'est peut-être pas faux, ce qu'on affirme, sur l'effort physique qui crée des liens entre les hommes. Je lui ai offert une bière, mais il a décliné, il savait que c'était un bien rare et a demandé s'il pouvait avoir un peu d'eau. Cela m'a rappelé une remarque d'un psychiatre légiste. Les gens disent souvent s'être bien trompés sur le compte de l'homme qui consacrait tout son temps libre à aider des pauvres et qui se révèle avoir agressé plusieurs enfants, mais ils ne se sont pas trompés et ils n'ont pas non plus été trompés, disait le psychiatre légiste. Quand l'homme les aidait, c'était ce qu'il avait de bon en lui qui était à l'œuvre, il ne s'agissait pas d'un stratagème destiné à masquer ses actes. Simplement, tout n'est pas bon et tout n'est pas mauvais chez les gens, chez aucun de nous. Pas chez Brad. Pas chez son père. Et pas chez moi.

La nuit tombe sur le toit de la tour Lowe. Nous regardons sans parler l'énorme hélicoptère en forme d'insecte qui se prépare à atterrir dans un raffut assourdissant. Autour de nous, l'air tourbillonne, les cheveux, cravates et robes se dressent en l'air. Quelques gouttes de champagne s'échappent de la flûte de Colin et sont projetées sur mon visage, comme de la neige fondue, je sens leur goût aigre-doux en ouvrant la bouche.

Puis l'hélicoptère se pose, le moteur s'éteint, les pales du rotor tournent avec leur élan résiduel, le raffut évolue en un sifflement qui se tarit.

Colin m'observe. Liza et Beth sont venues se ranger à ses côtés.

« Dernier groupe, embarquement immédiat ! » lance un homme à la porte de l'hélicoptère.

Une douzaine de personnes se massent autour de lui.

Colin se redresse un peu, je sens mes yeux s'emplir de larmes.

Comme ils se sont emplis de larmes il y a cinq jours, quand les familles Larsen et Chung ont remballé leurs quelques affaires. Larsen avait dépensé son argent pour acheter une ferme dans le Sud. La région était autosuffisante en nourriture et moins touchée par l'effondrement que les villes. Quant à Chung, il avait opté pour un navire de pêche et un phare suffisamment spacieux pour accueillir sa famille.

Comme ils se sont emplis de larmes aussi quand Brad est sorti de la villa il y a quatre jours.

Pourquoi ces larmes ? Est-ce parce que, toujours, l'inéluctable, la certitude qu'il n'y a dorénavant aucun chemin de retour remuent quelque chose dans les tréfonds de notre être ? Que ce soit l'adieu, la mort ou le simple passage du temps, les événements, la vie, qui nous séparent les uns des autres ?

Je tends la main à Colin.

« Au revoir.

— Merci. » Colin prend ma main, l'attire à lui. « Merci d'avoir laissé partir mon fils.

— C'est moi qui dois te remercier pour les billets, mais c'est dommage qu'il n'y en ait pas eu pour nous tous.

— Il est juste que nous restions. Je suis certain que Brad nous retrouvera quand il aura pu reprendre ses esprits. Je crois que tu lui as donné beaucoup de matière à réflexion avec la façon dont tu as agi, Will. Tu nous as donné beaucoup de matière à réflexion à tous, d'ailleurs.

— Will, mon amour, ils disent qu'ils n'attendront pas !

— J'arrive ! »

Je regarde mon ami d'enfance dans les yeux. Le facultatif et néanmoins inéluctable. Notre factice sentiment de liberté par opposition à ce qui est prédéterminé comme le choix que fera le cerveau, sur la base de toutes les informations dont il dispose et de ses préférences au moment d'agir. Ce qui est inéluctable, c'est que je ne reverrai plus jamais Colin, que je n'entendrai plus jamais son rire, que je ne sentirai plus jamais son odeur, que je ne percevrai plus jamais la chaleur de sa poignée de main ou de son accolade. Je pourrais bien sûr me tromper, je peux espérer me tromper, mais si je fouille dans mon âme, j'ai bien peur de ne trouver ni conviction ni espoir de le revoir un jour. Et cependant, les larmes font briller mes yeux comme les siens.

Quand l'hélicoptère se hisse au-dessus du toit et tourne, je contemple les trois personnes en bas qui agitent la main, avant de me tourner vers Sam. Assis entre Heidi et moi, il me tire le bras.

« Où on va, papa ? »

Je lui montre.

« Là-bas.

— Qu'est-ce qu'il y a, là-bas ?

— L'ouest.

— C'est quoi, l'ouest ?

— L'avenir.

— C'est quoi, l'avenir ?

— C'est ce qui va venir bientôt. Regarde… » Je tiens ma main en l'air au-dessus de lui, la fais descendre comme un papillon et lui chatouille le cou. Je crie « Le voilà ! » alors qu'il se tortille en éclatant de rire. « Et puis il n'y est plus ! » dis-je en cessant de le chatouiller. Je lève de nouveau la main. « Mais ce n'est pas tout », dis-je, et il pouffe déjà de rire dans un effroi plein d'attente. Pendant que je chatouille Sam, je croise le regard de Heidi. C'est un regard éteint, mais elle sourit. Je lève la main. « Et puis il n'y est plus, dis-je sans la quitter du regard. Mais ce n'est pas tout… »

17

Je m'étais déniché un endroit à l'ombre du soleil cuisant pour attendre que Will Adams libère Brad Lowe. Enfin leurs voix ont résonné derrière le mur d'enceinte. Enjouées, légères. Ma parole, on aurait dit des amis.

« Alors c'est toi qui viens me chercher. Je pensais qu'il parlait de mon père. »

Le portail de la villa s'est refermé derrière Brad. Il est resté planté là quelques instants, à nous regarder, ma moto et moi.

« Tu t'es tirée l'autre soir…

— Ils nous avaient déjà. Fuir était la seule option. »

Il a réfléchi, acquiescé. « Bon. J'aurais sans doute fait pareil. Qu'est-ce qui se passe maintenant ?

— C'est ce que nous nous demandons tous.

— Comment ça ?

— C'est toi, le chef du Chaos. On se demande quels plans tu as pour nous. »

Stupéfait, il m'a dévisagée un instant.

J'ai désigné la moto d'un mouvement de tête. « Je vais monter à l'arrière. J'imagine que tu veux conduire, non ? »

Il a souri et passé le bras autour de mes épaules. « Je savais que je pouvais compter sur toi, Yvonne. Si t'étais pas une bouffeuse de gazon, t'aurais été ma meuf, putain ! Où allons-nous ?

— Au parc d'attractions. »

Quand j'avais annoncé que j'allais chercher Brad et que c'était désormais lui le chef, la nouvelle avait été accueillie de façon mitigée au sein du gang. Les mecs disaient qu'ils étaient contents de m'avoir, moi, et ne comprenaient pas vraiment que je renonce de mon plein gré à des privilèges comme la meilleure moto du lot ou la préséance dans le choix des armes, de la nourriture, de la chambre où dormir, et des filles.

Mais ils avaient fait ce que je leur demandais et peint une banderole WELCOME BACK BRAD, *qui était tendue au-dessus du portail quand Brad et moi sommes entrés dans le parc d'attractions abandonné où le gang s'était introduit la veille, avec deux groupes électrogènes, huit kilos de viande et dix litres d'alcool fort.*

Dans le noir, le parc était un peu sinistre, mais après le dîner, nous avons allumé les somptuosités, et les lieux se sont illuminés d'un déluge de couleurs. Enfin il y a eu de l'animation, la gaieté frénétique de la musique des manèges et de la plateforme d'autos tamponneuses, les détonations et les vivats du stand où les gars tiraient sur de petits ballons au fusil à air comprimé, et même la voix fêlée des annonces enregistrées de la maison hantée à moitié brûlée. Brad et moi avons sauté chacun sur notre cheval. Nos montures s'élevaient et redescendaient l'une à côté de l'autre dans un ballet grinçant et asynchrone alors que le carrousel menait sa ronde tranquille. J'ai répété ma question par-dessus l'orgue de Barbarie. Quels plans avait-il pour nous ?

Son regard était vaseux, son élocution troublée par l'alcool. « On va tuer ce putain de Will Adams et le reste de sa meute !

— Pourquoi ça ?

— Pourquoi ? Eh ben, parce qu'il m'a enfermé, tiens !

— Pas parce qu'il a tué Herbert ? »

Brad a poussé un grognement en portant une bouteille de whisky à ses lèvres. « Ça aussi, mais on n'enferme pas Brad Lowe. On ne lui parle pas comme à un merdeux. On ne prétend pas être une meilleure personne que lui, être... » Il grimaçait et gesticulait, mais il n'était pas évident d'identifier ce qu'il imitait.

« Supérieur ? ai-je proposé.

— Oui. Will Adams prêche comme un curé, mais c'est qu'un putain de... » Il a agité sa bouteille comme s'il cherchait à capturer le mot avec.

« D'hypocrite ?

— Ouais ! » Il a dû se tenir à son cheval pour rester d'aplomb. « Avec ses copains, non seulement ils ont tué Herbert, mais en plus ils ont massacré les hommes que papa a envoyés pour me sauver.

— Ils se sont défendus, tu veux dire ? »

Brad m'a regardée de travers, je m'en serais mordu la langue.

« Comment tu vas le tuer ? ai-je demandé. J'ai cru comprendre que la maison était devenue une véritable forteresse.

— Ouaip, mais Brad Lowe a la solution... » Il a tapoté le goulot de la bouteille contre sa tempe. « Là-dedans.

— Et cette solution, c'est... ?

— Ragnar a obtenu combien de grenades de bazooka de mon père ?

— Cinquante.

— Une !» Éclatant de rire, Brad a balancé sa bouteille vide, qui est allée se briser quelque part dans l'obscurité. « Une suffira. On va la tirer dans une conduite d'égout qui arrive droit dans la cave à vin où ils ont entreposé toutes leurs munitions. Et boum ! La maison entière… »

Il illustrait la scène avec ses mains, ses bras, ses joues gonflées, en bataillant pour garder l'équilibre sur son cheval.

J'ai hoché la tête. « Où se trouve la sortie de cette canalisation d'égout, exactement ? Et tu es sûr qu'elle est en ligne droite, que la grenade ne va pas simplement exploser quelque part en route ?

— Ça, on va le tirer au clair », a déclaré Brad, mais il paraissait déjà un peu moins sûr de lui.

J'ai soupiré. « Je vais le tirer au clair, tu veux dire, non ?

— Tu pourrais ?

— Qui est-ce qui fait toujours ces choses-là, Brad ?

— Toi, Yvonne, a-t-il dit, et malgré le mouvement du manège, j'ai senti son haleine chargée d'alcool sur mon visage. Tu règles tous les problèmes auxquels ces microcerveaux, là, ne peuvent pas être employés.

— Donne-moi quatre jours.

— Quatre ? Pourquoi… ?

— Parce que le type que je connais au bureau du cadastre n'y sera pas avant ce moment-là. Je vais vérifier que la canalisation est droite et déterminer l'endroit précis où elle débouche pour qu'on ne fasse pas sauter la mauvaise maison. D'accord ?

— Putain, comment je m'en sortirais sans toi, Yvonne ?

— Va savoir. Mais tu es sûr de vouloir faire ça ? »

Autour de nous, les lumières se sont éteintes, l'orgue de Barbarie s'est évanoui en devenant criard et dissonant, et le carrousel a perdu de la vitesse à la lueur blafarde du clair de lune.

« Qu'est-ce qui se passe, putain ?

— Il n'y a plus d'électricité. Mais, donc… tu veux vraiment les tuer ? Adams t'a tout de même libéré.

— Enfin, bordel, Yvonne, tu ne comprends pas ? C'est justement ce qui me fout en rogne. Je veux… » Larmes d'ivrogne maintenant. « Je veux que mon père sache que j'ai tué l'homme qui l'a humilié. Parce que papa a beau être un salaud, je l'aime. J'aime ma mère et ma sœur, mais papa… J'ai été une déception pour lui. » Nos chevaux s'étaient immobilisés, Brad était en position basse, si bien que je le regardais de haut. Il s'est redressé. « Mais quand j'aurai fait sauter cette forteresse et réussi ce que lui n'a pas réussi, il verra enfin de quoi je suis capable. Tu comprends ? »

Il y a eu une détonation, des cris joyeux, la lumière et la musique sont revenues, le manège s'est lentement remis en marche et Brad s'est de nouveau élevé au-dessus de moi.

Cette nuit-là, nous avons tous dormi dans la maison hantée. À mon réveil, quand je suis sortie dans la clarté brutale du jour, Brad est venu me trouver. Il était pâle, avait manifestement la gueule de bois.

« Je crois que j'ai un peu trop parlé hier soir… » Il a lancé des cailloux sur les chevaux du manège. « On peut oublier ?

— De faire sauter Adams ? Oui, bien sûr. » J'étais soulagée.

« Non, pas ça. Ce que j'ai dit sur mon père. Oublie. C'est un ordre. Contente-toi donc de trouver cette conduite d'égout. »

Ma moto et moi sommes enfin hors de la ville, sur l'autoroute déserte. L'asphalte dévore toute la lumière, la mienne, celle de la lune. Je passe devant l'épave de voiture calcinée qui est là depuis deux semaines. Il a fallu plusieurs jours pour que quelqu'un enlève le corps brûlé au volant. Je ne sais pas la fin de quelle histoire ça a été, mais le réservoir, en tout cas, était siphonné depuis longtemps. Quatre jours se sont écoulés depuis que Brad m'a demandé de repérer la canalisation d'égout de la villa, et maintenant, ce soir, c'est fait. L'aiguille penche vers le bord gauche, elle aussi a fini son récit, elle attend seulement que le moteur le comprenne. Voilà les puits de pétrole. Je ralentis. Haut au-dessus de moi, j'entends un hélicoptère, je vois une lueur dans le ciel se déplacer en direction de la baie. J'entends la musique longtemps avant d'arriver à l'abattoir. La fête, encore une, a commencé.

Je tourne devant le hangar et vois les jumeaux qui soutiennent Eric, le gars qui avait ma carabine. Il est bourré, chancelle, mais il s'accroche au bazooka qu'il a sur l'épaule. Il semblerait que sa cible soit une caravane rouillée à cent mètres de distance.

Je roule lentement dans l'abattoir. Une fois de plus, « We Are the Champions » mugit dans l'enceinte explosée, putain, ce que je peux détester cette chanson… Certains chantent, assis à la grande table, d'autres dansent en titubant sous les crochets à carcasses.

Seul en bout de table, Brad a les pieds sur une chaise et un gros joint à la main. Il me regarde, plein d'attente.

Je prends mon temps, gare ma moto, époussette mes cuisses.

« Tu es en retard, note-t-il quand je m'installe à côté de lui.

— Il y a eu un ou deux cahots sur la route. » Je repense à la sensation que j'ai eue en passant sur le corps du type sur le

tapis clouté. Je fais un geste vers l'extérieur. « Tu as vu que les jumeaux et Eric…

— Je leur ai donné la permission. Alors ?

— Mon copain du cadastre m'a fourni les plans. » J'ouvre la fermeture Éclair de mon blouson en cuir et brandis les papiers que Will Adams m'a donnés à la villa, en même temps que la mitrailleuse, quand j'ai accepté ce qu'il me demandait en contrepartie. « La conduite d'égout part en ligne droite vers la maison, il suffit de pointer le bazooka dedans et de tirer. Je suis montée sur la colline et j'ai trouvé l'évacuation dans la pente. Le terrain est accidenté, donc on va devoir grimper un peu, mais on peut y accéder et repartir sans être vus.

— Parfait ! conclut Brad en riant. Alors qu'est-ce que tu en penses ?

— De quoi ?

— De le faire. »

Je hausse les épaules. Adams m'a clairement signifié que je ne devais surtout pas chercher à diriger ou à manipuler Brad, mais faire en sorte que les deux possibilités existent, que ce soit un choix réel et libre. Ou, comme il l'a formulé : aussi libre qu'il peut l'être pour les personnes que nous sommes à cet instant T de notre vie. Le but, dixit Adams, est que Brad écope de sa propre sanction ou obtienne son propre acquittement.

« C'est à toi de décider.

— Ça, on sait, Yvonne, mais tu as peut-être entendu dire que ce qui caractérise un bon leader, c'est qu'il prend conseil. Ensuite il peut bien sûr choisir de ne pas le suivre.

— Je ne peux pas donner de conseils quand le Chaos n'a rien ni à y perdre ni à y gagner. Sur ce point, tu vas devoir suivre ton cœur et ton cerveau, Brad. »

Il a eu l'air agacé. « Bien. J'ai déjà décidé de le faire, je voulais juste avoir ton avis. »

Un grand fracas retentit dehors, le silence se dépose dans la pièce, on dirait même que le chanteur arrête de brailler « We Are the Champions » pendant deux secondes. Sur les fenêtres papillotent des flammes et j'entends les acclamations d'Eric et des jumeaux.

« Je me disais au point du jour, poursuit Brad. T'en penses quoi ?

— Le point du jour, ça me paraît bien.

— Mais tout le monde sait que les attaques se produisent toujours au point du jour. Tu ne crois pas qu'ils seront particulièrement sur leurs gardes ?

— Ça se peut.

— Mais tu crois quand même que le mieux, c'est le point du jour ?

— Le point du jour, c'est toujours le mieux. »

Brad hoche la tête. Il me scrute un instant avant de se lever et de crier : « Chaos ! La fête est terminée. Rebouchez les bouteilles et videz vos verres ! On enfourche nos motos une heure avant l'aube ! »

Il est reçu avec jubilation et bientôt son gang scande « Brad ! Brad ! ».

Il sourit de toutes ses dents et lève les bras dans un geste qui pourrait signifier qu'il leur demande d'arrêter ou alors qu'il accepte leur hommage. Il a l'air content, carrément heureux, même. C'était la dernière fois que j'allais le voir comme ça.

Je me réveille. J'entends le souffle régulier de Heidi et de Sam, qui dorment. Il fait encore noir dans la cabine, mais je devine du gris au bord du rideau. Je n'ai pas été surpris que les billets de Colin Lowe comprennent une grande cabine de trois pièces sur le pont, mais Heidi a pleuré de joie. Je consulte ma montre. Le soleil va bientôt se hisser au-dessus de l'horizon.

Heidi se colle contre moi.

« Qu'est-ce qu'il y a ? chuchote-t-elle dans son demi-sommeil.

— Rien, j'ai rêvé, c'est tout.

— Rêvé de quoi ?

— Je ne me souviens pas », mens-je.

J'ai rêvé que je me tenais à côté d'un Brad rieur et d'une Yvonne grave, qui regardaient fixement la villa incendiée. Le rire de Brad redoublait quand il entendait les cris et voyait trois silhouettes enflammées sortir en courant dans le jardin, vers nous, vers la pente.

« Va brûler en enfer, Adams », se réjouissait Brad.

Je me tournais vers lui et lui demandais s'il ne voyait pas qui brûlait, mais Brad ne pouvait ni me voir ni m'entendre. Les personnes en feu approchaient, la plus grande d'entre elles serrait les deux autres contre elle, et elles tombaient à genoux devant nous.

« Brad, disait la plus grande. Brûle avec nous. Brûle avec nous. »

Et je voyais les yeux de Brad s'écarquiller, son rire s'interrompre, sa bouche s'ouvrir.

Il se tournait vers moi et cette fois, il me voyait.

« C'est vous, disait-il. C'est vous qui avez fait ça.

— Non, répondais-je. Moi, je t'ai simplement donné le choix. C'est toi qui as choisi de mettre le feu. »

Brad se précipitait, les enlaçait comme pour lui-même pouvoir s'immoler, mais il était trop tard. Carbonisés, ils s'émiettaient dans ses bras. Brad contemplait la cendre sur le sol. Il enfouissait ses mains dedans, criait avec une réelle douleur, venue des tréfonds de son âme, alors que le vent soufflait la cendre fragment par fragment.

« Mais tu sens que c'était un bon rêve ? » demande Heidi.

Je réfléchis.

« Non, dis-je, en parlant franchement. Non, ce n'était pas un bon rêve. Viens… »

Nous sortons sur le pont. Je porte Sam, qui dort encore. Tout est gris, tout est mer ou ciel, point de terre, point d'horizon. La vie unicellulaire, telle qu'elle a paraît-il commencé. Mais le soleil passe alors une tête par-dessus l'horizon. Comme par magie, les choses trouvent leurs contours et leurs couleurs, un nouvel univers prend forme sous nos yeux.

« Notre premier lever de soleil, dis-je tout bas.

— Notre premier lever de soleil », répète Heidi.

LA DÉCHIQUETEUSE

Une mouche se pose sur ma main. Je la regarde fixement. La durée de vie moyenne d'un individu de son espèce est de vingt-huit jours. Le sait-elle ? Souhaiterait-elle que sa vie soit plus longue ? Si on le lui proposait, en échange de l'oblitération de tous ses souvenirs d'êtres aimés, de l'éradication de ses accomplissements, de l'effacement de toute trace de ses meilleurs jours et instants, que choisirait-elle ?

Je n'ai pas le temps de méditer sur ces questions maintenant. Je bouge la main, la mouche s'envole.

Je dois oublier, de toute urgence.

Je m'assieds devant la déchiqueteuse. Elle a l'allure et la taille de ces ordinateurs personnels qu'on trouvait autrefois dans la plupart des foyers, avant la guerre et la crise de la technologie. Quand l'on y connecte le cerveau — qui au fond est un ordinateur aussi — et que l'on reconstruit les événements, les visages, les connaissances du passé, elle efface spécifiquement ces souvenirs du cerveau, tout en conservant les autres.

Je ferme les paupières une seconde, écoute le bourdonnement. C'est peut-être le ventilateur du plafond, ou la valise, ou les gens dehors, dans les rues, mais ça pourrait aussi être des drones espions, il paraît que les militaires en ont encore.

Bref. Ils sont sur ma piste depuis longtemps et je sais que cette fois je ne vais pas réussir à en réchapper, c'est ici que tout s'arrête, dans la chaleur brûlante et la puanteur d'un appartement d'El Aïoun. Au plafond, entre impacts de balles et ravages de grenades, le ventilateur tourne gentiment. Il brasse à peine l'air du désert qui s'est engouffré à l'intérieur quand le sirocco a repoussé les lourdes tentures berbères pendues aux fenêtres et à la porte du balcon.

Devant le réfrigérateur, dans un coin de l'appartement, est posée une valise en cuir marron. Une bombe. Quand elle sera ouverte, tout partira au ciel, tout ce que nous savons et ne sommes pas censés savoir. Avant cela, toutefois, son contenu doit être intégralement ingéré, chaque cellule du cerveau doit être engloutie et gagner ses ailes. C'est alors seulement que viendra l'heure de la grande évasion. Avant, aussi, je dois tout oublier.

Mais d'abord, je dois me rappeler, convoquer les souvenirs à éliminer.

Le visage blanc sur l'écran de la déchiqueteuse a l'air d'un masque de tragédie grecque. M'efforçant de ne pas cligner des yeux en regardant mon reflet, je déplace la tête de façon que mes pupilles soient à hauteur des trous du masque. Tout indice qui, directement ou indirectement, pourrait les mener à la formule doit être éradiqué. J'essaie de me concentrer, car je sais que ne disparaîtra que ce dont je parviens à me souvenir maintenant, tout le reste, ils pourront le reconstruire à partir de ma matière grise, même après ma mort. Je sais aussi que le moyen le plus efficace et le plus sûr de supprimer les souvenirs est d'en alimenter la déchiqueteuse dans l'ordre chronologique, c'est là que les souvenirs associés suivent. « Envisagez-le comme le nettoyage d'un poisson, disait le sergent qui formait notre équipe de chercheurs. Sauf que le poisson, c'est *vous*. »

Bon. D'abord, l'idée.

L'idée

Elle m'est venue au cœur de la nuit. Réveillé par une envie pressante, aux côtés de Klara, ma femme, je m'étais levé aussi silencieusement que possible et j'avais pris le chemin de la salle de bains. Nous habitions Rainerstrasse, dans la partie de la ville qui a encore l'eau courante et l'électricité. Dehors, il pleuvait. Je le sais, parce que si ça n'avait *pas* été le cas je m'en serais souvenu. À moitié endormi, je m'apprêtais à uriner quand j'ai noté un semblant d'érection. J'ai essayé de me remémorer mon rêve, mais je n'ai rien trouvé qui aurait pu occasionner une excitation sexuelle. Mon cerveau de chercheur a automatiquement constaté que mon corps avait produit du monoxyde d'azote et de la noradrénaline, puis mes pensées ont poursuivi leur errance, formé une nouvelle rêverie. J'étais mort, mon état était ce qu'on avait appelé, lors des exécutions publiques au lendemain de la grande guerre, la luxure de l'ange. Dont l'explication, m'avaient enseigné mes études de médecine, était physiologique et non chimique. Si certains traîtres de la Confédération pendaient à leur potence avec une claire érection dans le pantalon, c'était que la corde exerçait une pression accrue sur le cervelet, donnant lieu à ce priapisme. La personne qui avait eu l'idée de parler de luxure de l'ange jouait sans doute avec l'idée que la mort pouvait receler du plaisir et de la joie, voire une délivrance, mais seulement quand elle n'était qu'un jeu. La mort est tout de même la gravité suprême. L'ennemi constamment sur notre trace, que nous consacrons notre vie à fuir, mais qui tôt ou tard nous retrouvera. Ce n'est qu'une question de temps.

Si cette nuit-là mes pensées étaient allées vaquer du côté des liens entre désir et fin, libido et mort, c'était pour une raison évidente. Notre équipe travaillait depuis longtemps à la recherche d'un traitement contre l'hadésite, une maladie sexuellement transmissible apparue juste avant la guerre qui avait décimé les populations d'Afrique, et s'était étendue à nous, à la Confédération de l'Ouest et à la Confédération de l'Est, à l'instar du VIH près de cent ans auparavant. Avec le médicament HADES1, nous avions réussi à prolonger la vie de quelques patients et réduit légèrement la mortalité dans certains groupes, mais elle s'élevait encore à quatre-vingt-dix pour cent, et nous élaborions actuellement l'HADES2, que nous espérions plus efficace. Notre travail incluait aussi des recherches sur la transmission de la maladie. Constat sans surprise, la probabilité de contracter l'hadésite était plus forte chez les individus qui avaient des rapports sexuels fréquents, avec de multiples partenaires, mais en commençant à analyser les colonnes de chiffres, j'avais été frappé par un phénomène singulier.

Nous avions recueilli des données sur un petit groupe de travailleurs du sexe et d'acteurs de films porno morts — certains de l'hadésite, d'autres de causes différentes — afin de voir si nous relevions des signes d'évolution de la mortalité dans le temps, ainsi que du risque de contagion, car la bactérie de l'hadésite était devenue résistante aux médicaments et avait développé d'autres stratégies de survie ; comme toute forme de vie, elle recherchait compulsivement la vie éternelle. L'hadésite entraînant une mortalité de plus de quatre-vingt-dix pour cent, j'avais été étonné de constater que, dans notre échantillon — où l'on pouvait supposer des relations sexuelles plus nombreuses que dans la moyenne de la population —, l'espérance de vie était plus élevée. Si l'on songe au fait que ce groupe était plus exposé à l'hadésite et au mode de vie malsain de nombreux travailleurs du sexe, on aurait pu s'attendre plutôt au contraire.

Maintenant, il n'est pas inhabituel que les chercheurs identifient dans leurs données des tendances et des liens mystérieux, n'ayant de préférence aucun rapport avec l'hypothèse à vérifier. Nombre de mes confrères ont été tournés en ridicule pour de telles pratiques, et à bon droit. Si on lance un dé en formulant l'hypothèse qu'on peut l'influencer par la pensée pour qu'il tombe sur quatre et que l'expérience montre qu'il tombe souvent sur cinq, il est bien sûr tentant de prétendre ensuite qu'on voulait vérifier si le dé avait une propension à tomber sur le chiffre auquel on pense plus un, mais du point de vue de l'éthique de la recherche, c'est de la fumisterie. La règle est : testez ce qui doit être testé, répondez à la question posée. En modifiant la question de départ, n'importe quel résultat peut être détourné et offrir au chercheur une percée extraordinaire dans un tout autre domaine. C'est exactement ce que j'avais fait cette nuit-là. Je pensais au monoxyde d'azote et à la noradrénaline, et dans un instant onirique, mais néanmoins lucide, j'avais perçu un lien. Je savais que je ne parviendrais pas à chasser cela de mon esprit, quand bien même ce serait tomber dans un piège classique. Je savais aussi que je ne pouvais parler à personne du péché de recherche scientifique que je m'apprêtais à commettre.

J'avais tiré la chasse et j'étais descendu dans le salon. La lumière du dernier réverbère en état de fonctionnement sur Rainerstrasse filtrait à travers la pluie qui ruisselait sur la fenêtre. Elle éclairait la photo de mon frère Jürgen au mur, la carabine de chasse à l'éléphant accrochée au-dessus de la cheminée, le stylo que Klara m'avait offert pour mes quarante ans. J'avais pris le stylo, trouvé une feuille de papier et couché mes folles pensées. Puis j'étais remonté silencieusement vers le lit où dormait Klara, paisiblement ignorante de tout cela. J'avais contemplé son visage doux, toujours beau, mais vieillissant bien trop vite, avant d'avancer l'heure du réveil d'une heure et demie.

Dès mon arrivée au laboratoire le lendemain matin, avant tous les autres, je m'étais penché sur nos données pour vérifier ma nouvelle hypothèse.

L'hypothèse

Trois mois après cette nuit où j'avais imaginé la possibilité d'un lien entre sexualité et longévité, j'étais dans le bureau de Ludwig Kopfer, mon supérieur hiérarchique immédiat et directeur exécutif d'Antoil Med. Il m'avait écouté, pour ainsi dire sans m'interrompre, pendant près de deux heures, et joignait maintenant les mains en me regardant par-dessus ses lunettes sans monture, du genre qui se fixe simplement sur le nez.

« Coupez-moi si je me trompe. » Sa formule consacrée, qui ne signifiait nullement qu'il nous autorisait à le faire. « Mais cela revient donc à dire qu'une association de monoxyde d'azote et de noradrénaline pourrait retarder le vieillissement et lutter contre les maladies, le processus se déroulerait au niveau cellulaire, et en théorie, cette substance pourrait arrêter *complètement* le processus de vieillissement.

— Le monoxyde d'azote, comme chacun sait, agit sur la vasodilatation des organes génitaux masculins et féminins, mais il contribue aussi à la défense immunitaire. C'est l'association de noradrénaline et de quelques autres substances qui ralentit le processus de vieillissement. Je n'ai trouvé aucune raison qui s'oppose à ce qu'une juste association interrompe le processus totalement.

— Comme dans... » Il avait chuchoté le mot. « ... "immortalité..." ? »

J'avais toussoté. « Comme dans "empêcher que le corps soit dégradé par le vieillissement et succombe alors à des maladies par ailleurs inoffensives". Il existe de nombreuses autres manières de mourir.

— L'immortalité », avait répété Kopfer, comme s'il ne m'avait pas entendu. S'appuyant à son dossier, il avait regardé pensivement par la fenêtre. « La quête du Saint-Graal. »

Pendant de longues minutes, aucun de nous n'avait parlé. Dehors, la fumée des cheminées s'élevait sans bruit au-dessus des usines de Düsseldorf. Il était étrange de songer qu'elles avaient quasiment disparu près de cinquante ans auparavant. Kopfer avait finalement repris la parole.

« Vous savez ce que vous demandez, monsieur Jason ?

— Oui.

— Vous risquez de discréditer toute l'entreprise.

— J'en suis conscient.

— Et si je refuse ?

— Je démissionnerai et j'irai voir la concurrence.

— Vous ne le pouvez pas, les données sur lesquelles vous vous fondez appartiennent à Antoil Med et nous vous poursuivrons, vous et la société que vous serez allé trouver.

— Je n'utiliserai rien qui vienne d'ici, naturellement, je me procurerai de nouvelles données. Des données meilleures, du reste, maintenant que je sais ce que je recherche. Quant à l'idée, personne ne peut me la prendre. » J'avais tapoté mon index contre ma tempe. « Elle est ici. »

Kopfer avait marmonné dans sa barbe avant de gémir bruyamment. « La vie éternelle, Seigneur. »

De toute évidence, le jeu de mots n'était pas intentionnel, mais je n'ai pu m'empêcher de sourire.

« Bien entendu, il nous faudra des années de recherche pour savoir si j'ai raison, mais je suis prêt à miser ma crédibilité et ma carrière dessus.

— Bien sûr ! Si vous avez raison, le prix Nobel de médecine ou de biologie vous attend, probablement les deux, d'ailleurs. Si en revanche vous vous trompez, il vous suffira de repartir de zéro. Mais le laboratoire…

— Si j'ai raison, le laboratoire verra sa valeur multipliée non pas par cent, mais par mille. En d'autres termes, si mes chances sont de deux sur mille, il est financièrement rationnel de miser sur ce projet.

— C'est peut-être rationnel pour la famille Egger et les autres actionnaires, mais mettre ainsi en péril les emplois de notre personnel…

— Le plus grand danger pour les emplois de ce laboratoire serait qu'un concurrent développe ce médicament, qui remplacerait entre soixante et soixante-dix pour cent de tous les autres. Le secteur va faire face à un jeu de massacre. La question est de savoir de quel côté vous souhaitez vous trouver, monsieur Kopfer. »

Quand il réfléchissait, Kopfer avait l'habitude de se frotter les paumes contre ses boucles grises, comme si la tension électrique créée par la friction activait son cerveau. Ce qui en l'espèce était le cas.

« Si. *Si* je devais vous accorder les ressources que vous demandez, le projet devrait rester tellement secret que personne, même pas les conjoints, ne saurait sur quoi vous travaillez.

— Je comprends.

— Je vais informer Daniel Egger, qui pourra décider s'il souhaite en parler au conseil d'administration. Entre-temps, cette conversation devra rester entre vous et moi, monsieur.

— Cela va de soi. »

Quatre jours plus tard, Kopfer me convoquait dans son bureau.

« Egger et moi sommes d'accord pour lancer le projet en toute discrétion. Y compris en interne. Moins il y aura de personnes informées, mieux ce sera. Je ne peux pas cacher dans les comptes un projet aussi gourmand en ressources, alors nous devons trouver un subterfuge.

— Je comprends.

— Ce projet apparaîtra donc comme un élargissement du projet Hadésite et, pour des raisons pratiques, il sera relocalisé en Afrique.

— En Afrique?

— Nous possédons un bâtiment à El Aïoun, dans le Sahara espagnol. En n'étant pas sur le devant de la scène, nous échapperons aux espions du secteur et au regard inquisiteur des médias. Nous le justifierons en disant que c'est pour être plus près de la source.

— Je vois. Comme le projet Manhattan, un tas de cerveaux isolés dans le désert.

— Oui, avait-il répondu en regardant par la fenêtre. Si ce n'est que c'était pour inventer une bombe en mesure d'éradiquer l'humanité. Ceci est… » Il avait ramené son regard sur moi. « … le strict opposé, n'est-ce pas? »

La bombe

Relents de gasoil et rais de soleil blanc chaque fois que le vent soulève les tentures des fenêtres. Cela fait des années que la dernière voiture électrique a échoué à la casse et on a rouvert les puits de pétrole du Sahara. Dehors, une sirène hurle, je ne sais pas si c'est une ambulance, une voiture de police ou l'un des véhicules militaires.

Deux claquements, en succession rapide. Un échange de tirs? Deux pneus crevés à un barrage routier? Avec un peu de chance, il s'agit de la guerre que les colons livrent à la guérilla, ou l'inverse, et pas de moi.

El Aïoun pose toujours davantage de questions qu'elle n'offre de réponses.

La montre à mon poignet émet son tic-tac. Un cadeau de Klara pour notre anniversaire de mariage. Je sais qu'elle retarde, mais pas assez.

Trois mois après la décision du laboratoire, je suis arrivé à El Aïoun avec vingt-deux chercheurs triés sur le volet et trois semi-remorques d'équipement. Extérieurement, le projet s'appelait HADES2, en interne, nous parlions d'Ankh. Les chercheurs avaient l'habitude de travailler dans le secret professionnel et aucun d'eux n'était informé au-delà du strict nécessaire pour accomplir les tâches qui lui étaient assignées. Je me doutais toutefois qu'ils mesuraient la tentation que pourrait représenter la vente d'informations sur le projet à certains de nos concurrents. C'est pourquoi, par l'entremise de Daniel Egger, président de notre conseil d'administration et ancien colonel, qui avait des relations dans l'armée, je m'étais procuré une déchiqueteuse de souvenirs. Nous l'avions apportée à El Aïoun, et tous les membres de l'équipe avaient consenti à s'y soumettre après remise de leurs rapports finaux. Cet appareil avait été élaboré pendant la grande guerre, quand l'armée avait obtenu le monopole du développement et de l'usage de la technologie de troisième degré et au-delà ; il était employé par des officiers détenant des informations qui ne leur étaient plus utiles, mais auraient pu être exploitées par l'ennemi si jamais ils étaient faits prisonniers. Car si les officiers pouvaient résister à la torture ou obéir à l'ordre permanent de se supprimer en avalant la capsule de cyanure dont ils étaient pourvus, l'ennemi au sein de notre Confédération russo-européenne avait développé Exor, qui à l'époque déjà était capable d'extraire toute la mémoire d'un cerveau, même mort et physiquement anéanti. La déchiqueteuse de souvenirs contre Exor, ou l'incarnation de la guerre technologique qui, avec ses coups et ses parades, avait conduit le monde à la misère, entraînant à ses lendemains une interdiction de la technologie dans le civil. Certes, nous qui sommes des employés du secteur de la santé avions parfois le droit d'utiliser la déchiqueteuse pour éliminer des souvenirs dans le cadre du traitement psychiatrique de patients traumatisés, mais c'était exceptionnel et cela concernait toujours des membres de l'élite.

Le travail de recherche est comme les chantiers de construction et les films : jamais terminé dans les délais ou le budget impartis.

Mais pas Ankh.

La raison principale en était qu'à deux reprises, quand il s'était agi de choisir la direction à suivre, le chef de projet que j'étais avait eu de la chance. J'avais concentré toutes nos ressources dessus et, si l'une des voies que nous avions empruntées s'était révélée sans issue, le projet en serait mort. Bernard Johansson, mon directeur de recherche adjoint, le seul à part moi à être au courant de tout, et donc en mesure de remettre en question mes décisions, me demandait : « Mais quelle est l'urgence, Ralph ? »

Lui aurait voulu que nous nous séparions en groupes et partions chacun dans notre direction, comme l'avaient fait les membres du projet Manhattan, et il avait raison, nous disposions du personnel, de l'argent et du temps nécessaires. Enfin, eux disposaient du temps nécessaire. Moi non, mais je ne pouvais pas partager cette information avec lui. Ce que j'ai pu partager, en revanche, a été mon euphorie quand nous avons compris que nous l'avions trouvé. Le médicament. Le médicament suprême.

Comme souvent quand on a la réponse, c'était d'une simplicité stupéfiante. Et néanmoins complexe, dans le sens où cela requérait une nouvelle façon de penser. L'évolution a décidé que la survie des espèces passe par la mise au monde de nouveaux individus plus sains, mieux adaptés, tandis que les vieux partent à la casse et meurent. Cependant, si le renouvellement cellulaire chez un individu existant était d'une ampleur telle qu'il permettait également le maintien de sa capacité d'apprentissage, rien ne s'opposerait à ce que cet individu accouche figurativement de lui-même, encore et encore. Et là où un nouveau-né doit tout apprendre de zéro, l'individu réincarné, lui, serait porteur d'une expérience lui conférant un fort avantage dans la lutte pour la survie. Alors pourquoi une telle espèce n'existait-elle pas encore ? C'est sans doute, je pense, que développer une espèce suffisamment intelligente pour résoudre le mystère a été un processus long, mais tout mystère devant être résolu tôt ou tard, nous — la nature — nous sommes toujours dirigés vers cela. L'intelligence est de nature, l'instinct de survie est de nature, donc la vie éternelle est naturelle.

C'était du moins ce dont j'essayais de me convaincre quand, vers six heures, un matin glacial à El Aïoun, j'ai levé le nez de mon microscope, regardé Bernard Johansson et murmuré : « Nous avons trouvé », tout en refoulant la question « Qu'avons-nous fait ? ».

Nous avons décroché la tenture de la fenêtre et contemplé le désert. Lorsque nous avons vu vibrer le liseré rouge du soleil qui s'élevait sur l'horizon, Johansson a déclaré que c'était l'aube d'une nouvelle humanité. Quant à moi, je songeais que ce soleil ressemblait probablement à l'éclat du premier essai réussi de la bombe atomique en 1945, dans le désert du Nouveau-Mexique.

« Prix Nobel », a déclaré Johansson.

Peut-être. Sûrement. Toutefois, je ne recherchais ni une nouvelle aube pour l'humanité ni les prix et récompenses.

En toute hâte, nous avons démonté une partie du laboratoire, en laissant certaines choses, notamment la déchiqueteuse ; puis nous sommes rentrés en Europe, avec les souris.

Les souris

« Vous voyez ici, ai-je dit dans l'obscurité, les vingt souris pygmées africaines du test. »

Abaissant le levier du projecteur, j'ai fait apparaître une nouvelle diapositive sur l'écran.

« Au début de l'expérience, elles étaient toutes âgées d'un an, soit l'espérance de vie moyenne d'une souris pygmée africaine. Nous avons administré une injection à dix d'entre elles. Deux mois plus tard, elles étaient toujours en vie, alors que les dix souris qui n'avaient pas reçu d'injection étaient mortes. »

Un toussotement s'est fait entendre dans le noir. Kopfer

et moi étions seuls dans la salle du conseil d'administration, pour l'heure, les onze autres fauteuils étaient vides, néanmoins, il s'était assis à une certaine distance de moi.

« Coupez-moi si je me trompe, Jason, mais cela se réduit donc à une formule chimique. Une formule longue, certes, mais une formule.

— Une formule de cent quinze signes, ai-je précisé.

— Qui n'est consignée sur aucun papier, dans aucun ordinateur, uniquement... » Dans l'obscurité, j'ai entrevu un mouvement, un index tapoté contre sa tempe, pouvait-il sembler. « ... dans votre tête.

— Tout ce qui était à El Aïoun a été maculé, y compris la mémoire des chercheurs qui n'ont pas l'habilitation de sécurité code A, à savoir donc tout le monde sauf Bernard Johansson, Melissa Worth et moi.

— Melissa... ?

— Worth. La directrice de laboratoire.

— D'accord, mais j'espère que vous comprendrez que le conseil d'administration ne souhaite pas compromettre l'existence même de la société pour la simple raison que vous avez réussi à prolonger la vie de quelques souris de deux mois.

— Elles sont toujours vivantes. En années humaines, je dirais qu'elles ont plus de cent cinquante ans. Toutes les dix.

— Nous risquons en outre de nous retrouver bredouilles parce que vous aurez oublié la formule ou péri dans un accident de la route. Que nous n'ayons pas documenté convenablement le travail est fort inhabituel.

— Mais nous l'avons fait, Kopfer. J'ai souscrit à ce que, en cas d'imprévu, vous soumettiez mon cerveau au téléchargeur de mémoire biologique. »

Il a soufflé par le nez. « Les téléchargeurs de mémoire biologique n'existent plus.

— Il en existe encore un.

— Exor ? Vous savez combien cela coûte de s'en servir ? Et combien de temps prend l'exploration du cerveau d'un individu adulte ?

— Oui, et je sais aussi qu'il se raconte qu'il est en train de rouiller dans les ruines de Paris, mais il fonctionne toujours et l'armée a des hommes possédant les connaissances technologiques pour le faire marcher. Si vous avez mon cerveau, vous y trouverez la formule. Vous n'aurez même pas besoin du cerveau entier, ai-je cru comprendre, un simple fragment suffira. »

Ludwig Kopfer a maugréé en levant la main. Sa montre a émis un chatoiement vert, il faisait partie des gens qui étaient revenus aux aiguilles recouvertes de peinture au radium. Leur usage avait été interdit dans les années 1960, mais malheureusement, la technologie ultérieure, qui permettait une phosphorescence aussi efficace et moins cancérigène, était tombée dans l'oubli.

« Nous verrons ce qu'en pense le conseil d'administration, Ralph. Je vous appelle après la réunion. »

À vingt-trois heures, Klara et moi regardions *Titanic* à la télévision, en buvant du thé blanc. Il était singulier de penser qu'un navire ayant coulé plus de cent cinquante ans auparavant reposait toujours au fond de l'océan, et qu'il avait existé une époque où il était encore possible de faire des films pareils, où l'on prenait pour acquises les avancées de la technologie, du savoir et de la civilisation, une époque où nul ne songeait que l'art du béton s'était perdu au Moyen Âge.

Comme toujours, Klara avait écrasé une larme au moment où Leonardo DiCaprio embrassait Kate Winslet une dernière fois. Elle pleurait, m'avait-elle expliqué, parce qu'ils venaient de se rencontrer, de rencontrer l'amour de leur vie, mais n'avaient ensemble que ces jours, ces heures, sur le chemin d'une catastrophe annoncée.

Klara était entrée dans ma vie, et dans notre maison, quand j'avais dix-huit ans. Elle était arrivée avec mon frère Jürgen, de trois ans mon aîné, venu fièrement présenter sa chère et tendre à la famille. Klara avait des boucles blondes, était pleine de vie, possédait un sourire à faire fondre les pierres, de bonnes manières, le sens de la compassion, le rire facile. Toute la famille l'avait d'emblée adorée. Derrière son charme innocent et son absence d'intentions cachées ou d'arrière-pensées, je devinais parfois, dans ces iris au bleu pétillant, une profondeur plus sombre, passionnelle, quand elle riait à ce que je disais. Jamais toutefois je n'avais osé imaginer que cela puisse avoir un rapport avec moi. D'abord j'étais un frère loyal, ensuite je n'étais pas habitué à éveiller de tels sentiments chez les femmes. L'exception avait été deux collègues, que je suppose avoir été séduites par ce qu'elles percevaient comme un certain intellect et une placidité agréable, voire par mon sens de l'humour teinté d'autodérision ou une propension à rendre service qui frisait l'altruisme. Quoi qu'il en soit, Klara étant mariée avec mon frère, nous nous en tenions strictement à nos rôles de beau-frère et de belle-sœur. Trente ans durant, j'allais dissimuler mon amour indéfectible, et elle aussi. J'avais joué la compassion quand il était apparu que Jürgen et elle ne pouvaient pas avoir d'enfants et j'avais exagéré mon désespoir quand Jürgen était tombé malade. À peine dix ans auparavant, des médicaments qui auraient pu le sauver avaient été disponibles sur le marché et, avec mes relations dans la recherche médicale, je sais que j'aurais probablement pu m'en procurer dans les stocks réservés aux personnages clefs de la politique, de la recherche et de la défense, au besoin par des méthodes illégales, mais je n'avais pas essayé, me donnant comme excuse que, outre le risque d'incarcération, privilégier ma famille au détriment de personnes largement plus essentielles à notre société aurait été immoral et égoïste.

Pendant les jours, les semaines et les mois qui suivirent les obsèques de Jürgen, je ne quittais plus Klara. Nous faisions tout ensemble. Dîner, lire, aller au cinéma, nous promener. Nous nous étions rendus à Vienne et à Budapest et en avions visité les restaurants, cafés et musées, y compris les musées de la technologie, qui témoignaient de la foi naïve des générations précédentes dans le progrès sans fin. Nous arpentions les rues pavées de ces villes décaties, main dans la main, la nuit, en parlant de tout et de rien. Nous approchions tous deux de la cinquantaine, mais alors que ma chevelure foncée restait intacte, les mèches claires de Klara s'étaient argentées, et de profonds sillons encadraient désormais son sourire plein de vie et ses yeux scintillants. J'attribuais ces signes de vieillissement précoce au deuil.

Au retour de l'une de ces promenades, alors que nous étions seuls à la proue d'une péniche, j'avais confié à Klara ce que je ressentais pour elle. Ce que j'avais toujours ressenti. Elle m'avait répondu qu'elle l'avait toujours su et que c'était réciproque. Quand je l'avais embrassée, mon sentiment de bonheur bouillonnant avait toutefois été voilé d'une singulière mélancolie. Mélancolie que trouver ce bonheur nous ait pris trente ans, soit la moitié de l'espérance de vie dans la Confédération russo-européenne.

Quatre années s'étaient écoulées depuis la mort de Jürgen, et cependant, par égard pour notre famille, nous attendîmes encore un an avant de nous marier.

Je pense que j'étais aussi heureux qu'un homme peut l'être, et en même temps mes recherches sur les télomères, ces extrémités de chromosomes qui semblent déterminer la longévité potentielle maximale de l'être humain, stagnaient. Peut-être était-ce le contraste entre ma frustration au laboratoire et ma félicité domestique, toujours est-il que je me suis mis à raccourcir mes journées de travail. Ou alors c'était un pressentiment. Nous avions reçu au laboratoire des enfants souffrant du syndrome de Hutchinson-Gilford, appelé progéria ou vieillissement hyper rapide, et je reconnaissais chez eux certains symptômes de Klara. J'avais toutefois écarté cette idée, ce syndrome génétique se remarquait dès la naissance.

Au retour d'une consultation pour des problèmes de hanche, Klara m'avait fait part de l'étonnement du médecin qu'elle n'ait que quarante-neuf ans, et j'avais alors pris contact avec lui. Il m'avait confirmé que les radios de Klara présentaient un corps d'octogénaire.

J'avais envoyé Klara chez un spécialiste, qui avait diagnostiqué un syndrome de Werner, qui là encore se traduit par un vieillissement hyper rapide, mais pouvant intervenir à un stade ultérieur. Le médecin avait estimé qu'il ne restait à Klara que cinq années avant de mourir de vieillesse, à cinquante-quatre ans.

Elle avait pris la nouvelle avec calme.

Moi pas.

« On a le temps qu'on a, m'avait-elle consolé, sans que mes larmes se tarissent pour autant. Si nous n'avons pas la quantité, nous avons au moins la meilleure qualité possible, n'est-ce pas ? »

J'avais démissionné pour être avec elle, avant de revenir sur ma décision au bout de quelques mois. J'étais spécialiste de la longévité, je devais bien pouvoir faire quelque chose, au lieu de me tourner les pouces en regardant ma bien-aimée se désagréger sous mes yeux ? Alors j'ai abattu des journées de travail plus longues et plus intenses que jamais, chassant et fuyant à la fois. Puis le conseil d'administration avait décidé que, en ces temps de mauvaise conjoncture économique, la société n'avait pas les moyens de financer des projets n'offrant aucun espoir de résultats à court terme, et on m'avait orienté vers la recherche sur l'hadésite.

Je n'avais pas parlé à Klara de ma découverte ; tout comme les proches des autres chercheurs, elle me pensait parti en Afrique pour trouver un médicament contre cette maladie sexuellement transmissible. À présent, elle se félicitait de mon retour et, alors que nous étions sur le canapé à regarder sombrer le navire insubmersible, je lui ai lancé un regard à la dérobée. Je l'ai vue porter à ses lèvres la tasse de thé que je lui avais préparée, laisser une autre larme s'échapper de ses beaux yeux bleus.

Le téléphone a sonné dans le vestibule.

Je suis allé répondre.

« Les membres du conseil ont donné leur feu vert », m'a annoncé Kopfer.

J'ai inspiré profondément, en prenant alors conscience que j'avais retenu ma respiration.

« Mais ils émettent certaines réserves.

— À savoir ?

— Eh bien, à moins que la commission médicale ne reçoive la composition du médicament par écrit, ils disent que le traitement du dossier s'éternisera, et l'autorisation des essais cliniques sur les humains pourrait prendre des années. Vu l'importance de l'investissement, l'incertitude qui l'entoure et l'horizon temporel avant que le médicament ne commence à rapporter des bénéfices…

— Ils veulent que je leur livre la formule ?

— Oui. »

J'ai regardé Klara, dans le salon. Elle avait baissé la nuque pour boire son thé. Je me berçais d'illusions, bien sûr, cette nuque était constamment baissée désormais, le cou majestueux de Klara appartenait au passé.

« Et si les effets sur les humains étaient déjà documentés ? ai-je demandé.

— Que voulez-vous dire ?

— Et si j'étais d'ores et déjà en mesure de présenter des preuves que le médicament interrompt le vieillissement chez les humains ? »

J'ai entendu Kopfer souffler au bout du fil.

« Vous le pouvez ? »

J'ai vu Klara reposer sa tasse. Elle adorait le thé que je lui préparais, surtout le nouveau que j'avais rapporté d'Afrique.

« Bientôt », ai-je répondu avant de raccrocher.

J'entends des voix fortes, en colère, en bas, dans la rue, de l'espagnol, de l'arabe, du berbère, mais je ne peux pas penser à cela maintenant. Aurais-je dû emporter la carabine de chasse à l'éléphant qui trône dans toute son oisiveté sur le mur au-dessus de la cheminée, à la maison ? Non, je suis seul, je n'ai aucune chance de me défendre, aucune chance d'en réchapper. Les gens veulent vivre, coûte que coûte. Pensent-ils. Car ils n'en connaissent pas le prix, ne savent pas quelles en seront les conséquences. Le bourdonnement de la valise aussi paraît plus fort, plus énervé, plus insistant. Tic-tac, les secondes passent, la canne approche. Tout ce qu'ils peuvent prendre doit disparaître, tactique de la terre brûlée. Pas seulement pour Klara, ni pour moi, mais pour l'humanité. J'ai honte, mais ma trahison est la seule chose décente que j'aie faite dans ma vie.

La trahison

Imputant la responsabilité au conseil d'administration qui faisait pression sur lui, Kopfer continuait de faire pression sur moi pour que je livre la formule, mais je maintenais que le risque qu'elle soit divulguée à des fins lucratives était trop important.

« Ralph, il ne vous appartient pas d'évaluer ce risque.

— Peut-être bien, mais je le fais quand même.

— Ce que je veux dire, c'est que vous n'en avez pas le droit. Vous avez le devoir de…

— Mon devoir est envers Dieu et l'humanité, Ludwig. » J'ai vu Kopfer presque bondir sur sa chaise en m'entendant l'appeler par son prénom. « Pas envers Antoil Med. Même pas envers la CRE. Cette découverte dépasse n'importe quelle entreprise et n'importe quel pays. Sitôt que des gens mettront la main sur cette formule, ils essaieront d'en obtenir le monopole pour l'utiliser à des fins politiques. Le seul endroit où j'aurais pu l'apporter aurait été les Nations unies, si cette organisation existait encore. Plutôt mourir que la fournir. »

Kopfer m'a longuement scruté avant de se lever et de s'en aller.

Je me suis retrouvé là, tout frissonnant.

Il avait eu dans le regard une certaine tristesse, presque de la souffrance, la même que j'avais vue chez des médecins qui nous avaient confié des analyses et auxquels nous devions annoncer que leurs patients souffraient d'hadésite.

J'effectuais régulièrement des prélèvements sanguins et tissulaires sur Klara, sous prétexte que j'allais les envoyer à un collègue spécialiste du syndrome de Werner. Au laboratoire, je pouvais constater que le médicament exerçait sur elle le même effet que sur les souris, et plus que ralentir le vieillissement, il semblait le stopper.

Toutefois, il avait aussi un effet secondaire, que nous avons découvert d'abord chez les souris. Melissa rapportait qu'elles bougeaient moins, avaient cessé de fréquenter la cage commune et paraissaient apathiques. Les seuls moments où elles faisaient preuve de vivacité, c'était quand elles montraient les dents aux assistants de recherche qui les nourrissaient. J'ignore quelle est la prédisposition à la dépression des souris pygmées africaines, ou de Klara, d'ailleurs. Pendant un temps, j'ai attribué ses soudaines sautes d'humeur, son apathie et sa mollesse à la perspective de sa mort prochaine, mais je n'avais rien noté de tel avant que je commence à ajouter le médicament à son thé, et le changement est intervenu, si ce n'est du jour au lendemain, au moins de façon suffisamment rapide et marquante pour que je décide de diminuer les doses. Sans que cela semble suivi d'effet. Au contraire, on aurait dit que ses sautes d'humeur et sa négativité ne faisaient qu'empirer, qu'elle avait développé une dépendance au médicament. Melissa aussi rendait compte d'un comportement inchangé chez les deux souris pour lesquelles, suivant mon conseil, elle avait réduit les doses d'Ankh. L'évolution n'est intervenue que lorsqu'on leur a administré des antidépresseurs. Et par bonheur, j'ai obtenu un résultat identique chez Klara quand j'ai mélangé ce même médicament dans son thé.

Un jour, Daniel Egger, le président du conseil d'administration aux cheveux blancs, est entré dans mon bureau. La famille Egger possède soixante pour cent des parts d'Antoil Med, et je n'ai jamais vu son chef incontesté autrement que vêtu d'un costume en tweed, les pieds dans des baskets et muni d'une canne dont la fonction restait floue, dans la mesure où il court davantage qu'il ne marche quand il se déplace.

Il s'est assis, a joint les mains au-dessus du pommeau lisse et m'a regardé.

« Dire, a-t-il fini par déclarer en souriant de ses dents

d'une telle blancheur de nacre qu'on aurait pu croire qu'elles en étaient effectivement constituées. Dire que dans le cerveau qui est juste en face de moi se trouve la solution à la question que l'humanité se pose depuis la nuit des temps. Comment échapper à la mort.

— Peut-être, ai-je répondu.

— Mais ce n'est pas le plus étonnant, monsieur Jason. » Egger a sorti un mouchoir et entrepris d'astiquer ce que je supposais être de l'ivoire sur le pommeau de sa canne. « Le plus étonnant est que vous êtes un homme de science, un chercheur, qui veut trahir le principe le plus important de la science : que le savoir est fait pour être partagé.

— Vous voulez dire qu'Oppenheimer et son équipe auraient dû partager leur savoir sur la bombe atomique avec Hitler et Staline ?

— Oppenheimer l'avait en tout cas partagé avec son supérieur hiérarchique, le président de la Confédération de l'Ouest. En l'occurrence, vous êtes obligé de faire de même, Jason. Ce sont le conseil d'administration et la direction de cette entreprise qui vous ont donné les moyens d'effectuer vos recherches et qui ont payé votre salaire. Votre découverte est notre propriété.

— Mon devoir est envers…

— Dieu et l'humanité. Kopfer m'a dit que c'était ce que vous lui aviez répondu, oui.

— Je donnerai bien sûr la formule avant de mourir. Le moment venu.

— Ce moment… » Egger a glissé son mouchoir dans la poche intérieure de sa veste en tweed. « … pourrait arriver plus vite que vous ne le pensez, Jason. »

J'ai noté la présence de deux hommes imposants, engoncés dans leur costume, devant la porte de mon bureau.

J'ai toussoté.

« Vous me menacez, Egger ? »

Il m'a lancé un regard vide.

« J'ai cru comprendre, d'après Kopfer, que vous seriez prêt à mourir pour garder votre secret.

— Naturellement, j'ai peur que cette découverte puisse faire plus de mal que de bien si jamais elle tombe en de mauvaises mains. Trois guerres mondiales ont été livrées pour moins, monsieur Egger. Une vie ne vaut pas grand-chose. »

Egger a soupiré. « Dieu et martyr. Des opposés diamétraux, et cependant les deux rôles de prédilection de l'homme. Vous essayez d'endosser l'un et l'autre, Jason. Ce n'est pas juste. Vous allez avoir le droit de jouer Dieu, mais le rôle du martyr devra aller à quelqu'un d'autre.

— Comment ça ? »

J'ai eu un mauvais pressentiment.

Il a souri. « Je pense que Klara Jason ferait une parfaite martyre. »

En une seconde, j'ai eu la gorge complètement sèche. « De quoi parlez-vous ?

— Si le Dieu précédent a pu sacrifier son fils pour le salut de l'humanité, vous devriez pouvoir sacrifier votre épouse. Non ?

— Je ne comprends toujours pas…

— Je pense que si. » Egger a désigné le pommeau de sa canne. « Vous savez ce que c'est ? Non, vous ne savez pas.

C'est de la corne de rhinocéros noir. Le rhinocéros noir est…

— J'ai vu des photos.

— … éteint. Ceci vient du dernier d'entre eux. J'ai hérité cette canne de mon grand-père, qui lui aussi avait le pied sûr. Elle lui servait à se rappeler que rien ne vit éternellement, tout va disparaître, pour le meilleur et pour le pire. Ou *this too shall pass*, comme disaient les Juifs, en tout cas ceux qui vivaient aux États-Unis. Mais maintenant que la mort n'est pas nécessairement certaine, une mort précoce est d'autant plus amère. Soit qu'elle vous frappe personnellement ou qu'elle frappe quelqu'un avec qui vous aviez envie de passer votre vie. » Il m'a toisé et j'ai vu une lueur glaciale dans son regard gris. « Vous allez me donner la formule, Jason. Sur-le-champ. Sans quoi, vous constaterez que votre épouse n'est pas chez vous quand vous rentrerez à Rainerstrasse aujourd'hui. Quand vous finirez par la trouver — si vous la trouvez —, elle sera crucifiée. Et pas dans un sens métaphorique. Elle sera pendue dans une forêt, les mains et les pieds cloués à une croix en bois, une couronne d'épines sur la tête, tout le tremblement, à part l'histoire de résurrection le troisième jour. Alors qu'en dites-vous, Dieu ? »

J'ai dégluti. Je l'ai observé, comme un joueur de poker en observe un autre qui fait tapis. Bluffait-il ? J'avais peine à croire que Daniel Egger, citoyen de premier plan parmi les plus respectés de la ville, véritable pilier de la société, me menace avec des méthodes de criminel dignes d'un parrain de la mafia. D'un autre côté, il avait été officier pendant la guerre, et n'est-ce pas précisément ce qui procure à la société ses mâles alpha — et ses femelles dominantes —, ce fait qu'ils sont prêts à aller plus loin que les autres ?

J'ai hoché la tête avec résignation, sorti une feuille d'un tiroir de mon bureau et me suis mis à écrire.

Cela m'a pris près de quatre minutes de coucher la formule dans la langue codée chimique qui réduit le monde à des éléments, des liaisons moléculaires, une pression et une température.

Je lui ai tendu la feuille.

Il l'a parcourue.

« Les écritures saintes, a-t-il commenté. Mais qu'est-ce que c'est que ça ? » Il a pointé du doigt le titre, un symbole en forme de T surmonté d'une boucle.

« Le hiéroglyphe "Ankh", ai-je expliqué. Dans l'Égypte antique, il symbolisait la vie éternelle.

— Élégant. »

Il a plié la feuille avec le plus grand soin et l'a glissée dans la poche intérieure de sa veste en tweed.

Je l'ai suivi du regard alors qu'il disparaissait dans le couloir. Sa canne émettait un toc enjoué chaque fois qu'il la posait sur le sol. Comme la trotteuse d'une montre. Le compte à rebours avait commencé.

Je ne savais pas combien de temps il faudrait à Egger pour découvrir que je l'avais berné. Même les chercheurs de ma propre équipe ne pourraient pas invalider d'emblée ce qui figurait sur la feuille d'Egger, décréter que c'était de la fumisterie, dans la mesure où leurs connaissances n'étaient que partielles, mais avec le temps, ils pourraient bien sûr connecter les choses entre elles et découvrir que la formule était inexacte.

J'ai mis une semaine pour trouver un endroit où cacher Klara.

Pendant mes études de médecine, mes condisciples et moi étions allés visiter un asile. Les associations avec l'enfer qu'il procurait n'avaient d'égales que les hallucinations et cauchemars des patients. Les couloirs sombres empestaient les excréments et les produits désinfectants, et derrière les portes closes, on entendait des cris et des gémissements déchirants. Un regard par les passe-plats révélait des teints blafards, des regards vides, terrifiés, tournés hypnotiquement vers l'obscurité et la perplexité de leur propre vie intérieure. Voyant nos visages épouvantés, la personne qui assurait la visite avait compris ce que nous pensions et nous avait expliqué qu'il n'en était pas toujours allé ainsi, qu'avant la grande guerre l'État avait disposé des moyens financiers et technologiques permettant d'offrir aux malades mentaux une vie plus digne.

C'est précisément ce que semblait offrir l'endroit que j'avais trouvé pour Klara. De la dignité.

Appelé maison de convalescence, l'établissement se dressait sur le flanc d'une colline, avec vue sur un lac. Le bon air pur de la montagne, des parcs vastes, des pièces spacieuses, des entretiens quotidiens avec un psychiatre. Et plus important encore : il se situait dans une région jadis dénommée Suisse, qui avait conservé une certaine autonomie, impliquant des privilèges, de discrétion, par exemple. L'administration n'était pas obligée de divulguer l'identité des patients, que ce soit aux autorités ou à quiconque. Tout cela s'adressait à l'élite, naturellement. Et seule l'élite était en mesure d'en payer le prix.

Même avec l'argent que j'avais épargné, je n'allais pas pouvoir y garder Klara très longtemps. Alors j'ai pensé à notre maison de Rainerstrasse. Elle était dans la famille depuis des générations, et Klara et moi l'adorions, mais elle était grande et aurait pu, aurait dû, abriter une famille avec enfants. Klara et moi n'avions besoin que de deux pièces et d'une cuisine. Et l'un de l'autre.

« Laissez-moi vous montrer la salle de sport, a commencé la gouvernante.

— Merci, madame Tchekhov, mais j'ai vu ce que je voulais voir, ai-je répondu. Signons les papiers. Je l'amènerai demain. »

Dehors, le vent du désert chuchote un secret, une formule. Comme Klara, qui parfois se couchait contre moi en murmurant des paroles interdites, des paroles à mon intention seule, une formule ouvrant les vannes d'un flot de monoxyde d'azote et de noradrénaline, qui, l'espace d'un instant, apportait la vie éternelle. Je ne veux pas penser à ses autres mots, ses mots haineux, qu'elle m'a balancés quand je suis allé la chercher. Mais il le faut, je *dois* y penser. Je dois repenser à son accès de colère, au fait qu'elle m'a craché dessus, qu'elle a lacéré la tapisserie des murs et crié, avec les yeux exorbités, qu'elle avait besoin de sortir. Je dois repenser au fait que j'ai finalement pu la guider jusqu'à la voiture après lui avoir administré des calmants, mais aussi repenser à son visage paisible quand elle dormait sur le siège alors que je roulais jusqu'à l'aube. Le moteur commençait à chauffer dans les lacets escarpés, mais nous sommes parvenus à destination. Quand je suis reparti, Klara se tenait sur le perron de l'établissement, entre deux aides-soignants prêts à intervenir, mais elle n'a pas bougé. Ses bras pendaient le long de son corps et de grosses larmes perlaient de ses yeux alors qu'elle murmurait mon nom, encore et encore, je l'ai entendu sur tout le chemin du retour. À deux reprises, j'ai failli faire demi-tour pour aller la chercher.

Tout cela, je dois y repenser. Y repenser pour que cela puisse être effacé de mon cerveau, pour qu'aucune trace de souvenir ne puisse les mener là où Klara se trouve actuellement. Et je dois y penser vite, sans digressions inutiles, mais de façon exhaustive, afin que tout disparaisse, rigoureusement tout. Le tic-tac de ma montre est de plus en plus fort, tic-tac, tic-tac, la canne de Daniel Egger approche. Je dois repenser aussi à la visite.

La visite

Tard un soir, deux semaines après que j'avais conduit Klara en Suisse, on a sonné à la porte.

La journée était d'ores et déjà mauvaise. Mme Tchekhov m'avait appelé pour m'informer que les médecins de l'établissement souhaitaient interrompre les injections quotidiennes que j'avais prescrites à Klara, en tant que son médecin traitant. J'avais expliqué que c'était un traitement contre le syndrome de Werner, mais ils y voyaient le déclencheur de ses psychoses et estimaient que, s'ils n'arrêtaient pas de lui administrer ce médicament qui leur était inconnu, elle risquait fortement de sombrer dans les geôles éternelles de la schizophrénie.

La pluie acide tombait à verse, comme si elle ne devait jamais cesser, burinant les tuiles du toit ; millimètre par millimètre, elle dévorait notre maison. Je l'avais mise en vente, il y avait même une pancarte sur la pelouse, et quand j'ai entendu sonner à la porte à travers le tambourinement de la pluie, j'ai tout de suite pensé que c'était un acheteur potentiel. En aucun cas, Daniel Egger ne pouvait avoir eu le temps de s'apercevoir que la formule était fausse.

J'ai entrebâillé la porte et vu Bernard Johansson sur le perron ; je m'étais trompé, c'était bel et bien une possibilité.

« Alors ? a-t-il fait, la pluie ruisselant sur son crâne lisse à la curieuse forme d'œuf. Tu ne me fais pas entrer ? »

J'ai ouvert. Il a ôté son pardessus en le secouant légèrement. Les gouttes sont tombées sur le tapis turc que Klara avait acheté lors de notre séjour à Budapest. Nous nous sommes assis dans le salon, sur le canapé sur lequel Klara et moi avions l'habitude de nous asseoir.

« Que puis-je faire pour toi ? » ai-je demandé en lui apportant un thé que j'avais préparé dans la cuisine.

Il a ri. « Seigneur, tu es bien formel, Ralph !

— Peut-être, mais venons-en au but, d'accord ? »

Il s'est redressé. Nous pouvions, certes, faire comme si sa visite inopinée un vendredi soir était tout ce qu'il y avait de plus naturel, mais dans la mesure où rien de tel — ni quoi que ce soit qui puisse évoquer des relations sociales — n'était jamais advenu entre nous au cours de nos quinze années de travail ensemble, je ne voyais que deux raisons possibles à sa venue. En tant qu'unique personne sur cette planète à même de révéler en moins de trois semaines que la formule était fausse, il voulait me mettre en garde. Ou alors il voulait exploiter la situation.

C'était évidemment la seconde option.

« J'ai une proposition commerciale qui pourrait nous rendre tous les deux très riches. »

Son sourire était crispé, comme s'il était aussi mal à l'aise que moi.

Egger était venu le trouver avec la formule et, grâce à sa connaissance quasi totale de nos recherches, il avait d'abord été convaincu de sa justesse et l'avait confirmée au président du conseil d'administration.

« Mais en poursuivant mon travail sur ladite formule, j'ai fini par comprendre que tu avais fait ce que fait tout menteur de talent et que tu étais aussi près que possible de la vérité. Les éléments manquants de la formule étaient néanmoins essentiels et seul quelqu'un disposant de mes connaissances sur le sujet pouvait les combler ou corriger les erreurs volontaires.

— Avec tout le respect que je te dois, j'en doute, Johansson. »

Je ne voyais cependant aucune raison de nier que la formule était un mensonge, la chimie, c'est de la chimie, et Johansson n'est pas un imbécile.

Il a lentement hoché la tête. « Si je pars à Shanghai et que je propose la formule presque complète à l'Indochine, on m'attribuera des ressources infinies et la meilleure équipe de recherche du monde, et en plus, on me paiera une fortune pour résoudre l'énigme.

— Mais tu ne peux pas affirmer que tu réussiras.

— Avec le temps, nous finirons par trouver. » Il a trempé

les lèvres dans son thé. Sans Ankh. « Si tu es de la partie, ça ira plus vite et ils paieront plus cher. Je te propose donc de créer une société. On fait cinquante-cinquante. »

Je ne pouvais que rire. « Tu as réfléchi au fait que, si j'avais voulu être riche, cela fait longtemps que j'aurais fait ce que tu me proposes, mais seul ?

— Oui. C'est pourquoi je sais que tenter ne suffit pas, il faut aussi menacer. »

Son ton était empreint de regret, et le regard de chien battu qu'il m'a lancé, plein de repentir.

« Ah bon ?

— Si tu choisissais de décliner ma proposition, je vendrais d'abord le projet à l'Indochine, qui annoncerait sur quel sujet elle travaille pour faire monter les cours à l'émission en Bourse et pouvoir ainsi augmenter son capital. J'expliquerais alors au conseil d'administration d'Antoil Med que c'est toi qui as vendu la formule. Et, contrairement à toi, qui n'as manifesté aucun désir de coopérer, on me croirait. La riposte d'Egger serait… » Johansson s'est interrompu pour boire un peu de thé. Certes pas pour ménager un effet, je crois tout simplement qu'il hésitait à être aussi brutal que l'exigeait la situation. Il a reposé sa tasse comme s'il n'appréciait plus le breuvage. « … rapide, mais pas forcément indolore.

— Ton plan est bien réfléchi, Johansson, mais tu as négligé un aspect. Et si je n'avais pas peur de mourir ? Ou plus exactement, et si je pensais que l'Ankh est pour l'humanité ce que la fission du plutonium a été il y a cent cinquante ans, une possibilité de créer un monde meilleur, mais aussi de le détruire du jour au lendemain. Il n'existe pas assez de dreyran ni sur Terre ni dans l'atmosphère pour produire assez d'Ankh pour tous. Alors qui décidera qui a droit à la vie éternelle ? Qui acceptera de ne pas en être ? Avec une population qui meurt seulement dans des accidents, de suicides et de meurtres, il faudrait mettre en place des règles strictes contre la reproduction pour éviter le surpeuplement de la planète au bout d'une génération. Et qui déterminera qui a le droit de se reproduire ? Bref, si l'Ankh n'est pas géré par une autorité mondiale, la lutte ne se fera plus seulement entre confédérations, ce sera le règne du chacun-pour-soi. Tous, voisins et membres d'une même famille, se battront les uns contre les autres. Ma mort serait une goutte dans la mer, tandis que, si je livrais cette formule, nous aurions un océan de sang. Donc, je t'en prie, ne te prive pas, Johansson. »

Il a hoché la tête comme s'il s'était déjà fait cette réflexion, ou du moins avait pensé que je me l'étais faite.

« Je ne t'ai jamais connu autrement que comme un utilitariste, Ralph. Le sacrifice de l'individu pour le bien de tous, *the greater good*, comme on dit dans la Confédération de l'Ouest… c'est une idée noble et j'ai toujours admiré non seulement ton intelligence, mais aussi ton caractère et ta capacité à aimer autrui. Au fait, où est Klara ? »

Je n'ai pas répondu, je suis resté impassible, mais peut-être a-t-il vu mon front devenir moite.

« Je comprends, a-t-il murmuré. Ils vont la trouver. Et ils vont trouver la formule. Ils vont te soumettre à Exor. Ils vont aspirer ton cerveau.

— Sottises.

— Vraiment ? »

Dans le salon, pendant les secondes suivantes, on a seulement entendu la pluie dehors, qui martelait la pelouse immuablement brune. Exor était contrôlé par l'armée, qui le gardait paraît-il dans un bunker, là où s'était jadis dressé le Louvre, sous la protection de tout un bataillon. D'après la rumeur, on n'avait pas besoin du cerveau entier, la machine était capable d'interpoler et de recréer toute la banque mémorielle à partir de fragments microscopiques. Cela dit, l'opération pouvait prendre plus d'un an et elle coûtait aussi cher que d'alimenter une grande ville en énergie pendant la même période. Et cependant. Comme il en avait l'habitude dans les questions de recherche, Johansson avait raison. Face à la possibilité d'un médicament pouvant leur accorder la vie éternelle, les généraux auraient bien sûr recours à Exor.

Mon cerveau s'est attaqué au problème selon les recommandations de Descartes : par l'intuition, d'abord, puis par la déduction. La conclusion qui a suivi était décourageante, mais par conséquent, et si curieux que cela puisse paraître, salutaire : il n'existait visiblement qu'une seule solution, je n'avais donc pas besoin de torturer mon cerveau avec le doute, les évaluations, les tergiversations.

« En des temps plus anciens, les chasseurs rapportaient souvent des trophées d'Afrique, ai-je dit en me levant. Ils accrochaient des têtes de rhinocéros, de zèbre, de lion et d'antilope ici. » J'ai montré le mur au-dessus de la cheminée. « Les grands mammifères d'Afrique n'existant plus, voilà ce que j'ai rapporté. »

J'ai soulevé la lourde carabine de chasse à l'éléphant que j'avais achetée dans un bazar de Marrakech.

« Le vendeur prétendait que cette vieille carabine avait

tué le dernier éléphant d'Afrique et j'aimais l'ironie d'une arme au-dessus de ma cheminée à la place d'une tête de lion. Une carabine morte, vaincue, inutile, désormais exposée au mur, à la risée générale. Nous allons tous mourir, mais si nous pouvions auparavant faire quelque chose pour le groupe, pour la communauté ? Oui, je suis sans doute un utilitariste, je pense vraiment que nous sommes en devoir d'exécuter toute action qui bénéficie à l'humanité davantage qu'elle ne lui nuit, que nous le voulions ou non. »

J'ai tiré le levier d'armement, et le mécanisme rouillé a obéi à contrecœur dans un craquement. J'ai regardé à l'intérieur du canon.

« Ralph. » La voix de Johansson était empreinte d'inquiétude. « Ne sois pas stupide, cela ne servirait à rien de te tuer. Tu l'envisages peut-être comme un acte utilitariste, mais Exor pourrait vider ton cerveau de ses données bien après ta mort.

— Ce que je voulais dire, c'est que l'acte moralement juste n'a pas besoin d'être moralement motivé. Cet acte-ci, par exemple, est primairement motivé par mon égoïsme, mon amour pour ma femme et ma haine de toi. »

J'ai dirigé la carabine sur Bernard Johansson, ai visé sa tête et tiré. La détonation a été forte, mais le trou laissé dans son front étonnamment petit quand on songe au calibre de la balle.

« Et pourtant, il est correct d'un point de vue utilitariste », ai-je ajouté, contournant le corps pour constater que le canapé de Klara ne serait plus jamais le même.

J'ai fait un long voyage pour revenir au Sahara espagnol. Depuis plusieurs jours, j'entends le crépitement sourd des larves qui rongent avec voracité, et je ne sais pas s'il provient de la valise ou de ma tête. Puis il se tait, comme la bouilloire à café juste avant l'ébullition. Ensuite vient un bourdonnement grave. Qui monte et monte encore. Et maintenant, enfin, ça bout, Klara, mon amour. J'entends des voix, des pas lourds et traînants dans l'escalier. Ils n'ont pas peur de moi, ils savent qu'ils disposent d'une puissance largement supérieure, mais ils n'ont pas tout le temps du monde. Aucun de nous n'a tout le temps du monde. Nous commençons à mourir dès l'instant où nous naissons.

Voilà les dernières pensées, elles traitent de la lettre. Des souris. D'Anton. De la décision. Alors Klara, je dois t'abandonner.

La décision

Quand je me suis réveillé à l'aube dans notre lit, à Klara et à moi, ma première pensée a été que je devais faire un cauchemar.

Mais Klara n'était pas là, et le corps de Bernard Johansson était bel et bien sur le canapé du salon.

J'avais réfléchi une grande partie de la nuit et je m'étais peu à peu rendu compte que l'élimination d'un cadavre n'était pas chose aisée. Les solutions évidentes, comme balancer le corps à la mer ou l'ensevelir dans une forêt, requièrent toute une logistique, et, mis bout à bout, ces problèmes pratiques qui paraissent presque triviaux sont associés au risque dissuasif de se faire prendre.

Maintenant, ce n'est pas d'être condamné pour meurtre

qui m'inquiétait, mais la possibilité que, n'ayant pas le mien, ils emploient Exor sur le cerveau de Johansson. Lequel aurait beau ne pas leur fournir la formule complète, il les ferait tout de même avancer suffisamment pour leur permettre de trouver la solution tôt ou tard, comme Johansson l'avait justement souligné.

J'ai consulté ma montre. J'avais toute raison de croire que Johansson, qui de surcroît faisait partie de ces chercheurs célibataires, avait tenu ses plans criminels secrets, et je disposais probablement d'un peu de temps avant qu'ils viennent le chercher ici.

J'ai traîné le corps dans la salle de bains, l'ai hissé dans la baignoire et recouvert du tapis turc du vestibule.

Puis je suis parti travailler.

J'étais dans mon bureau, les yeux rivés sur le clavier de ma machine à écrire. À côté de moi était posé le journal, qui titrait sur la prochaine assemblée des quatre confédérations à Yalta. J'y avais pensé, naturellement, mais j'avais rejeté l'idée. À présent, j'y repensais. J'avais même glissé une feuille dans le chariot et j'étais prêt. Egger avait raison, le désir de partager ses connaissances est enraciné dans la nature même du chercheur. Et si l'Ankh devait devenir une bénédiction pour l'humanité, cela ne pouvait se passer que d'une seule façon : tous, absolument tous, devaient obtenir la formule simultanément, afin que personne ne puisse l'utiliser à des fins de domination. Bien entendu, cela n'empêcherait pas une guerre pour les réserves de dreyran, mais si je donnais aux dirigeants du monde la formule pendant qu'ils étaient rassemblés à Yalta et qu'ils comprenaient que le seul moyen d'éviter le chaos et la révolte était qu'ils se mettent d'accord et instaurent des règles et une répartition juste des ressources, tout cela pourrait trouver une fin heureuse.

C'était uniquement une question de confiance en l'humanité. Comme pour l'acte de foi de Kierkegaard, il fallait se convaincre de quelque chose à quoi l'expérience et la pensée logique ne permettaient pas de croire d'emblée. Car il n'existait aucune autre option. Si moi, qui suis un chercheur de très bon niveau, mais pas exceptionnel, j'étais tombé sur la formule d'une vie prolongée et, théoriquement, éternelle, d'autres le pouvaient aussi, quand bien même je garderais tous mes secrets. C'est la théorie du chaos : tout ce qui peut se produire se produira.

Un texte, quatre exemplaires, quatre lettres adressées aux dirigeants des quatre confédérations. Une formule et une explication de ce qu'elle représentait et de la raison pour laquelle elle était envoyée à tous. La lettre ne leur parviendrait pas nécessairement tout de suite, ce n'était pas comme à l'époque d'Internet, mais mon papier à en-tête et ma signature de chercheur en chef d'Antoil Med feraient en sorte qu'elle soit lue au moins par les spécialistes de ce domaine de chaque confédération. Qui comprendraient aussitôt ce qu'ils avaient entre les mains, et l'urgence de l'affaire. Il fallait que cela se passe à Yalta.

J'ai enfoncé la première touche. La porte de mon bureau s'est ouverte.

En temps normal, j'aurais admonesté ce subordonné qui ne frappait pas avant d'entrer, mais quand j'ai vu le visage affolé de Melissa Worth, j'ai compris que ce n'était pas de la négligence.

Je me suis armé de courage. Il ne pouvait s'agir que d'une seule chose : la disparition mystérieuse de Bernard Johansson.

« Les souris, a dit Melissa, les yeux pleins de larmes. Elles… elles…

— Elles quoi ?

— Elles s'entre-tuent. »

Quand Melissa et moi avons accouru dans le laboratoire, les autres membres de l'équipe étaient rassemblés autour de l'une des grandes cages communes où nous avions laissé les souris se fréquenter avant qu'elles se mettent à montrer des signes d'agressivité.

Six d'entre elles gisaient inanimées, en sang, dans la sciure de bois, les quatre autres étaient enfermées dans leurs cages respectives.

« Nous n'avons fait que suivre le programme, a précisé Melissa. Nous avions réduit les injections à un minimum et, comme les souris avaient cessé d'être agressives quand nous les nourrissions dans leurs cages individuelles, nous avons ouvert les portes de l'espace commun, comme convenu. Elles se sont tout de suite sauté à la gorge, toutes, comme si elles n'attendaient que ça. C'est allé tellement vite que nous n'avons pas eu le temps de les remettre dans leurs cages avant que… » La voix de Melissa s'est brisée. Elle participait au projet depuis le début, était de ceux qui avaient vu le miracle se produire, qui avaient investi tout leur temps dans ce travail, toute leur vie.

« Sortez-les, ai-je dit. Mettez-les sur de la glace. »

J'ai regagné mon bureau dans l'intention de terminer ma lettre aux confédérations.

À la place, je suis resté à contempler ma page blanche, voyant en pensée les souris mortes. Je n'étais pas particulièrement surpris de ce qui s'était passé. Pourquoi ne l'étais-je pas ? L'agressivité des souris semblait être un effet secondaire de l'Ankh, mais elle avait persisté même après la réduction des doses. Se pouvait-il que le médicament entraîne une altération permanente de la chimie du cerveau ? Tout cela soulevait aussi d'autres questions : chez la souris, il n'existait sans doute pas d'échelle complexe de l'agressivité, cracher contre quelqu'un et tuer se valaient sans doute plus ou moins, mais comment la prise d'Ankh pouvait-elle se manifester chez les gens ? Le comportement de Klara était un cas isolé et pouvait naturellement être imputé à de tout autres facteurs, du reste elle n'était pas devenue une meurtrière. Si ? Que se passerait-il si je cessais de lui donner les antidépresseurs qui lui étaient administrés avec l'Ankh ?

Et pourtant, quand le soleil est descendu sur les toits et que la fumée des usines l'a coloré de rouge, je n'avais toujours pas commencé la lettre. En contrepartie, j'avais entrepris de fouiller dans nos dossiers de recherche. Se pouvait-il que l'Ankh contienne des substances causant l'agressivité ? Le cas échéant, serait-il possible de les supprimer sans agir sur les effets inhibiteurs de vieillissement ?

À dix heures du soir, une fois mes collègues rentrés chez eux, je me suis rendu dans le laboratoire, ai effectué des prélèvements sanguins sur deux souris mortes, ainsi que sur moi-même, et les ai passés dans l'appareil d'analyse : c'était ce que nous pensions. Le même principe actif prévenait le vieillissement et provoquait l'agressivité. Une seule et même chose, les deux faces d'une même médaille.

Les analyses révélaient aussi un autre résultat. La concentration d'Ankh dans le sang des souris était inférieure à ce qu'elle aurait dû être, alors qu'elles avaient reçu une injection le jour même. J'ai sorti un flacon du réfrigérateur et l'ai placé sous le microscope. En moins d'une minute, j'ai repéré les deux trous dans le bouchon. Quelqu'un y avait enfoncé une aiguille extrêmement fine. Par l'un des trous, ce quelqu'un avait aspiré de l'Ankh ; par le second, il avait injecté un autre liquide, probablement de l'eau, pour remplacer le médicament volé.

En tant que directeur des recherches, j'avais accès aux cartes de pointage. Je les ai examinées pour voir si, par hasard, elles ne révélaient pas qu'une même personne avait souvent quitté le laboratoire en dernier. L'Ankh ayant une durée de vie limitée et la quantité nécessaire pour les souris pygmées africaines étant faible, le médicament était produit en continu, mais en quantités très modestes. Autrement dit, un voleur devait procéder de même, voler en quantités très modestes, en continu.

J'ai trouvé ce que je cherchais. Un nom. Anton. Un homme calme, timide, qui malgré ses trente-neuf ans travaillait toujours comme assistant de recherche. Je ne sais pas si c'était un défaut d'ambition, ou ce dernier examen qu'il n'avait jamais passé pendant ses études de biologie, ou encore un problème de santé, il s'était absenté pour maladie pendant de longues périodes ces deux dernières années. Quoi qu'il en soit, en raison de son long service et parce qu'il était chargé de ranger le laboratoire en fin de journée, on lui avait confié des clefs, et les cartes de pointage des autres membres de l'équipe m'indiquaient que, au cours de l'année écoulée, il avait été seul au laboratoire au moins deux soirs par semaine.

J'ai réfléchi avant d'appeler Kopfer pour lui faire part de ma découverte.

Puis j'ai éteint la lumière et je suis rentré chez moi.

Deux heures plus tard, alors que je m'étais ouvert une bière sur le canapé, on a annoncé la nouvelle au journal télévisé.

Devant une voiture de police au gyrophare allumé, le reporter expliquait qu'un homme de trente-neuf ans, soupçonné de vol sur son lieu de travail, avait attaqué au couteau deux policiers venus l'arrêter à son domicile. L'un d'eux était grièvement blessé. L'homme était maintenant retranché dans son appartement. La police était arrivée sur place et avait tenté d'instaurer le dialogue, mais il n'avait montré aucun signe de vouloir coopérer. Tout exalté, le reporter désignait une maison en expliquant que l'homme venait d'apparaître à une fenêtre et de crier des menaces et des obscénités en agitant un couteau ensanglanté. Le présentateur du journal a alors repris l'antenne pour expliquer d'un air grave qu'on venait d'apprendre par l'hôpital la mort du policier blessé.

Je regardais fixement l'écran. Les policiers se tenaient derrière leurs voitures, leurs armes pointées sur le logement d'Anton. S'ils n'en étaient pas déjà informés, ils apprendraient bientôt que ce dernier avait tué leur collègue. Je voyais presque leurs doigts appuyer un peu plus fort sur la queue de détente. J'ai éteint le téléviseur. Je n'avais pas besoin d'en voir davantage, l'issue était connue.

Reposant ma bouteille vide, j'ai observé la seringue sur la table basse.

Le fait que j'aie moi-même rapporté de l'Ankh à mon domicile ne devait pas être considéré comme du vol, je l'avais fait pour accélérer les essais sur les humains, sur Klara. Et ensuite — comme elle réagissait positivement au médicament, mais avec ce qui pouvait ressembler à des effets secondaires indésirables — sur moi-même. Je prenais de l'Ankh depuis maintenant un mois et demi et n'avais noté ni pensées dépressives ni augmentation de mon agressivité, mais il n'était pas inconcevable que le sujet lui-même ignore ses émotions, ou les rationalise et les perçoive non pas comme sa propre psychose ou son propre comportement, mais comme découlant d'une situation qui était triste ou exigeait des actes violents.

J'ai songé au corps dans ma baignoire.

Moi qui n'avais jamais porté la main sur qui que ce soit, j'avais tué un homme.

L'Ankh. Si je ne l'avais pas compris plus tôt, cela m'apparaissait plus clairement que jamais : ce n'était pas la recette de la vie éternelle, mais celle de la mort et du chaos. Par bonheur, cette recette restait pour l'instant secrète, la formule ne présentait que sa composition, or il fallait aussi les procédés de fabrication, la pression, la température ; ceux qui voudraient reproduire la recette ne pourraient pas le faire par une simple analyse de la substance, il leur faudrait mettre la main sur moi, dénicher les explications dans mon cerveau.

La déchiqueteuse de souvenirs. Elle se trouvait toujours à El Aïoun.

J'ai appelé l'aéroport. J'avais de la chance. Si je parvenais à rejoindre Vienne le lendemain, je pourrais avoir une place sur le vol hebdomadaire pour Londres, d'où partait tous les deux jours un avion pour Madrid, mais après il fallait que j'improvise. J'ai réservé mon billet.

Ensuite, j'ai appelé la Suisse.

Quand j'ai eu Mme Tchekhov au bout du fil, je me suis excusé d'appeler si tard, mais, ai-je expliqué, il fallait cesser complètement d'administrer à Klara le médicament que je leur envoyais. J'avais découvert qu'il pouvait être la cause directe de son état mental. Il ne nous restait qu'à espérer que les dommages ne seraient pas permanents, mais Klara mettrait sans doute du temps à redevenir elle-même.

Je suis monté dans la chambre à coucher, ai rempli un sac. Quelques vêtements, les roubles que je pouvais avoir, et notre photo de mariage. En roulant toute la nuit, je pouvais arriver à Vienne à l'aube.

Dans la salle de bains, où je rassemblais mes affaires de toilette, je suis resté à regarder dans le miroir, la baignoire derrière moi.

Je me suis retourné, ai ôté le tapis. Le trou dans le front de Bernard Johansson. Le sang au fond de la baignoire, coagulé, noir. Je pouvais peut-être réussir à m'effacer moi-même, mais quand ils découvriraient le corps de mon plus proche assistant, ils soumettraient à coup sûr son cerveau à Exor. Combien de temps cela leur prendrait-il de combler les trous de la formule ? Cent ans ? Dix ? Un ? Mais il était trop tard pour cacher le corps à présent.

Le mort semblait fixer un point au plafond comme s'il attendait toujours que les anges viennent le chercher, s'envolent avec son âme.

S'envolent.

J'ai avalé ma salive.

Il fallait le faire.

Je suis remonté dans la chambre, ai sorti une vieille valise en cuir.

Puis je suis allé chercher la scie à la cave.

Le voyage

Quelqu'un crie mon nom dans le couloir.

Un objet tape violemment contre la porte, une crosse de fusil, peut-être.

Le voyage, il faut que je me souvienne du voyage. Vienne. Londres. Madrid. J'ai pu embarquer sur un avion-cargo pour Marrakech, où un camion m'a pris en stop.

Le chauffeur parlait un peu le russe, il était curieux de savoir ce qui empestait à ce point dans ma valise.

Je lui ai expliqué que c'était la tête d'un homme, que j'avais ouvert le crâne avec une hache avant de le laisser au soleil pour attirer les mouches. Lesquelles s'étaient introduites par toutes les ouvertures et y avaient pondu. Les larves dévoraient maintenant le cerveau. Le chauffeur a ri de ma plaisanterie, mais m'a tout de même demandé pourquoi.

« Pour qu'il puisse monter au ciel, ai-je répondu.

— Alors vous êtes croyant ?

— Pas encore. Je veux voir son ascension d'abord. »

Après cela, le chauffeur ne m'a plus parlé, mais quand il m'a déposé à El Aïoun et que je lui ai donné mes derniers roubles, il s'est penché par la vitre et m'a glissé à voix basse, le débit précipité : « Ils sont sur votre trace, *señor*.

— Qui ça ?

— Je ne sais pas. C'est ce qui se dit à Marrakech. »

Puis il a disparu dans la fumée noire du gasoil.

En entrant dans l'appartement, j'ai été assalli par une odeur de renfermé. J'avais vécu et travaillé ici pendant des mois. J'avais souffert, espéré, jubilé, pleuré, commis des erreurs et finalement accompli le miracle. Mais avant tout, je m'étais langui de Klara. J'ai ouvert les portes et les fenêtres, essuyé la poussière sur la déchiqueteuse de souvenirs. Je l'ai allumée en poussant un soupir de soulagement : les batteries n'étaient pas vides. J'ai sorti notre photo de mariage de mon sac, l'ai placée sur la table à côté de la déchiqueteuse. Je me suis assis, j'ai respiré et je me suis concentré. Le vent du désert a déplacé les lourdes tentures devant les fenêtres, et j'ai commencé par le début.

Voilà, le serpent se mord la queue, la boucle est bouclée.

Je ferme les yeux. Tout est là-dedans. Tout doit être effacé, disparaître pour toujours. Y compris Klara. Ma Klara tant, tant aimée. Pardonne-moi.

Alors que la porte s'ouvre dans un claquement, j'appuie sur la grande touche DELETE, et puis je ne me souviens pl…

Je fixe un grand ventilateur au plafond. Il tourne lentement. Quant à moi, je ne peux pas bouger. J'entends deux bruits : un bourdonnement bas et des coups réguliers. Deux visages apparaissent dans mon champ de vision. Vêtues de treillis couleur sable, ces personnes braquent sur moi des pistolets-mitrailleurs. J'ai de nombreuses questions, mais je ne sais répondre qu'à une seule d'entre elles. Les coups à la porte. Ils sont aisément reconnaissables et ne peuvent émaner que de la canne de Daniel Egger, président du conseil d'administration d'Antoil Med, la société dans laquelle je travaille.

« Lâchez-le ! » ordonne une voix. Egger, en effet.

Étant de nouveau libre de mes mouvements, je me redresse. Je regarde autour de moi. Je suis assis par terre dans la pénombre d'une pièce où la lumière ne filtre que par un jour entre des tentures. Mais où diable sommes-nous ?

Egger s'assied sur une chaise en face de moi. Il est en uniforme de camouflage, comme les autres, un uniforme un peu trop neuf pour pouvoir être celui de colonel qu'il portait avant de prendre la tête de l'entreprise familiale. Le teint brûlé par un léger coup de soleil, il pose le menton sur le pommeau blanc de sa canne. Je me suis souvent demandé de quoi il était fait, pourquoi il l'astique constamment comme si c'était une amulette. Il plonge en moi son regard froid et intelligent.

« Où est la formule ? »

Sa voix est rauque, peut-être est-il enrhumé.

« La formule ?

— La recette du médicament, imbécile. »

Il articule ce mot tranquillement, comme si c'était mon prénom. Imbécile ? Ai-je fait quelque chose de mal ?

« Mais elle est écrite dans les rapports que j'ai envoyés à Kopfer, dis-je.

— Quels rapports ?

— Quels rapports ? Les rapports de recherche sur l'HADES1, enfin, ils sont envoyés toutes les semaines et…

— L'Ankh ! gronde-t-il. Je parle de l'Ankh. »

Je le regarde, je regarde les hommes armés. Que se passe-t-il ?

« L'Ankh ? »

Mon cerveau cherche l'endroit où ce terme aurait pu se cacher.

Egger me scrute, plein d'expectative, et puis mon cerveau trouve, dans un tiroir de mon enfance, quand je lisais des livres sur l'Égypte.

« Vous voulez dire le hiéroglyphe de la vie éternelle ? »

Le visage brûlé d'Egger devient cramoisi. Il se tourne vers le bureau derrière lui, où est posé un appareil dont j'ignore l'usage, mais qui ressemble aux ordinateurs qu'on utilisait avant l'effondrement des technologies civiles. Il saisit un objet à côté et le brandit devant moi.

« Si vous ne m'indiquez pas le procédé de fabrication, nous la trouverons et nous la tuerons. »

C'est une photographie encadrée. Je me reconnais moi-même, bien sûr, mais la femme m'est étrangère. Nous sommes vêtus comme des mariés et j'essaie de me remémorer cette occasion. Un carnaval ? Une farce ? Malgré mes efforts, le visage de la femme, beau bien que vieillissant, ne m'évoque rien. La menace d'Egger n'en semble pas moins sérieuse. A-t-il toute sa tête ?

« Je suis sincèrement navré, monsieur, mais je dois avouer ne pas comprendre de quoi nous parlons. »

Ce n'est pas facile d'interpréter ce que je vois dans son

regard. De la fureur ? Du désespoir ? De la peur ? Non, ce n'est pas facile.

« Chef. » À l'autre bout de la pièce, un homme portant des chevrons de sergent sur la poitrine pointe son arme sur une vieille valise en cuir. « J'entends un bourdonnement. »

Je vois les autres reculer par réflexe contre les murs.

« Brown ! aboie Egger. Vérifiez que ce n'est pas une bombe.

— Jawohl ! »

Un homme s'avance, il tient un objet ressemblant à ce qu'on appelait des téléphones mobiles, le passe sur la valise. Et je la reconnais, maintenant, c'est celle que j'ai héritée de mon frère, Jürgen. L'ai-je apportée ici ? Je commence à comprendre pourquoi je ne comprends rien, pourquoi j'ai l'impression de regarder un puzzle dont il ne manque pas seulement certaines pièces, mais des pans entiers. Car l'appareil avec écran sur le bureau ressemble à celui que j'ai utilisé une fois sur un patient traumatisé, c'est ce qu'on appelle une déchiqueteuse de souvenirs. Elle peut maculer certaines parties de la mémoire, certains thèmes, alors que le reste demeure intact. Ai-je employé la machine sur moi-même ? Egger me demande un procédé de fabrication. L'ai-je supprimé de ma mémoire ? Le procédé de fabrication d'une bombe ? Y a-t-il une bombe dans…

« Rien à signaler, déclare l'homme en laissant la valise.

— Ouvrez-la », commande Egger.

Les hommes autour de lui se plaquent contre le mur. Mon cœur accélère.

« Nous allons tous mourir si nous ne trouvons pas la formule, siffle Egger. Tout de suite ! »

Le sergent repousse les deux fermoirs et semble inspirer profondément avant de laisser la valise s'ouvrir.

Le bourdonnement est assourdissant, et c'est comme regarder une tornade noire, une nuit en mouvement. Je mets une seconde pour comprendre de quoi il s'agit. Puis cette masse énorme se soulève vers le plafond, se décompose en parties plus petites, qui à leur tour se défont en éléments plus petits encore. Ce sont des mouches. Des mouches lourdes et grasses. Et maintenant qu'elles sont partout dans la pièce, mon regard se dirige vers ce qui est révélé dans la valise.

Une tête humaine.

Le crâne est fendu, ouvert. Les yeux, les lèvres, les joues, tout ce qui est mou a disparu, probablement dévoré par au moins une génération de larves qui sont maintenant des mouches adultes. Et pourtant, sans doute à cause de cette tête brillante, à la forme d'œuf caractéristique, il me semble reconnaître le chercheur très intelligent que j'avais autrefois embauché comme mon adjoint et bras droit. Bernard Johansson.

Un souffle d'air soulève les tentures, le soleil afflue dans la pièce, de l'air chaud atteint mon visage.

« Les mouches ! s'écrie Egger. Elles volent vers la lumière ! Capturez-les ! »

Les hommes le dévisagent sans comprendre. Ils regardent l'essaim qui, comme par magie, a déjà disparu, seules quelques rares mouches sont visibles autour du ventilateur, qui tourne lentement au plafond.

L'un des hommes ouvre le feu sur elles.

« Non ! » crie Egger d'une voix étranglée.

Personne ne m'arrête quand je me lève, me dirige vers la fenêtre et écarte une tenture.

Je vois une colline, des toits de maisons en contrebas, les constructions s'étendent sur une petite portion de territoire avant de céder brusquement le pas au désert. Derrière, seulement du sable et un soleil neuf qui se lève ou un soleil vieux qui se couche, j'ai de la peine à le déterminer sans points cardinaux par rapport auxquels me repérer. Le spectacle est fort beau. Et à propos de firmament, je pense aux mouches qui, pour la première fois de leur courte vie — une mouche domestique vit en moyenne vingt-huit jours —, sont libres et emportent vers le ciel ce qu'elles ont digéré de la tête de Bernard Johansson. Je ferme les yeux en éprouvant moi aussi un singulier sentiment de liberté, malgré les hommes armés derrière moi. J'ignore de quoi, mais je sais que je me suis débarrassé de quelque chose et que je me sens maintenant léger comme… comme une mouche, oui.

S'ils n'ont pas l'intention de m'enfermer, vont-ils maintenant m'abattre ? Peut-être. Si tel est le cas, c'est pour une raison que j'ai oubliée, probablement une information que j'ai jugé nécessaire de maculer, c'est en tout cas le dessin qui apparaît quand je relie les rares points auxquels je peux me raccrocher. Et si je devais résumer mon temps compté avant qu'ils ouvrent le feu, que dirais-je ?

Que j'ai employé ma vie, mes vingt-huit jours, à développer l'HADES1, un médicament qui pourrait être le début de quelque chose qui réduira les souffrances de l'humanité. Donc non, ça n'a pas été une vie complètement vaine. C'est bon, rien ne me manque.

Mais tout à coup, je ressens néanmoins un vide étrange quelque part en moi. Comme un organe qui aurait été opéré et enlevé, je ne trouve pas d'autre moyen de le formuler. Et là, dans ce vide, je sens que si, il y a peut-être quelque chose qui me manque.

J'aurais voulu avoir de l'amour, une femme dans ma vie.

LES CIGALES

« À vos marques, dis-je.

— Prêts, répondit Peter.

— Partez ! » criâmes-nous tous deux en nous élançant sur le sable de la Zurriola.

Le dernier à franchir la ligne d'arrivée imaginaire entre le bord de l'eau et la chaise de surveillance, environ deux mètres plus haut sur la plage, allait devoir nous acheter deux bières. La course servait aussi de répétition et d'entraînement pour le lâcher de taureaux de Pampelune, deux jours plus tard.

Les premiers mètres, je ne donnai pas toute ma mesure. Ce n'était pas que j'avais les moyens financiers d'une défaite, mais plutôt que j'étais relativement certain de gagner, tout en ne souhaitant pas battre Peter à plate couture et provoquer ainsi sa mauvaise humeur. Peter Coates appartenait à un pool génique peu exercé à la défaite. Scientifiques, mannequins, hommes et femmes d'affaires, les membres de sa famille connaissaient tous le succès et l'argent, et affichaient — en tout cas ceux que j'avais rencontrés — des dents exceptionnellement blanches. En revanche, ils ne s'illustraient guère par leurs talents d'athlète. Je restai deux mètres derrière Peter et observai sa course certes acharnée, mais ni très efficace ni trop élégante. Il ne manquait pas de muscles, avait des cuisses robustes, un dos large, et pourtant, bien que nullement en surpoids, Peter était plombé par une certaine lourdeur, comme s'il subissait une force gravitationnelle plus forte.

Dans un passage exigu entre deux lits de plage et des baigneurs qui sortaient des flots vivifiants du golfe de Gascogne, je dus me coller derrière lui et sentis sur mon ventre le sable projeté par ses pieds nus. Autour de nous fusaient des invectives espagnoles, mais ni lui ni moi ne ralentîmes la cadence. J'obliquai sur sa droite, me rapprochai de l'eau, où le sable était plus ferme et bien frais sous la voûte plantaire. Lorsque nous préparions notre voyage, Peter m'avait expliqué que Saint-Sébastien n'abritait pas seulement les meilleures tables d'Europe, la ville était aussi connue pour son climat relativement tempéré quand la canicule estivale battait son plein en Espagne. C'était à Saint-Sébastien que passaient leurs vacances les touristes sophistiqués, moins assoiffés de soleil. Et, par bonheur, nous bénéficiions depuis notre arrivée d'une couverture nuageuse et d'une brise parfaitement salvatrices après la touffeur de Paris et du train.

J'accélérai, remontai à la hauteur de Peter. L'arrivée était à moins de cinquante mètres, son visage écarlate arborait déjà une expression de triomphe, qui se mua en désespoir lorsqu'il s'aperçut que je le rattrapais. J'avais encore le choix, je pouvais le laisser gagner. Il avait plus à perdre avec une défaite que moi à gagner avec une victoire, nous n'étions pas en présence de ce qu'il m'avait expliqué être un jeu à somme nulle, où les pertes étaient compensées par les gains. Restait néanmoins à savoir s'il ne lui serait pas plus douloureux de comprendre que je lui avais fait cadeau de la victoire. Le souffle court de Peter, son effort extrême... Ne devais-je pas lui témoigner un peu de respect en donnant tout ce que j'avais, moi aussi ? Et puis, une infime partie de moi ne voulait-elle pas l'écraser, lui qui m'était supérieur en tout ? Encore trente mètres. Ah, les choix... Si libres en apparence, mais le sont-ils ? Ce que j'allais faire maintenant n'était-il pas déjà inscrit dans les étoiles ? Tout comme ce qu'allait faire Peter ?

J'augmentai la fréquence de mes pas et, quelques secondes plus tard, je le dépassai. Je sentis qu'il essayait de riposter, mais n'avait plus en lui ni force ni accélération, sa course devenait de plus en plus poussive, il perdait le peu de rythme qu'il avait pu avoir. Je me contentai de maintenir ma vitesse pour ne pas l'écraser, mais il décéléra malgré tout. Cinq, six pas de plus, et la ligne d'arrivée serait franchie. Je sentis alors quelque chose me toucher la jambe et, perdant l'équilibre, je plongeai en avant. Je parvins tout juste à me rattraper avec les mains alors que je voyais Peter me coiffer au poteau.

Lorsqu'il revint vers moi, les mains brandies, ses dents blanches exhibées dans un large sourire victorieux, j'étais assis, mais continuais de cracher du sable.

« Criche ! » fis-je en toussant.

Peter éclata de rire. « Triche ? »

Je crachai et crachai encore. « Tacle par-derrière, un croche-pied en bonne et due forme.

— Bien sûr, mais avions-nous décidé d'une règle l'interdisant ?

— Allons, ça va de soi.

— Rien ne va de soi, Martin. Les règles sont des constructions, et les constructions doivent être construites. Tant qu'elles ne le sont pas, la capacité… » Il brandit un poing serré dont il leva ses doigts un à un, au fil de son énumération. « … à identifier des solutions, à prendre des décisions rapides, à dépasser les schémas de pensée figés, à braver les concepts moraux contreproductifs et… à tacler par-derrière… est aussi précieuse que la capacité à mouvoir ses jambes avec célérité. »

Le sourire aux lèvres, il me tendit la main pour m'aider à me relever. J'époussetai le sable de mon corps.

« Bon. Je vais me consoler en me disant que dans l'un de tes univers parallèles, c'est moi qui te donne cette leçon après t'avoir taclé et toi qui vas acheter les bières. »

Il rit en passant le bras autour de mes épaules. « J'avance l'argent et toi, tu vas les chercher. OK ? »

« Les univers parallèles existent. »

Portant le goulot à ses lèvres, il se tortilla sur sa serviette pour s'enfoncer dans le sable.

« D'accord, répondis-je, regardant le ciel entre mes cils tout en accomplissant la performance de boire allongé. Je comprends que je ne comprends pas la physique quantique et ta théorie de la relativité, et c'est sûrement vrai qu'il y a assez de matière noire pour des univers parallèles, mais j'ai un peu plus de mal à croire qu'ils sont une infinité.

— Pour commencer, ce ne sont pas mes théories de la

physique, mais celles d'Albert Einstein. Et de Marcel Grossmann, son ami dont on parle beaucoup moins et qui était presque aussi intelligent.

— Eh bien, je ne suis pas un Grossmann, Peter, alors si tu veux me convaincre, ce n'est pas vers les chiffres et les équations qu'il faut te tourner.

— Mais le monde est pourtant chiffres et équations, Martin. »

Peter ouvrit ses yeux bleus sous ses mèches blondies par le soleil et rit en exhibant ses dents blanches. Un jour, une fille m'avait demandé si c'étaient des vraies. Maintenant, si j'avais été attiré par Peter, finissant par devenir sans doute son meilleur ami, ce n'était ni pour sa denture ni pour son cerveau scientifique. Je ne sais pas pourquoi. Peut-être cette agréable assurance décomplexée, qui accompagne parfois les aptitudes innées et l'argent hérité. Peter savait qu'il n'aurait pas trop d'efforts à fournir pour répondre aux attentes, ce qui le motivait était la curiosité, et non les ambitions que nourrissait pour lui sa famille. Et là, nous approchons peut-être d'une explication aux liens d'amitié l'unissant à un étudiant en art pauvre et originaire du mauvais côté de la ville. Car Peter était tout autant attiré par moi que je l'étais par lui. J'incarnais probablement quelque chose qui éveillait sa curiosité, la seule chose que sa famille ne possédait pas : l'âme sensible, volatile, de l'artiste qui, bien que lui étant largement inférieure concernant la physique et les mathématiques, pouvait dépasser les limites de la logique et créer autre chose. La musique des sens. La beauté. La joie. La chaleur. D'accord, je n'en étais pas encore là, mais j'y travaillais.

Peut-être était-ce également la curiosité, plus que le respect, qui lui avait fait accepter ma condition pour ce voyage : qu'il ne paie rien pour moi et que nous nous contentions d'un budget que je puisse supporter. Nous avions donc pris un billet Interrail, qui nous avait menés de Berlin à travers l'Europe, en dormant à bord des trains ou dans de petits hôtels, en prenant nos repas dans des restaurants bon marché ou dans notre chambre si nous avions la possibilité d'y cuisiner. Peter n'avait imposé qu'une exception : à Saint-Sébastien, notre dernière escale avant le but de notre périple, à savoir la feria de San Fermín et les lâchers de taureaux de Pampelune, nous dînerions dans le mondialement célèbre restaurant Arzak, et il réglerait l'addition.

« Te convaincrai-je en disant que Stephen Hawking travaillait sur les univers parallèles au moment de sa mort ? insista Peter. Le physicien, tu sais, celui qui était en chaise roulante et qui....

— Je sais qui était Hawking.

— Ou est. Si les chiffres sont exacts, il est toujours en vie, dans un univers parallèle. Comme nous tous. Nous avons la vie éternelle, en l'occurrence.

— Si les chiffres sont exacts ! Au moins, le christianisme se donne la peine de transformer la vie éternelle en foi en Jésus-Christ.

— D'ailleurs, ce sera franchement intéressant d'aller voir ce Christ le jour où nous pourrons circuler d'un univers à l'autre de façon contrôlée et volontaire.

— Ah ? Tu veux dire que ça se passe déjà de façon incontrôlée ?

— Bien sûr. Tu as entendu parler de Steven Weinberg ?

— Non, mais je suppose qu'il a un quelconque prix Nobel. »

Ma bouteille était vide et je détournai le regard de la mer qui ondulait mollement devant nous pour le poser sur les bars derrière nous.

« De physique, répondit Peter. Sa théorie est que l'assemblage d'atomes que nous sommes pourrait vibrer au rythme d'un univers parallèle, un peu comme quand on écoute la radio sur une fréquence et que, soudain, on entend aussi la station voisine. Quand ça se produit, les univers se séparent et on peut se rendre dans l'une ou l'autre des réalités. Michio Kaku, tu connais ? »

J'essayai de prétendre que le nom m'évoquait quelque chose et que je cherchais dans mes souvenirs.

« Tu sais bien, Martin. Ce prof joyeux, l'air japonais, qui parle de la théorie des cordes à la télé.

— Le cool aux cheveux longs, c'est ça ?

— Oui, c'est ça. Il pense que l'impression de déjà-vu pourrait découler d'un aperçu de cet univers parallèle.

— Où nous sommes déjà allés ?

— Où nous sommes, Martin. Nous vivons une infinité de vies parallèles. Cette réalité-ci... » Il désigna les parasols, les lits de plage et les baigneurs. « ... n'est ni plus ni moins réelle que les autres. C'est pour cela que les voyages dans le temps sont possibles ; vu l'existence d'univers parallèles, le paradoxe temporel n'existe pas.

— Les paradoxes temporels, c'est bien le genre de contradictions qui rendent les voyages dans le temps impossibles, non ? Parce qu'on pourrait alors supprimer sa propre mère avant d'être né...

— Oui, mais envisageons plutôt les choses comme ceci : quand tu voyages dans le temps, tu as, par définition, divisé l'univers en deux, et dans cet univers parallèle ou dans un autre, tu peux exister en deux exemplaires, tu peux être à la fois mort et vivant.

— Et ça, tu le comprends ? »

Peter réfléchit, acquiesça. Ce n'était pas de l'arrogance, simplement son assurance de Coates.

Je ne pus que rire. « Et maintenant, tu vas découvrir comment effectuer des voyages dans le temps ?

— Si j'ai de la chance. D'abord, il faut que je sois sélectionné pour le projet de recherche du CERN.

— Et que répondent les gens du CERN quand un jeune de vingt-cinq ans prétend vouloir faire voyager les gens dans le temps ? »

Peter haussa les épaules. « Quand Apollo 11 a atterri sur la Lune, la moyenne d'âge du personnel dans la salle de contrôle, à Houston, était de vingt-huit ans. »

Je me relevai. « Je prévois maintenant un voyage vers le bar, dans l'intention de rapporter d'autres bières.

— Je t'accompagne ! »

Nous entendîmes alors un cri et Peter se tourna vers l'eau en portant sa main en visière.

« Qu'est-ce qui se passe ? demandai-je.

— On dirait que quelqu'un est en difficulté. » Il pointa l'index. « Là-bas ! »

Nous avions choisi la plage de la Zurriola, car c'était le spot de surf de Saint-Sébastien. Nous ne pratiquions pas ce sport, mais qui disait surf disait population plus jeune et meilleurs bars. En revanche, cela signifiait aussi que les vagues étaient plus grosses. Je vis un bonnet de bain rose entre deux crêtes bleues au loin et une femme se mit à paniquer derrière nous. Je me tournai par réflexe vers le poste de surveillance. La chaise haute était vide et je ne voyais aucun sauveteur en route vers l'eau. Je n'ai pas souvenir d'avoir pris de décision, je me suis simplement mis à courir, sans attendre Peter, qui, pour des raisons obscures, ne savait pas nager.

Je m'élançai dans les eaux peu profondes en montant bien les genoux pour avancer le plus possible. Je profitai du fait que j'avais encore quelque hauteur pour m'orienter par rapport à la personne au bonnet de bain rose, puis je plongeai. En remontant à la surface, je partis aussitôt dans mon passable crawl d'autodidacte. C'était plus loin qu'il n'y paraissait, je devais m'économiser, trouver un rythme me permettant de respirer convenablement. À quelle distance se trouvait-elle ? Cinquante mètres ? Cent ? L'estimation n'était pas évidente sur l'eau. Toutes les dix rotations des bras, je m'interrompais pour m'assurer de n'avoir pas perdu le cap. Là-bas, les vagues n'étaient pas assez hautes pour déferler, ce qui expliquait sans doute l'absence de surfeurs ce jour-là. Elles étaient toutefois suffisamment creusées pour que la jeune femme, car elle était jeune, je le voyais à présent, disparaisse hors de ma vue chaque fois que j'arrivais dans un creux. Il devait rester dix ou vingt mètres tout au plus. Elle ne poussait plus de cris, s'en était tenue à un seul. De deux choses l'une, ou bien elle avait repéré que les secours étaient en route et gardait ses forces, ou bien elle n'en avait plus, justement. Ou bien encore elle n'était pas du tout en difficulté, elle avait poussé un cri parce qu'un poisson lui avait frôlé le pied. J'écartai cette dernière possibilité lorsque, soulevé par la vague suivante, je vis en contrebas le bonnet de bain couler. Il reparut, coula encore. Je pris une grande inspiration, battis des pieds et piquai à sa suite. Par temps ensoleillé, je l'aurais probablement repérée immédiatement dans l'eau limpide, mais le temps était couvert à Saint-Sébastien, je ne voyais que de la lumière obscure ponctuée de bulles et de chatoiements verts. Je continuai de nager vers le fond, il faisait de plus en plus noir, de plus en plus froid. Je ne pense pas souvent à la mort, mais j'y pensais alors. Ce fut le bonnet de bain qui me sauva. Ou qui la sauva. Car si son bonnet avait été d'une couleur moins criarde, je ne l'aurais sans doute pas vue, son maillot de bain étant noir et sa peau trop sombre. J'approchai. Elle avait l'air d'un ange endormi se livrant à une danse en apesanteur, portée par les faibles ondulations qui parvenaient à cette profondeur. Quel silence ! Quelle solitude ! Quelle duolitude, plutôt ! Elle et moi... Je glissai le bras autour de sa cage thoracique, sous ses seins, et la remontai vers la lumière. Contre mon avant-bras, je sentais sa chaleur et ce que je me figurais être les battements lents de son cœur. Puis il se produisit un phénomène étrange. Juste avant que nous brisions la surface, elle tourna la tête vers moi et me regarda de ses grands yeux noirs. Comme une ressuscitée, quelqu'un qui avait fait la traversée vers un univers où l'on respirait dans l'eau. À l'instant suivant, lorsque nos têtes passèrent du monde de l'eau au monde de l'air, ses paupières retombèrent et elle se retrouva sans vitalité dans mes bras.

J'entendais crier sur la plage alors que je nageais sur

le dos, la tête de la fille contre ma poitrine, battant des jambes pour regagner la terre. Lorsque nous arrivâmes dans la zone peu profonde, Peter, le surveillant de baignade et un homme qui se déclara médecin me rejoignirent et ramenèrent la rescapée sur le sable sec. Quant à moi, je restai au bord à cracher de l'eau en essayant de reprendre mes esprits.

« Baywatchm-aaa-n ! »

J'ouvris les yeux. Un homme à la barbe rousse et au visage brûlé par le soleil m'observait. Son sourire révélait une denture parcellaire, son kilt était sale, tout comme son maillot bleu qui, si je ne m'abuse, était celui de l'équipe de rugby écossaise.

« Un vrai sauveur », poursuivit-il dans son anglais d'Écosse voilé par l'alcool, mais compréhensible, alors qu'il m'aidait à me relever. C'est seulement lorsque nous fûmes debout que je compris qu'il était vraiment ivre mort.

« La question est de savoir si vous pouvez me sauver moi, baywatchman ? J'ai besoin de vingt euros pour aller à Pampelune.

— Je suis désolé, mais j'en ai besoin pour moi », répondis-je, disant la vérité.

J'observai le groupe de gens un peu plus haut sur la plage et remarquai une femme d'âge mûr dont la tenue damait le pion à celle de l'Écossais : hijab et bikini. Elle se penchait au-dessus du médecin et de Peter, que j'entrevoyais, agenouillé à côté de la fille. La femme tantôt pleurait, tantôt houspillait, mais personne ne semblait réagir à ses propos. Je me retournai vers l'Écossais, mais il partait déjà vers d'autres plagistes. Je me dirigeai vers le groupe.

« Comment…

— Elle respire, dit Peter sans me regarder. Nous attendons l'ambulance. »

Il passa la main sur le visage de la fille, qui m'était ainsi à moitié caché, je n'en voyais que le front. À la naissance de ses cheveux noirs luisants, un duvet court déjà sec remuait au vent.

Je sentis une main agripper mon bras et la femme en bikini et hijab s'adressa à moi. Cela ressemblait à de l'arabe, peut-être était-ce du persan, ou du turc. À moins que je n'aie tiré ces conclusions parce que son apparence suggérait qu'elle était originaire de cette région du monde. Quoi qu'il en soit, je ne comprenais rien.

« *English, please*, demandai-je.

— *Rousski ?* »

Je secouai la tête.

« *Daughter*, fit-elle en désignant la fille. Miriam.

— Ambulance, répondis-je alors qu'elle me dévisageait l'air perplexe, s'arrachait d'autres mots dans cette langue étrangère et me serrait le bras, comme s'il suffisait que je me concentre pour supprimer la barrière linguistique. *Hospital* », tentai-je encore, en faisant le geste de conduire une voiture, mais je n'obtins aucune réaction.

Portée par la brise, une sirène modulait au loin. Je pointai l'index dans la direction du bruit. La femme s'éclaira.

« Ah ha, *hospital* », dit-elle, sans que je perçoive de différence notable avec ma propre prononciation de ce mot.

Elle s'en alla et revint munie de deux sacs alors que les ambulanciers accouraient avec une civière. Ils hissèrent la fille dessus et repartirent vers leur véhicule, garé devant les bars de la plage, la mère et le médecin leur emboîtant le pas. Peter et moi les regardâmes s'éloigner. Puis, sans explication, Peter ramassa son téléphone sur sa serviette et se précipita vers l'ambulance. À ma grande stupéfaction, je le vis parler avec la mère. Il tapa quelque chose sur son téléphone, le lui montra et hocha la tête en signe de confirmation. Puis la femme l'embrassa sur la joue et s'installa dans l'ambulance, qui aussitôt démarra, mais sans sirène.

« Comment tu t'es fait comprendre ? demandai-je à Peter à son retour.

— Je l'ai entendue te demander si tu parlais russe.

— Pourquoi, tu le parles, toi ?

— Un peu, fit-il en souriant. Je faisais option russe au lycée.

— Et tu avais choisi le russe parce que... ?

— Parce que la moitié de toute la recherche en physique de qualité est écrite en russe.

— Évidemment.

— Elles viennent du Kirghizistan. Tous les habitants de plus de quarante ans parlent un peu le russe.

— Elle avait l'air contente que tu le parles, en tout cas.

— Peut-être.

— Elle t'a embrassé. »

Peter rit. « Mon russe est lamentable. C'est qu'elle a cru que c'était moi qui avais sauvé sa fille, et je...

— Et tu ? »

Il sourit. Il était beau garçon, et au cours de notre voyage — probablement parce que notre diète était maigre par rapport à celle à laquelle il était habitué — son visage avait perdu quelques rondeurs de l'enfance et ses muscles s'étaient dessinés sur son corps bronzé qui, jusqu'alors, avait été légèrement replet.

« Et je ne l'ai pas détrompée.

— Pourquoi ? demandai-je, même si j'avais ma petite idée.

— Le visage de cette fille… Et ses yeux… Quand elle s'est réveillée… » Son ton semblait rêveur, phénomène ô combien inhabituel chez Peter, qui selon ses propres dires n'était pas sujet à la sensiblerie. « Tu aurais dû voir ses yeux, Martin.

— Mais je les ai vus. Elle les a ouverts une seconde ou deux quand nous étions sous l'eau. »

Peter plissa le front. « Tu crois qu'elle t'a vu ? Je veux dire, tu crois qu'elle te reconnaîtrait comme son sauveur ? »

Je secouai la tête. « Les visages sont très différents sous l'eau. Je ne sais pas si je la reconnaîtrais non plus. »

Peter leva le visage vers le soleil comme s'il désirait être ébloui. « Ça te dérangerait, mon vieux ?

— Quoi donc ?

— Qu'on fasse comme si c'était moi qui avais nagé vers elle. »

Je ne répondis pas, car je ne savais que répondre.

« Quel imbécile je suis, fit Peter, les paupières closes, avec ce sourire qui refusait de le quitter. De quoi rêve-t-on quand on s'entraîne à la natation du matin au soir, année après année, tout en sachant qu'on ne deviendra jamais champion du monde. Eh bien, on rêve de sauver un jour quelqu'un de la noyade, d'être célébré comme un héros, peut-être de recevoir une médaille et de pouvoir plus tard raconter à ses enfants comment on l'a obtenue. C'est vrai, non ? »

Je haussai les épaules. « Tout au fond, il y a sûrement un rêve idiot comme ça, oui.

— Et puis ça se produit enfin et je te demande de m'en céder les honneurs. Et tout ça pour les beaux yeux d'une fille. Quel bon copain je fais ! J'ai dû attraper une insolation. » Il rit en secouant la tête. « J'ai demandé à sa mère son numéro de téléphone pour pouvoir l'appeler et m'assurer que tout va aussi bien que le médecin le promettait.

— Eh ben ! Tu...

— Oui, bon sang, Martin ! Il faut que je revoie ces yeux. Ces sourcils. Ce front. Ces lèvres pâles. Miriam, elle s'appelle Miriam. Et ce corps... Seigneur, mais c'est une nymphe !

— Précisément. Un peu trop jeune pour toi, peut-être ?

— Ça va pas ?! On a vingt-cinq ans. Rien n'est trop jeune pour nous !

— Je ne sais pas si elle a plus de seize ans, Peter.

— Au Kirghizistan, elles se marient à quatorze.

— Tu voudras te marier avec elle si elle a quatorze ans ?

— Oui ! » Il posa les mains sur mes épaules et me secoua comme si c'était moi qui étais devenu fou. « Je suis amoureux, Martin ! Tu sais combien de fois ça m'est arrivé ? »

Je réfléchis. « Deux fois et demie, si tu disais la vérité.

— Zéro ! Je ne mentais pas, mais je croyais savoir ce que c'était de tomber amoureux et je ne savais pas. Maintenant, je sais.

— D'accord.

— D'accord quoi ?

— D'accord pour que ce soit toi qui l'aies sauvée.

— Tu es sérieux ?

— Oui, marché conclu. À condition que tu arrêtes de me secouer et que tu te tiennes à l'écart d'elle si elle a moins de dix-huit ans.

— Et tu jures de ne jamais, jamais, jamais le révéler, ni à sa mère ni à qui que ce soit d'autre ? »

Je ris. « Jamais. »

Cette nuit-là, je fis un rêve étrange.

Nous logions dans une auberge ancienne de la vieille ville. Le bavardage et les rires qui provenaient des restaurants sous nos fenêtres ouvertes se mêlaient au souffle régulier de Peter dans son lit, à l'autre bout de la chambre, et tissaient avec mes impressions du jour l'étoffe dont je suppose que sont faits les rêves.

Sans surprise, j'étais sous l'eau, tenant ce que je pensais être une personne. Laquelle ouvrait les paupières, faisant apparaître des yeux de poisson injectés de sang, comme ceux que Peter avait inspectés sur l'étalage du restaurant où nous avions dîné. Les yeux d'un poisson disaient l'essentiel, m'avait-il expliqué, ce qui ne l'avait pas empêché de tâter le corps du poisson pour se faire une idée de sa fraîcheur et de sa teneur en gras, puis de gratter la peau, les poissons d'élevage s'écaillaient paraît-il plus facilement. Toutes ces connaissances élémentaires sur les mets de restaurant, et plus encore sur le vin, Peter devait me les enseigner. Avant de le rencontrer, je n'avais pourtant jamais eu le sentiment de provenir d'un foyer manquant de culture. C'est-à-dire que, dans ma famille, nous en savions sans doute davantage sur les tendances actuelles des arts plastiques, de la musique, du cinéma et de la littérature, mais dès que l'on abordait les domaines de la littérature classique ou du théâtre — que Peter potassait méthodiquement depuis l'âge de douze ans —, il se montrait plus érudit que moi. Il était capable de citer de longs passages de Shakespeare et d'Ibsen, tout en trahissant parfois une compréhension lacunaire de leur sens profond. On aurait dit qu'il appliquait la méthode scientifique pour disséquer jusqu'au plus beau et au plus émouvant des textes.

En voyant les yeux de la fille, je sursautais et son corps lisse de poisson m'échappait. Elle descendait dans l'obscurité et je constatais alors que son bonnet de bain n'était pas rose, mais rouge.

Je fus réveillé par un va-et-vient de lumière, comme si quelqu'un jouait avec le faisceau lumineux d'une torche sur mes paupières. Je les ouvris : c'était le soleil qui filtrait entre les rideaux dans la brise matinale.

Je posai les pieds sur le parquet frais de la grande chambre spartiate et enfilai un pantalon et un T-shirt tout en parlant au dos immobile de Peter sur l'autre lit.

« C'est l'heure du petit déjeuner. Tu viens ? »

Le grognement que j'obtins en réponse suggérait les séquelles du vin de la veille. Peter avait une tolérance à l'alcool limitée, moins bonne que la mienne, en tout cas.

« Je te rapporte quelque chose ?

— Un triple express, murmura-t-il d'une voix rauque. Je t'adore. »

Je sortis au soleil et m'installai à la terrasse d'un café où je constatai avec stupéfaction que le petit déjeuner était bon, contrairement à cette espèce de modèle standard européen insipide si largement répandu dans les villes touristiques.

Sans doute en quête d'une mention de mon acte héroïque, je feuilletai un quotidien laissé sur une table, mais le basque étant une de ces langues qui ne ressemblent à aucune autre, je ne compris pas un traître mot de ce que je lisais. Était-ce le cas aussi du kirghize ? Car cette langue devait bien s'appeler ainsi, et non kirghizistanais ou quelque chose dans ce genre ? D'un autre côté, on disait bien pakistanais, pas pakize. Lorsque j'eus terminé ma réflexion sur le sujet sans parvenir à aucune conclusion, avalé mon petit déjeuner et commandé un triple express à emporter, je regagnai l'hôtel.

Je posai le gobelet sur la table de chevet de Peter, à côté de son lit vide, et m'aperçus que le tapis n'était plus là.

« Où est passé le tapis ? » criai-je vers la salle de bains, où j'entendais le brossage de dents inimitable de Peter. J'avais envisagé d'étudier plus attentivement sa technique, pour voir si j'y trouvais l'explication de sa denture blanche.

« J'ai dû le jeter, j'avais vomi dessus. »

Peter apparut à la porte. Il avait vraiment mauvaise mine. Les yeux cernés, le teint gris, comme si son bronzage était passé à la javel. On lui aurait donné dix ans de plus qu'au garçon euphorique qui, la veille, s'était déclaré amoureux pour la première fois de sa vie.

« C'est le vin ? »

Il secoua la tête. « Le poisson.

— Ah bon ? » Mon estomac à moi se portait parfaitement bien. « Tu crois que tu auras retrouvé la forme ce soir ? »

Peter grimaça. « Je ne sais pas. »

Nous avions réservé notre table chez Arzak quatre mois

auparavant, ce qui constituait une réservation de dernière minute. Nous avions téléchargé la carte et, dans les trains à travers l'Europe, planifié avec enthousiasme notre menu, de l'entrée au dessert, avec plusieurs variantes possibles. Il n'était pas excessif de dire que j'étais impatient d'y être.

« Tu as l'air mort. Allez, Lazare, ne laisse pas un mauvais poisson…

— Ce n'est pas uniquement le poisson. La mère de Miriam vient de me téléphoner. »

La gravité de son visage éteignit le sourire du mien.

« Apparemment, tout ne se passe pas comme il faudrait et elle m'a demandé de venir à l'hôpital. Personne ne parle le russe là-bas.

— Miriam est…

— Je ne sais pas, Martin, mais il faut que j'y aille tout de suite.

— Je t'accompagne.

— Non, répondit-il en glissant ses pieds dans une paire de ces mocassins souples qu'on portait de son côté de notre ville natale.

— Non ?

— Il ne peut y avoir qu'un visiteur à la fois, alors je dois m'y rendre seul. Je t'appellerai quand j'en saurai plus. »

Je restai les bras ballants au milieu de la chambre, dans le rectangle plus clair où s'était trouvé le tapis, en me demandant s'il faisait allusion à Miriam ou à notre visite au restaurant.

En sortant, j'aperçus l'extrémité de notre tapis dans une benne à ordures sur le parking derrière l'hôtel. Imaginant sans peine l'odeur pestilentielle du poisson vomi, je pressai le pas.

Toute la journée, je déambulai au hasard des rues de Saint-Sébastien. C'était une ville pour gens aisés, indubitablement. Pas les Russes vulgaires, pas les charlatans arabes, pas les Américains vantards ni non plus les nouveaux riches de ma propre nation, si contents d'eux que c'en était exaspérant. Non, Saint-Sébastien accueillait ceux qui considèrent leur richesse comme une évidence, tout en ayant conscience d'être privilégiés, qui ne sont ni fiers ni honteux de leur statut, qui n'éprouvent aucun besoin ni de mettre en avant ni de cacher leur fortune. Ils conduisent des voitures qui ont l'air de voitures lambda, mais les connaisseurs savent qu'elles coûtent en fait le double. À Saint-Sébastien et dans d'autres villes de villégiature, ils occupent de vastes maisons de vacances entourées de hautes haies, le portail en fer forgé est rouillé, la façade semble avoir besoin d'une couche de peinture, l'élégance défraîchie est assumée. L'œil non exercé verra des tenues confortables sans caractère là où le style est en fait discret, intemporel. Ces vêtements sont achetés dans des boutiques que Peter sait où trouver et il s'étonne que je ne les connaisse pas. De toute façon, elles sont hors de ma portée. La classe supérieure est parfois fort bien renseignée sur les pauvres et sur la classe ouvrière, pour laquelle elle nourrit une profonde fascination, a fortiori quand elle peut s'enorgueillir d'un bisaïeul qui en est issu, en revanche, elle est d'une ignorance souvent crasse en ce qui concerne les strates hautes de la classe moyenne, ne sait rien de ceux qui aspirent à franchir ce dernier échelon qui les sépare. C'est comme les habitants de la capitale qui ne connaissent que le lointain et l'exotique et ne possèdent pas le moindre rudiment de savoir sur la périphérie proche.

Dans les rues et ruelles de Saint-Sébastien, j'entendais parler l'espagnol, le basque, le français et ce qui était peut-être du catalan, mais aucune langue nordique. J'évoluais ainsi dans la ville en étranger, tout comme je l'avais été dans les cercles de Peter. Ses amis m'avaient accueilli avec une cordialité et une hospitalité très urbaines, et ouvert des portes dont ils prétendaient ignorer qu'elles m'étaient fermées.

« Mais il faut venir à notre bal d'automne, Martin, tout le monde y sera ! »

Le premier panneau stop se dressait avec l'*attire*, ce qui se traduit simplement par « tenue », mais qui, pour eux, signifiait « smoking », et aussi quel smoking, comment le porter, et toutes sortes de détails secrets pouvant, et ne manquant pas de, vous démasquer comme l'intrus que vous étiez. De même que leurs regards — en dépit de leur amabilité — pouvaient, et ne manquaient pas de, trahir l'once de mépris qu'ils nourrissaient à l'égard du non-initié, cette personne que, sans y songer, ils percevaient comme un arriviste, comme quelqu'un qui souhaitait être l'un d'entre eux. Car, nous le disions, ces gens connaissent leur place et savent qu'elle se situe au sommet de la chaîne alimentaire. Étant entendu qu'il peut toujours y avoir quelqu'un légèrement plus haut, et c'est avant tout là qu'ils dirigent leur attention, sur le prochain échelon.

Peter se préoccupait sans doute moins de ces questions que ses amis. Sans être dépourvu d'instinct de compétition quand il s'était fixé un objectif, il semblait avoir un moteur autre que l'ambition sociale, et opérait plutôt à la curiosité et à l'enthousiasme sincère. Bien sûr, quand on est déjà accepté, on ressent moins le besoin de l'être, et je pense que c'est précisément ce qui rendait Peter si souverain, si facile à aimer. Ou si difficile à ne pas aimer. Et comme j'étais l'élu de Peter, cela rejaillissait sur moi.

Les filles de son cercle en particulier semblaient m'apprécier. Sa validation était mon laissez-passer, et en même temps, elles me percevaient comme « troublant », voire un poil « dangereux », ce qui évidemment aurait fait hurler de rire les garçons de mon quartier. Mon accent était modéré, et de moins en moins prononcé, mais on entendait clairement que je venais des quartiers est, à quoi s'ajoutait que Peter parlait de moi comme d'un artiste, sans y apposer l'« aspirant » qui s'imposait. J'avais passé une nuit ou deux avec certaines, aucun cœur n'avait été brisé, elles semblaient se satisfaire aussi bien que moi de la fugacité de nos relations. Je serais prêt à parier qu'elles les racontaient à leurs copines en les qualifiant d'« aventures », car n'était-ce pas précisément cela : un à-côté de la réalité qui était la leur, une digression ? Il va de soi qu'elles n'allaient pas s'investir dans une histoire sérieuse avec quelqu'un d'aussi peu sérieux qu'une graine d'artiste des quartiers est, si sympathique et mignon soit le garçon en question.

Parmi ces jeunes femmes figurait une ancienne petite copine de Peter, une amie des chevaux. Lors d'une soirée chez lui, j'avais parlé à cette jeune femme du cheval de trait que je montais autrefois à la ferme de mes grands-parents et elle m'avait invité à une promenade. J'avais répondu que j'allais d'abord m'assurer que Peter n'y voyait pas d'objection. Peter s'était contenté de rire. Bien sûr, vas-y ! m'avait-il dit en me gratifiant d'un léger coup de poing dans l'épaule. J'avais donc suivi son conseil. Par le passé, me rouler dans les foins avec une fille de la haute en tenue d'équitation m'avait sans doute paru très cliché, mais l'expérience n'en était pas moins agréable. Au contraire. Cependant, quand dans mon enthousiasme j'avais entrepris de raconter la scène à Peter, je m'étais rendu compte que j'avais mal perçu la situation. Un tressaillement presque invisible de son visage, une crispation imperceptible de son sourire. J'avais donc préféré mentir : mon approche avait été infructueuse. Je ne sais pas ce qui là-dedans pouvait me rendre plus agréable à ses yeux, ce que je lui racontais me faisait pourtant apparaître comme quelqu'un qui n'avait pas reculé le moins du monde devant l'idée de séduire l'amour d'adolescence de son meilleur ami. Il ne me restait plus qu'à espérer que la fille ne révélerait pas notre petite aventure. Car pendant cette fraction de seconde, dans ce sourire figé, j'avais vu une image inconnue, mais familière malgré tout, un Peter que je ne connaissais pas, mais que, d'une manière ou d'une autre, je savais exister.

À mon retour à l'auberge, les éboueurs étaient passés. Il n'y avait plus rien dans la benne. Je montai dans notre chambre, m'allongeai sur le lit, fermai les yeux et écoutai. Ce n'était pas la première fois que je remarquais l'évolution des bruits de la nature et de la ville au fil de la journée, comme par cycles fixes, dictés par les routines, les interactions, la lumière. À cet instant précis, j'entendais une sauterelle ou une cigale, sa stridulation provoquée par la vibration d'une membrane. Le mâle était constitué pour produire cet appel désespéré et ne pouvait s'en abstenir, ce qui faisait de lui un esclave de sa pulsion sexuelle.

Lorsque je me réveillai, il faisait sombre, j'avais un goût de cendre sur la langue et mon rêve m'échappait, mais je me souvenais en tout cas d'un tapis volant.

Je consultai ma montre. Vingt heures trente. La table était réservée pour vingt et une heures. Je regardai mon téléphone. Aucune nouvelle de Peter. Je l'appelai. Pas de réponse. J'envoyai un message, un simple point d'interrogation. J'attendis dix minutes, puis me rhabillai et sortis.

À vingt et une heures cinq, mon taxi me déposa devant le restaurant, au rez-de-chaussée de ce qui semblait être un immeuble d'habitation. Le nom, Arzak, était inscrit sur une marquise en toile. Pas d'écriteau ostentatoire, même pas d'indication des trois étoiles attribuées par le guide Michelin. J'écrivis à Peter, lui disant que j'espérais que tout allait bien, que je l'attendrais à notre table pour le cas où il serait en route.

Cette fois, la réponse fut immédiate.

> Ne fais pas ça. Retourne à l'hôtel, je quitte l'hôpital et je te retrouve là-bas. Je t'inviterai chez Arzak une autre fois.

Je rangeai mon téléphone dans ma poche et cherchai un taxi dans la rue. N'en voyant aucun, je décidai d'entrer dans le célèbre restaurant et d'expliquer la situation, peut-être pourrait-on me commander un taxi. Un maître d'hôtel en gilet rouge me souhaita la bienvenue. Je m'excusai de ce que Peter Coates et son invité ne pouvaient pas venir et expliquai que Coates avait dû se rendre au chevet d'une connaissance à l'hôpital. Le maître d'hôtel consulta son plan de salle tandis que je regardais autour de moi. La décoration intérieure était simple, mais de bon goût, élégante et chaleureuse à la fois. S'ils avaient eu les moyens d'y dîner, mes parents se seraient plu ici, ce qui expliquait peut-être mon curieux sentiment d'être déjà venu.

« Mais M. Coates et la personne qui l'accompagne sont ici, monsieur », protesta le maître d'hôtel en anglais, avec un fort accent espagnol.

Je restai bouche bée.

« S'il y a un malentendu, vous souhaitez peut-être lui parler, monsieur ?

— Oui, répondis-je sans réfléchir. Oui, merci. »

Je le suivis dans la salle tout en regrettant cette décision. C'était manifestement une erreur, ou bien le maître d'hôtel avait mal vu ou bien quelqu'un nous avait chipé notre réservation. Quoi qu'il en soit, il n'était rien que je puisse y faire. Je repris mon téléphone et baissais les yeux sur le message de Peter afin de m'assurer que je n'avais pas mal compris. Lorsque je les relevai et la vis, la situation me parut si évidente que je me demandais comment j'avais pu ne pas y penser plus tôt, tout en étant totalement éberlué.

Peter me tournait le dos et je voyais à son langage corporel qu'il parlait avec ferveur, sans doute de nos notions limitées du temps et de l'espace. Elle ne disait rien. Son regard erra par-dessus l'épaule de Peter et trouva le mien ; elle fut comme traversée par une décharge électrique. Tout comme moi. Elle portait une robe noire simple. Ses yeux, peut-être n'étaient-ce que ses pupilles, paraissaient presque anormalement grands et noirs dans son visage un peu large. Sa bouche aussi était large, ses lèvres pleines. Tout le reste était petit. Son nez, ses oreilles, ses épaules, ses seins, dont la courbe ne s'esquissait pas sous l'étoffe de sa robe. C'était sans doute ce corps menu qui m'avait fait croire à une adolescente. En réalité, elle avait probablement le même âge que Peter et moi.

Son regard soutint le mien. Peut-être avais-je éveillé en elle une réminiscence de l'instant où elle m'avait vu sous l'eau. Quoi qu'il en soit, elle n'avait pas l'air malade du tout. Peter restait plongé dans son exposé d'une réalité qu'il considérait plus réelle que celle dans laquelle nous nous trouvions actuellement tous les trois, mais je savais que ce n'était qu'une question de secondes avant qu'il ne remarque l'expression de son vis-à-vis et ne se tourne vers moi.

Je ne saurais rendre compte du carambolage de pensées formulées, à demi formulées et non commencées qui me fit agir de la sorte, mais je la quittai des yeux et posai mon regard ailleurs, comme si j'avais trouvé ce que je cherchais, puis je sortis en toute hâte.

Lorsque Peter rentra vers minuit et demi, je fis semblant de dormir.

Il resta à écouter sur le pas de la porte, puis se déshabilla sans bruit et se coucha sans allumer la lumière.

« Peter ? marmonnai-je comme si je venais de me réveiller.

— Désolé. Elles refusaient de me laisser partir.

— Ah ? Comment va la fille ? Miriam, c'est ça ?

— Pas bien du tout, mais elle va s'en tirer. » Il fit un bruit de bâillement dans le noir. « Bonne nuit, Martin, je suis complètement moulu. Encore une fois, je suis désolé. On trouvera un bon restaurant à Pampelune. »

Je m'apprêtais à lui dire que je les avais vus au restaurant. Je m'apprêtais à le démasquer d'un ton triomphal, le faire rire lui aussi de la situation, lui expliquer que je comprenais sans peine ses priorités, qu'ayant réservé une table dans le meilleur restaurant du monde, il était obligé d'y emmener la fille qu'il espérait épouser, bien sûr, c'était la moindre des choses. Que, dans une situation qui avait le potentiel de bouleverser toute une vie, les considérations pour les copains devaient passer au second plan. D'ailleurs, le copain en question n'avait manifesté d'intérêt pour les grandes tables que tout récemment. J'aurais dit à Peter qu'il avait même témoigné plus de considération qu'on ne pouvait raisonnablement l'exiger. N'avait-il pas été prêt à mentir, à me raconter des histoires, peut-être ? Toutes ces tracasseries pour éviter que je me sente heurté. Mais je ne me sentais pas heurté ! Si, un peu tout de même. Je me sentais heurté qu'il n'ait pas cru assez à ma bienveillance pour savoir que je comprendrais parfaitement bien d'avoir été troqué contre celle qui, s'il jouait convenablement les cartes qu'il avait en main pendant le peu de temps dont il disposait, pouvait devenir la femme de sa vie.

Mais je ne le dis pas. Je ne sais pas pourquoi. Peut-être trouvais-je que c'était à lui de raconter et non à moi de le démasquer. Quoi qu'il en soit, les secondes passèrent et, lorsqu'un certain nombre d'entre elles se furent écoulées, il fut trop tard. Si je disais quelque chose maintenant, il perdrait la face. Car au cours de ces secondes, j'avais moi aussi menti. Et ce faisant, en prétendant n'être au courant de rien, je l'avais laissé prolonger le mensonge, s'empêtrer dedans ; en le confondant maintenant, j'aurais introduit entre nous un élément de méfiance.

Je fermai les yeux. C'était déconcertant, ça, oui.

Je voyais les iris de Miriam sur la face interne de mes paupières. Que savait-elle ? Sur moi, sur Peter ? Avait-elle compris que ce n'était pas lui qui l'avait sauvée ? Se souvenait-elle de moi, était-ce cela que j'avais vu dans son regard ? Si oui, pourquoi ne lui avait-elle rien dit ? Non. Non, elle ne pouvait s'en souvenir, sûrement pas, elle avait été à peine consciente. Quelques instants plus tard, j'entendis la respiration de Peter devenir régulière, profonde, puis je m'endormis à mon tour.

Le lendemain matin, Peter et moi rendîmes les clefs de notre chambre, prîmes un taxi pour la gare et embarquâmes à bord d'un train bondé où, fort heureusement, nous avions réservé nos places. Le trajet vers les collines dans les terres dura une heure et demie. Nous arrivâmes à Pampelune à neuf heures et des poussières, l'air était encore frais, plus qu'à Saint-Sébastien, même si le soleil brillait ici dans un ciel sans nuages.

Nous trouvâmes notre hébergement, un logement privé dont les propriétaires, à l'instar de nombreux habitants de la ville, louaient des chambres aux touristes pendant les fêtes de San Fermín.

La programmation était riche et j'avais lu que bien des catholiques et des gens du coin s'attachaient essentiellement aux processions religieuses, aux danses folkloriques et aux représentations théâtrales. Pour les aficionados du sport sanglant, le clou du spectacle était la « mort dans l'après-midi » de Hemingway, les corridas de la Plaza de Toros de Pamplona. Pour tous les autres, c'était le lâcher de taureaux chaque matin et leur galop dans les ruelles pavées de la vieille ville, qui s'achevait dans les arènes.

Peter et moi nous avions décidé de participer à deux lâchers de taureaux au cours des neuf jours de festivités, car nous partions du principe que la seconde fois — quand nous saurions à quoi nous attendre — offrirait une expérience très différente de la première. Ou, comme le disait Peter : « Ce sera comme deux premières expériences. » Je n'y avais jamais réfléchi, revivre quelque chose était aussi une première fois.

Après nous être présentés à nos hôtes et avoir pris nos quartiers dans nos deux chambres, de taille modeste mais propres, nous partîmes prendre notre petit déjeuner avant l'El Chupinazo, le coup d'envoi des fêtes. À midi, nous étions sur la place de l'Hôtel de Ville, pour le tir de fusée de feu d'artifice, parmi des milliers de spectateurs, pour beaucoup vêtus de la tenue que nous avions vue sur les photos : chemise et pantalon blancs et foulard rouge. C'était un jour de liesse, tous chantaient et l'ambiance était si électrique que j'en oubliai une seconde les événements de Saint-Sébastien.

La place n'était qu'à quelques centaines de mètres de notre maison, mais il nous fallut vingt minutes pour nous frayer un chemin à travers la foule qui obstruait les rues piétonnes étroites. Le paysage sonore était plus polyglotte qu'à Saint-Sébastien. Devant un bar dont la clientèle s'épanchait dans la rue, on nous offrit du vin au simple motif que nous avions acheté à un camelot des foulards rouges et des bérets basques.

« Je suis heureux », déclara Peter alors que nous reprenions notre chemin après avoir bu la sangria sucrée et échangé avec nos nouveaux amis espagnols des promesses de sympathie éternelle. Depuis le matin, j'avais bien sûr noté qu'il regardait son téléphone toutes les cinq minutes, mais je m'étais abstenu de tout commentaire.

Une courte sieste et nous ressortîmes déguster des churros en buvant du brandy. Nous marchions en suivant la musique et tentions de parler les langues que nous entendions autour de nous. Vers minuit, nous nous retrouvâmes sur une petite place avec une fontaine où des jeunes hommes formaient une pyramide de cinq mètres de haut. Au sommet, l'un d'eux plongea et fut rattrapé par une toile humaine composée de six ou sept autres jeunes hommes et femmes. La scène se répéta, les acclamations ne décroissaient pas. D'un seul coup, je vis Peter là-haut. Il écarta les bras, se jeta dans le vide. Lorsque son centre de gravité le fit pivoter, mon cœur cessa de battre dans ma poitrine. Un murmure parcourut la foule. Peter disparut, caché par les spectateurs qui étaient devant moi. Silence. Puis les vivats s'élevèrent de nouveau vers le ciel constellé.

« Tu es fou ! » m'écriai-je lorsqu'il reparut devant moi. Nous nous étreignîmes. « Tu aurais pu mourir !

— Peter Coates est déjà mort un million de fois. S'il meurt jeune dans cet univers-ci, il lui en restera une infinité d'autres où les choses pourront mieux se passer. »

Je tentai de garder sa remarque à l'esprit le lendemain, lorsque nous nous trouvâmes devant une niche abritant une statuette. Le saint patron des fêtes, paraît-il. Nous étions au milieu d'un groupe d'hommes, surtout des jeunes, et la plupart vêtus de blanc. Nous les écoutâmes adresser leur prière à la statuette. En sortant, nous les avions vus allongés contre les façades, ils cuvaient, serrés les uns contre les autres pour se tenir chaud dans l'air montagnard, à présent, à sept heures et demie du matin, ils étaient prêts pour le lâcher de taureaux du jour. La prière se résumait à une unique phrase en espagnol, demandant bénédiction et protection contre les bovins. Peter et moi la répétâmes du mieux que nous pûmes.

Disposant d'une demi-heure avant la course, nous nous rendîmes dans un bar, le Jake's, et commandâmes des cafés et du brandy. Sur le comptoir était posé l'un des journaux que j'avais vu plusieurs hommes en blanc tenir roulé dans leur main. Je le feuilletai, essayai encore une fois de saisir des mots basques, en vain, et regardai les photos. L'essentiel semblait consacré à l'inauguration de la veille et aux corridas du jour, avec notamment ce qui semblait être une présentation illustrée des six taureaux qui partaient aux arènes. Le moins que l'on puisse dire est qu'ils avaient l'air effrayants. Je tournai donc la page. Mon regard s'arrêta sur une photo. C'était un tapis. Identique à celui que nous avions eu dans notre chambre à Saint-Sébastien. Le nom de la ville figurait d'ailleurs en légende. Je me tournai vers Peter, mais il était aux toilettes. Je me penchai alors vers l'homme debout à côté de moi et lui demandai poliment en anglais s'il pouvait me traduire ce qui était écrit. Il secoua la tête en souriant. « Je suis espagnol. »

Le barman, qui versait du brandy dans un verre, avait dû nous entendre, car il orienta le journal vers lui et le regarda pendant deux ou trois secondes.

« La police a découvert un corps non identifié dans la décharge de Saint-Sébastien. Il était enroulé dans un tapis. »

Le barman partit à l'autre bout du comptoir et je restai subjugué par la photo. Il s'agissait très certainement d'un tapis tout ce qu'il y a de plus ordinaire, Peter avait remboursé le propriétaire de l'hôtel, car le montant était si dérisoire que chercher à le faire nettoyer n'aurait eu aucun sens.

Peter revint, le teint pâle.

« Ça va, ton ventre ? »

Il acquiesça en souriant. Il tenait son téléphone à la main. Dans la nuit, alors que je faisais un tour aux toilettes sur le palier, j'avais perçu sa voix basse dans la chambre. Ne l'ayant jamais entendu téléphoner à sa famille ou à des amis depuis le début de notre voyage, je partais du principe que c'était elle, Miriam. Je décidai de lui parler après le lâcher de taureaux, de le mentionner en passant : « Au fait, je t'ai entendu parler cette nuit. C'était elle, Miriam ? » Peut-être serait-ce un encouragement, une invitation à tout raconter, ou au moins cela lui permettrait de se détendre et d'agir normalement, en partageant ses pensées spontanément, sans réserve. Il était agréable comme toujours, mais sur ses gardes, circonspect. J'y avais lu de la mauvaise conscience, ainsi que de la prudence, afin de ne pas révéler ce qui s'était passé, mais voyant Peter à présent, je sus que je ne lui poserais pas de question sur Miriam, ni sur quoi que ce soit d'autre.

Il souffla dans un long sifflement, comme un athlète avant sa course. « On y va ? »

À huit heures précises, on entendit le fracas lointain d'un canon dans la vieille ville. Les taureaux étaient lâchés. Avec une cinquantaine d'autres coureurs, Peter et moi attendions quatre cents mètres plus loin, à mi-parcours, à un endroit qu'on nous avait indiqué comme propice aux débutants. Désormais, il s'agissait de garder son sang-froid et de ne pas partir trop tôt. Deux filles, qui étaient montées sur les barricades de la ruelle voisine, nous alpaguèrent en riant et nous arrosèrent avec la sangria de leurs outres, maculant nos T-shirts blancs d'éclaboussures rouges. Je leur lançai « *Jake's bar después* », au « Jake's bar tout à l'heure », entraînant leurs cris réjouis et ceux des spectateurs qui les entouraient. Elles nous envoyèrent des baisers.

« Maintenant, il faut nous concentrer, me rappela doucement Peter. Écoute. »

Il avait l'air grave. Et j'entendis, moi aussi. Un roulement bas, comme l'approche du tonnerre. Certains de nos compagnons, probablement des touristes débutants, eux aussi, cédèrent à la tension nerveuse et prirent leurs jambes à leur cou. Puis nous aperçûmes les premiers coureurs qui déboulaient du virage cinquante mètres plus bas, ils se précipitèrent contre les maisons, les imposantes bêtes les dépassèrent. Certains coureurs derrière étaient tombés et un taureau donnait des coups de tête dans le tas de malheureux ; même à cette distance, je voyais ses cornes blanches ressortir rougies, le sang gicler du monceau humain comme la sangria des outres. On me l'avait dit, les taureaux s'attaquent souvent à ce qui bouge sur le sol. En cas de chute, il fallait rester immobile, même si on se faisait piétiner.

Deux hommes en blanc s'élancèrent.

« Maintenant ! » m'écriai-je en démarrant. Je courais le long des façades du côté gauche de la rue. Peter ne tarda pas à arriver à ma hauteur. Me tournant à demi, je vis un gros bovin aux cornes massives, ses taches blanches révélaient toutefois que ce n'était que l'un des bœufs lâchés avec les taureaux pour les apaiser quelque peu et leur montrer le chemin, mais aussitôt après suivait tout autre chose. Un colosse noir. J'eus l'impression que mon cœur s'arrêtait, c'était probablement l'inverse : il battait plus vite que jamais. Cinq quintaux de muscles, de cornes, de testostérone et de fureur. Et la pensée m'effleura que, si je poussais Peter, il ne perdrait pas seulement l'équilibre sur les pavés glissants, si je le poussais, rien ne servirait de faire le mort, il serait dans quelques secondes la cible de cette machine à tuer.

« Ici ! » criai-je en montrant la ruelle.

Je me jetai contre la barricade en bois, attrapai le bord. Peter fit de même. Des mains charitables s'empressèrent de nous hisser de l'autre côté, parmi les spectateurs qui chantaient. Une outre de vin fut portée à ma bouche comme si c'étaient des premiers soins. Je regardai Peter, qui recevait le même traitement, et nous rîmes et respirâmes, rîmes et respirâmes.

Nous regagnâmes nos chambres pour nous reposer et nous doucher de la poussière, de la sangria poisseuse, de la sueur mâtinée d'adrénaline. Alors que j'avançais dans le couloir pour prendre la salle de bains, je croisai Peter, une simple serviette autour de la taille. Je notai un petit tatouage sur son pectoral gauche, un M entouré d'un cœur.

« Hé ! fis-je en le pointant du doigt. Quand est-ce que…

— À Saint-Sébastien, se contenta-t-il de répondre.

— Ah ! Là, c'est du sérieux !

— Oui.

— Mais on n'est pas censé mettre un pansement sur un tatouage frais ?

— Je ne voulais pas qu'il paraisse récent. J'ai demandé au tatoueur de faire en sorte qu'il ait l'air d'être là depuis toujours. »

En examinant le tatouage de plus près, je pus constater que le tatoueur avait réussi son coup, le dessin semblait légèrement passé.

Peter souhaitait rattraper un peu de sommeil perdu, je lui répondis que j'allais sortir prendre un petit déjeuner et voir si les filles étaient au bar.

Dans la rue, je saisis au passage que deux personnes, un homme et une femme, s'étaient fait encorner pendant la course de taureaux et étaient actuellement entre la vie et la mort à l'hôpital.

Je dépassais le Jake's quand une voix féminine m'interpella : « *Hola*, Monsieur le Coureur ! »

La main en visière, je pus vérifier que les deux filles des barricades se trouvaient bel et bien dans la pénombre du bar. J'entrai, commandai un sandwich et une bouteille d'eau, et écoutai leur sabir anglo-espagnol animé. C'étaient des filles du coin, originaires d'un village en périphérie immédiate de Pampelune. Celle qui parlait le mieux l'anglais faisait ses études à Barcelone, elle rentrait toujours pour San Fermín, mais, m'expliqua-t-elle, de nombreux habitants de Pampelune, leurs parents, notamment, étaient si las de la foule de touristes, des beuveries et de l'agitation qu'ils préféraient séjourner ailleurs pendant la feria.

« Pendant les fêtes de San Fermín, les soirées sont encore plus folles dans les villages, expliqua celle qui avait des rudiments d'anglais, une blonde rondelette aux yeux gentils et pleins de vie. Et l'alcool est bien moins cher. Ici, les prix sont délirants. Viens avec nous !

— Merci, mais je dois partir, répondis-je. Peut-être demain ? »

La blonde me donna son numéro de téléphone, je les saluai en portant mon sandwich à ma tempe et m'en allai.

J'attendis le train et arrivai à Saint-Sébastien en pleine heure de la sieste. La plupart des magasins et restaurants étaient fermés. Je priai mon taxi de me conduire au commissariat de police.

Il me déposa au bord du fleuve, devant deux grands immeubles, deux espèces de camemberts modernistes, à moins que ce ne soit postmodernes. Vingt minutes plus tard, j'étais dans un bureau, en face d'Imma Aluariz, une inspectrice de police habillée en civil. Elle était plus âgée que moi, environ trente-cinq ans, peut-être. Petite, relativement râblée, le visage sévère, mais je me figurais que ses yeux marron pouvaient être doux quand ce qu'ils regardaient leur plaisait. Après m'avoir écouté pendant deux minutes, elle prit son téléphone, composa un numéro, et aussitôt après un jeune homme entra. Il était interprète. C'était un peu surprenant dans la mesure où l'inspectrice

Aluariz parlait bien l'anglais, mais il s'agissait d'une affaire de meurtre, elle voulait sans doute éviter tout malentendu. Je lui expliquai que mon ami et moi avions eu un tapis identique à celui du journal, qu'il avait été jeté dans la benne à ordures derrière l'hôtel parce que mon ami avait vomi dessus. Mes deux interlocuteurs cherchèrent l'adresse de l'auberge et se parlèrent en basque. Aluariz plaqua ses phalanges les unes contre les autres en m'observant.

« Pourquoi venez-vous ici ? »

Elle articulait lentement, comme pour me faire comprendre que sa question appelait une réponse tout aussi réfléchie.

Je reproduisis machinalement son débit lent.

« Parce que je pensais que cela pourrait vous aider dans votre enquête. »

Aluariz hocha la tête d'un air grave et cependant on aurait dit qu'elle réprimait un sourire narquois.

« La plupart des gens ne feraient pas tout le chemin depuis Pampelune simplement pour nous dire qu'ils ont vu un tapis qui est... » Elle regarda l'interprète, toujours debout, qui lui indiqua le mot en anglais. « ... identique à celui du journal. »

Je haussai les épaules. « Je suis aussi là pour le cas où vous auriez trouvé du vomi sur le tapis. Ou des fragments de peau de mes orteils, j'ai marché dessus pieds nus. Donc... » Je les regardai, ils comprenaient bien sûr où je voulais en venir, mais refusaient de compléter mon raisonnement à ma place. « ... l'ADN pourrait faire de nous des suspects, je suppose.

— La police dispose-t-elle de prélèvements de votre ADN ou de celui de votre ami ? »

J'ai répondu que non, tout en me rendant compte trop tard, et à ma grande irritation, que j'avais fait une faute d'anglais. Mais pourquoi me préoccupais-je de l'impression que je donnais ?

« Il n'y avait pas de *vómito* sur le tapis, déclara Aluariz.

— Ah, dis-je. Eh bien, *in that case...* »

Elle termina ma phrase pour moi.

« ... *there's no case.* »

Je ressentais quelque chose, mais quoi ? Une légère déception ?

« Mais afin de vous mettre hors de cause, accepteriez-vous de nous donner votre ADN, monsieur Daas ? demanda-t-elle.

— Bien sûr. Si vous pouvez me parler de l'affaire.

— Que voulez-vous dire ?

— La victime. Est-ce un homme ou une femme ? Quelle est la cause de la mort ? Y a-t-il des suspects ?

— Nous ne passons pas ce genre de marché, monsieur. »

Je me sentis rougir. Et peut-être y vit-elle une circonstance atténuante, elle sembla en tout cas changer d'avis.

« C'est un homme. Environ vingt-cinq ans. Nu, sans signes distinctifs, sans papiers, c'est pourquoi nous ne pouvons pas l'identifier. Choc violent à la tête. Pas de suspect pour l'instant.

— Merci.

— Tout ce que je viens de vous dire était dans les journaux, précisa-t-elle.

— En basque. »

Pour la première fois, je la vis sourire, et j'avais raison concernant ses yeux.

À la police scientifique aussi, c'était l'heure de la sieste. Je convins donc avec Aluariz de revenir l'après-midi pour fournir un échantillon de mon ADN. Dans l'intervalle, je pris un taxi pour l'Hospital Universitario Donostia. L'établissement était gigantesque, mais l'attente à l'accueil courte. Il me fallut en revanche du temps pour convaincre la réceptionniste de m'aider. Je lui expliquai que j'avais contribué à sauver de la noyade une certaine Miriam, qui avait ensuite été transportée à cet hôpital. Je l'avais rencontrée aussitôt après sa sortie et elle était maintenant repartie avec sa mère, mais j'avais besoin de son nom complet et de préférence d'un numéro de téléphone pour lui rendre une bague qu'elle avait égarée chez moi. J'ajoutai que Miriam était originaire du Kirghizistan et indiquai la date et l'horaire approximatif de l'hospitalisation. La réceptionniste ne semblait guère convaincue, mais elle m'envoya malgré tout à l'accueil des urgences, où je dus répéter mon mensonge, mais il passait mieux maintenant que j'avais pu m'exercer. La jeune femme derrière la vitre secoua néanmoins la tête.

« Si vous ne pouvez pas prouver que vous êtes le parent le plus proche de la patiente, nous ne pouvons pas vous communiquer d'informations sur elle.

— Mais…

— Bon. Si vous voulez bien nous excuser, nous avons du travail. »

Je la visualisai courant devant les taureaux, avec son pantalon et son chemisier blancs. Et se faisant encorner. Une autre femme, qui avait manifestement suivi notre conversation pendant qu'elle fouillait dans des archives, vint se pencher par-dessus elle et pianota sur le clavier. Elles regardèrent l'écran, dont la lumière se reflétait sur les lunettes de la nouvelle arrivante.

« Il se pourrait en effet que nous ayons reçu une patiente venant de la plage de la Zurriola à ce moment-là », déclara-t-elle. Je vis un « Dr » sur le badge fixé à la poche de poitrine de sa blouse blanche. « Nous sommes navrées, nous sommes soumises au secret professionnel. Laissez un message et vos coordonnées, et nous les transmettrons à la patiente.

— Je vais partir directement pour une randonnée à la montagne en Andorre et je ne serai joignable ni par téléphone ni par e-mail, mentis-je. Vos renseignements indiquent peut-être qu'il y avait un médecin espagnol dans l'ambulance ?

— Oui, et je le connais, mais il ne travaille pas dans cet hôpital.

— Vous pourriez peut-être le contacter pour déterminer si je peux obtenir les coordonnées de cette patiente ? Vous n'aurez qu'à lui dire que je suis le garçon qui a ramené la fille au bord. »

Le médecin m'observa en hésitant. Mon intuition me disait qu'elle avait compris qu'il ne s'agissait pas d'une simple bague oubliée. Elle passa un coup de téléphone. Une rapide conversation en espagnol s'ensuivit alors qu'elle me détaillait, comme si elle était en train de me décrire à son interlocuteur. Ensuite, elle arracha une page du calepin à côté du clavier, recopia ce qu'elle lisait sur l'écran et me tendit la feuille.

« *Buena suerte* », fit-elle avec un petit sourire.

« Allô ? »

Je n'avais jamais entendu sa voix et pourtant je savais que c'était elle.

Devant l'hôpital, le vent chaud dans le visage, je plaquai mon téléphone contre mon oreille.

« Je suis Martin, me présentai-je. L'ami de Peter.

— C'est toi, répondit-elle simplement.

— Je suis à Saint-Sébastien et j'ai deux heures devant moi avant de devoir aller au commissariat de police. Tu apprécierais un café ?

— J'apprécierais ? » fit-elle en riant.

C'était un bon rire franc, un rire qu'on a envie d'entendre en permanence.

« Aimerais. Tu aimerais prendre un café ?

— J'apprécierais et j'aimerais un café, Martin. »

« C'est toi », dit-elle encore une fois, une demi-heure plus tard, lorsqu'elle arriva à ma table sur la terrasse du bar où j'avais pris mon petit déjeuner la veille. Le vent faisait virevolter sa robe fluide de hippie et sa chevelure noir corbeau. D'une main, elle tenta vainement d'écarter les cheveux de son visage, cachant dans l'opération sa grande bouche et ses yeux foncés. Je me levai, lui serrai la main. Elle était fluette, mais plus grande que dans mon souvenir. Sa démarche lente et chaloupée quand elle avait traversé la place m'avait évoqué les défilés de mode.

« C'est chouette que tu aies pu venir », répondis-je.

Nous nous assîmes, elle poussa un soupir, décocha un sourire et m'observa longuement. Sans peur, constatai-je.

Elle avait la peau sombre, avec çà et là une ou deux cicatrices plus claires. Son visage n'était pas tout à fait aussi beau que dans mes souvenirs, mais elle devait sans doute être maquillée au restaurant. Je voyais toutefois ce que Peter avait vu. Ses yeux. Leur éclat intense, leur présence presque envahissante. Je ne voyais qu'eux. Et ses dents blanches, dont deux étaient de travers. Et ses sourcils, bien entendu. Fournis, avec une pente naturelle, comme le plumage d'un oiseau.

« Nous nous sommes déjà vus, déclara-t-elle.

— Alors tu t'en souviens ? »

Je fis signe au serveur.

« Pas toi ? »

Je la regardai encore. « Tu avais l'air différente sur la plage. Tes yeux étaient fermés.

— Pas sur la plage. »

« *Si, señor ?* »

Je levai les yeux et commandai deux express, en lançant un regard à Miriam pour vérifier que la commande lui convenait.

« Triple, précisa-t-elle.

— Le mien aussi. »

Le serveur repartit.

« Pourquoi ce bar plutôt qu'un autre ? voulut-elle savoir.

— J'ai pris un petit déjeuner ici. Peter et moi logions là-bas. »

Je désignai l'auberge, en face, en notant que notre fenêtre au second était fermée.

Miriam se tourna.

« Oh, ça a l'air bien. Et alors, comment était le petit déjeuner ici ?

— Le petit déjeuner ?

— J'adore les petits déjeuners. Malheureusement, il semblerait qu'on serve la même chose partout en Europe. En tout cas dans les villes où nous sommes allées. C'était toujours parfaitement fade et totalement hors de prix. »

J'approuvai d'un signe de tête.

« Ici, le petit déjeuner est bon. Le café aussi. »

Elle continuait de contempler l'auberge, ce qui me donna l'occasion de la regarder de plus près. Sa nuque, son cou. Ses épaules. Osseuses, rappelant un chat efflanqué.

« Les chambres étaient chères ?

— Non, bon marché. Surtout vu l'emplacement. En revanche, elles étaient simples.

— Simple, c'est bien. » Elle se retourna vers moi. « Avec maman, on cherche un hôtel moins onéreux que celui où on loge en ce moment. »

Oui, me dis-je, simple, c'est bien.

« Tu es mannequin ? demandai-je.

— Houla ! »

Elle leva les yeux au ciel.

Je ris. « Oui, oui, je sais que ça sent la technique de drague ringarde ! Tu veux savoir pourquoi je te pose la question ?

— Parce que je suis maigre ?

— Parce que tu as une démarche de mannequin, qui n'est pas particulièrement efficace pour aller d'un point A à un point B.

— Un peu comme ma nage, alors…

— Et parce que les mannequins sont souvent mal habillées. Pas dans le sens où leurs vêtements sont de mauvais goût, mais on dirait plutôt qu'elles cherchent à montrer qu'au fond elles se fichent pas mal des apparences et de ce genre de préoccupations superficielles, mais aussi, bien sûr, qu'elles peuvent rendre n'importe quelle frusque stylée.

— Tu sous-entends que ma robe est vilaine ?

— Et toi, tu en penses quoi ?

— J'en pense que tu te donnes un peu trop de mal pour me convaincre que tu es intelligent et intéressant.

— Et en écartant ce "un peu trop", tu dirais que j'y parviens ? »

Le soleil s'était frayé un passage dans la couverture nuageuse, Miriam plissa les yeux avant de faire apparaître comme par magie de grandes lunettes de soleil.

« En tant que mannequins, nous sommes forcées de porter tellement de tenues inconfortables que le reste du temps nous privilégions le confort plutôt que le chic. Mais certes, nous avons toujours un petit espoir que la robe que nous avons dénichée aux puces ou dans la penderie de mamie fera fureur.

— Bien tenté, mais maintenant je sais que tu n'es pas mannequin. »

Elle rit. « Non ?

— Tu n'as pas sorti tes lunettes pour cacher que tu mentais, mais une fois que tu les avais sur le nez, tu as jugé que tu pouvais tout de même profiter de l'occasion pour t'amuser. »

Elle plaça ses coudes sur la petite table ronde en métal instable, appuya son menton sur ses mains et me regarda en souriant. « Là, tu es un peu intelligent et intéressant.

— Tu mens souvent ? »

Elle haussa les épaules. « Pas souvent, mais ça m'arrive. Et toi ?

— Pareil.

— Tu mens à tes copains et à tes petites amies ?

— Ce sont deux questions différentes. »

Elle rit. « C'est vrai. Les copains, alors. »

Je songeai à Peter. Au fait que je m'étais rendu à Saint-Sébastien en secret, que j'avais contacté Miriam sans le lui dire et que j'étais maintenant ici avec elle. J'aurais pu lui demander son numéro, ce qui ne veut pas dire qu'il me l'aurait donné. Mais il m'avait menti, alors pourquoi n'aurais-je pas le droit de mentir un peu, moi aussi ?

« Toujours, répondis-je.

— Toujours ?

— Je blague. C'est un paradoxe formulé par Socrate, sur le Crétois qui dit que tous les habitants de Crète passent leur temps à mentir. Donc il ne peut pas être vrai que tous…

— Ce n'est pas Socrate qui dit ça, mais Épiménide.

— Ah ? Tu prétends que je mens ? »

Elle ne rit pas, lâcha un petit gémissement. Et la chaleur de mes oreilles me fit sentir pourquoi « bouffon » rimait avec « rouge au front ».

« Alors tu es quoi ?

— Étudiante.

— Histoire ? Philo ?

— Et anglais. Un peu de tout. Et de rien. »

Elle soupira et sortit un foulard qu'elle arrangea autour de sa tête, comme sa mère, mais chez Miriam, cela semblait plutôt être un accessoire pour contenir sa chevelure. « Et réfugiée.

— Tu as fui quoi ? »

Le soleil disparut et le vent se refroidit aussitôt.

« Un homme.

— Raconte. »

Le serveur déposa nos cafés sur la table. Miriam enleva ses lunettes et observa sa tasse.

Elle avait grandi avec ses parents à Almaty, au Kazakhstan. Je me souvenais d'avoir entendu mon père évoquer Almaty, ou Alma-Ata, comme la ville s'appelait à l'époque, son altitude et ses vents catabatiques qui poussaient les patineurs de vitesse tout autour de la piste et avaient permis d'établir de nouveaux records du monde. Le père de Miriam travaillait dans le pétrole, sa famille faisait partie de la nouvelle élite de ce grand pays faiblement peuplé.

« Corruption, censure, un dictateur qui baptise la capitale d'après lui-même, le plus grand pays du monde sans littoral. Et pourtant, nous y étions heureux. Jusqu'à ce que mon père disparaisse.

— Il a disparu ?

— Il avait menacé de dénoncer une société américaine qui avait acquis des droits d'exploitation pétrolière en soudoyant des fonctionnaires de l'État. Je me souviens qu'il m'exhortait toujours à la plus grande prudence au téléphone. Et puis un jour, il n'est pas rentré du travail. Nous n'avons rien su de ce qui s'était passé et nous n'avons plus jamais eu de ses nouvelles. Maman a noté que les privilèges que nous avions pu avoir disparaissaient les uns après les autres, nous avons dû nous enfuir de notre maison, la compagnie pétrolière prétendait qu'elle lui appartenait. Alors nous nous sommes rendues au Kirghizistan, le pays d'origine de la famille de maman. Je pensais que c'était pour des vacances, mais nous n'en sommes jamais reparties. »

Miriam décrivit le Kirghizistan comme un Kazakhstan plus beau, mais plus pauvre. Plus ouvert, toutefois. « En tout cas, les gens n'avaient pas peur de dire des méchancetés sur le dictateur », précisa-t-elle en riant. Cependant, le pays était également plus traditionaliste, même à Bichkek, la capitale. Par exemple, on y pratiquait l'*ala kachuu*, le rapt d'épouse. Bien que cet usage soit officiellement interdit, on estimait qu'un mariage sur trois découlait du kidnapping de la femme par l'homme, qui, aidé par sa famille, et parfois aussi par celle de la femme, la forçait à l'épouser.

« La famille de maman avait de l'argent. Pas beaucoup, mais suffisamment pour me permettre de faire des études à Moscou. Et chaque fois que je rentrais chez maman, j'avais de plus en plus l'impression de m'être éloignée de la vie au Kirghizistan. C'était tellement… » Elle fit un geste des mains. De longs doigts aux ongles rongés. « Tu sais, souvent, au Kazakhstan, les gens souhaiteraient supprimer ce suffixe "stan", ils ne veulent pas être associés avec ces pays-là, c'est comme les oligarques qui essaient de perdre leur patois paysan. Eh bien, au Kirghizistan, les gens n'essaient même pas, ils sont on ne peut plus ravis d'être ce qu'ils sont. Quoi qu'il en soit, je m'étais habituée aux commentaires des hommes dans la rue, je les ignorais. Du coup, je n'avais jamais remarqué le petit mec au comptoir qui nous observait quand je prenais un verre au bar de l'hôtel avec mes cousines. Et puis un soir, alors que nous entrions comme d'habitude dans le bar, deux hommes ont tenu mes cousines à l'écart, pendant que deux autres m'enlevaient et m'embarquaient dans une voiture. »

Elle essayait d'adopter un ton dégagé, comme s'il s'agissait seulement d'une anecdote singulière, voire cocasse, mais le léger chevrotement de sa voix la trahissait.

« J'étais sur la banquette arrière, entre deux hommes. Quand je leur ai demandé ce qu'ils voulaient, ils m'ont répondu que j'allais épouser le fils de l'homme qui occupait le siège passager. J'ai fondu en larmes, et alors l'homme sur le siège passager s'est retourné en souriant, comme pour me réconforter. Il était déjà habillé pour la noce, un type corpulent d'une cinquantaine d'années, plus de dents en or que de dents normales. Et en nage, la journée était chaude. Il a déclaré : "Mon fils va t'aimer et tu vas l'aimer." Tout simplement.

« Nous nous sommes garés devant une grande maison. Des hommes semblaient monter la garde, l'un d'eux avait une arme. Je ne le savais pas encore, mais l'homme du siège passager était Kamchy Kolyev, le dirigeant de la mafia qui contrôle les cimetières de Bichkek. Si tu veux une concession funéraire, c'est à lui qu'il faut l'acheter.

« Dans le vestibule attendait un petit homme maigre, en costume noir et coiffé d'un *kalpak*, le chapeau traditionnel des hommes pour les mariages et les enterrements. Il restait planté là, à me regarder fixement, l'air presque aussi terrifié que moi. Derrière lui se pressaient une foule de gens, sans doute des invités du mariage. Une femme d'un certain âge, je crois que c'était sa grand-mère, a voulu me couvrir d'un foulard blanc. Je savais que la laisser faire revenait à consentir au mariage, j'avais entendu plus d'une histoire d'horreur sur l'*ala kachuu*, seulement je n'aurais jamais cru que cela puisse m'arriver, mais comme dans les histoires qu'on m'avait racontées, j'avais tellement peur que je n'ai pas osé résister. Tous les convives ont applaudi et on m'a tendu un verre d'arak, à savoir la variante kirghize de ce qui n'est en fait que de la vodka. On m'a dit de boire et la cérémonie a commencé.

« Comme on m'avait enlevé mon téléphone et que j'étais sous surveillance permanente, il m'était impossible d'avertir qui que ce soit ou de fuir. J'ai pleuré toutes les larmes de mon corps, les femmes essayaient de me consoler. "Ça ira mieux quand tu auras des enfants, disaient-elles, ça te donnera d'autres préoccupations. La famille Kolyev va veiller sur toi, ce sont des gens bien, tu sais, et ils ont de l'argent et du pouvoir. Tu as plus de chance que beaucoup d'autres dans cette pièce, alors garde tes larmes, ma fille."

« J'ai demandé au garçon que je venais d'épouser pourquoi il m'avait choisie, moi précisément. Il a rougi. "Je t'ai vue plusieurs soirs au bar de l'hôtel, mais tu es tellement belle que je n'ai pas osé te parler." Quand son père l'avait forcé à désigner une fille avec laquelle il pourrait se marier, il m'avait choisie, et puis ils avaient vérifié que je n'étais pas déjà mariée. Son récit m'inspirait presque autant de pitié pour lui que pour moi-même. Ensuite, la nuit est tombée et mon époux et moi avons été conduits au premier étage, à notre chambre à coucher, comme deux détenus à leur cellule. »

Miriam eut un rire bref, les deux larmes, une à chaque œil, qui roulèrent sur ses joues étaient si brillantes que je les distinguais à peine.

« On nous a enfermés et trois femmes, des parentes du garçon, se sont assises avec un garde dans le couloir devant la chambre, probablement pour écouter ce qui se passait à l'intérieur. Malgré mes supplications, il m'a plaquée au sol et a essayé de me déshabiller. Il n'y est pas arrivé, en partie parce que c'était un gringalet pas tellement plus fort que moi, en partie parce qu'il était trop ivre, mais il m'a chuchoté à l'oreille que si je ne le laissais pas faire, il serait obligé d'aller chercher de l'aide, alors je l'ai laissé faire. Nous nous sommes couchés dans le lit et il a essayé de… enfin… mais il avait trop bu. Il était lui aussi au bord des larmes, le pauvre, il disait que son père allait le tuer. Je l'ai rassuré en lui promettant que je resterais muette comme une tombe et il m'a remerciée. Alors je me suis livrée à une animation sonore pour notre public du couloir, je poussais des soupirs et des gémissements, ce qui a provoqué chez lui une hilarité telle que j'ai dû lui mettre un oreiller sur la tête.

« Quand j'ai retiré l'oreiller, j'ai cru une seconde que je l'avais étouffé, mais il s'est mis à ronfler. J'ai attendu d'entendre les femmes quitter le couloir et je me suis glissée hors du lit. J'ai enfilé le costume sombre du garçon, comme je le disais, il était petit, seules ses chaussures étaient bien trop grandes. J'ai trouvé son portefeuille et pris quelques soms, de quoi me payer un taxi pour rentrer chez moi. Ensuite, j'ai relevé mes cheveux et mis son *kalpa*, puis j'ai ouvert la fenêtre et je me suis laissée tomber sur la pelouse. Il faisait nuit, le temps était passé à la pluie et certains convives repartaient. Bien que le Kirghizistan soit un pays musulman, disons que l'interdiction de consommer de l'alcool du Coran est prise moins au sérieux que le vœu de mariage. Heureusement pour moi. Alors j'ai franchi le portail entre les gardes et les convives éméchés, personne n'a réagi. J'ai pu héler un taxi dans la rue et rentrer chez moi. Le lendemain, ma mère et moi avons bouclé deux valises et embarqué dans l'avion du matin pour Istanbul avec le peu d'argent que nous avions.

— Vous vous êtes enfuies ?

— Oui. La famille Kolyev n'aurait jamais permis que je ne demeure pas auprès du garçon que j'avais épousé. C'était une question d'honneur et de respect. Sans ce respect, même Kolyev n'est rien. Ils n'ont pas le choix.

— Mais tu avais été kidnappée. Pourquoi ne pas porter plainte et demander la protection de la police ?

— Dans quel monde tu vis, Martin. Ce sont des Kolyev, et maman et moi ne sommes que deux Kazakhstanaises, sans moyens. Aux yeux des autorités, je suis une étrangère qui s'est mariée de son plein gré, en présence de témoins kirghizes, et qui maintenant essaie de se soustraire à son vœu de mariage. »

Je voulais objecter qu'elle avait aussi des témoins de son enlèvement, mais elle avait raison, bien sûr. Je vivais dans un autre monde, un monde où ne prévalait pas le droit du plus fort, du moins pas toujours.

« Ça s'est passé quand ?

— Il y a trois mois. Nous avons fui, survécu, changé de ville chaque fois que nous sentions que les hommes de Kolyev approchaient.

— Vous avez beaucoup bougé ? »

Miriam hocha la tête.

« Et combien de temps avez-vous les moyens de continuer ? »

Elle haussa les épaules.

« Ça doit être l'enfer, dis-je.

— Le pire, c'est que j'ai détruit la vie de ma mère. Pour la seconde fois. Parfois, j'aurais voulu qu'elle choisisse la solution de facilité en m'encourageant à rester dans ce mariage, j'aurais alors pu m'enfuir seule et lui épargner de prendre des risques. D'un autre côté, elle savait bien que, si elle était restée, Kolyev l'aurait utilisée comme moyen de pression pour mettre la main sur moi. Quoi qu'il en soit, en l'état actuel des choses, je suis une pierre au cou de ma mère. Donc je suis tout aussi responsable d'elle qu'elle de moi. »

Était-ce cette mention d'une pierre qui m'évoqua la noyade ? Une idée démente me frappa : Miriam s'était lancée dans les vagues pour ne plus être cette pierre autour du cou de sa mère. Je n'avais toutefois aucune intention de lui poser la question. Je regardai le ciel. Nous nous trouvions à bonne distance de la mer et pourtant l'air avait un goût de sel.

« Tu sembles ébranlé, nota-t-elle en portant la tasse à ses lèvres. J'espère que je ne t'ai pas donné mauvaise conscience, ce n'était pas mon intention.

— Mauvaise conscience ?

— Je sais que tu ne peux pas nous aider, ce n'est pas pour ça que j'ai accepté ce café. »

J'avais mauvaise conscience, tout à fait, mais pour d'autres raisons : non seulement je n'avais pas parlé à Peter de mes projets à Saint-Sébastien, mais encore je n'allais rien lui en dire à mon retour.

« Alors pourquoi ? »

Elle me dévisagea. « Parce que tu es l'ami de Peter.

— Et parce que tu penses que Peter peut vous aider. »

Elle acquiesça. « C'est ce qu'il affirme.

— C'est pour ça que tu es allée dîner avec lui chez Arzak ? »

Elle acquiesça encore.

« Pas parce qu'il t'a sauvée de la noyade ? »

Elle ne répondit pas, se contenta d'écarter une mèche de son visage en m'observant.

« Tu m'as reconnu quand je suis entré chez Arzak ?

— D'où est-ce que je t'aurais reconnu ?

— D'où, oui ? »

J'avais promis à Peter de le laisser passer pour son sauveteur et je n'entendais pas rompre ma promesse, mais si elle se souvenait de moi, de ces secondes sous l'eau où nous nous étions regardés, ce ne serait pas une trahison.

« Mais tu te rappelles m'avoir vu là-bas ?

— Tu me disais quelque chose, enfin, c'était comme un...

— Un déjà-vu ?

— Exactement ! Comme si tu étais quelqu'un que j'avais rencontré dans les mêmes circonstances, si ce n'est que je n'étais jamais allée dans ce restaurant.

— Un aperçu d'un univers parallèle ?

— Ah, toi aussi, tu t'intéresses à ces trucs-là ? »

Je ris. « Peter a l'intention de faire des recherches sur le sujet, on verra ce qu'il découvre. Je change de sujet, mais au téléphone, tu m'as dit "C'est toi", comme si tu t'attendais à ce que j'apparaisse. C'était un déjà-vu, ça aussi ?

— Peut-être. Ta voix... » Aux aguets, elle coula un regard

sur la place. « Honnêtement, je n'en sais rien. C'est très troublant, non ? »

Je sortis mon portefeuille. « Il faut que j'aille au commissariat. Tu m'accompagnes ?

— Pourquoi ?

— Pour déposer un...

— Non, pourquoi viendrais-je ? »

Je haussai les épaules. « Peter ne sait pas que je suis ici. On peut garder ça entre nous ?

— Non. Je ne mens pas. Pas aux amis, en tout cas.

— C'est ce qu'il est ? Un ami ?

— Oui.

— Et s'il t'aimait ?

— Ce serait son problème.

— Mais qu'est-ce que tu ferais ? Tu le laisserais quand même vous aider, ta mère et toi ? »

Elle me considéra avec une espèce d'indignation stupéfaite. « Je ne sais pas si nous nous connaissons assez, toi et moi, pour que tu aies droit à une réponse à ce genre d'insinuations, Martin.

— Tu viens de me raconter ton histoire la plus personnelle, Miriam. Je suppose que si l'envie me prenait, je pourrais vendre des informations à ce Kolyev pour un bon petit pactole. Mais tu as confiance en moi. Et tu sais pourquoi ?

— Non. »

Elle repoussa sa chaise comme pour se lever et partir.

« Tu n'as pas confiance en moi ou tu ne sais pas pourquoi tu as confiance en moi ?

— La seconde option, fit-elle d'un ton sec.

— C'est l'instinct. Tu aurais pu me soupçonner d'être un

émissaire de Peter, envoyé pour t'interroger sur tes motivations, mais tu sais que ce n'est pas le cas.

— Pourquoi le fais-tu, alors ?

— Parce que je t'aime. »

Le ciel me tomba sur la tête, et pas parce que ce n'était pas vrai, non, je l'aimais depuis la seconde où je l'avais regardée dans les yeux sous l'eau. Ou avant. Oui, avant. Sous l'eau, ç'avait été des retrouvailles, je ne peux pas l'expliquer autrement, ç'avait été mon déjà-vu à moi. Non, si les nuages, le soleil et le ciel de Saint-Sébastien s'effondraient, c'était que j'avais fait ma déclaration à voix haute, ce qui équivalait à briser le plafond de verre, le faux ciel, à s'extraire de cette réalité de *Truman Show* pour pénétrer dans une autre. Qui n'était peut-être pas plus réelle, qui avait peut-être elle aussi son faux ciel et ses spectateurs cachés. Cependant, à elles deux, elles étaient un peu plus vraies que chacune prise isolément, ça, je le savais. Miriam se leva. Je voulus regarder son visage, mais fus ébloui par le soleil bas et ne vis plus rien jusqu'à ce qu'elle soit partie.

« Voilà, c'est tout, conclut l'inspectrice Imma Aluariz en me raccompagnant à l'ascenseur après notre passage au laboratoire de la police scientifique. Vous devriez être de retour à Pampelune avant que la fête batte de nouveau son plein. »

J'acquiesçai d'un signe de tête. La procédure avait été rapide. Un long coton-tige tenu par un homme aux mains gantées de latex, un tour dans ma bouche et, comme l'avait résumé Aluariz, c'était tout.

« Encore une chose, simplement, fit-elle en appelant l'ascenseur. Vous me demandiez qui était le mort.

— J'étais curieux de…
— Vous voulez qu'on jette un œil ? »
L'ascenseur s'ouvrit devant nous et elle me fit signe d'entrer le premier, puis elle m'emboîta le pas et appuya sur le *-1*.
« La médecine légale est au sous-sol, ce sera vite fait.
— Je n'ai pas besoin de…
— C'est uniquement pour savoir si la victime est quelqu'un que vous avez déjà vu. Ça nous aiderait. »
Nous gardâmes ensuite le silence alors que la descente de l'ascenseur s'accompagnait d'un grondement bas, le genre d'ambiance sonore que les gens acceptaient dans les films spatiaux, quand bien même ils auraient dû savoir que l'absence d'atmosphère implique l'absence de son, comme Peter se plaisait à le rappeler.
Au sous-sol, nous empruntâmes un couloir. Il y avait moins de lumière, moins de gens. Le plafond était plus bas, la température aussi. Pourtant, je me mis à transpirer. Mes mains étaient moites, mon cœur battait plus vite.
Après deux portes, Aluariz scanna son badge et nous nous retrouvâmes dans une pièce glaciale, face à un homme en tenue de bloc devant une table en métal. Son air fin prêt et leur salutation muette d'un signe de tête suggéraient le stratagème, et lorsqu'il écarta d'un coup sec le drap bleu pâle, comme pour une cérémonie d'inauguration, je m'aperçus que leurs regards étaient dirigés non pas sur le corps, mais sur moi. Autrement dit, cette mise en scène était destinée à voir ma réaction. Et c'est sans doute parce que je l'avais compris que je parvins à dissimuler au moins partiellement ma stupéfaction.

« Vous paraissez choqué, commenta Aluariz.

— Désolé, dis-je. C'est juste que je n'ai jamais vu de cadavre.

— Avez-vous déjà vu cette personne ? »

Je prétendis réfléchir avant de secouer lentement la tête.

« Jamais. Désolé. »

Je quittai le commissariat après avoir indiqué mon adresse à Pampelune en promettant de signaler d'éventuels déplacements dans les quinze jours suivants, jusqu'à ce que l'analyse d'ADN soit prête. Dans le taxi pour la gare, je contemplai mes mains. Elles tremblaient encore.

Le dernier train pour Pampelune était parti, mais je savais qu'une foule de cars circulaient pendant les fêtes de San Fermín. Au guichet, on m'expliqua qu'il ne restait plus une place, il me fallait attendre le lendemain matin, aux aurores, j'arriverais toutefois à temps pour l'*encierro*, la course de taureaux. Dans la rue, je hélai un taxi, lui demandai combien il voulait pour m'emmener à Pampelune. Il mentionna une somme inouïe que je n'avais pas les moyens de payer et, lorsque je tentai de marchander, il se contenta de hausser les épaules d'un geste désolé en disant « San Fermín ». Je le priai donc de m'attendre pendant que j'achetais mon billet de car pour le départ de cinq heures et demie avant de me conduire à un hôtel bon marché de Saint-Sébastien.

Je tentai deux auberges, où les réceptionnistes m'informèrent que toutes les chambres étaient occupées et qu'il en allait de même dans tous les lieux d'hébergement qu'ils connaissaient. J'achevai donc ma course à l'auberge où Peter et moi avions logé. La chambre double que nous avions occupée ne coûtait pas plus cher qu'une chambre simple dans les autres hôtels où j'étais passé. Quand l'aubergiste ouvrit la porte de son appartement, il ne manifesta aucun signe de reconnaissance. Peut-être était-ce ainsi de voir tous les ans des centaines de nouveaux clients.

« Complet », déclara-t-il simplement.

Je lui expliquai dans quelle chambre j'avais logé et soulignai qu'elle avait pourtant semblé libre pas plus tard qu'une heure plus tôt.

« Oui, mais une cliente est en train de la regarder en ce moment, répondit-il dans son anglais approximatif.

— Je la prends », entendis-je annoncer une voix familière derrière moi.

Je me retournai.

À côté de la femme de l'aubergiste se tenait Miriam.

« Pour combien de temps ? demanda l'aubergiste.

— Indéfiniment, répondit Miriam en me regardant.

— *Perdón ?*

— Désolée, fit-elle sans me quitter du regard. Longtemps, je pense. »

« Je ne m'attendais pas à te revoir si vite, nota Miriam alors que nous déambulions au bord du large fleuve qui traverse la ville, l'Urumea, m'avait-elle dit.

— Parce que tu pensais me revoir ? »

Miriam avait téléphoné à sa mère et elles s'étaient mises d'accord sur le fait qu'elles n'avaient pas besoin de déménager avant le lendemain, je pouvais donc prendre la chambre pour cette nuit.

« Tu dis être le meilleur ami de Peter, donc oui. »

Je souris. « Dis être ? Dois-je en déduire que tu considères que le meilleur ami de quelqu'un ne déclare pas sa flamme à la petite amie de ce quelqu'un ?

— Peter et moi ne sommes pas ensemble.

— À l'élue de son cœur, alors.

— Je n'aime pas être l'élue de son cœur.

— Mais, cette fois, elles ont peut-être raison, les voix qui te chuchotent à l'oreille que tu as tout de même de la chance et qu'il faut économiser tes larmes. Peter est un garçon bien. Et il est assez riche pour vous aider, ta mère et toi. »

Elle s'arrêta, se tourna vers le cours d'eau et contempla l'autre rive.

« Ce n'est pas si simple…

— Je sais. Tu n'es pas responsable uniquement de toi-même, tu as aussi ta mère. C'est un dilemme moral. Si vous voulez son aide, tu dois lui donner l'espoir qu'il y ait quelque chose entre vous. Tu dois donc mentir. »

Elle souffla par le nez. « Pourquoi serait-ce mentir ? Je ne peux pas savoir maintenant si je pourrai l'aimer ou non.

— Si.

— Ah bon ?

— Parce que tu m'aimes, moi. »

Elle rit, secoua la tête et se remit à marcher. Je ne tardai pas à la rattraper.

« Tu m'aimes. C'est juste que tu ne le sais pas encore, manifestement.

— Tu sais quoi ? Nous aussi, on dévore les livres d'amour et les comédies romantiques au cinéma, mais la différence, c'est que vous, les Occidentaux, vous y croyez.

— Peut-être… Mais parfois, il arrive que l'une de ces histoires soit vraie, et c'est le cas ici.

— Tu l'as faite à combien de filles, celle-là, Martin ?

— Une ou deux. Je ne mentais pas, mais je me trompais. Pas cette fois, en revanche. Nous ne nous trompons pas, Miriam.

— Nous ? Tu ne sais rien de moi, Martin. Tu te rends compte depuis combien de temps nous nous connaissons ?

— Non. J'y ai réfléchi, mais je ne sais pas. Et toi ? »

Elle ralentit avant de s'immobiliser. « Qu'est-ce que tu veux dire ? »

Je haussai les épaules. « Depuis la première fois que je t'ai vue, j'ai une constante impression de déjà-vu. C'est comme si tout ce qui se passe s'était déjà passé.

— Ah oui ? Et c'est quoi la suite ?

— Eh bien, tu allais effectivement me poser cette question et maintenant je vais te répondre que j'ai très peu d'avance, c'est comme une chanson dont tu ne te souviens plus des paroles, mais tu sais qu'elles te reviendront au dernier moment, il te suffira de la musique pour te guider. Et cette phrase aussi, je savais que j'allais la prononcer juste avant de la prononcer.

— C'est du vent, tout ça ! » Elle agita la main. « Ce ne sont que des paroles… Donne-moi du concret.

— Ce soir, nous allons dormir ensemble.

— Dans tes rêves ! s'exclama-t-elle en essayant de me taper.

— Non, pas dans ce sens-là. Tout habillés. On ne va même pas s'embrasser.

— Je vois. Et maintenant tu vas me fournir un prétexte

pour accepter de dormir avec toi ? Merci, j'ai déjà rencontré des garçons comme toi et vous êtes de vrais petits malins… »

Dans ma poche, mon téléphone vibra encore, c'était Peter qui tentait de nouveau de me joindre. Je n'avais pas décroché parce que je ne savais pas quoi lui dire, a fortiori maintenant que je ne pouvais plus regagner Pampelune ce soir-là. Mon plan avait été de justifier mon absence en expliquant que je m'étais retrouvé dans le tintamarre de « Pampelune est une fête » et ne m'étais pas aperçu que mon téléphone sonnait.

Miriam croisa les bras en frissonnant. Le vent ne s'était pas apaisé et la couverture nuageuse était maintenant si dense qu'elle bloquait complètement le soleil de l'après-midi.

« Il faut que je retourne auprès de maman.

— Tu es sûre ? Je pensais t'inviter à dîner pour te remercier de me laisser la chambre ce soir. »

Elle poussa un gémissement faussement découragé et secoua la tête.

« Je n'ai pas les moyens de t'emmener dans un restaurant comme Arzak, mais si les tapas de ce bar arrivent ne serait-ce qu'à la cheville du petit déjeuner, tu manques quelque chose. »

Elle écarta encore une fois ses cheveux de ses yeux exquis. « Manques ? » Elle m'observa. Comme si elle cherchait, ou reconnaissait, quelque chose.

« J'exagère, admis-je, mais ça pourrait être un… dîner tout à fait correct. »

Elle hocha la tête.

« Oui ? demandai-je, incrédule.

— J'ai une faim de loup », répondit-elle. Elle avait déjà tourné les talons.

Au cours de notre dîner, je lui racontai tout ce qui pouvait me venir à l'esprit sur moi-même. Mon manque de sens pratique, mon absence de discipline, mes capacités analytiques limitées. Mon imagination un soupçon trop fertile, mon désir de créativité, mais en même temps le doute que mes aptitudes soient à la hauteur de mes ambitions. Ma gaucherie dans les affaires de cœur. L'épisode avec l'ancienne petite amie de Peter. C'était comme si je devais tout mettre sur le tapis, le bon comme le mauvais, pendant que j'en avais l'occasion.

« Donc, en résumé, tu es bête et égoïste. »

Elle goûta son vin rouge. Ses longues jambes fines étaient enroulées l'une autour de l'autre, son dos, courbé, ses épaules, projetées en avant, comme si elle souffrait d'un handicap léger. Je l'avais peut-être trouvée un peu moins belle que chez Arzak tout à l'heure, mais je la trouvais maintenant encore plus somptueuse. Parce que la lumière était plus douce, peut-être. Ou parce qu'elle était plus détendue. Ou alors c'était moi.

« Oui, je suis bête et égoïste, confirmai-je.

— Tu le dis pour te rendre intéressant, Martin ? Parce que moi, je ne vois pas de mauvais garçon.

— Qu'est-ce que tu vois, alors ?

— Un garçon plutôt gentil.

— À t'entendre, on croirait que c'est toi qui as cinq ans de plus que moi et non l'inverse, pourquoi ?

— On a le même âge.

— Comment le sais-tu ?
— Peter me l'a dit.
— D'accord. Et qu'est-ce qu'il t'a raconté d'autre sur moi ?
— Pas grand-chose. Ton nom n'est venu que quand j'ai insisté pour savoir s'il allait vraiment tout seul à la feria de Pampelune.
— C'est ce qu'il t'a raconté ?
— Non, pas directement, mais il essayait visiblement de donner cette impression. Comme si tu n'existais pas. En tout cas, il évitait de parler de toi.
— Curieux.
— Pas s'il a décidé qu'il veut sortir avec moi et que vous appréciez généralement les mêmes filles.
— Et malgré tout, tu crois que je suis un gentil garçon ?
— Ce que je crois, c'est que tu fais des choses que tu sais être mal, mais au moins, ça te donne mauvaise conscience.
— Oui, c'est déjà ça. Et tes mauvais côtés à toi ?
— Je vole, répondit-elle sans hésiter.
— Tu voles ?
— Oui. C'est une espèce d'habitude. Je ne suis pas kleptomane, mais je crois que j'ai besoin de ce frisson. C'est sans doute pourquoi je vole essentiellement des choses dont je n'ai pas besoin.
— Comme le cœur de garçons naïfs ?
— Oh, la mauvaise blague ! » s'exclama-t-elle en riant.

La nuit était tombée, on entendait un grondement menaçant sous les nuages. Nous dégustions nos tapas et elle me parlait d'elle, du petit ami qu'elle avait eu à Moscou, de ses projets de s'installer à Singapour et d'y trouver un poste de journaliste dans un quotidien en langue anglaise. Rien en revanche sur la raison pour laquelle elle avait nagé dans les vagues et manqué de se noyer. À un moment donné, elle prit son téléphone, l'écran éclaira son visage et elle plissa le front.

« Ta mère ? demandai-je comme elle reposait l'appareil sans répondre.

— Oui, fit-elle d'une voix atone.

— Houla !

— Houla, quoi ?

— Tu sais peut-être voler, mais tu mens encore plus mal que moi. C'était Peter ? »

Elle soupira. « Il a dû m'envoyer vingt messages depuis hier.

— Tu trouves que c'est trop ? »

Elle grimaça. J'avais envie de lui demander combien elle en avait envoyé en retour, mais je parvins à me retenir.

« Merci. » Elle désigna les assiettes vides d'un mouvement de tête. « C'était bon.

— Tu veux boire encore quelque chose ?

— Sûrement pas. Maman m'attend. »

Je fis signe au serveur de nous apporter l'addition. Elle m'observa pendant que je signais le reçu de carte de crédit.

« Christopher. »

J'eus un mouvement de recul.

« Je croyais que tu t'appelais Christopher, précisa-t-elle en souriant.

— Quand ça ?

— Quand je t'ai vu.

— Peter t'a dit que…

— Baywatchm-aaa-n ! »

L'Écossais aux jambes arquées s'était arrêté à notre table. Son haleine sentait le liquide lave-glace.

« Mon héros ! J'ai besoin de dix balles pour aller à l'*encierro* demain. Je vais vous jouer une chanson d'amour.

— *Vete !* » grogna le serveur en lui indiquant de s'en aller.

Je tendis à l'Écossais un billet de cinq euros et il repartit en titubant dans l'obscurité.

« Espérons qu'il dessaoulera avant la course de taureaux », conclus-je.

Le serveur leva les yeux au ciel.

« Oh, il ne va pas y aller, il ne bouge jamais d'ici… »

Nous quittâmes le bar. Miriam frissonna lorsque le vent forcit soudainement, et cette fois, il ne s'agissait pas d'une simple rafale, le feuillage des arbres autour de nous bruissait de plus en plus fort.

« On va trouver un taxi », dis-je.

Un éclair lacéra le ciel, qui sembla authentiquement se déchirer, la mince fente lumineuse laissait entrevoir quelque chose, un autre monde. Et de cet accroc cascada de l'eau, qui atteignit les parasols, la table, les pavés. Tous les clients se levèrent et coururent. Quelques secondes plus tard, nous arrivions sous le porche de l'auberge, trempés jusqu'aux os.

« Enfin, on ne va peut-être pas en trouver un tout de suite, rectifiai-je.

— Ça va se calmer bientôt. »

Je lançai un coup d'œil vers le ciel. « Peut-être. Tu as froid.

— Toi aussi. »

Je brandis la clef de ma chambre. « Monte avec moi. On va se sécher en attendant. »

Nous entrâmes, j'allumai. Le tapis n'avait pas été remplacé.

« Prends une douche pour te réchauffer. »

Miriam accepta et se rendit dans la salle de bains. Je m'assis sur le lit où j'avais dormi l'avant-veille. Le bruit de la pluie se mêla à celui de la douche, tout comme mon bonheur à ma frustration. Mon téléphone sonna encore. Peter. Il fallait que je le rappelle. J'avais affiné mon explication : j'avais suivi les deux filles des barricades dans leur village et la blonde et moi avions un bon feeling, alors j'avais l'impression que j'allais pouvoir passer la nuit là. Peter me croirait. Non ? Je songeai au corps à la morgue. Je n'étais plus sûr de rien. L'eau de la douche cessa de couler, je rangeai mon téléphone dans ma poche. Je ne pouvais pas servir ce mensonge à Peter pendant que Miriam écoutait, je n'y arriverais pas.

Elle sortit enveloppée dans l'une des serviettes blanches de la salle de bains et se hâta de rejoindre l'autre lit, où elle se glissa toute grelottante sous les draps.

« D'un seul coup, il n'y a plus eu d'eau chaude, gémit-elle. Je suis désolée.

— Pas grave. Puisque je suis mouillé de toute façon, je vais aller acheter quelque chose.

— Tu vas appeler Peter…

— Aussi.

— Tu n'as qu'à mentir, dit-elle doucement.

— Pourquoi ? On n'a rien fait.

— Mais je sais que tu vas mentir. Je ne fais que souligner que ça ne me pose pas de problème. »

Je descendis l'escalier, m'arrêtai sous le porche. J'avais tapé le nom de Peter sur mon téléphone et m'apprêtais à appuyer sur la touche d'appel quand je me rendis compte qu'il entendrait forcément le martèlement de la pluie. Or il n'était pas certain qu'il fasse le même temps à Pampelune et aux alentours. C'était même peu probable, nous avions lu avant de partir qu'à cette saison, et bien que les deux villes soient très proches, les précipitations étaient deux fois plus importantes à Saint-Sébastien qu'à Pampelune.

Je contemplai la place. Elle était déserte, mais à travers la pluie j'entendais une voix rouillée chanter ce qui, si je ne m'abusais, devait être « Mull of Kintyre ». En face, seul sous la marquise d'un magasin fermé, l'Écossais martyrisait sa guitare.

Je courus le rejoindre. Son visage s'éclaira et il cessa de jouer.

« Baywatchman, qu'est-ce que je peux te jouer ?

— Tu connais des chansons espagnoles ou basques ? »

En guise de réponse, il se mit aussitôt à brailler « La Bamba ».

« Continue jusqu'à ce que je raccroche. »

Il hocha la tête. J'appuyai sur la touche d'appel et Peter décrocha à la seconde sonnerie.

« Martin ! Je commençais à croire que tu étais mort !

— C'est moi qui te croyais mort ! »

Je n'avais pas pu m'empêcher de le dire. Toutefois, il ne releva pas et m'expliqua en long et en large combien il s'était inquiété. Je lui servis mon explication.

« Ah oui, l'ambiance est à la fête, j'entends ! Toi, en revanche, je t'entends à peine », commenta-t-il.

L'Écossais semblait sur le point de conclure sa chanson et je gesticulai pour qu'il continue.

« Souhaite-moi bonne chance, Peter, on se voit demain !

— Tu n'as pas besoin de chance, mon salaud ! » Il eut un petit rire, mais pas son rire habituel, son rire sincère. « Et sois là pour la course de taureaux.

— J'y serai.

— Promis ?

— Promis. »

Silence. La pluie tombait à verse et je ne pouvais qu'espérer que cette « Bamba » rauque l'assourdissait.

« Serais-tu amoureux, Martin ? »

Il me prenait par surprise.

« Peut-être, répondis-je, la gorge sèche.

— Parce que tu en as l'air.

— Ah bon ?

— Oui, maintenant que je sais à quoi on ressemble en pareille situation, j'entends que c'est ton cas. »

J'avalai ma salive. « À plus.

— À plus. »

Je glissai un billet de dix euros détrempé sous une corde de la guitare de l'Écossais et retraversai la place.

« Qu'est-ce qu'il a dit ? »

Miriam avait remonté la couverture sous son nez.

« Que j'avais l'air amoureux.

— Tu as en tout cas l'air frigorifié. Va vite te sécher. »

Dans la salle de bains, je me déshabillai, pris la dernière serviette et tentai vainement de me réchauffer en me frictionnant. Ce faisant, je remarquai un grand insecte qui grimpait sur le mur près des toilettes. Il avait l'air blessé, sa démarche était déséquilibrée et il traînait une patte. Approchant en vue de l'achever, je constatai qu'il avait les pattes collées et laissait derrière lui une fine trace. Je regardai derrière les toilettes. Sous la conduite d'eau, où l'accès avec une serpillière était malaisé, s'étalait une petite flaque noirâtre. J'y enfonçai un doigt, me doutant bien de quoi il s'agissait. Sous la pellicule figée, le liquide était poisseux. J'examinai le bout de mon index à la lumière. Aucun doute, c'était du sang.

« Tu es tout pâle, nota Miriam alors que je revenais dans la chambre, une serviette autour de la taille.

— Je mets de l'indice 50. »

Elle rit doucement, souleva la couverture. « Viens donc te réchauffer un peu. »

Je me faufilai sous le drap et me glissai contre elle.

« Garde tes mains pour toi », m'avertit-elle avant de se tourner sur le côté pour enfouir son nez au creux de mon cou. Miriam était une véritable bouillotte, et la chaleur qu'elle dégageait me donnait encore plus la chair de poule que le froid.

Je restai parfaitement immobile, n'osai pas bouger de crainte de rompre l'enchantement. Ou de m'éveiller de mon rêve. Car c'était le sentiment que j'avais, j'étais dans un rêve mi-délicieux mi-cauchemardesque. Le sang, la couverture, le corps à la morgue. Et puis encore une chose.

« Dis. Tu savais que Peter s'était fait tatouer le jour où il t'a vue à l'hôpital ?

— Non. Quel genre de tatouage ?

— Il ne t'a rien dit ?

— Non, pourquoi ?

— C'est sans importance. Le fait que je m'appelle Christopher, c'est lui qui te l'a dit ?

— Non. C'est vraiment ton nom ?

— Mon deuxième prénom.

— Oui ? s'étonna-t-elle en riant. Mais c'est fabuleux !

— Oui. Fabuleux. »

Était-ce mon imagination ? J'avais l'impression qu'elle s'était rapprochée de moi. Aucun de nous n'avait plus froid, mais je ne bougeai pas, je ne la touchai pas. Dehors la pluie était passée du martèlement au ruissellement régulier, elle se doublait de la voix rauque, douloureuse, de l'Écossais. Il devait être le seul individu sur la place en ce moment. Et manifestement, sa chanson était fort longue.

« J'ai déjà entendu cette chanson, mais je ne sais plus où.

— Il nous a dit que c'était une vieille chanson irlandaise, expliqua Miriam. "About the Merrow With the Red Cap".

— *Merrow ?*

— "Sirène" en gaélique. »

Une sirène au bonnet rouge. Je pensai à mon rêve. Remonter de l'eau froide et sombre vers l'air, vers la lumière. Et il n'y avait pas que ça qui refasse surface.

« Quand tu dis "il *nous* a dit", tu parles de ta mère et toi ?

— De Peter et moi. On est passés devant lui près du restaurant. Peter lui a donné cinquante euros pour qu'il la rechante. »

Je jurai intérieurement, fermai les yeux.

Peter n'avait pas un sens musical particulièrement développé, mais il avait dû se rendre compte que le gars qui chantait « La Bamba » était celui qu'il avait écouté avec Miriam. Peut-être pourrais-je le convaincre que l'Écossais était venu se produire dans le village… Enfin bon, si j'étais démasqué, j'étais démasqué. Curieusement, cette idée m'apaisa.

« Cinquante euros, c'était beaucoup trop, bien sûr, poursuivit Miriam, mais je ne pense pas que Peter le faisait pour m'impressionner. C'était plutôt… comment dire… par devoir ? »

J'acquiesçai tout en joignant les mains sous ma tête. « Je pense que tu as raison. Peter comprend que l'argent peut aider, que c'est pratique d'en avoir, mais il sait aussi que ça peut impressionner les gens ou leur donner un complexe d'infériorité. Il se sent parfois gêné d'être si privilégié. Et je sais qu'il peut ressentir cela comme un fardeau et un devoir. Un jour, il m'a confié qu'il m'enviait.

— T'enviait ?

— Il ne l'a pas formulé explicitement, mais je pense qu'il voit chez moi un état qui lui est inaccessible, l'innocence naïve et la liberté de la personne ordinaire, qui n'a ni assez de pouvoir ni assez d'argent pour avoir l'obligation d'endosser des responsabilités. Tout comme je vois en lui l'innocence naïve de l'individu qui se figure avoir une responsabilité morale envers le monde, qui pense être un élu, qui s'imagine que sa richesse héritée est une preuve de la présence d'une main directrice de l'existence.

— Mais toi, tu n'y crois pas ?

— Je crois au chaos et en notre capacité à imaginer des liens là où il n'y en a pas, parce que le chaos nous est insupportable.

— Tu ne crois pas au destin ?

— Je devrais ?

— Tu avais prédit qu'on se retrouverait tous les deux dans le même lit.

— Tu as entendu la prédiction, inconsciemment ça t'a

peut-être incitée à m'inviter dans ton lit. En plus, j'avais mentionné qu'on serait habillés.

— On porte des serviettes. Et on ne s'embrasse pas. »

Je m'apprêtais à me tourner vers elle, mais sentant la légère résistance de son corps, je m'en abstins. Je regardai le plafond.

« C'est peut-être ce que nous faisons toujours. Essayer de réaliser la prédiction en laquelle nous croyons. C'est peut-être ça, la vie. »

Nous nous tûmes, écoutâmes la pluie se tarir. Bientôt, les gens ressortirent dans les rues. Les taxis allaient sûrement reprendre du service, Miriam, retourner auprès de sa mère. Je consultai ma montre. Mon car partait dans quelques heures seulement, j'allais devoir me lever sous peu, mais ça ne me posait pas de problème, de toute façon, je n'arriverais certainement pas à dormir cette nuit. La pluie cessa. L'Écossais ne chantait plus, mais d'autres voix retentissaient çà et là sur la place. Miriam bougea. Je pensais qu'elle allait se lever, mais elle resta. Le silence était tel que nous entendions les gouttes du toit atteindre les pavés au-dessous de la fenêtre ouverte. On aurait dit de longs soupirs pesants. Je me décidai.

« Ce que je vais te confier maintenant, je ne te le raconte pas pour te faire fuir Peter, c'est une chose qu'à mon avis tu devrais savoir.

— C'est-à-dire ? demanda-t-elle, comme si ceci n'était pas inattendu.

— Je crois que Peter a commis un meurtre.

— Ah bon ? Mais ça ne l'empêche pas forcément d'être quelqu'un de bien pour autant.

— Vraiment ? fis-je, stupéfait.

— Je l'espère, parce que, moi aussi, j'ai assassiné quelqu'un. »

Tout le monde étant rentré chez soi et les oiseaux n'étant pas encore réveillés, le silence complet régnait dehors lorsque Miriam acheva son récit. Elle m'expliqua qu'elle avait dit la vérité quand elle avait affirmé ne pas mentir à ses amis.

« Mais tu n'étais pas un ami à ce moment-là, Martin. Maintenant, tu l'es. »

Ce n'était pas vrai que l'homme qu'elle avait épousé n'avait pas réussi à accomplir l'acte sexuel. Quand il avait menacé de demander de l'aide, elle s'était laissé faire. Un viol sans violence, selon ses termes. Elle avait refoulé les détails, ne se souvenait que de son haleine chargée de vodka. Ensuite, il s'était aussitôt endormi. Ce qui était vrai, en revanche, c'était qu'elle lui avait plaqué un oreiller sur la tête. Mais elle ne l'avait pas retiré ensuite. À califourchon sur le garçon fluet, elle lui avait coincé les bras sous ses genoux, tout en appuyant sur l'oreiller, encore, encore et encore, bientôt il n'avait plus opposé de résistance. Elle avait appuyé encore un peu.

« Jusqu'à ce que son corps se relâche complètement et que je sois certaine d'être veuve. »

Le reste de son récit avait été plus ou moins véridique.

« J'étais absolument sûre qu'on nous arrêterait à l'aéroport le lendemain, mais je suppose que la famille Kolyev ne peut pas se tourner vers la police quand elle a un problème. Cela dit, je suis certaine qu'on nous aurait arrêtées si nous avions pris un avion plus tard. »

Miriam et sa mère s'étaient rendues à Istanbul, chez des amis.

« Nous avons logé chez eux jusqu'au jour où quelqu'un a frappé à la porte en nous demandant. Les amis de maman ont compris que c'étaient les hommes de Kolyev et n'ont plus osé nous cacher. Après cela, nous avons sillonné l'Europe. Tout est cher, mais l'avantage est que, tant que nous restons dans la zone Schengen, nous n'avons pas besoin de présenter nos passeports. Nous ne prenons jamais l'avion ou d'autres moyens de transport comportant des listes de passagers. Mais à deux reprises, ils sont passés dans des hôtels où nous étions descendues et nous ne leur avons échappé que de justesse. Maintenant, nous logeons dans des auberges bon marché où les clients ne sont pas enregistrés électroniquement. Quoi qu'il en soit, il est parfaitement impossible de ne laisser aucune trace, ils vont nous retrouver, ce n'est qu'une question de temps. La seule chose qui pourrait interrompre leurs recherches serait qu'ils apprennent qu'il n'y a plus rien à chercher, que je suis morte. C'est pourquoi... » Sa voix s'étrangla. « C'est pourquoi j'ai dit à maman que nous allions nous rendre à la plage de la Zurriola. »

L'émotion m'étreignit. « Tu voulais te noyer... »

Elle hocha lentement la tête.

« ... pour que ta mère soit libre... »

J'avais la gorge nouée.

Miriam me regarda avec une expression suggérant que je me méprenais.

« C'était censé avoir l'air d'une noyade. Je suis une excellente nageuse. À Moscou, j'étais dans l'équipe universitaire.

Mon plan était de crier pour que nous ayons des témoins. Ensuite j'allais disparaître. J'ai beaucoup de souffle, alors mon plan était de nager sous l'eau et de rejoindre la pointe, à l'est. C'est complètement désert là-bas, il n'y a pas de route. J'avais caché un sac contenant mes vêtements et mes chaussures derrière un rocher. Je prévoyais de prendre le car pour Bilbao, où j'avais loué pour une semaine une chambre à des particuliers, sous un faux nom. Maman devait me faire porter disparue, la nouvelle serait dans les journaux.

— Et Kolyev annulerait sa chasse.

— Oui, mais tu es arrivé tellement vite. Mon plan était fichu. Alors je me suis dit qu'il ne me restait plus qu'à me laisser sauver et à reprendre mon numéro de disparition un autre jour.

— Mais vous y avez renoncé. Maintenant que Peter a l'intention de vous aider, ce n'est plus la peine… »

Elle hocha la tête.

« Et il ne sait rien au sujet de Kolyev ?

— Je lui ai parlé du rapt.

— Mais il ignore que tu as tué ton mari.

— Ne parle pas de mari !

— D'accord. Mais ça signifie que tu sais depuis le début que c'est moi qui t'ai sauvée, et non Peter. »

Elle eut un petit rire dur. « Tu ne m'as pas sauvée, Martin, tu as tout gâché !

— Mais tu as quand même joué les filles sauvées pour Peter.

— C'est lui qui a joué les héros !

— Bon, bon… Tout le monde ment. Mais… » J'ai senti une main sur mon visage. Ses doigts sur mes lèvres.

« Chut, murmura-t-elle. On ne peut pas rester un peu sans rien dire ? »

Je hochai la tête, baissai les paupières. Elle avait raison, nous avions besoin d'une pause. Pour respirer, pour réfléchir. Comment avait-il pu se produire tant de choses en si peu de temps ? Deux jours plus tôt, Peter et moi étions deux copains en route pour le lâcher de taureaux de Pampelune. Son père et son oncle y avaient jadis participé, et, Peter ne l'aurait jamais admis, mais pour lui c'était sans doute une espèce de rituel viril. En ce qui me concerne, en revanche, c'était du romantisme pur, c'était vivre *Le soleil se lève aussi*, qui, de l'avis de mon père, devait se lire et se savourer jeune ; Hemingway était un écrivain pour hommes jeunes, qui perdait de son attrait à mesure qu'on vieillissait. Toutefois, au lieu d'un sprint de trois minutes dans les rues de Pampelune, j'avais maintenant le sentiment de me trouver dans une course permanente, sur un parcours barricadé de part et d'autre, avec des cornes de taureaux approchant. C'était comme disait Peter : tout ce qui peut se produire se produit, tout le temps, simultanément. Le temps à la fois est et n'est pas une illusion, car les réalités étant infinies, il est aussi peu pertinent que tout le reste. J'avais le vertige, je tombais. Je sombrais dans un abîme et je n'avais jamais été plus heureux. Son souffle s'était aligné sur le mien, je sentais son corps se soulever et s'abaisser avec le mien. L'espace d'un instant, nous ne fîmes qu'un, ce n'était plus son corps qui donnait de la chaleur au mien ni le mien au sien, il n'y avait qu'un seul corps. J'ignore combien de temps s'était écoulé, cinq minutes, une demi-heure, lorsque je repris la parole :

« Est-ce que tu te dis parfois que tu voudrais remonter dans le temps pour changer les choses ?

— Oui, mais c'est impossible. On peut avoir un sentiment de libre-arbitre, mais on reste et demeure la même personne. Face à une situation identique et avec les mêmes informations en main, on ne fera que se répéter. C'est évident.

— Et si tu pouvais remonter dans le passé comme la personne que tu es maintenant ?

— Ah ! là, on est dans l'idée qu'on va pouvoir rendre la monnaie de sa pièce à son prof psychopathe devant toute la classe ou devenir riche grâce à un investissement dont on connaît l'issue.

— Et marquer ce penalty loupé dans une vie précédente…

— C'est amusant de fantasmer là-dessus, jusqu'au moment où tu butes sur le paradoxe temporel. Si tu changes le passé, tu changes aussi l'avenir. Et là, ça ne marche plus.

— Et si tu remontais dans le temps non pas dans l'univers où tu te trouves, mais dans un univers parallèle où tu serais parvenue à te glisser à un moment de ton choix ? Un univers qui jusqu'ici était parfaitement identique à celui dans lequel tu as vécu. À savoir donc un univers où tu existerais déjà comme une autre.

— Tu veux dire qu'il y aurait deux exemplaires de soi ?

— Oui. Dans ce cas, le paradoxe temporel disparaîtrait.

— Mais ce serait une réalité vraiment démente.

— Toute réalité ne l'est-elle pas ? »

Elle rit. « Si.

— Le problème, si tu veux tirer ce penalty à nouveau,

c'est que la version plus jeune de toi est déjà sur place pour le rater, alors il faut d'abord la dégager de la route.

— Comment ça ?

— Si tu veux te substituer à cette personne à l'insu de tous, le plus commode est de faire comme toi : obtenir la disparition définitive du personnage principal.

— En provoquant sa noyade ?

— En enfonçant l'oreiller sur son visage quand il dort.

— D'accord. Martin ?

— Oui ?

— De quoi parlons-nous, là ?

— Nous parlons du fait que Peter a débarqué ici d'une autre réalité qui, il y a encore deux jours, était identique à celle-ci. Et dans notre réalité d'ici et maintenant, il s'est tué lui-même pendant que j'étais sorti prendre mon petit déjeuner.

— Ici ? Dans ce lit, avec un oreiller ?

— Je crois que ça s'est passé dans la salle de bains, peut-être pendant que mon Peter à moi se douchait ou était aux toilettes. Le Peter qui venait d'arriver l'a frappé avec un objet lourd, je sais que du sang a coulé, parce qu'il y en a sous les toilettes. Le nouveau Peter, qui est plus âgé, a lavé le sang comme il pouvait, là où il accédait, puis il a enroulé le corps dans le tapis qui était dans la chambre, là, et il a balancé le tout dans la benne à ordures derrière l'auberge, en sachant qu'elle allait être vidée le jour même.

— J'adore ! fit-elle en riant. Mais pourquoi ? Pourquoi est-il revenu ?

— Pour changer ce qui s'est passé dans l'univers d'où il vient.

— À savoir ?

— Il ne t'a pas obtenue. Je crois que tu es le penalty qu'il a raté.

— C'est une bonne histoire, tu devrais en faire un film ! s'exclama-t-elle, et sans doute ne s'était-elle pas rendu compte qu'elle avait posé la main sur ma poitrine.

— Peut-être bien. »

Je refermai les yeux. Ça m'allait. Ça m'allait de laisser les choses en l'état. Dehors, il s'était remis à pleuvoir. Pas beaucoup, mais Miriam poussa un soupir à côté de moi. À travers mes paupières closes, je perçus la lumière de son téléphone.

« Je vais envoyer un message à maman pour lui dire que je passe la nuit ici. Ça va aller, tout ce qu'elle sait, c'est que j'ai pu réserver la chambre, elle ignore que tu y es aussi. »

Je marmonnai une réponse. Sur la face interne de mes paupières, je revoyais le cadavre nu. Le renfoncement à la tempe. La peau blanche, sans tache. Sans tatouage. Peter. Qui venait de tomber amoureux pour la première fois de sa vie. Qui n'avait pas encore eu le temps de commettre la première erreur qui allait l'empêcher d'obtenir l'élue de son cœur. Il avait l'air d'un garçon heureux simplement endormi.

Je me trompais.

Je pus dormir.

Lorsque le réveil de mon téléphone sonna, il faisait toujours nuit dehors.

Je la regardai, son dos, ses cheveux noirs répandus sur l'oreiller.

« Il faut que j'y aille », dis-je.

Elle ne bougea pas. « Tu vas raconter à Peter qu'on s'est vus ?

— Non, je t'ai promis que non.

— Bien sûr que tu m'as promis, mais vous êtes meilleurs amis, je sais ce que c'est, et puis nous avons largement établi que nous sommes tous trois des menteurs. »

Elle se tourna et me sourit, du moins je vis des dents dans l'obscurité.

« Je ne sais pas si le Peter qui est à Pampelune est mon ami, notai-je. En revanche, je sais que je t'aime.

— C'est ce que j'appelle respecter une fille le matin », murmura-t-elle en me tournant de nouveau le dos.

Dans la rue, je me rendis compte que je n'avais pas assez d'argent liquide pour prendre un taxi, mais courir jusqu'à la gare routière permit à mon corps de produire assez de chaleur pour sécher mes vêtements, que j'avais enfilés humides et glacés. C'était déjà ça.

Il régnait une atmosphère singulière dans le car pour Pampelune. On pouvait classer les passagers en trois catégories. La première comprenait ceux qui se montaient la tête avant le lâcher de taureaux, ils se parlaient d'un siège à l'autre en criant, riaient bruyamment pour masquer leur nervosité, se boxaient l'épaule et avaient déjà entamé la sangria ou le brandy. La deuxième catégorie renfermait les gens qui dormaient ou du moins tentaient de le faire. La troisième, moi, le seul qui regardait le paysage, perdu dans ses pensées. J'essayais de comprendre, mais chaque fois, mon raisonnement tournait court et je devais reprendre de zéro. Mes réflexions étaient sans cesse interrompues par les appels de

Peter, auxquels je ne pouvais répondre, sous peine de trahir que j'étais dans un car. Nous étions à une heure de l'arrivée, c'était trop long pour correspondre à un trajet de bus local.

J'attendis de me trouver en périphérie de Pampelune pour le rappeler.

« Je pensais que tu n'avais pas entendu ton réveil, dit-il.

— Oh, mais pas du tout. On se retrouve au Jake's dans un quart d'heure ?

— J'y suis déjà. À tout de suite ! »

Y avait-il eu une singularité dans sa voix, un grincement révélant qu'il savait ? Je n'en avais pas la moindre idée. Avec Peter, j'aurais su, mais mon interlocuteur n'était qu'un étranger. J'avais l'impression que ma tête allait exploser.

Le Jake's était bondé et je dus littéralement forcer le passage à travers le rouge et blanc d'une clientèle très majoritairement masculine. Peter, ou plutôt celui qui se faisait appeler Peter, était installé au comptoir, il avait dû arriver tôt. Il portait une casquette et de grandes lunettes de soleil que je ne lui connaissais pas.

Il désigna un verre de brandy à côté d'une petite tasse de café.

« Voilà pour toi ! »

J'eus un temps d'hésitation, puis saisis le verre et le vidai d'un trait.

« Tu as peur ?

— Oui », dis-je.

Il me montra d'un mouvement de la tête le journal sur le comptoir. « Les taureaux du jour viennent de la ferme Galavanez, qui paraît-il produit des bêtes sanguinaires.

— Ah bon ?

— Ils ne savent pas que ce sont eux qui vont être tués. Cet après-midi, j'entends.

— Je suppose que mieux vaut ne pas savoir.

— Oui. »

Il m'observa, je l'observai. C'était très visible à présent. Lorsqu'il était sorti de la salle de bains à Saint-Sébastien en expliquant qu'il avait vomi, j'avais imputé son hâle perdu et son air vieilli à son intoxication alimentaire. D'où venait-il, au juste, de quelle époque, de quel endroit ?

« Il est tard, déclara-t-il sans regarder sa montre. Allons-y. »

Nous prîmes position au même endroit que la veille. C'était l'idée. Autant que possible, la seconde fois devait imiter la première. Nous devions conserver les variables, pour reprendre les termes de Peter, afin de nous concentrer sur nos sensations au lieu de nous contenter d'absorber toute la nouveauté, tout l'inconnu. Vivre la même chose, mais différemment. S'agissait-il du procédé que ce Peter-ci avait suivi au cours des deux derniers jours ? Dans l'univers d'où il venait, nous étions-nous tenus au même endroit pour attendre les taureaux, lui et moi, enfin, celui que j'étais dans cet autre univers ? Les choses avaient bien sûr commencé à changer dès l'instant où il avait pénétré dans cet univers-ci, les événements avaient cessé d'être rigoureusement parallèles. Mais à quel point Peter avait-il changé ? Et combien allait-il changer ? C'était intenable. À côté de nous, un jeune homme éclata en sanglots. L'un des Américains bruyants du car, je le reconnaissais. Oui, c'était intenable, et je me tournai vers Peter pour lui dire que je savais qui il était ou, plus exactement, qui il n'était pas, quand un grondement nous signala que les taureaux étaient lâchés.

Ma bouche s'assécha. Je pris tant bien que mal mes marques. J'ignore pourquoi les coureurs ne se plaçaient pas à intervalles réguliers tout au long du parcours, car les différents endroits semblaient se valoir. L'idée de ce rassemblement en groupe était peut-être que le nombre offrait la sécurité.

« Je vais courir juste derrière toi, annonça Peter. Entre toi et les taureaux. »

Le vacarme, les cris approchaient, j'avais l'impression qu'ils chassaient devant eux les effluves de la panique et du sang, à l'instar de la pluie, la veille, qui poussait l'air devant elle, faisait ployer les arbres et bruire leur feuillage, nous mettant ainsi en garde, Miriam et moi. Telles les gouttes qui tombaient de la gouttière, la nuit précédente, à l'auberge, deux touristes se détachèrent de notre groupe et se mirent à courir.

Et puis les coureurs arrivèrent, ils déboulèrent du virage. Dérapant sur les pavés, un taureau tomba sur le flanc, mais se releva. Un coureur, en revanche, resta au sol à l'endroit où l'animal était tombé. Un homme chauve vêtu de blanc courait juste devant le taureau de tête, tenant à la main un journal enroulé, dont il se servait tantôt pour guider l'animal, en le tapant sur le front, tantôt pour s'équilibrer. Autour de nous, le groupe commença à bouger et je voulus courir, mais fus retenu par mon T-shirt.

« Attends », dit calmement Peter derrière moi.

J'avais la bouche tellement sèche que je n'arrivais pas à répondre.

« Maintenant ! » déclara-t-il.

Je m'élançai. Légèrement sur la gauche, comme la veille. Je regardais strictement droit devant moi, me concentrais pour ne pas chuter. Le reste était hors de mon pouvoir. Je fouillai dans mon esprit, mais il n'y avait rien, la terreur pure occultait tout le reste. Puis mes pieds se dérobèrent sous moi. Un croc-en-jambe clair et net. Ce fut la seule pensée que j'eus le temps de former avant de heurter les pavés.

Je savais qu'il fallait rester immobile, mais je savais aussi que, juste derrière nous, se trouvait une demi-tonne de taureau, je roulai donc sur le flanc, vers la gauche. Une ombre passa au-dessus de moi, imposante comme un navire bloquant le soleil. Puis l'ombre ne fut plus là. Je levai les yeux et vis l'arrière-train étroit de l'énorme bête noire.

Qui s'arrêta et se retourna.

Autour de moi, le silence s'abattit, un silence tel que je fus transpercé jusqu'à la moelle par le cri qui retentit soudain — une fille sur la barricade qui visualisait la scène qui se préparait, peut-être.

Le taureau m'observa. Son regard éteint n'exprimait rien d'autre que le fait qu'il me voyait. Il souffla par les naseaux, gratta les pavés, baissa les cornes. J'étais incapable de tout mouvement. Cependant, l'immobilité n'était plus la stratégie adéquate, j'étais découvert, et séparé de mon groupe. Un tressaillement parcourut la masse de muscles qui se précipitait, explosait, vers moi. J'étais déjà mort. Je fermai les yeux.

Quelqu'un attrapa mon pied et tira, mon menton ricocha sur les pavés alors qu'il me faisait pivoter. Je sentis l'arrière de ma tête taper et, un instant, tout fut noir, puis j'ouvris les yeux. Ce que j'avais cogné, c'était la façade. Au-dessus de moi se dressait Peter, il tenait toujours mon pied. À quelques mètres de nous, l'homme chauve dansait autour du taureau avec son journal, le distrayait, le détournait, et fut assisté d'un autre, lui aussi muni d'un journal. Peter s'interposa entre le taureau et moi. Puis une vache arriva et le taureau se désintéressa de moi, trotta à sa suite. Le reste du troupeau, cinq vaches et taureaux, nous dépassa aussitôt après, sans prêter attention à nous. À vrai dire, les bovins semblaient las de toute cette situation, ils voulaient s'en aller, ils voulaient qu'on les laisse tranquilles.

Je m'assis contre la maison et Peter s'affala à côté de moi. Je respirai. Inspirer, expirer, inspirer, expirer. Je laissai mon pouls se calmer pendant que je regardais les gens se diriger vers les arènes et la rue se vider.

« C'était prévu ? finis-je par demander.

— Quoi donc ?

— Ça. Que je tombe devant les taureaux et que tu me sauves. C'était prévu depuis le début ? »

Je sentis qu'il allait m'adresser une réponse dans le goût de « De quoi tu parles ? » ou « Je ne comprends pas », mais il vit sans doute que j'avais compris.

« Non, dit-il. Ce n'était pas le plan.

— Non ?

— Pas de te sauver, non. »

Il appuya sa tête contre le mur blanchi à la chaux. Je l'imitai, contemplai le ciel sans nuages entre les immeubles.

Plus loin, on commençait déjà à enlever les barricades à l'entrée des ruelles latérales.

« Alors comme ça, tu es retourné à Saint-Sébastien ?

— Oui.

— Pourquoi ?

— J'avais besoin de découvrir ce qui s'y était passé.

— Ça a été concluant ?

— J'ai vu ton cadavre.

— Ce n'est pas le mien. Pas tout à fait, en tout cas.

— Qu'est-ce que c'est, alors ?

— J'ai du mal à l'expliquer. C'est moi, mais sans mon sentiment de moi.

— C'est pour ça que tu as pu le tuer ?

— Oui, mais ça n'a pas été facile, c'était douloureux.

— Mais pas au point de te faire renoncer ?

— La souffrance de ne pas obtenir Miriam aurait été supérieure. Telles que je vois les choses, c'était un suicide nécessaire.

— Tu devais te tuer toi-même pour obtenir Miriam ?

— Ç'aurait été très troublant d'avoir deux exemplaires de Peter, tu ne crois pas ?

— Tu as une cigarette ? »

Il tendit les jambes pour accéder à sa poche et sortit deux cigarettes de son paquet, les alluma.

« Qu'est-ce que le premier Peter avait fait de mal ? demandai-je.

— Il n'a pas senti que Miriam et toi étiez comme faits l'un pour l'autre. » Il tira une bouffée. « Raie "comme", d'ailleurs. Vous êtes faits l'un pour l'autre. Tu l'as vue à Saint-Sébastien ?

— À ton avis ?

— Vous êtes deux cigales, bien sûr que vous vous êtes trouvés.

— Je l'ai trouvée.

— Oui. C'est seulement la cigale mâle qui chante. »

Je l'ai regardé de nouveau. Il avait l'air encore plus vieux que quand nous attendions les taureaux, comme s'il avait pris dix ans en quelques secondes. J'ai tiré sur ma cigarette.

« Qu'est-ce qui s'est passé ? Tu as découvert comment voyager dans le temps ?

— Ça m'a pris onze ans. Avec un petit groupe de chercheurs en Suisse. En réalité, on ne voyage pas dans le temps, mais entre des univers parallèles ou des successions d'événements parallèles. Nous avons découvert comment passer dans des univers parallèles, mais la difficulté était de repérer l'univers dans lequel nous voulions pénétrer, puisqu'il en existe une infinité et que la plupart sont des mondes morts, froids. Dans un univers donné, on ne peut pas faire de changement, le cours des événements est déjà posé, en revanche, lors de tout déplacement d'un univers à l'autre, ne serait-ce que d'un atome, on crée de nouveaux univers. Mettons que tu trouves un univers qui est identique au tien jusqu'à un certain moment, disons par exemple le matin après que tu as sauvé Miriam, et que tu t'y rendes, eh bien, un univers se créera. Tu as le sentiment de changer le cours des événements, mais en fait, c'est simplement que l'univers est nouveau, enfin, même pas, d'ailleurs, ce qui se passe, c'est que c'est la première fois que tu en fais l'expérience. Tu comprends ?

— Non.

— J'ai déterminé une méthode pour détecter quel univers est identique à celui dans lequel on se situe. Nous appelons cela l'habitat de synchronisation. Dans mon univers, je vais recevoir le prix Nobel pour cette découverte. »

Je ris, je ne pouvais pas faire autrement.

« Donc tu t'es glissé dans cet univers aussitôt après que j'ai sauvé Miriam. Mais pourquoi pas avant ?

— Parce que le point de départ parfait est que je lui aie sauvé la vie, enfin plutôt qu'elle croie que je l'ai sauvée. Donc j'ai besoin de toi d'abord. » Il aspira la fumée. « Tu n'as pas oublié que je ne sais pas nager. »

Je secouai la tête. « Mais bon sang, pourquoi tu n'as pas trouvé un univers où tu obtiens Miriam sans rien faire ?

— Il existe, bien sûr, mais il est impossible à repérer puisque l'habitat de synchronisation ne comprend que les univers identiques. Et c'est donc dans l'un d'eux que je dois m'insérer activement et ensuite, je commence à créer à partir de là, ou plutôt à faire l'expérience de cet univers nouveau où, avec un peu de chance, Miriam et moi ne ferons qu'un.

— Tu donnes vraiment une nouvelle dimension à la quête de l'amour, dis-je, regrettant aussitôt ma tentative d'humour, qui toutefois ne semblait pas l'avoir offensé.

— L'amour est plus grand que tout, déclara-t-il en suivant la fumée du regard. Il existe une infinité d'univers où toi et moi avons cette conversation et où la fumée s'entortille exactement ainsi. Et une infinité d'univers où nous avons cette même conversation, mais où la fumée s'entortille légèrement différemment, ou encore où un simple mot est changé dans la conversation. Cependant, ces univers n'ont pas de place dans mon habitat de synchronisation, où c'est toujours toi qui obtiens Miriam, dans tous les univers, et je dois maintenant passer par l'un d'eux pour en créer un où l'issue soit heureuse.

— Parce que l'amour est plus grand que tout ?

— Il est plus grand que tout ça.

— L'amour n'est qu'un sentiment créé par l'évolution pour que l'espèce humaine se reproduise et protège ses gènes et ses proches d'une façon efficace.

— Je sais. » Peter écrasa sa cigarette sur les pavés. « Et pourtant, il est plus grand.

— Si grand que tu es prêt à tuer la version de toi-même de cet univers ?

— Oui.

— Et moi, ton meilleur ami ?

— En théorie, oui, mais en pratique, manifestement pas.

— Tu as d'abord essayé de me tuer, et puis tu m'as sauvé. Pourquoi ? »

Il contempla sa cigarette éteinte qu'il continuait de frotter contre le sol. « Comme tu le disais, tu es mon meilleur ami.

— Tu n'as pas réussi à me tuer.

— Disons ça comme ça, oui. » Il sourit. « Bon, on va prendre le petit dej ? »

Nous nous rendîmes au Jake's. Je commandai une omelette, Peter opta pour une assiette de jambon et un café.

Il avait dû jeter ses lunettes de soleil et sa casquette quand nous nous étions mis à courir. Sans, je voyais que ses cheveux étaient plutôt blond fade et qu'il avait des poches sous les yeux, dont le blanc, jadis immaculé comme celui d'un œuf dur, était maintenant injecté de sang et d'une teinte jaunâtre. Ses dents, en revanche, restaient tout aussi blanches.

« Donc, si je t'ai bien compris, je vais avoir Miriam et toi, tu vas être malheureux pour le restant de tes jours.

— C'est très probable, mais n'oublie pas que ceci est un nouvel univers pour moi, tout ce que je sais, c'est qu'il était identique à celui d'où je viens jusqu'au moment où j'y ai débarqué. À présent, il est scindé en raison de ma translation.

— C'est pour ça qu'il existe une infinité d'univers ? On a commencé à se déplacer entre les univers, ils se sont scindés et…

— Nous ne le savons pas, mais c'est possible. Tout ce qui peut se produire s'est produit. Peut-être qu'il n'y avait qu'un univers ou deux et puis un jour, l'être humain a trouvé la brèche, et l'expansion a commencé.

— Si tel est le cas, ces univers sont créés par l'homme.

— Par opposition à ?

— Créés par la nature ou par des lois physiques.

— L'homme est créé par la nature, qui est créée par des lois physiques. Tout est de la physique, Martin. »

Je sentis mon téléphone vibrer dans ma poche, mais le laissai sonner.

« Alors qu'est-ce que tu vas faire maintenant ? demandai-je.

— Je suis en train de constituer l'équipe de recherche qui va découvrir comment se déplacer vers un autre univers. J'ai désormais de bonnes connaissances dans les autres domaines de recherche aussi, ce qui va nous permettre de progresser plus vite.

— Et puis tu iras dans un autre univers et tu essaieras d'y conquérir Miriam ? »

Il acquiesça.

On nous apporta notre commande.

Peter empoigna son couteau à steak tranchant, mais se contenta de contempler le jambon sans y toucher.

« J'espère vraiment que tu vas être avec elle, Martin. Et puis je ne peux que déplorer de t'avoir presque tué. » De sa main libre, il posa un billet sur la table. « Bon, il faut que je file. Je te souhaite bonne chance, mon ami.

— Qu'est-ce que tu vas faire ?

— Que fait-on après une course de taureaux ?

— On dort.

— Alors je vais dormir. » Il passa le couteau dans sa main gauche, se leva, saisit ma main droite. « Encore une chose : ne me réveille pas. Reste à l'écart de ma chambre jusqu'à… au moins jusqu'à la tombée de la nuit. D'accord ? »

Il me serra la main, la relâcha, se faufila entre les autres clients.

« Hé ! »

Je voulais lui courir après, mais un grand Américain coiffé d'un panama, ivre et bruyant, me bloquait le passage, et lorsque j'arrivai enfin dans la rue, Peter n'était visible nulle part.

En cas de doute, prendre à gauche. C'était la devise de mon père et je suivis cette injonction. Je m'élançai dans la rue en appelant Peter, je bousculai un tas de gens sur mon passage, traversai la place où l'on plongeait de la statue le soir, et ne m'arrêtai qu'au niveau de la niche de saint Firmin. Peter avait disparu.

J'étais tellement essoufflé que je dus m'appuyer contre la façade d'un immeuble. Ce roublard. Il avait parlé de déplorer. Il n'avait pas dit qu'il était désolé, il avait simplement déploré de m'avoir presque tué.

Mon téléphone vibra de nouveau. Je le sortis, espérant que c'était Peter. Un numéro étranger. Deux messages.

Tu m'aimes vraiment?

Et :

Vraiment, vraiment?

« *Hola*, Monsieur Célèbre! »

Je levai le nez et vis mes deux amies espagnoles du village, bras dessus bras dessous. La blonde vint me faire la bise.

« Tu as dû avoir très peur, dit-elle. Et tu as eu tellement de chance!

— Pardon?

— Quand tu as échappé au taureau.

— Ah ça… Tu y étais?

— Non, non, mais tu es passé à la télé. Tu es célèbre, Martin! »

Les filles s'amusèrent de ma surprise et m'entraînèrent dans le bar qu'elles venaient de quitter. Là, sur le téléviseur monté sur le mur, défilaient les moments clefs du lâcher de taureaux, un enregistrement diffusé en boucle.

« Je ne savais même pas que c'était filmé, fis-je remarquer.

— Officiellement, il est illégal de courir devant les

taureaux, mais c'est sous-entendu que la police ferme les yeux, et la télé nationale retransmet la course. Bienvenue en Espagne ! »

Riant aux larmes, les filles versèrent leur sangria personnelle dans les verres du bar, sans objection apparente du barman. Quant à moi, je fixais l'écran sur lequel je me voyais courir, suivi immédiatement de Peter, ses lunettes de soleil sur le nez, sa casquette sur la tête. D'un seul coup, je plongeais en avant, mais la foule était si dense qu'il était impossible de déterminer ce qui avait provoqué ma chute. La caméra s'arrêtait ensuite sur le taureau et je sortais du champ. Jusqu'à ce que le taureau s'immobilise. Et là, je vis ! Derrière l'animal, deux hommes grimpant sur la barricade. L'un d'eux était Peter, avec sa casquette et ses lunettes noires. Il sautait de l'autre côté et s'en allait !

La caméra subjective adoptait le regard du taureau. Fixé sur moi. Et puis un homme qui s'était tenu plaqué contre la maison, juste à côté de l'endroit où j'étais tombé, faisait un pas en avant et, alors que le taureau se précipitait sur moi, les cornes baissées, fureteuses, il m'attrapait la jambe à deux mains et m'entraînait dans un mouvement qui me vit raser le sol avant de pivoter en une élégante courbe, un peu comme le matador qui manie sa cape de telle sorte que le taureau emporté par son élan ne peut suivre.

C'était Peter. Le deuxième Peter. Non, le troisième. Un Peter encore plus âgé que Peter numéro deux. Le taureau était détourné, Peter numéro trois et moi sortions de l'image. Je compris alors que, si Peter numéro trois avait dit qu'il déplorait de m'avoir presque tué — déplorait, comme on le formule souvent quand on parle de l'acte d'un autre

—, c'était que Peter numéro deux avait carrément, et sans remords, cherché à m'occire. Peter numéro trois n'était pas venu pour gagner le cœur de Miriam, mais pour me sauver.

Ma gorge s'assécha.

Le barman me lança un regard interrogateur.

« Un brandy », dis-je.

« Où es-tu ? demanda Miriam.

— À une fête de village. »

Je scrutais le ciel, mais le soleil venait de se coucher, il faisait encore trop clair pour les étoiles.

Je m'étais excusé et avais quitté le bal populaire animé par un groupe du coin. Laissant les maisons et le bruit derrière moi, je m'étais arrêté au pied d'un olivier, devant des vignes qui se déployaient jusqu'aux collines. Et là, dans le crépuscule, je l'avais appelée.

« Tu es saoul ?

— Un peu, répondis-je. Tu as parlé avec Peter ?

— Il a appelé maman, le petit malin. Elle a décroché et, comme j'étais à côté d'elle, elle m'a tendu le téléphone. Elle ne sait rien, à part qu'elle veut de lui comme gendre.

— Qu'est-ce qu'il a dit ?

— Il savait que je t'ai rencontré à Saint-Sébastien. Il m'a demandé si c'était sympa, m'a expliqué qu'il t'avait perdu de vue pendant la course de taureaux et que tu n'étais pas encore revenu. Je me suis inquiétée parce que tu n'avais pas répondu à mes messages, c'est pour ça que je t'ai téléphoné.

— J'ai vu.

— Pourquoi tu ne m'as pas rappelée plus tôt ?

— J'ai eu… une journée chargée. Je te raconterai plus tard, on m'attend.

— Ah oui, Peter m'a dit.

— Quoi donc ?

— Que tu échouerais sûrement dans une soirée avec des *chicas*. Manifestement, il avait raison. »

Son ton mi-enjoué mi-accusateur me fit sourire.

« Serais-tu un peu jalouse ?

— Ne sois pas stupide, Martin.

— Dis-moi que tu es un peu jalouse. Juste pour mon ego.

— Ah oui, tu es bel et bien ivre.

— S'il te plaît… »

Un silence suivit, je tendis l'oreille. Le chant des cigales cessait après le coucher du soleil. Ou alors elles chantaient comme elles le font là d'où je viens, à une fréquence si haute que l'oreille humaine ne la perçoit pas. J'accordai un temps de réflexion aux vibrations, à tout ce qui est autour de nous et que nous ne voyons pas, n'entendons pas, ne comprenons pas.

« Je suis un tout, tout petit peu jalouse. Voilà, pour te faire plaisir. »

Je fermai les yeux. De la chaleur déferla en moi, peut-être était-ce le bonheur.

« Je reviens à Saint-Sébastien demain matin. Petit déjeuner ?

— Un bon petit déjeuner ?

— Je t'appellerai quand je serai dans le car ou dans le train.

— D'accord.

— Bonne nuit, Miriam.

— Bonne nuit, Martin.

— Et au fait ? »

Pas de réponse, elle avait raccroché. Je l'ai susurré quand même.

« La réponse est oui. Vraiment, vraiment. »

J'avais à peine eu le temps de ranger mon téléphone dans ma poche qu'il sonnait de nouveau.

« Oui ? répondis-je, encore souriant, mais ce fut une autre voix féminine que j'entendis à la place de celle de Miriam.

— Monsieur Daas ? C'est Imma Aluariz, de la police de Saint-Sébastien. Où êtes-vous ? »

Ma langue s'assécha, et c'est tout juste si je parvins à résister à l'impulsion de raccrocher.

« À Pampelune. »

Cette réponse présentait le double avantage de n'être pas trop précise et de ne pas être un mensonge.

« Moi aussi. Nous avons besoin de vous parler.

— De quoi ?

— Vous le savez.

— Suis-je… un suspect ?

— Où pouvons-nous vous trouver ? »

Un policier en civil et un autre en uniforme me guidèrent hors de la voiture. Nous nous dirigeâmes vers la maison où Peter et moi louions nos chambres et passâmes ce faisant devant deux véhicules de police. L'agent en uniforme leva une rubalise, nous nous glissâmes dessous, avant de franchir le porche, puis la porte d'entrée. On me conduisit alors non pas à ma chambre, mais à celle de Peter, en m'indiquant de m'arrêter sur le pas de la porte. Dans la pièce se trouvaient plusieurs personnes, deux d'entre elles vêtues de blanc de pied en cap. Le lit m'était caché par une petite silhouette légèrement compacte.

Le policier en civil, qui s'était présenté comme enquêteur quand ils étaient venus me chercher dans le village, toussota, et la personne un peu râblée se retourna.

« Merci d'être venu si vite », fit Imma Aluariz.

J'avais envie de lui répondre que c'étaient eux qui étaient venus vite, mais je me contentai de hocher la tête.

« Dans un premier temps, j'aimerais que vous identifiiez le corps, monsieur Daas. »

Elle s'écarta.

Je ne sais pas si, dans ce genre de situations, les cheminements de pensées totalement hors de propos sont un mode de protection ou de fuite mis en œuvre par le cerveau, mais je me fis en tout cas la réflexion que les draps blancs et la taie d'oreiller rouge, saturée de ce qui devait être du sang, étaient de circonstance, en ces Sanfermines. De même que le manche de couteau à steak qui dépassait de la nuque de Peter, évoquant une épée de matador plantée entre les vertèbres du taureau.

« C'est mon ami, articulai-je d'une voix chevrotante. C'est Peter Coates. »

Je sentis le regard d'Aluariz sur moi, mais je savais que je n'avais pas besoin de feindre le choc, j'étais choqué. Et pourtant pas.

« Que s'est-il passé ? » demandai-je.

Aluariz regarda le policier en civil. Il fit un signe de tête en prononçant quelques mots en basque.

« Qu'est-ce qu'il dit ?

— Que les deux filles affirment que vous êtes ensemble

depuis ce matin. » Aluariz eut l'air de réfléchir avant de poursuivre. « Il semblerait que votre ami se soit suicidé. D'après le pathologiste, cela a dû se produire entre dix heures et midi. C'est la logeuse qui l'a découvert.

— Ah bon, et comment savez-vous que c'est un suicide ?

— Nous avons fait un relevé d'empreintes digitales sur le manche du couteau, il n'y en avait qu'un jeu et elles sont identiques aux siennes. »

Identiques, pensai-je, mais ce ne sont pas les siennes. Le couteau venait du Jake's.

« L'élément notable est qu'il ressemble beaucoup au corps que nous avons à Saint-Sébastien. Presque un jumeau, vous ne trouvez pas ? Alors pourquoi n'avez-vous rien dit ? »

Je secouai la tête. « Peter ne m'a jamais parlé de frère jumeau. D'ailleurs, je ne trouve pas qu'ils se ressemblent particulièrement. Le corps de Saint-Sébastien était plus jeune, vous le voyez bien, non ? Et puis il avait les cheveux plus longs et plus clairs. Et en plus, il n'avait pas ce tatouage. » Je pointai l'index sur la poitrine du défunt et son M délavé.

« On peut être jumeaux sans avoir le même tatouage que son frère. »

Je haussai les épaules. « Je peux comprendre que vous leur trouviez une ressemblance. Après tout, moi, j'ai bien du mal à différencier les Basques les uns des autres. »

Elle m'adressa un regard sévère.

Je haussai les épaules.

Elle sortit un calepin. « Avez-vous connaissance de motifs pour lesquels votre ami aurait pu désirer se supprimer ? »

Je secouai la tête.

« Pourrait-il s'agir de mauvaise conscience parce qu'il avait tué quelqu'un à Saint-Sébastien ?

— C'est ce que vous suspectez ?

— Le tapis dans lequel le corps était enroulé provenait de la chambre que vous partagiez. Nous y avons relevé votre ADN.

— Alors vous devriez me soupçonner aussi.

— À moins d'être fous, les tueurs ne se présentent pas au commissariat pour fournir à la police des preuves accablantes, sans toutefois livrer d'aveux. Et vous n'êtes pas fou. »

Si, me dis-je. Je suis fou. Si je vous racontais ma version des faits, vous le comprendriez. Dans un univers parallèle, c'était peut-être exactement ce que j'étais en train de faire, et dans de nombreux univers, potentiellement une infinité, on m'enfermerait dans un hôpital psychiatrique.

« J'ai besoin que vous m'indiquiez précisément ce que vous savez des mouvements de Peter Coates depuis votre arrivée à Saint-Sébastien, poursuivit-elle.

— Si vous souhaitez m'interroger, je dois vous avertir que je suis très fatigué, et pas entièrement sobre. Pourrions-nous faire ça demain ? »

Aluariz échangea un regard avec son collègue en civil. Il dodelina légèrement de la tête comme s'il pesait le pour et le contre avant de finalement acquiescer.

« Bon, conclut-elle. Nous n'avons rien qui justifie de vous appréhender, car vous n'êtes suspect dans aucune des deux affaires, et notre suspect étant mort, il n'y a pas de caractère d'urgence. Demain matin à dix heures au commissariat de Saint-Sébastien, ça vous convient ?

— Oui. »

Le soleil brillait et les reflets de la mer m'éblouirent quand je retirai mes lunettes noires pour essuyer mes larmes.

De là-haut, sur la pointe déserte, je voyais toute la plage de la Zurriola. Je pensais à mon meilleur ami, à la jeune femme qui nageait dans la mer. La femme que nous voulions tous les deux, qu'il nous fallait conquérir, coûte que coûte. Peut-être aurait-il fini par la quitter. Il l'aurait fait dans certains univers, en tout cas. Et moi aussi. Cependant, cela ne signifiait rien, pas maintenant, pas dans cet univers-ci, pas dans ce récit. Lorsque j'eus séché mes larmes, je retournai donc à ce récit, mon récit. Je portai les jumelles à mes yeux, repérai le bonnet de bain rose dans l'eau. Je n'entendais pas ses cris, mais en dirigeant les jumelles vers la plage trois cents mètres plus loin, je discernai sa mère qui, comme la dernière fois, courait en tous sens, en attirant l'attention sur les appels au secours de sa fille. Je braquai mes jumelles sur la chaise haute du surveillant de baignade, qui était allé satisfaire à un besoin naturel dans les édicules à l'entrée de la plage.

Un surfeur s'élança, se jeta sur sa planche et rama vers le large, mais cette fois, Miriam avait nagé plus loin, il ne pourrait pas l'atteindre avant qu'elle disparaisse. La voilà qui passait sous l'eau, n'était plus visible. Je comptai les secondes. Dix. Vingt. Trente. Quarante. Elle avait une capacité pulmonaire impressionnante, j'avais été épaté quand nous l'avions testée la veille. Le surfeur arriva là où il l'avait vue disparaître, se laissa glisser de sa planche, plongea. Je ramenai mes jumelles en contrebas de l'endroit où je me tenais, à cinquante ou soixante mètres du bord, où la mer lavait tranquillement deux rangées de pierres parallèles qui descendaient du rivage désert, peu hospitalier. Elle avait enlevé son bonnet de bain, et c'est à peine si je vis sa tête aux cheveux noirs émerger une seconde ou deux, le temps qu'elle reprenne son souffle, et puis elle repartit sous la surface.

Je m'allongeai sur le dos dans l'herbe. Bientôt, elle serait ici. Déguisée en une autre et néanmoins la même. Ensemble, nous allions tenter de quitter discrètement le pays pour entrer dans une autre réalité. Un nouveau départ, de nouvelles occasions. Je m'aperçus que je comptais encore, mais à rebours, cette fois. Un décompte de ce qui restait de mon ancienne vie. Une stridence dissonante me parvint, trop haute pour une sauterelle ou un grillon. Une cigale mâle esseulée cherchait sa femelle, son appel pouvant porter à des kilomètres. C'est beaucoup pour un petit animal, songeai-je.

Bientôt. Je m'imaginai n'entendre rien d'autre que le bruit de ses pas. Je fermai les yeux. Lorsque je les rouvris, je la vis. Et dans un instant fugace, je fus frappé par l'idée que je m'étais déjà trouvé ainsi, ici, comme ça, avant.

L'ANTIDOTE

Quelque part, un oiseau pousse un vilain cri. À moins que ce ne soit un autre animal. Ken ne sait pas. Il lève le tube à essai à la lumière blanche du soleil, plante l'aiguille dans le bouchon en plastique et tire le piston de la seringue, aspirant le liquide jaunâtre luisant. Une goutte de sueur trouve son chemin entre ses sourcils fournis, il jure doucement quand le sel lui pique les yeux.

Déjà parfaitement assourdissant depuis le début, le bourdonnement des insectes semble redoubler à chaque instant. Ken regarde son père, qui est assis contre un tronc d'arbre gris. Sa peau se confond presque avec l'écorce. Des taches de lumière papillotent sur son visage et sur son short kaki, comme s'il était sous la boule à facettes de l'une des boîtes de nuit londoniennes que Ken fréquente assidûment, mais c'est pourtant au bord d'un fleuve dans l'est du Botswana qu'il se trouve. Il observe la ramure de l'arbre, le soleil filtre à travers le feuillage tremblotant de ce que Ken Abbott ignore être un *Acacia xanthophloea*, un arbre à fièvre. D'une manière générale, Ken Abbott ne sait pas grand-chose de ce monde brûlant, vert et cauchemardesque qui l'entoure. Il sait simplement qu'il dispose de très peu de temps pour sauver la vie humaine qu'il place au-dessus de toutes les autres.

Emerson Abbott n'avait jamais nourri d'ambitions majeures pour son fils. Il avait vu trop d'illustrations tragiques de ce qu'une pression parentale trop forte générait sur la progéniture de l'élite. Il n'avait pas besoin de chercher loin. Il n'avait pas besoin de chercher jusqu'à ses amis de pension, qui, n'ayant pas connu la réussite qu'on attendait d'eux, avaient bu toutes les bouteilles du monde jusqu'à la dernière goutte avant de se jeter de leurs penthouses de Kensington ou de Hampstead vers un asphalte qui n'était pas moins dur que celui de Brixton ou de Tottenham. Il n'avait pas besoin de chercher jusqu'à Archie, son neveu vu une dernière fois dans une chambre d'hôtel d'Amsterdam, couché entre des draps maculés de sang et parsemés de seringues à usage unique. Portant sur ses lèvres l'empreinte du baiser de la mort, Archie avait refusé de rentrer avec lui et l'avait visé avec un revolver, mais d'un geste négligent, traduisant l'indifférence quant à la direction dans laquelle partirait le coup.

Non, Emerson n'avait pas besoin de chercher loin. Il lui suffisait de regarder dans le miroir.

Pendant trente ans, il avait été l'éditeur malheureux de livres écrits par des imbéciles, parlant d'imbéciles et achetés par des imbéciles. L'imbécile n'étant pas une denrée rare, il avait au cours de sa carrière triplé la fortune familiale, déjà considérable, pour le plaisir d'Emma, son épouse, davantage que pour le sien propre. Il se souvenait très bien de cette chaude journée par laquelle ils s'étaient mariés, en

Cornouailles, en revanche, il ne se rappelait pas pourquoi. S'était-elle simplement trouvée au bon endroit au bon moment, tout en étant de bonne famille ? Bientôt, il n'avait plus su ce qui l'intéressait le moins : l'argent, les livres ou son épouse. Il avait fait allusion à la possibilité de divorcer. Trois semaines plus tard, elle lui annonçait, radieuse, qu'elle était enceinte. Emerson avait ressenti une profonde joie intérieure, qui s'était dissipée au bout de dix jours. Dans la salle d'attente du St. Mary's Hospital, il était aussi malheureux qu'auparavant. Ce fut un garçon, ils le baptisèrent Ken, d'après le père d'Emerson. Ils lui donnèrent une nanny, l'envoyèrent en pension, et soudain, il se retrouva dans l'étude de son père à demander une voiture.

Emerson avait levé les yeux avec surprise. Le jeune homme avait hérité des traits chevalins et de la bouche sans lèvres de sa mère, mais le reste provenait indéniablement de lui-même. Son long nez fin formait avec ses sourcils fournis un T au centre de son visage, entre deux yeux bleus sans éclat. Tous pensaient que sa chevelure blonde prendrait la teinte cendrée des cheveux de sa mère, mais cela ne s'était pas produit… Ken avait déjà développé cet humour blasé, cette prétendue autodérision qui fait passer les Britanniques pour charmants, une flamme joyeuse dansa dans ses yeux bleus lorsqu'il remarqua la perplexité de son père.

Quand bien même il l'aurait voulu, Emerson se rendit compte qu'il n'aurait sans doute pas eu le temps de former des projets ambitieux pour son fils ; comment se pouvait-il que celui-ci soit devenu adulte sans qu'il s'en aperçoive ? Avait-il été trop occupé à être malheureux, à être celui que tout son entourage jugeait qu'il devait être ? Si oui, pourquoi cela n'incluait-il pas d'être un père pour son fils unique ? Le constat était douloureux. Vraiment ? Il réfléchit. Oui, cela lui faisait mal. Il leva les mains en l'air dans un geste d'impuissance.

Ken avait-il tablé sur la mauvaise conscience de son père ? Peut-être, peut-être pas. Toujours est-il qu'il obtint sa voiture.

Lorsque Ken fêta ses vingt ans, il n'avait plus le véhicule. Il l'avait perdu dans un pari avec un camarade d'études, ils avaient misé sur qui rallierait le premier le campus depuis l'un des mornes pubs d'Oxford. Précisons tout de même que Kirk conduisait une Jaguar, mais Ken n'en pensait pas moins avoir ses chances.

L'année suivante, ce fut la totalité de sa bourse annuelle, versée par le fonds d'enseignement paternel, qu'il perdit lors d'une nuit de poker arrosée avec l'héritier de la fortune Roland. Il avait en main trois valets et pensait avoir ses chances.

À vingt-quatre ans, il obtint par on ne sait quel miracle des papiers attestant de quelques connaissances en littérature et en histoire et décrocha sans trop de difficultés un stage dans une banque anglaise. C'était une institution à l'ancienne, la direction savait apprécier un diplômé d'Oxford ayant tâté de Keats et de Wilde, elle partait du principe que, chez un homme de cette classe sociale, lire une comptabilité ou évaluer la solvabilité d'un client étaient des aptitudes innées ou à tout le moins pouvant être acquises.

Devenu gestionnaire de portefeuille, Ken connut aussitôt un succès indiscutable. Il appelait quotidiennement ses clients de marque pour les tenir au courant des dernières turpitudes du monde de la finance, emmenait ses clients encore plus éminents dîner au restaurant et se divertir dans les clubs de strip-tease, et accueillait les plus importants de tous dans la maison de campagne de son père, où il les faisait boire et, à l'occasion, forniquait avec leurs femmes.

La direction envisageait de le promouvoir en le nommant opérateur de marché senior, lorsqu'il apparut qu'il avait infligé à la banque une perte de près de quinze millions de livres à la faveur de prises de position non autorisées sur le marché à terme du jus d'orange. Il expliqua qu'il avait pensé avoir ses chances. S'ensuivit immédiatement non pas sa propulsion vers les sommets, mais son expulsion de la banque, de la City et du monde londonien de la finance en général.

Ken se mit à boire, sans réel succès, et, malgré son aversion innée pour les chiens, se tourna à la place vers les courses de lévriers. Dès lors, le goût du pari prit chez lui des proportions considérables. Pas dans ce qu'il engagea financièrement, car, nonobstant son patronyme, Ken n'était plus solvable — et, de toute façon, il lui eût été difficile de surpasser ses transactions sur le jus d'orange —, mais dans le temps et l'énergie qu'il y consacra. Très rapidement, Ken fut aspiré dans le maelström du jeu et tomba en apesanteur vers un fond noir. Enfin, un fond supposé, car pour l'heure, la chute n'était toujours pas interrompue, ce qui, dans une vision optimiste de la situation, pouvait suggérer qu'il n'existait pas de fond.

Pour financer sa passion grandissante, Ken Abbott allait trouver la seule personne de sa connaissance qui semblât n'avoir pas encore saisi la situation : son père. Il avait en effet découvert qu'Emerson Abbott était doué d'un merveilleux don de l'oubli. Quand il frappait à sa porte, son père le regardait toujours comme si c'était la première fois qu'il venait lui demander de l'argent, comme si c'était la première fois qu'il venait tout court, d'ailleurs.

Ken retire l'aiguille du tube.

« Tu te rappelles comment faire ? »

La voix de son père n'est plus qu'un chuchotement rauque.

Ken essaie de sourire. Il a toujours eu une sainte horreur des seringues, sans quoi il ne s'en serait probablement pas tenu à la cocaïne. Il n'a aucune envie de rejoindre Jimi Hendrix, Kurt Cobain et Jim Morrison dans le club des 27, mais malheureusement, et comme Oscar Wilde, il résiste à tout sauf à la tentation. Quoi qu'il en soit, à cet instant précis, ce à quoi il doit résister, c'est la nausée qui l'envahit à la vue de la seringue. Mais il n'a pas le choix, c'est une question de vie ou de mort.

« Je me rappelle, oui, enfin, rafraîchis-moi tout de même la mémoire. Je dois chercher une veine, c'est ça ? »

Son père secoue la tête. Il montre sa jambe, deux modestes trous dans la peau. De l'un d'eux perlent quelques gouttes de sang.

« Oublie la veine, pique simplement près de la morsure. De petites injections, trois ou quatre. Et ensuite, une dans la cuisse.

— Dans la cuisse ? »

Même dans son état, son père parvient à lui adresser ce regard exaspéré qu'il abhorre. « Pour être plus près du cœur que la morsure.

— Tu es sûr que c'est un cobra égyptien, papa ? Ça ne pourrait pas être un…

— Un… ?

— Je ne sais pas… un serpent des arbres ou un truc dans ce genre. »

Emerson Abbott essaie de rire, mais il ne parvient qu'à tousser.

« Le serpent des arbres est une petite saloperie verte qui passe ses journées dans les branches, Ken. Celui-ci était noir et rampait sur le sol. En plus, le venin des serpents des arbres est hémotoxique, j'aurais pissé du sang par la bouche, par les oreilles et par le cul… On en a parlé, pourtant, tu ne te rappelles pas ?

— Je voulais être sûr et certain avant de faire l'injection.

— Naturellement. Je te prie de m'excuser. » Son père ferme les yeux. « J'espère seulement que ces semaines n'ont pas été une perte de temps pour toi. »

Ken secoue la tête, il est sincère. Certes, il a haï chaque seconde des vingt-sept jours qu'il a passés ici, à la ferme d'élevage de serpents, les longues journées chaudes à trotter derrière son père et le gérant — un Noir aux cheveux gris que ses parents, probablement dans un accès d'humour grinçant, ont jugé bon de prénommer Adolf —, leurs propos sont entrés par une oreille et ressortis par l'autre, leurs litanies sur les mambas verts et sur les mambas noirs, leurs discours sur les crochets à venin à l'avant et à l'arrière de la gueule, leurs explications sur les serpents capables de mordre même quand on les tient par la queue, sur ceux à qui il faut donner des souris et ceux à qui il faut donner des oiseaux. Il se fout pas mal que les cobras viennent d'Égypte ou du Mozambique, il sait seulement qu'il y en a un sacré paquet, et que son père a dû avoir un moment d'égarement le jour où il a acheté cette ferme.

Leurs soirées se sont déroulées sur la terrasse, son père et Adolf fumant la pipe, et Adolf racontant des légendes sur les animaux qu'ils entendaient. Au lever de la lune, le rire glaçant des hyènes faisait frissonner Ken, et Adolf parlait des Zoulous, qui, croyant que les serpents sont les esprits des morts, les laissent entrer dans les maisons, ou des tribus du Zimbabwe, qui ne tuent pas les pythons de crainte d'entraîner une longue sécheresse. Ken avait ri en entendant ces superstitions, mais son père lui avait expliqué que, dans certains coins perdus du nord de l'Angleterre, se pratiquait encore un vieux rituel : si l'on voyait une vipère, on la tuait aussitôt, avant de tracer un cercle autour, avec une croix au milieu, et de lire le psaume 68. Stupéfait, Ken avait vu son père se lever et crier dans la nuit :

> *« Dieu se lève, ses ennemis se dispersent,*
> *Et ses adversaires fuient devant sa face.*
> *Comme la fumée se dissipe, tu les dissipes ;*
> *Comme la cire se fond au feu, les méchants disparaissent devant Dieu. »*

L'oiseau crie de nouveau au sommet de l'arbre, un oiseau blanc à bec long et muni d'une crête rouge qui évoquerait presque un coq.

« N'est-il pas étrange que nous en sachions si peu l'un sur l'autre, Ken ? »

Ken sursaute. On dirait que son père lit dans ses pensées. Son père soupire.

« Nous n'avons jamais eu le temps de faire connaissance. Je… n'ai jamais été présent, si ? C'est dommage, les pères absents. »

Cette dernière phrase reste en suspens et réclame une réponse, mais Ken n'en a pas.

« Tu me hais, Ken ? »

Brusquement, le bourdonnement des insectes cesse, comme si tous retenaient leur souffle.

« Non. » Ken lève la seringue et en évacue l'air en poussant le piston jusqu'à ce qu'une goutte coule le long de l'aiguille. « La haine n'a rien à voir avec tout ça, papa. »

Emerson Abbott s'était réveillé à l'aube et avait observé sa femme endormie comme s'il essayait de se remémorer qui c'était. Puis il s'était dirigé vers la fenêtre ouverte. Il avait regardé les arbres du parc déployer désespérément leurs branches noires vers le ciel d'hiver laiteux, il avait contemplé loin en bas l'asphalte mouillé qui scintillait à la lumière des lampadaires courbés face au vent.

Les temps étaient difficiles, les gens cherchaient du réconfort, ils voulaient des mensonges et des rêves bon marché, et comme il vendait les moins chers de tous, sa maison d'édition marchait comme sur des roulettes. Une société américaine avait fait une offre. L'entreprise était dans la famille depuis trois générations. Emerson Abbott avait souri. Il était monté sur l'appui de fenêtre, un coup de vent avait enroulé le rideau autour de son pied et il avait manqué de tomber. Se rattrapant à la gouttière, il s'était hissé tout tremblant et redressé de toute sa hauteur. La pluie venait latéralement, piquante comme des aiguilles de glace. Il avait ouvert la bouche. Un goût de cendre sur la langue. Le moment du grand saut était venu. Alors il avait fermé les yeux.

Lorsqu'il les avait rouverts, il était divorcé. Son ex-femme s'appelait désormais Emma Ives, Ives n'étant pas son nom de jeune fille, mais le patronyme de son nouveau mari, qui s'était installé dans la demeure qu'Emerson avait quittée et qu'elle avait gardée, selon les termes de leur divorce. Après le rachat de la maison d'édition, les Américains avaient décidé d'utiliser plutôt leur propre marque et décroché la plaque Abbott au-dessus de la porte ; au fond, Emerson se félicitait que son nom de famille ne soit plus entaché par les marchandises qui sortaient de l'établissement. Par l'intermédiaire d'un ami, il avait acheté une ferme d'élevage de serpents à Tuli, dans la partie orientale du Botswana. Il ignorait tout de cette activité, savait seulement qu'il s'agissait de fournir des serpents aux parcs de reptiles et aux laboratoires qui produisaient des sérums antivenimeux pour sauver quelques personnes de la mort, et que l'activité n'était pas particulièrement lucrative.

Trois semaines après avoir ouvert les yeux, il les avait refermés du mieux qu'il pouvait. Telle une lampe de lecture démesurée, le soleil surplombait la station de taxi de l'aéroport international, dans la capitale un peu moins internationale du Botswana, un village dont il avait lu sur le billet d'avion qu'il s'appelait Gaborone. Il prit un taxi pour les ministères. Au bout d'une semaine à courir dans les couloirs de la bureaucratie, il quitta Gaborone muni de tous les tampons, signatures et autorisations nécessaires. Depuis, il n'y avait pas remis les pieds. Cette ville abritant le seul aéroport international du pays, cela signifiait aussi qu'il n'était pas sorti du Botswana.

Pourquoi l'aurait-il fait ? Aussi vite et viscéralement qu'il avait haï Gaborone, il était tombé amoureux de Tuli. La ferme comprenait trois bâtiments anciens, mais bien entretenus ; les quatre employés y côtoyaient huit cents serpents à la morsure plus ou moins mortelle. La ferme se situait sur un plateau entouré de grewias et de mongongos émaillant des collines basses. La ferme était rarement visitée, hormis par les éléphants qui avaient labouré le sentier descendant à la rivière, les chacals en quête de quelque détritus ou d'une chaussure éculée, et la Jeep hebdomadaire qui, empruntant des routes quasiment impraticables, apportait du ravitaillement avant de repartir chargée de serpents et de venin. Si ce n'est les arbres morts à l'horizon qui, sur les monts verts, pointaient vers le ciel leurs doigts de sorcières noirs, rien ici ne rappelait Londres.

En début de saison sèche, des troupeaux d'impalas se rassemblèrent sur les plaines pour être près de l'eau, avec leurs compagnons attitrés, les babouins. Ensuite arrivèrent les zèbres et les koudous. C'était la fête des chasseurs de la savane, les lions œuvraient jour et nuit. Pendant le bref crépuscule, le soleil s'enflammait à l'ouest, et ensuite le rugissement grave des félins retentissait dans l'obscurité alors qu'un blizzard de papillons de nuit s'abattait sur les lanternes.

Une fois seulement Emerson avait douté de son appartenance à cet endroit. Les œufs d'un *Naja nigricollis*, un cobra cracheur à cou noir, venaient d'éclore et il avait vu le père dévorer tout crus ses petits, l'un après l'autre, jusqu'à ce qu'on parvienne à le retirer de la cage. Adolf lui avait bien expliqué que les serpenteaux étaient un élément naturel du régime alimentaire des cobras, mais de là à manger ses propres enfants… Cela avait éveillé en lui un tel dégoût, une telle aversion de la nature animale que pendant quelque temps il n'avait plus été sûr d'avoir le courage de continuer. Et puis un soir, Adolf lui avait montré un serpent-tigre ayant péri sous les morsures de sa progéniture et lui avait expliqué que le cours de la nature ne connaissait pas de liens familiaux et que, de toute façon, partout, c'était manger ou être mangé. Ingérer ses enfants ou ses parents n'était ni méchant ni immoral, c'était dans l'ordre des choses. C'était ça, l'Afrique : survivre, survivre à tout prix. Peu à peu, Emerson Abbott l'avait assimilé, accepté, finissant même par admirer cela comme un élément de l'ordre impitoyable, de la logique systématique qui équilibrait la nature et créait les conditions de vie des animaux et des humains d'ici. Bientôt, il avait recouvré ce qui lui avait si longtemps manqué : la peur de mourir. Ou plus exactement : de ne pas vivre.

Ensuite vint sa première saison humide. Il ne l'oublierait jamais. Il s'était endormi au son de la pluie et, dehors le lendemain matin, on aurait dit qu'un peintre fou s'était acharné sur la toile jaunâtre. En un jour ou deux, la plaine s'était transformée en un pré ondoyant d'une richesse de couleurs psychédéliques, elle embaumait et des insectes bourdonnaient doucement au-dessus du toit de verdure et des flots bruns de la rivière en crue.

Il s'était alors demandé ce qu'il pourrait bien avoir à faire ailleurs.

Six mois après son arrivée, il envoya une lettre à Ken. Puis, après avoir attendu une réponse pendant tout un semestre, une deuxième. L'année suivante, il conclut son monologue par des vœux de bon Noël et, comme il avait appris par des voies détournées que son fils n'avait rien trouvé de sensé à faire de son temps, une offre d'emploi permanent à la ferme.

Il ne s'attendait pas à une réponse et n'en obtint d'ailleurs aucune. Jusqu'à trois ans plus tard.

Ken aimait presque tout dans la cocaïne : il aimait l'effet qu'elle exerçait sur lui, et les membres de son entourage aussi aimaient l'effet qu'elle exerçait sur lui, il aimait qu'elle ne lui inflige pas de gueule de bois, et il aimait ne déceler aucun signe de dépendance. La seule chose qui lui déplaisait était son prix.

C'est pourquoi, après deux semaines de résultats malheureux sur les cynodromes, qui avaient entraîné pour lui une légère crise financière, il était passé à la variante du pauvre : les amphétamines. Par la suite, il avait fait la connaissance de Hilda Bronkenhorst, une maniaque de la santé, qui était affreuse et d'une bêtise renversante. Il avait couché avec elle pendant quelque temps, dans l'espoir qu'elle lui prête un peu de l'argent de son père. Chaque fois qu'il la voyait écarter les jambes et réclamer qu'il l'honore, il pensait à tout l'argent qu'il aurait alors bien mérité. Enfin, bref. Elle lui avait expliqué que les amphétamines étaient un produit synthétique que l'organisme ne parvenait jamais à éliminer tout à fait. Autrement dit : quand on a pris des amphétamines, on en conserve des résidus dans le corps pour toujours. Jamais et toujours. Deux mots qui le faisaient disjoncter. Il arrêta immédiatement et se jura de ne consommer désormais que des substances saines et biologiques, comme la cocaïne. Il se rendit alors à l'évidence qu'il avait besoin d'argent. Et vite.

L'occasion se présenta lorsqu'il passa au bureau d'un ancien collègue de la City, dans l'intention de raviver leur amitié afin de pouvoir la fois suivante solliciter un prêt. Pour s'amuser, l'ex-collègue lui montra un pari illégal sur la finale France-Brésil de la Coupe du monde de football. Le pari était administré par deux grands traders sur des pages codées dédiées de leurs écrans Reuters. Lorsque l'ex-collègue sortit du bureau pour les resservir de thé, Ken ne traîna pas. Il ferma les yeux, visualisa les cuisses de dinosaure de Ronaldo, inscrivit son nom et son adresse, ferma les yeux encore une fois, vit le maillot jaune des héros brésiliens qui brandissaient le trophée, et tapa un million de livres sterlings dans la case du montant. « Entrée ». Il retint son souffle, il savait que son nom ne figurait pas dans le système, que le montant était trop élevé, mais il savait aussi que, dans le monde de Reuters, des obligations pour un montant dix fois supérieur s'achetaient chaque seconde sans que personne cherche à savoir qui se trouvait à l'autre bout de la transaction. Il pensait avoir une chance. Un message s'afficha : CONFIRMÉ.

Si un abus de PlayStation n'avait pas déclenché le soir même une crise d'épilepsie chez Ronaldo, Ken n'aurait peut-être pas eu besoin de s'inquiéter pour le futur financement de sa cocaïne et, telle que la situation évoluait, pour sa santé immédiate. Deux jours plus tard, aux aurores, à savoir, dans le cas de Ken, avant onze heures du matin, on sonna à sa porte. Un homme en costume noir, équipé de lunettes de soleil et d'une batte de base-ball, lui exposa les désagréments qui l'attendaient si jamais il ne présentait pas un million de livres d'ici quatorze jours.

Quatre jours plus tard, à la fin du mois de juillet, Emerson Abbott recevait un télégramme dans lequel son fils lui adressait à son tour ses vœux de bon Noël, acceptait sa proposition et lui demandait de l'attendre à l'aéroport de Gaborone cinq jours plus tard. Ajoutant le numéro de compte sur lequel virer aussi vite que possible le montant du billet d'avion. Emerson était enchanté du tour que prenaient les événements, si ce n'est qu'il lui fallait retourner à Gaborone.

Ken consulte sa montre, une Raymond Weil en or sud-africain, dont les aiguilles avancent avec une précision suisse vers le jour du Jugement dernier.

Cette journée a commencé comme les vingt-six autres. Ken s'est réveillé en se demandant où diable il était et pourquoi. D'abord, il s'est rappelé pourquoi. L'argent. Cela aurait dû ramener ses pensées à ses créanciers londoniens, mais elles sont allées à la poudre blanche, une maîtresse avec laquelle il n'était plus très sûr que sa relation soit si détachée et platonique que ça. Les symptômes étaient classiques, mais il se figurait pouvoir imputer son irritabilité et ses sueurs à cet endroit abandonné des dieux, grouillant d'insectes, de créatures venimeuses et de noirauds irrespectueux, qui semblent avoir oublié depuis longtemps qui a colonisé et tenté de civiliser ce pays. Les manifestations dépressives, en revanche, étaient nouvelles. Ces subites heures noires où il perdait en quelque sorte prise sur l'existence, où le sol se dérobait et où il chutait dans des abîmes sans fond, sans rien pouvoir faire qu'attendre que ça passe.

« Chasse au serpent, a annoncé son père au petit déjeuner.

— Formidable », a-t-il répondu.

Il a essayé de paraître intéressé, vraiment. Vingt-six jours durant, il s'est tenu sage comme une image pendant que son père tenait chaire et prêchait ce qu'il fallait faire et ne pas faire quand on manipulait des serpents, quels serpents produisaient quel venin, quel était le taux de mortalité associé aux différents venins, quels symptômes ils provoquaient. Symptômes qu'il fallait du reste connaître, afin de pouvoir injecter à temps l'unique sérum adéquat parmi les quarante dont on disposait à la ferme. Pour être honnête — ce que Ken évite autant que possible —, tous ces venins, sérums antivenimeux et symptômes se sont confondus en un salmigondis de morts atroces, mais il a au moins compris que les tubes de sérum sont munis d'un code et d'un bouchon bleu, et ceux de venin du code correspondant et d'un bouchon rouge. À moins que ce ne soit l'inverse ?

Quand la concentration de Ken le trahissait et que ses pensées s'envolaient, son stylo cessant de noter, son père se contentait de le regarder d'un air mauvais.

Après le petit déjeuner, ils ont roulé une demi-heure sur ce qui évoquait vaguement une route, traversant tantôt des fourrés denses et verts, tantôt un paysage lunaire jaune et desséché, le tout en passant par des flaques de boue de cinquante centimètres de profondeur. À un moment, que Ken jugeait parfaitement aléatoire, son père s'est arrêté et a bondi hors de la voiture, en se saisissant de trois sacs de jute et d'une longue perche terminée par une boucle en acier.

Il lui a lancé des lunettes de natation.

« Mets ça. »

Ken l'a dévisagé sans comprendre.

« Les cobras cracheurs. Venin neurotoxique. Ils sont capables d'atteindre un œil à huit mètres de distance. »

Ensuite, ils se sont mis à chercher. Pas sur le sol, mais dans les arbres.

« Observe bien les oiseaux, a conseillé son père. Si tu les entends crier ou que tu les vois sauter de branche en branche, tu peux être relativement certain qu'il y a un serpent des arbres ou un mamba vert dans les parages.

— Je ne pense pas que…

— Chut ! Tu n'entends pas les caquètements ? Ce sont des furets qui chassent. Viens ! »

Son père s'est élancé dans la direction des bruits, Ken trottant à contrecœur à sa suite ; soudain, il a pilé et lui a fait signe d'approcher doucement. Et là, en effet, une longue mocheté noire se dorait au soleil sur une grande pierre. Ken pariait que sa longueur était de deux mètres et… voyons voir… treize centimètres. Si seulement il avait pu miser de l'argent dessus. Son père a contourné sans bruit la pierre, avancé sa perche, passé délicatement la boucle autour de la tête étroite caractéristique du serpent, serré. Le reptile s'est tortillé en tout sens, a ouvert sa gueule comme dans un bâillement mortellement dangereux. Ken fixait avec fascination l'intérieur rose de la gueule, qui lui rappelait Hilda Bronkenhorst.

« Tu vois que les crochets à venin sont à l'avant de la gueule ? a crié son père avec enthousiasme.

— Oui ?

— Donc c'est un... ?

— Oh, je t'en prie, papa, terminons d'abord. Ça me rend nerveux. »

Son père a relâché le serpent dans le sac que Ken maintenait ouvert.

« Un mamba noir », a-t-il déclaré, le regard dans les arbres.

Soit, a pensé Ken, avant d'avoir un mouvement d'effroi en sentant les soubresauts du serpent à l'intérieur du sac.

Au bout d'une demi-heure sous le soleil brûlant, il s'est accordé une pause-cigarette, en tournant le dos à l'un de ces arbres dont son père avait tenté de lui apprendre le nom. Il songeait à la carabine dans la voiture — au fond, cette occasion en valait une autre — quand il l'a entendu pousser un cri. Un jappement, plutôt. Mais Ken a tout de suite su ce qui s'était passé. Peut-être parce qu'il en a rêvé ou l'a inconsciemment espéré. Il a écrasé sa cigarette sur le tronc d'arbre. Avec un peu de chance, cela pourrait lui épargner bien des soucis. Son père était plié en deux au milieu des roseaux, près du cours d'eau.

« Merde ! Ken, je me suis fait mordre et je n'ai pas pu voir le serpent ! Aide-moi à chercher !

— J'arrive. »

Sans doute surpris du ton de son fils, son père a eu un temps d'arrêt.

Ken n'avait pas oublié ce qu'il lui avait expliqué : si on

ne parvient pas à identifier le serpent et que l'on doit choisir parmi les quarante sérums antivenimeux, rien ne sert de les injecter tous dans l'espoir de mettre un maximum de chances de son côté, car le sérum tuerait alors plus vite que le venin. Il se souvenait aussi qu'à la chasse aux serpents il ne fallait pas taper trop fort des pieds en marchant, les vibrations du sol les faisaient fuir. Ken a tapé des pieds aussi fort qu'il pouvait.

« Je l'ai ! » s'est exclamé son père en plongeant dans l'herbe. Une autre règle : il est moins risqué de se faire remordre que de ne pas savoir par quoi on a été mordu.

Ken a juré intérieurement.

Le pauvre diable, a-t-il pensé en voyant son père projeter à répétition le sac contre le tronc d'arbre le plus proche. Il ne pensait pas au serpent ni à son père. Sur sa rétine était revenue l'image de l'homme à la batte de base-ball sur le pas de sa porte. Comme d'habitude, Ken Abbott pensait à Ken Abbott.

Il a rejoint son père, qui s'affalait contre le tronc d'arbre. Rouge, le souffle rauque.

« Regarde ce que c'est », a-t-il murmuré en lui lançant le sac.

Ken a toussé dans la poussière soulevée du sol sec, il a ouvert le sac de jute et, à son corps défendant, glissé la main dedans.

« Ne... », a eu le temps de dire son père.

Ken a senti les écailles sèches et rugueuses contre sa paume ; pendant son séjour, il en a touché davantage qu'il n'aime y penser. Cette peau-ci n'était pas différente. Du moins jusqu'à ce qu'il se rende compte que la trémulation sous les écailles était celle de muscles, l'animal n'était pas mort. Loin de là. Quand les crocs se sont enfoncés dans sa peau, Ken a crié, de peur plus que de douleur. En retirant son bras, il a vu deux trous circulaires juste au-dessous de son coude. Il a crié encore et s'est empressé de porter la plaie à sa bouche pour l'aspirer fébrilement.

« Arrête donc. » La voix de son père était faible, exaspérée. « Ce truc ne marche que dans les westerns, je te l'ai dit.

— Oui, mais…

— Et je t'ai aussi dit qu'il ne faut jamais mettre la main dans un sac qui contient des serpents, que tu les penses morts ou non. Tu retournes le sac en faisant attention à tes jambes. Toujours. »

« Toujours » et « jamais » dans un même groupe de phrases. Ce n'était pas étonnant que Ken n'ait pas enregistré l'information.

« Retourne le sac. »

Le serpent est tombé par terre dans un choc mou et s'est recroquevillé sur lui-même, paralysé par le soleil.

« Alors, Ken, ton verdict ? Un cobra du Cap ? »

Ken n'a pas répondu, les yeux écarquillés, il se contentait de fixer le serpent.

« Un boa des sables ? Une vipère du Gabon ? »

La langue hypersensible du serpent a glissé hors de sa gueule pour analyser la situation et, en une seconde — en tout cas si l'on en croyait le cours magistral paternel —, ses sens du goût et de l'odorat lui ont fourni tous les renseignements nécessaires.

« Ne le laisse pas s'échapper, Ken. »

Ken l'a laissé s'échapper. Il n'avait de force ni physique ni nerveuse pour toucher de nouveau un serpent, encore moins un qui venait de réduire son espérance de vie à vingt-sept ans.

« Merde !

— Tu plaisantes ! s'est exclamé Ken. Tu l'as vu aussi bien que moi et tu connais par cœur tous les serpents de toute la maudite Afrique. Tu ne vas pas me dire que tu ne sais pas...

— Bien sûr que je sais de quel serpent il s'agit. » Son père l'a observé d'un air difficile à interpréter. « Et c'est pour ça que je dis "Merde". Va chercher la sacoche marron dans la voiture, dépêche-toi !

— On ne devrait pas plutôt retourner à...

— C'était un cobra égyptien. Nous aurions le système nerveux central paralysé avant d'arriver à mi-chemin. Fais ce que je te dis. »

Le cerveau de Ken a fait le point et désespérément cherché d'autres options. En vain. Il a même sorti la langue de sa bouche, mais ce n'a été d'aucun secours. Alors il a fait ce que lui disait son père.

« Ouvre-la, a ordonné celui-ci quand Ken est revenu avec la grande sacoche de médecin en cuir de buffle. Vite. »

Il se tortillait, la bouche ouverte, comme s'il manquait d'air.

« Injecte-moi la totalité, toi, tu peux attendre qu'on soit rentrés à la ferme pour t'en administrer.

— Mais moi je n'en ai pas besoin, papa. Je me sens parfaitement bien. Pourquoi veux-tu que je...

— Parce que j'ai écopé de la première morsure. Elle contient cinq fois plus de venin que la seconde. Ce qui me laisse environ une demi-heure. Toi, tu as deux heures et demie devant toi. Qu'est-ce que tu vois ?

— Un tas de tubes.

— Nous emportons toujours les antidotes des venins qui agissent le plus rapidement et ne nous laisseraient pas le temps de rentrer à la maison. Cobra égyptien, tu le trouves ? »

Ken parcourut à une vitesse fulgurante les étiquettes des tubes.

« Le voilà, papa.

— Il me le faut tout de suite. Avec un peu de chance, je resterai suffisamment lucide pour t'expliquer le chemin pendant que nous roulons et nous pourrons regagner la ferme bien avant que tu aies des problèmes. Les seringues sont au fond. Mon fils, tu sais ce qui te reste à faire. »

Ken lance un regard à son père. Visiblement, il n'est plus capable de bouger, il reste les paupières mi-closes à suivre ses faits et gestes. Puis Ken se concentre à nouveau sur la seringue, refoule la nausée. Il inspire profondément. Il sait qu'il se souviendra de cela jusqu'à sa mort, de cet instant où il a pris les choses en main et sauvé la vie de l'homme qu'il aime plus que tout au monde. Il applique la pointe de l'aiguille entre les deux trous de la morsure, voit la peau ployer légèrement avant de rebondir quand le métal la transperce. Ça brûle et il respire fort par le nez tout en appuyant doucement sur le piston. Il suit du regard le liquide jaune jusqu'à ce qu'il en reste environ deux tiers, puis remonte à peine le piston, retire l'aiguille et répète la procédure un peu plus haut sur son bras. Une pensée lui vient. Il ne sera pas membre du club des 27. Au contraire, il va devenir riche et vivre une vie longue et heureuse. Tout cela grâce à une seringue. C'est à mourir de rire.

« Quel effet ça te fait ? demande-t-il d'un ton badin.

— C'est triste », murmure son père. Son menton est retombé sur sa poitrine.

Ken ressort l'aiguille, essuie avec un coton quelques perles de sang aux points d'injection. Pas de nausée, pas de mauvaise conscience. Rien que du soleil et du bonheur. Bref, le jackpot. Enfin !

« Eh bien, mon cher père, si ça peut être une consolation, c'était plutôt douloureux. » Ken consulte sa montre. « Une consolation pour les dernières minutes qu'il te reste à vivre. »

Son père relève la tête au prix d'un gros effort.

« Pourquoi, Ken ? Au nom du ciel, pourquoi ? »

Ken s'assied à côté de lui, passe le bras autour de son épaule.

« Pourquoi ? À ton avis ? Je me suis aussi baladé avec cette carabine en guettant la première situation qui me permettrait d'invoquer un coup de feu accidentel. La raison, c'est l'argent, papa. L'argent. »

La tête d'Emerson retombe en avant. « Alors, c'est pour cela que tu es venu ? Pour chercher ton héritage ? »

Ken lève son bras intact et tapote son père dans le dos. Sur son autre bras, une douleur pulsatile, paralysante, se diffuse autour de la morsure et des points d'injection.

« J'ai lu un article démoralisant dans le *Guardian*, sur la vague de seniors. Tu sais quelle est aujourd'hui l'espérance de vie d'un homme ayant entre cinquante et cinquante-cinq ans, issu de la bourgeoisie, sans antécédents d'infarctus ou de cancer ? Quatre-vingt-douze ans ! J'ai des créanciers qui ne sont pas prêts à attendre si longtemps, papa. En revanche, je pense qu'ils s'apaiseront considérablement quand je reviendrai avec ton acte de décès et que je leur expliquerai que je suis ton seul héritier.

— Tu aurais pu me demander cet argent.

— Un million de livres ? Même moi je ne suis pas si cynique, papa. »

Ken éclate de rire, rire auquel répondent aussitôt des hyènes brunâtres qui ont fait irruption sur l'autre rive et les observent avec curiosité. Il a un frisson involontaire.

« D'où viennent-elles ?

— Elles l'ont flairé, répond Emerson.

— Elles l'ont flairé ? Pourtant tu n'as pas encore commencé à sentir.

— Elles perçoivent la mort dans l'air, j'ai déjà vu ça par le passé.

— Ah bon. Elles sont vilaines, elles sont stupides et elles sont de l'autre côté de la rivière. Je les déteste.

— C'est parce qu'elles nous sont moralement supérieures. »

Ken regarde avec stupéfaction son père, qui poursuit.

« Sans liberté de choix, aucune morale, te dis-tu peut-être, mais si la liberté de choix est de pouvoir contraindre sa nature et que la morale est de désirer le faire, pourquoi alors sommes-nous si malheureux ? » Emerson Abbott relève la tête, sourit tristement. « Eh bien, c'est parce que nous nous imaginons que nous aurions pu agir autrement, nous pensons avoir la chance d'être capables de faire autre chose que ce qui, en dernière analyse, nous profitera à nous-mêmes. Mais nous n'en sommes pas capables. J'en veux pour preuve que nous sommes ici, que nous existons toujours. Quand il le faut, nous mangeons nos pères ou nos fils, non pas par haine, mais par amour de la vie. Et cependant, nous pensons que nous allons le payer en brûlant en enfer. D'ailleurs, ce sera peut-être le cas. C'est pourquoi le cobra nous est moralement supérieur quand il choisit de manger ses enfants. Il n'éprouve pas une seconde de honte, car il n'existe pas de péché, simplement un désir brûlant de vivre, tu comprends. Ton seul sauveur, c'est toi-même, et tu n'assures ton salut qu'en faisant ce que tu dois faire pour survivre. »

Ken s'apprête à répondre, mais une soudaine douleur dans la poitrine lui coupe le souffle.

« Quelque chose ne va pas ?

— Je…

— Tu as mal à la poitrine, dit son père, d'une voix redevenue soudain normale. Ça commence comme ça.

— Commence ? De quoi tu…

— Le cobra égyptien. Tu te souviens qu'on en a parlé, non ?

— Mais…

— Le venin neurotoxique. D'abord une douleur cuisante autour de la morsure, qui se diffuse progressivement dans le corps. Autour de la morsure, la peau change de couleur. Les bras et les jambes enflent, viennent ensuite la somnolence puis l'accélération du rythme cardiaque, le larmoiement, l'hypersalivation, la paralysie du larynx, qui rend difficile de parler et de respirer, avant le point final : le venin neurotoxique paralyse le cœur et les poumons, et tu meurs. Le tout peut prendre des heures et c'est extrêmement douloureux.

— Papa !

— Tu sembles surpris, mon fils. Tu n'as pas écouté quand tout cela t'était expliqué ?

— Mais toi, tu… tu as l'air… mieux.

— Tu n'as pas dû très bien écouter, non. Sans quoi tu aurais vu la différence entre un cobra égyptien et un python de Seba.

— Un python de… Seba ?

— Agressif et déplaisant, mais pas venimeux. » Son père se redresse, remue la nuque. « Tu as raison, je vais tout à fait bien. Et toi ? Tu sens ta gorge se serrer, mon fils ? Dans quelques instants viendront les crampes. Une perspective peu réjouissante, à vrai dire.

— Mais nous…

— … avons été mordus par le même serpent. Tout cela est bien mystérieux, non ? Tu t'es peut-être mis autre chose dans le corps ? »

Ken comprend. Il regarde le tube vide sur le sol, cherche à se lever, mais ses jambes refusent. Il ressent une douleur intense dans les aisselles.

« Si tu avais écouté ce que nous t'expliquions, tu aurais regardé le bouchon du tube avant d'y enfoncer ta seringue, Ken. »

Rouge, se dit Ken. Un bouchon rouge. Il s'est injecté du venin.

« Mais il n'y avait pas d'autres tubes pour le cobra égyptien, je les ai tous vérifiés, il n'y en avait pas avec un bouchon bleu, pas de sérum… »

Son père hausse les épaules. Ken suffoque. Le bourdonnement des insectes s'est mué en pression régulière contre son tympan.

« Tu le savais depuis le début. Tu savais… pourquoi… je suis venu.

— Non, je ne savais pas, mais je ne suis pas idiot, donc je ne l'excluais pas. Et si tu avais voulu me faire l'injection, je t'en aurais empêché, bien sûr. »

Ken ne sent pas les larmes qui roulent sur ses joues.

« Papa… reconduis-moi à la ferme. Le temps… »

Mais son père ne semble pas l'entendre. Debout, il contemple l'autre rive entre ses paupières presque closes.

« Adolf affirme que ce sont de bonnes nageuses, mais je ne l'ai jamais vu de mes propres yeux. »

Ken glisse en arrière, reste sur le dos, regarde le ciel. Le soleil brille encore haut au-dessus des arbres de la colline, mais à dix-neuf heures, un fil invisible sera coupé, et il tombera en chute libre derrière l'horizon. Un quart d'heure plus tard, il fera nuit noire. L'oiseau blanc crie encore. Il bat des ailes pendant une seconde ou deux, puis Ken le voit traverser son champ de vision. C'est si beau.

« Il est temps de rentrer, déclare son père. Adolf devrait bientôt avoir fini de préparer le dîner. »

Ken l'entend prendre la sacoche d'antidotes et s'éloigner. Quelques secondes de silence sont suivies d'une succession de plouf et de flac dans la rivière. Ken Abbott sait qu'il n'a pas la moindre chance.

LE CAVALIER NOIR

PREMIÈRE PARTIE

L'ouverture

« Vos paupières sont lourdes. »

De fabrication inconnue, mais chargée de suffisamment d'or pour balancer longtemps et régulièrement au bout de sa chaîne, ma montre à gousset était dans la famille depuis 1870.

« Vous avez sommeil, vous fermez les yeux. »

Le silence était complet, c'est à peine si le son des robustes cloches du Duomo de Milan traversait le triple vitrage des fenêtres donnant sur la rue. Et dans ce silence, l'absence de tic-tac était frappante. Les aiguilles étaient parties chacune de leur côté le jour où la montre avait rendu son dernier souffle, c'était désormais un objet muet, privé de sa fonction.

« À votre réveil, vous ne vous souviendrez plus ni d'avoir été enceinte ni d'avoir avorté. Cet enfant n'a jamais existé. »

Je sentis soudain mes larmes monter. En perdant mon propre enfant, j'avais aussi perdu ce que nous autres, psychologues, dénommons la régulation émotionnelle. Je sanglotais au moindre détail qui me le rappelait. Je me ressaisis.

« Vous vous souviendrez de m'avoir consulté pour vous défaire de votre dépendance à la nicotine. »

Dix minutes plus tard, je tirai délicatement Mme Karlsson de sa transe.

« Je ne ressens pas d'envie de fumer ! »

Elle reboutonna son vison en me regardant.

Assis à mon bureau, je prenais quelques notes avec le stylo Montegrappa que j'avais trouvé chez un antiquaire des années auparavant. Les patients aiment qu'on prenne des notes, cela atténue leur impression d'être un objet sur une chaîne d'assemblage.

« Dites-moi, docteur Meyer, c'est difficile, d'hypnotiser quelqu'un ?

— Ça dépend de qui doit être hypnotisé. Comme disent les réalisateurs de films, le plus dur, c'est les enfants et les animaux. Et le plus facile, les gens qui ont une âme d'artiste, comme vous, *signora.* »

Elle rit.

« D'après certaines rumeurs, vous auriez réussi à hypnotiser un chien, docteur Meyer. C'est vrai ?

— Ce ne sont que des rumeurs, répondis-je en souriant. De toute façon, quand bien même je l'aurais fait, je suis soumis au secret professionnel concernant mes patients. »

Elle rit encore.

« Mais songez au pouvoir que vous avez.

— J'ai bien peur d'en avoir aussi peu que tout le monde. »

Je cherchai dans mon tiroir une recharge d'encre pour mon stylo, qui n'écrivait plus. Le président du club d'échecs local que j'avais jadis fréquenté m'avait un jour dit que, si je perdais systématiquement, ce n'était pas que je ne savais pas ce que je faisais, mais que je sabotais mes chances avec mon incompréhensible penchant pour les faibles. Il me soupçonnait de vouloir sacrifier une tour plutôt qu'un cavalier parce que je préférais le cavalier. Ou parce que j'avais le sentiment de moi-même en être un.

« Ce sont des pièces, Lukas, des pièces ! Il ne s'agit pas de préférences, le cavalier vaut moins, c'est une simple réalité.

— Pas toujours. Le cavalier peut sortir de positions d'enfermement.

— Les cavaliers sont lents et arrivent toujours trop tard pour sauver qui que ce soit, Lukas. »

Je trouvai la recharge, un mince cylindre métallique, aussi long que le stylo, et terminé par une fine pointe en métal, comme l'aiguille d'une seringue. Je m'aperçus que c'était la dernière, ces stylos et leurs recharges n'étaient plus fabriqués. À l'instar de nombreux producteurs d'objets inutilement beaux, Montegrappa avait ployé sous l'impitoyable concurrence internationale.

J'écrivais délicatement, avec recueillement, sans gaspiller les mots. Mme Karlsson allait recommencer à fumer, elle dirait alors à ses amies que ce Dr Meyer ne valait rien, et j'éviterais ainsi l'afflux dans mon cabinet. Elle n'allait pas se souvenir d'avoir avorté. Si jamais cela arrivait, ce serait à la faveur d'une désactivation de l'hypnose. Par un mot de passe, par une ambiance, par un rêve, les possibilités étaient nombreuses.

Après son départ, je rangeai mes affaires dans mon exquise sacoche Calvino en cuir noir. Je l'avais achetée à cause de son homonymie avec Italo Calvino, le rebelle antifasciste. Et parce que j'avais les moyens, évidemment.

Je nouai mon écharpe Burberry et quittai mon bureau.

Linda, la réceptionniste du cabinet que je partage avec deux confrères, leva le nez.

« Passez une bonne journée, Lukas. »

Son soupir imperceptible fut accompagné d'un regard discret sur sa montre. Il n'était que quinze heures, comme d'habitude. Linda avait coutume de me saluer de ce « Passez une bonne journée » assez américain, non pas pour bénir mes heures jusqu'à ce que le soir tombe ou que je me couche, mais pour souligner combien il était injuste que mes journées de travail soient infiniment plus courtes que celles de mes collègues, et par conséquent que les siennes à elle. Je pense qu'elle trouvait, ou croyait trouver, que c'était un manque de solidarité de ma part de ne pas prendre davantage de clients, mais elle ne pouvait pas savoir que, ces dernières années, mon activité de psychologue était devenue annexe et ne faisait que couvrir mon second et réel travail : tuer des gens.

« Passez une bonne journée, Linda », répondis-je avant de sortir dans le beau temps de décembre.

Je n'ai jamais réussi à décider si je trouve Milan belle. Elle l'a été, il suffit de voir les photos de l'époque où c'était une ville d'Italie, et non de Capitalie, comme j'appelle ce monde sans États que nous avons actuellement. Elle avait été d'une beauté surnaturelle avant la dernière guerre mondiale matérielle, bien sûr, mais même après avoir été bombardée, elle avait conservé une élégance sobre, distincte. Son style, son goût avaient été particulièrement influencés par les maisons de couture, et réciproquement. Avant la prise de pouvoir en Europe, en Amérique du Nord et en Asie des seize grands cartels d'affaires, les émissions des usines avaient été régulées par les autorités centrales, et même à Milan, l'une des villes les plus polluées d'Europe, les bons jours on voyait jusqu'aux cimes blanches des Dolomites. Désormais, un voile constant reposait sur la cité, et quiconque n'avait pas les moyens d'acquérir les purificateurs d'air hors de prix qui monopolisaient maintenant le marché vivait une vie courte et tourmentée.

Les médias, qui appartiennent aux cartels, nous racontent que les gens sont plus riches aujourd'hui et le démontrent en nous présentant des statistiques de revenus réels par habitant. La réalité est bien entendu qu'aujourd'hui les inventeurs et directeurs des cartels ont des revenus mille fois supérieurs à ceux d'un salarié moyen. Lequel est, dans quatre-vingts pour cent des cas, en contrat précaire, n'a pas l'ombre d'une possibilité de planifier à long terme et se voit obligé de s'installer dans le bidonville de plus en plus vaste qui ceint la ville de toutes parts, sauf au nord.

Devenue le centre financier de l'Europe, Milan avait vu sa population exploser, et elle accueillait désormais non seulement la Borsa Milano et le siège de sept cartels, mais encore le troisième bidonville du monde. Je ne suis pas socialiste, mais point n'est besoin de l'être pour regretter une époque où les revenus, certes plus bas, étaient mieux répartis et où il existait un État opérationnel, qui s'occupait du mieux qu'il pouvait de ceux qui possédaient peu.

Je passai devant le majestueux Duomo. La file de fidèles et de touristes venus visiter la cathédrale s'étirait loin sur la vaste Piazza Duomo, au bout de laquelle se trouvait ce que nous autres, travailleurs du meurtre, appelons le Café

Morte. Les hommes qui y étaient assis — car il n'y avait que des hommes — avaient le nez dans un journal, la tête baissée vers un téléphone, mais scrutant du regard les environs, en quête de potentiels clients. Je ne m'arrêtai pas. Depuis que les cartels et la concurrence dérégulée s'étaient imposés, le marché du meurtre commandité s'était développé de façon exponentielle, et la profession se présentait essentiellement sous deux formes, non sans ressemblance avec le secteur de la prostitution. Le Café Morte incarnait le marché de plein vent, les prostituées de rue. Les clients pouvaient y faire effectuer le travail au tarif minimum, dix mille euros. La qualité était inégale, la discrétion aussi, mais dans une société où tant les forces de police que le ministère public étaient réduits à leur plus simple expression et corrompus de part en part, le risque de se faire prendre restait tolérable et, souvent, les proches des victimes ou leurs employeurs réagissaient en commanditant plutôt un contre-meurtre. Notre secteur, à l'instar de ceux de l'armement ou de la drogue, était un marché en pleine expansion.

Les premiers meurtres de cartels, qui avaient vu l'élimination de personnages stratégiques de structures concurrentes afin d'affaiblir leur compétitivité, furent l'œuvre de chauffeurs de taxi, et l'on suppose que c'est à cela que nous devons notre dénomination de « chauffeurs ». Notons cependant qu'il existe des chauffeurs qui attendent une mission aux stations de taxi comme le Café Morte et des conducteurs de limousine, qui travaillent en marché couvert, comme les prostituées de luxe. Pour mettre la main sur eux, il faut passer par un intermédiaire, un « fixeur ». Le chauffeur de limousine s'est bâti une réputation et il coûte jusqu'à dix fois plus cher qu'un chauffeur du Café Morte, mais si l'on souhaite liquider un employé clef bien protégé, c'est au chauffeur de limousine qu'il faut s'adresser. Quelqu'un comme moi.

J'étais loin de me douter que je possédais un tel talent pour ce travail, bien au contraire. Cependant, un degré élevé d'empathie peut impliquer une bonne compréhension de la façon de penser de son adversaire. Au cours de mes deux années dans le secteur du meurtre, j'avais réussi à devenir l'un des chauffeurs les plus demandés. Mes revenus de psychologue, en baisse depuis la mort de mon fils, le jour de ses huit ans, s'étaient complètement taris avec le suicide de Maria l'année suivante ; je n'avais toutefois pas été poussé à devenir chauffeur par mes finances. En tant que psychologue, j'ai l'habitude de déduire les motivations simples et souvent banales de mes patients : la mienne était la vengeance. J'avais accepté que Benjamin, mon unique enfant, soit né muet, c'était le fruit du hasard, ce n'était la faute de personne, ça ne portait atteinte au bonheur de personne, en revanche, je n'acceptais pas ce qui l'avait tué : l'avidité de certains patrons qui avaient calculé qu'en contournant secrètement les normes de sécurité électrique ils pourraient vendre leurs produits un peu moins cher que leurs concurrents, tout en s'assurant des marges légèrement supérieures. Je sais qu'il paraît étrange qu'une lampe de chevet défectueuse puisse rendre prêt à sacrifier son humanité et à répandre la mort. Et quand je dis « répandre », je n'exagère nullement. Ne pouvant rejeter la faute sur personne en particulier, il me fallait diriger ma vengeance sur tous ceux qui étaient à la tête des cartels et y avaient un pouvoir de décision, ceux qui, par leur vénération cynique de Mammon, m'avaient enlevé Benjamin et Maria. Comme le terroriste qui a perdu sa famille dans un bombardement et précipite un avion dans un gratte-ciel rempli de gens dont il sait qu'ils n'en sont pas personnellement responsables, mais en portent la coresponsabilité malgré tout. Oui, j'identifiais très clairement pourquoi j'assassinais les personnages prépondérants des cartels, mais il ne suffit pas forcément de formuler son mobile pour changer d'action. La mort étant clairsemée, le nectar de la vengeance s'en trouvait dilué et il n'étanchait pas ma soif. Je devais continuer. J'aurais pu mettre un terme à mes propres jours, bien sûr, mais une soudaine certitude que la vie n'a pas de sens n'implique pas nécessairement qu'on désire cesser de vivre. Les gens comme Maria sont l'exception qui confirme la règle.

Je fis le test auquel je me livrais à intervalles réguliers et balayai la terrasse du café d'un coup d'œil prétendument fortuit. Cette fois encore, je notai l'absence de signe de reconnaissance dans les regards que je croisais. Ces hommes constataient simplement que je n'allais pas leur fournir de travail et se désintéressaient totalement de moi. Tant mieux. Pour assurer sa subsistance dans la branche limousine, il était impératif que son visage reste inconnu, même du commanditaire, et encore plus des concurrents. L'intermédiaire, le fixeur, prenait vingt-cinq pour cent des honoraires et il les valait, ne serait-ce que parce qu'il offrait un paravent derrière lequel se cacher. Dans la branche limousine, les gens qui se faisaient prendre, et je ne parle pas ici de police, étaient des fixeurs bien plus souvent que des chauffeurs, il suffisait de regarder les stèles du Cimitero Maggiore.

Au-delà de mon inextinguible soif de vengeance, je disposais de quelques atouts supplémentaires comme chauffeur. L'un se nommait Judith Szabó, ou tout simplement la Reine, comme on l'appelait dans le milieu. Elle faisait partie des trois ou quatre meilleurs fixeurs de la place et disposait de talents de négociation légendaires. D'aucuns affirmaient qu'elle n'avait jamais quitté une salle de réunion sans un accord en poche et, pour l'heure, j'étais son seul client attitré. Son seul amant aussi. Je crois. Je ne peux pas en avoir la certitude absolue, son précédent client attitré avait lui aussi cru être son seul amant. Un autre atout était que, contrairement à de nombreux chauffeurs, j'avais une couverture, en tout cas tant que je conservais suffisamment de patients pour que ma présence au cabinet ne paraisse pas incongrue. Mon troisième et principal atout était mon arme du crime. L'hypnose.

Je m'arrêtai à un passage clouté. Tous mes sens en éveil, j'attendis que le feu passe au vert pour les piétons. Je n'aime plus être dans un espace public sans savoir qui j'ai autour de moi. Une carabine à lunette de visée avec silencieux sur un balcon, un coup de poignard dans le dos au moment où le feu change de couleur, la lame remontant dans le rein et occasionnant une première douleur si vive que la victime se trouve incapable d'articuler le moindre son et reste au sol alors que la foule avance.

À une époque, les chauffeurs avaient trôné au sommet de la chaîne alimentaire, ou du moins ils n'avaient pas à craindre pour leur vie. C'était avant que les cartels ne s'attachent les meilleurs chauffeurs de façon permanente, les transformant par là même en éléments essentiels de leur personnel, donc en cibles. Les cartels disposant de milices qui, dans les faits, pouvaient s'élever au-dessus des lois, la concurrence, essentiellement sur les marchés de la technologie, du divertissement et de la médecine, commençait à évoquer davantage la guerre à l'ancienne que le capitalisme à l'ancienne. Chose singulière, les marchés avaient beau être dérégulés et la concurrence à tous égards plus dure, les acteurs étaient désormais moins nombreux, et non le contraire, comme on aurait pu s'y attendre, diverses opérations d'acquisition avaient accentué le parfum de monopole et d'oligopole. Car comme on le dit dans le monde des requins : *Size is everything*. Enfin, peu importe la taille quand on n'a pas de dents. Les « dents », en l'espèce, étaient les meilleurs cerveaux, les meilleurs inventeurs, les meilleurs chimistes, les meilleurs stratèges commerciaux. Le personnel clef des cartels avait fini par acquérir le même statut social et les mêmes salaires que les meilleurs footballeurs, et les sociétés qui n'étaient pas en mesure de verser de tels salaires perdaient leur compétitivité. Pour maintenir leur position, les sociétés disposant d'un peu moins de ressources s'étaient donc mises à tuer les cerveaux des compagnies concurrentes. Lesquelles étaient obligées de leur rendre la monnaie de leur pièce afin de conserver leur hégémonie ; les meilleurs chimistes, inventeurs et directeurs furent remplacés par une nouvelle noblesse : les meilleurs tueurs à gages. Au final, la société disposant des tueurs les plus talentueux finirait par l'emporter, semblait-il. Ainsi avait commencé le processus de cannibalisation dans lequel nous nous trouvions actuellement. Les compagnies louaient les services de tueurs pour assassiner les tueurs de leurs concurrents.

C'est pourquoi je me figeai en entendant une voix derrière moi, légèrement sur ma gauche, dans ce que l'on appelait, si justement, l'angle mort du chauffeur. Si je sus que c'était lui, ce n'était pas parce que je reconnaissais sa voix, car je ne la reconnaissais pas. C'était en partie parce qu'il parlait la variante napolitaine du dialecte calabrais, d'où son surnom « il Calabrese », en partie parce que je m'attendais plus ou moins à ce qu'il surgisse tôt ou tard, et qu'aucun autre chauffeur que Gio « il Calabrese » Greco n'aurait réussi à se faufiler derrière moi sans que je m'en aperçoive, et enfin parce que je voyais dans les vitres des voitures qui passaient que cet homme portait un costume blanc, la tenue de meurtre de Greco.

« Ma parole, c'est une véritable performance », susurra la voix tout contre mon oreille.

Je dus me dominer pour ne pas me retourner. Je songeai que cela ne se justifiait pas, que, s'il avait voulu me tuer, il l'aurait déjà fait, ou alors il s'apprêtait à le faire et il n'était plus en mon pouvoir de l'en empêcher. Car nous parlons ici du meilleur chauffeur d'Europe. Ce n'est pas une question d'appréciation subjective. Depuis plusieurs années, Gio Greco était le mieux payé du continent, or nous vivons à une époque où il est communément accepté que le marché a toujours raison. Judith racontait que, quand elle était fixeuse de Gio, elle pouvait prendre le double de ce qu'obtenaient Thal, Fischer ou Alekhin.

« Vous pensez être meilleur que moi, Lukas ? »

Instinctivement, je reculai tandis qu'un camion passait au ras de mon visage en faisant trembler le sol.

« Pour autant que je sache, vous êtes payé le triple de moi, donc non.

— Qu'est-ce qui vous fait croire que je parle boutique, Lukas ? Ce que je vous demande, c'est si vous croyez que vous la baisez mieux que moi. »

Ma gorge s'assécha. Il rit. Un rire sifflant qui commençait par un T et évoluait vers un long S hoquetant.

« Je blague ! Je parle boutique. Le meurtre de M. Chadaux. La direction de l'entreprise n'a pas réussi à déterminer si c'était un accident de la route ou un suicide, alors elle a fait appel à un spécialiste de la mort. Moi. Sur les images de la caméra de surveillance… » Il pointa l'index vers l'immeuble d'en face, où je savais se trouver les caméras. « … on voit M. Chadaux au feu, comme nous maintenant, mais quand le feu passe au vert et que les autres piétons commencent à traverser, il ne bouge pas. Il a l'air de dormir debout. D'autres piétons arrivent à sa hauteur, le feu repasse au vert et là, il ferme les yeux et remue les lèvres comme s'il comptait silencieusement. Vous avez vu les images ? »

Je secouai la tête.

« Mais vous avez peut-être vu la scène en direct ? »

Je secouai encore la tête.

« Vraiment ? Alors permettez-moi de vous la raconter. Il s'engage sur le passage clouté. Vous savez combien de voitures lui sont passées sur le corps avant qu'on parvienne à arrêter la circulation ? Non, vous ne savez pas ça non plus. Je vais vous dire ce qui n'était pas écrit dans le journal : on a dû racler l'asphalte pour décoller M. Chadaux comme un chewing-gum.

— Et on a pu tirer au clair si c'était un accident ou un suicide ? »

Greco rit, son rire en TS. Doucement, mais si près de mon oreille que je l'entendais par-dessus la circulation.

« La société de Chadaux est concurrente d'une des sociétés pour lesquelles vous travaillez. Vous croyez aux coïncidences, Lukas ?

— Oui, bien sûr. Il y en a sans cesse.

— Non, vous n'y croyez pas. » Greco ne riait plus. « J'ai étudié ces images plusieurs fois et ensuite je suis venu ici pour examiner tout cela de plus près, en particulier ce feu sur lequel on voit Chadaux braquer son regard. »

Gio Greco montra le feu sur le terre-plein central juste en face de nous. « Il y a des marques de tournevis. Quand j'ai regardé les données de la caméra de surveillance, je me suis rendu compte qu'elle avait été hors service pendant environ une heure la nuit précédente, nul n'a été en mesure de m'expliquer pourquoi. Vous vous y êtes pris comment, Lukas ? Vous avez installé un écran sur le feu avec lequel vous communiquiez par téléphone afin d'hypnotiser M. Chadaux en direct ? Vous lui avez dit quand avancer sur la chaussée, ou il y avait un déclencheur, le feu passant au rouge, par exemple ? »

Même dans le froid hivernal, je sentais la sueur perler sur tout mon corps. Je ne pense pas avoir particulièrement peur de mourir, mais j'ai peur de Gio Greco. En psychologie, on parle d'attribution : Greco n'était peut-être qu'un artisan de talent à la réputation glaçante. Quoi qu'il en soit, sa présence me donnait le sentiment qu'une chose épouvantable risquait de se produire d'un instant à l'autre. C'était peut-être son rayonnement. Ou son absence de rayonnement, tout comme le froid n'est que l'absence de chaleur. Une méchanceté aussi pure n'est que l'absence de clémence. Telles que je vois les choses, un psychopathe n'est pas quelqu'un qui a quelque chose en plus, mais quelque chose en moins.

« Ils ont mis ma tête à prix ? Les gens de la société de Chadaux. »

Un bonhomme vert a succédé au rouge, de part et d'autre de nous les gens affluaient sur la chaussée. Si j'avançais sur le passage clouté, me prendrais-je une balle dans le dos ?

« Qui sait ? De toute façon, vous ne m'avez pas l'air de quelqu'un qui a très peur de mourir, si, Lukas ?

— Il y a pire que quitter cette vallée des lamentations. »

Je contemplai le dos des piétons qui nous avaient laissés seuls sur le trottoir.

« C'est en tout cas mieux que d'être abandonné, nous sommes sans doute d'accord sur ce point, Lukas. »

Naturellement, mon premier réflexe fut de penser qu'il faisait allusion au fait que Judith l'avait quitté. C'était naïf de croire qu'il ne découvrirait jamais que je l'avais remplacé et comme client et comme amant de Judith, mais sa façon de le dire me suggéra qu'il parlait peut-être de moi. Du fait que j'avais été abandonné par mon fils, Benjamin, et ma femme, Maria. Si tel était le cas, j'ignorais totalement comment il s'était procuré cette information.

« *Hello, I'm...* », commença-t-il. Il scandait les mots avec lenteur et je me raidis. « Détendez-vous, fit-il en riant doucement. Je ne vais pas vous abattre devant les caméras de surveillance. »

Je me forçai à bouger un pied, puis l'autre, et partis sans regarder derrière moi.

Si Milan était devenue capitale des chauffeurs d'Europe, c'était notamment pour cette raison très évidente que la ville était un centre de technologie et d'innovation, et qu'elle accueillait nos cerveaux les plus puissants, nos entreprises les plus riches. Milan était le point d'eau où se rassemblent toutes sortes d'animaux de la savane. Si l'on excepte les rares herbivores suffisamment grands pour ne pas avoir à s'inquiéter, nous sommes ou bien des prédateurs, ou bien des animaux de proie, ou encore des parasites. Nous vivons dans une symbiose de la peur, aucun de nous ne peut s'en affranchir.

Je marchais dans l'une de ces ruelles pavées réservées aux piétons et qui tournent légèrement, bouchant la vue au loin. C'est sans doute pourquoi je prends toujours ce chemin quand je vais de mon cabinet à mon appartement : cela m'évite de voir tout ce que j'ai devant moi.

Le parcours était émaillé de petites boutiques de mode chics, de magasins un peu moins luxueux, et d'ateliers d'artisans ayant connu une renaissance quand la pénurie de matériaux et de matières premières avait mis un terme à la production de masse.

Chez moi m'attendait l'échiquier sur lequel j'allais jouer ma partie préférée, Murakami contre Carlsen. Datant d'après la grandeur de Carlsen, elle est célèbre, car dès un stade précoce de l'ouverture, Carlsen tombe droit dans un piège si évident, mais rusé, qu'on l'a baptisé piège de Murakami et qu'il est devenu aussi fameux que le piège de Lasker. Murakami en livrerait d'ailleurs une variante brutale dans une partie encore plus célèbre d'échecs rapides contre Olsen, jeune Italien qui avait le vent en poupe et venait de Milan, justement.

Mon cœur battait encore la chamade après ma rencontre avec Gio Greco. Je savais, bien sûr, que le meurtre en pleine rue n'était pas son genre, qu'il laissait ces choses-là aux chauffeurs du Café Morte, mais lorsqu'il avait dit «*Hello, I'm…*», j'avais été certain que j'allais pouvoir retrouver Benjamin et Maria. Je ne sais pas si c'est son amour pour Johnny Cash, mais d'après la légende, la formule d'adieu de Greco à ses victimes, sa carte de visite, serait «*Hello, I'm Greco*». D'aucuns affirmant qu'il a commencé à le dire une fois la légende apparue. Quand il était présent, notons bien. Car il était aussi capable de téléguider ses assassinats, comme l'année précédente, lors du spectaculaire attentat contre la famille Giualli dans le château des Sforza.

Je savais que personne ne me suivait mais, naturellement, je cogitais sur la raison pour laquelle il avait fait irruption et n'avait livré que la moitié de sa formule. Car Greco avait raison : je ne croyais pas aux coïncidences. Était-ce une menace ? Mais pourquoi étais-je censé la prendre au sérieux quand nous savions l'un comme l'autre qu'il aurait pu accomplir le travail séance tenante, l'occasion était parfaite. Que fomentait-il ? Peut-être souhaitait-il que je pense qu'il fomentait quelque chose, peut-être était-ce simplement l'ancien amant jaloux qui cherchait à priver le nouveau de son sommeil nocturne.

Mes pensées furent interrompues par des éclats de voix et des cris devant moi. Des badauds s'attroupaient devant un immeuble. Comme eux, je regardai vers le haut. À l'avant-dernier étage, de la fumée noire s'exhalait d'un balcon. Je distinguais des contours derrière les barreaux, un visage pâle. Un garçon. Huit ans ? Dix ? C'était difficile à voir d'ici.

« Saute ! cria un spectateur.

— Pourquoi personne ne court le chercher ? lui demandai-je.

— La porte de l'immeuble est fermée. »

D'autres personnes se joignirent à la foule, qui doubla, tripla, et je compris que j'avais dû arriver juste après la découverte de l'incendie. Le garçon ouvrit la bouche, mais aucun son n'en sortit.

J'aurais dû comprendre tout de suite, et peut-être ce fut le cas. Ça n'aurait rien changé, les larmes me montaient aux yeux.

Je m'élançai vers la porte, la tambourinai. Une lucarne s'ouvrit, laissant apparaître un visage barbu.

« Il y a le feu au cinquième.

— Nous attendons les pompiers, répondit l'homme avec le débit mécanique de quelqu'un qui récite une réplique apprise par cœur.

— Il sera trop tard, il faut sauver le garçon ! Ça brûle. Laissez-moi entrer. » Je parlais à voix basse, malgré mon envie de hurler.

Le battant s'entrebâilla. L'homme, grand et carré, avait une tête qui semblait enfoncée entre ses épaules à coups de masse. Vêtu d'un costume noir sans signe distinctif, il portait l'uniforme habituel des chauffeurs. Si je forçai le passage devant lui, ce fut donc parce qu'il me laissait le faire.

Je gravis les marches quatre à quatre en sentant l'air toxique de Milan me brûler les poumons alors que je comptais les étages. Je m'arrêtai au cinquième, vis deux portes et saisis la poignée de celle de gauche. Elle était verrouillée et j'entendis un chien aboyer furieusement à l'intérieur. Je me souvins alors que le balcon était sur la droite de l'immeuble et appuyai sur la poignée de l'autre porte.

À ma grande surprise, elle s'ouvrit. Derrière le rideau de fumée se dessinaient des flammes. Plaquant un pan de mon manteau en laine sur mon visage, j'entrai. Je ne distinguai pas grand-chose, mais c'était visiblement un petit appartement. En me déplaçant dans ce que je supposais être la direction du balcon, je heurtai un canapé. J'appelai, n'obtins pas de réponse, continuai d'avancer en toussant. Des flammes sortaient d'un réfrigérateur ouvert et sur le sol se trouvaient les restes déformés d'un objet. Une lampe de chevet ?

Je le disais, je ne crois pas aux coïncidences, ceci était une redite orchestrée, mise en scène exclusivement à mon intention. Et pourtant, je ne pouvais que faire ce que je comprenais être attendu de moi, je ne voyais pas d'autre solution.

Un souffle de vent inopiné chassa temporairement la fumée de la porte du balcon et je vis le garçon. Il était vêtu d'un blazer à emblème crasseux, d'un T-shirt troué sale, et d'un pantalon dans le même état. Il me dévisagea, les yeux écarquillés. Il était blond comme Benjamin, mais plus menu.

Je fis deux rapides pas en avant, refermai mes bras autour

de lui, le soulevai et sentis ses petits doigts chauds agripper ma nuque. Je me précipitai vers le vestibule en toussant de la fumée. Après avoir tâtonné le long du mur, je trouvai la porte et cherchai la poignée du bout des doigts, en vain. Malgré mon coup de pied, suivi d'un coup d'épaule, le vantail ne bougea pas d'un millimètre. Où était cette foutue poignée ?

J'obtins la réponse lorsque le réfrigérateur émit un sifflement aigu, comme celui d'un tuyau percé. Du gaz s'en échappa, prit feu et éclaira ainsi l'appartement entier.

Pas de poignée, pas de verrou, rien. Réalisateur : Gio Greco.

Sans lâcher le garçon, je regagnai en courant le balcon et me penchai par-dessus la balustrade en fer forgé.

« Respire bien. »

Le petit, qui gardait son grand regard marron fixé sur moi, fit ce que je lui demandais, mais je savais que, quand bien même je l'éloignerais au maximum du balcon, rien n'y ferait, nous allions bientôt mourir intoxiqués.

Dans la rue, les gens nous observaient, bouche bée. Certains criaient, mais je n'entendais pas quoi à cause des flammes désormais rugissantes derrière nous. Je n'entendais pas non plus de sirènes de pompiers. Car il n'y avait pas de pompiers qui approchaient.

Habillé à la mode des clients du Café Morte, l'homme qui m'avait ouvert la porte de l'immeuble avait également eu ce même visage froid, fermé, aussi mort que ses victimes. Je lançai un regard à droite. Il y avait un balcon, mais il était trop éloigné, et sans accès possible. À gauche, pas de balcon, mais une corniche qui rejoignait une fenêtre de l'appartement voisin.

Pas de temps à perdre. J'écartai légèrement le garçon et le regardai dans les yeux.

« On va aller à la fenêtre, là-bas, donc il faut que tu montes sur mon dos et que tu t'accroches. Tu comprends ? »

Le garçon ne répondit pas, se contenta de hocher la tête.

Je le fis passer derrière moi, il entoura mon cou de ses mains et serra ses jambes autour de mon ventre. J'enjambai la balustrade et m'y tins tout en posant le pied sur la corniche. Elle était étroite et je ne pouvais y placer qu'une petite partie de ma chaussure, mais par bonheur mes grosses semelles d'hiver rigides me procuraient un soutien suffisant. Je lâchai une main, l'appuyai contre la façade.

En bas, les gens criaient, mais je faisais abstraction d'eux tout comme de la hauteur. Ce n'est pas que je ne sois pas sujet au vertige, je le suis, et en cas de chute, la mort était assurée, c'était une évidence, mais mon cerveau comprenant que l'alternative se situait entre marcher en équilibre sur la corniche et brûler, il n'hésitait pas. Et conserver son équilibre requérant de se concentrer plutôt que de mobiliser des forces désespérées, mon cerveau bloquait temporairement la zone de la peur, qui n'avait aucune fonction ici. Aussi bien comme psychologue que comme tueur, mon expérience est que les humains sont étonnamment rationnels dans ce genre de situations.

Avec une précaution infinie, je lâchai la balustrade. La poitrine et la joue plaquées contre le crépi rugueux, je m'assurai de ma stabilité. Le garçon semblait mesurer la nécessité de rester parfaitement immobile sur mon dos.

Dans la rue, les cris s'étaient tus, on entendait seulement les flammes qui sortaient sur le balcon. Frottant mes semelles comme si je dansais une sorte de *shuffle*, j'entrepris de me déplacer prudemment vers la droite sur la corniche étroite, que j'espérais néanmoins solide. Elle ne l'était pas. À mon grand effroi, je constatai qu'aux endroits où je demeurais stationnaire, elle se dissolvait en morceaux gélatineux, comme si la pression des chaussures entraînait une réaction chimique de la moulure, dont je notais à présent la teinte légèrement différente du reste de la façade. Ne pouvant pas m'attarder au même endroit plus de quelques secondes sans provoquer un effritement de mon support, je poursuivais ma progression. Nous étions déjà si éloignés du balcon que toute retraite était impossible.

Lorsque je fus suffisamment près de la fenêtre de l'appartement voisin, j'en agrippai la partie saillante de la main droite, tout en dénouant avec précaution mon écharpe Burberry de la gauche. Judith me l'avait offerte pour mes quarante ans, avec une carte sur laquelle elle avait écrit qu'elle m'appréciait énormément, allusion humoristique au fait qu'il s'agissait là des mots les plus forts que j'aie jamais employés pour lui exprimer mon attachement. Si je parvenais à enrouler l'écharpe autour de mon poing, je pourrais briser la fenêtre, mais l'une des extrémités était coincée entre mon cou et le bras du garçon.

Celui-ci sursauta alors que je tirais sur l'écharpe pour la dégager et je perdis l'équilibre. Je battis sur mon axe comme une porte de grange et j'étais à deux doigts de tomber quand je parvins au dernier moment à saisir l'encadrement de fenêtre de l'autre main aussi.

Un regard vers le bas me permit de voir mon écharpe dégringoler doucement vers la rue. La hauteur. L'appel du vide. Il fallait bloquer tout cela. Je projetai mon poing droit nu de toutes mes forces dans la vitre, me figurant que la force du coup réduisait le risque de coupures. Le verre était mince, il se fractura dans un bruit aigrelet, mais la douleur dans mon bras n'en fut pas moins vive. Ce n'était pas le verre tranchant, mais l'obstacle dur que mon poing avait heurté. Me penchant sur le côté, je constatai qu'il s'agissait d'une grille en fer forgé, verrouillée au centre par un gros cadenas. Mais qui donc se pique de monter une grille en fer forgé à sa fenêtre au cinquième étage ?

La réponse allait de soi. Dans la pénombre, je voyais un petit appartement vide, aucun meuble, mais une hache d'incendie accrochée sur le mur d'en face, comme en exposition ou, formulé autrement, comme si Greco voulait que je la voie tout de suite.

J'entendis des griffes racler le sol. Une silhouette noire déboula vers moi en grondant avant de bondir et je sentis des crocs et une gueule humide passer sur mes phalanges, puis cette silhouette retomba sur le sol et se mit à beugler rageusement.

Par réflexe, je m'étais penché en arrière lors de l'assaut du chien, je sentais maintenant les petites mains du garçon glisser sur mon cou. Il n'allait pas pouvoir s'accrocher très longtemps. Nous devions entrer dans l'appartement, et vite.

Le chien, un rottweiler, était assis juste sous la fenêtre. La bave coulait de sa gueule ouverte où luisaient ses dents blanches. Il se dressa sur ses pattes arrière en appuyant ses pattes avant sur le mur, heurtant de sa truffe la grille qui l'empêchait désormais d'atteindre mes doigts. La bête me dévisagea avec le regard froid et inexpressif de la haine. Je remarquai un objet pendu à son collier. Une clef.

Renonçant, il se rassit et se remit à aboyer dans ma direction. Le garçon serra les jambes autour de moi tout en essayant de se hisser plus haut sur mon dos. Il geignit doucement. Je regardai la clef, la hache d'incendie, le cadenas. Greco voulait sacrifier une pièce. C'est le genre de mouvements que font les grands joueurs d'échecs, dans le but non pas de conférer un avantage à leur adversaire, mais d'améliorer leur propre position sur l'échiquier. Je n'identifiais pas encore ses intentions, mais je savais qu'il en avait. Lors d'un tournoi d'échecs à Nottingham en 1936, Emanuel Lasker, champion du monde allemand, avait vu son adversaire réfléchir pendant une demi-heure avant de mettre son cavalier en position de sacrifice. L'Allemand n'y toucha pas et remporta ensuite la partie. À ceux qui s'étonnaient qu'il ait dédaigné le cavalier, il expliqua que, si un adversaire d'un tel niveau réfléchissait pendant une demi-heure et parvenait à la conclusion que ce sacrifice se justifiait, il ne fallait pas répondre par le mouvement escompté.

Je réfléchis, calculai et répondis par le mouvement qu'escomptait mon adversaire. Je passai mon bras gauche par la grille, mes manches de veste et de chemise tirebouchonnèrent entre les barreaux, exposant de la peau nue et vulnérable. Mon sacrifice au chien. Qui réagit à une vitesse fulgurante. Sans un bruit, il retroussa les babines, révélant ses crocs qui s'enfonçaient dans mon avant-bras. La douleur ne vint que quand il serra les mâchoires. Je glissai mon autre bras à l'intérieur pour attraper la clef sur son collier, mais il tira alors mon bras gauche vers le sol pour se soustraire à ma main qui se tendait vers son cou épais.

Il n'est pas vrai que les chiens de certaines races ont la capacité de bloquer leurs mâchoires, en revanche, ils peuvent avoir une morsure plus vigoureuse que d'autres. Et être plus intelligents. Que ce soit en termes de puissance de morsure ou de quotient intellectuel, les rottweilers figurent haut dans le palmarès. Si haut que c'était un rottweiler que j'avais choisi quand j'avais parié avec deux camarades de fac que je pouvais faire exécuter des tâches simples à un animal sous hypnose, par exemple, hocher la tête plusieurs fois. En fin de compte, je n'avais réussi qu'à le faire rester assis, parfaitement statique, or il n'était pas nouveau que certaines techniques simples permettaient d'obtenir que des animaux, du chien au poulet en passant par le cochon ou le crocodile, restent immobiles et apparemment en transe profonde. Le mérite de cet état catatonique ne revient que partiellement à l'hypnotiseur, on le doit tout autant à l'instinct de faire la morte qui anime la proie qui n'a pas pu fuir. Quoi qu'il en soit, c'était de l'inédit pour mes deux amis, qui considéraient que j'avais gagné le pari et m'ont versé l'argent et créé une réputation parfaitement usurpée de grand hypnotiseur d'animaux. À ce stade de ma vie, je n'avais les moyens de refuser ni l'un ni l'autre.

J'abaissai ma main droite jusqu'au chien, la posai délicatement sur son front. Je le caressai d'un geste tranquille et régulier tout en lui parlant à voix basse. Il leva les yeux sans desserrer les mâchoires. J'ignore ce qu'il ressentait. Le métier d'hypnotiseur ne fait pas de ce dernier un sage, c'est seulement quelqu'un qui a appris des techniques, un joueur d'échecs de niveau moyen qui, sans vraiment savoir ce qu'il fait, opte pour ce qu'il a lu être de bons mouvements d'ouverture. Mais, bien sûr, il existe une différence entre les bons hypnotiseurs et les moins bons, et j'étais tout de même l'un des meilleurs. Même chez les êtres humains, l'hypnose joue à saute-mouton avec les processus cognitifs lents, c'est pour cette raison qu'elle agit si incroyablement vite, et c'est pour cela qu'un homme qui attend à un passage clouté peut être manipulé alors qu'il se contente de regarder un feu de circulation pendant quelques secondes et y voit quelque chose qui déclenche une réaction semée en lui au préalable.

Les paupières du chien se refermèrent à demi, ses mâchoires se desserrèrent. Tout en continuant de lui parler doucement, je déplaçai ma main droite vers son collier et en détachai la clef. Alors que je la remontais vers moi, je sentis le garçon me relâcher, son corps glisser. Je précipitai mon bras dans mon dos et tâtonnai sur son petit corps pour l'attraper par la ceinture de son pantalon avant qu'il ne tombe. Je le retenais, mais je savais que je ne tiendrais pas longtemps.

J'étais parvenu à garder la clef en main en insérant mon pouce dans le large anneau porte-clef et il me fallait maintenant la libérer pour l'enfoncer dans la serrure du cadenas sur la grille. La tâche était impossible d'une seule main. Les mâchoires du chien s'étant quelque peu desserrées, je ramenai prudemment le bras vers moi, mais ce geste entraîna aussi sa tête. Je songeai alors que les dents d'un prédateur penchaient vers l'intérieur, c'était logique, il évitait ainsi de perdre sa proie. Je poussai donc mon bras légèrement dans l'autre sens, dans sa gueule, avant de le relever. Cette fois, j'étais libre. Je saisis un barreau entre mon annulaire et mon auriculaire, non sans déraper à cause du sang qui coulait vers ma paume.

« Accroche-toi encore dix secondes, dis-je. Compte tout haut. »

Le garçon ne répondit pas, mais il retrouva prise autour de mon cou. Je le lâchai. Avec trois doigts de la main gauche et toute ma main droite, je parvins à introduire la clef dans la serrure et à la tourner. Le cadenas s'ouvrit d'un coup. J'écartai un pan de la grille et me tordis pour laisser le garçon descendre de mon dos et entrer par la fenêtre.

De la rue s'élevèrent des bravos et des applaudissements. J'entrai dans l'appartement. Le chien était assis, immobile, le regard droit braqué devant lui, ou en lui, qu'en sais-je ? Je ne lis plus les revues universitaires, mais j'ai vu un jour une liste des espèces animales que les chercheurs pensent douées de conscience, et les chiens n'y figuraient pas.

La porte était revêtue de métal mat et, comme celle de l'appartement voisin, dépourvue de poignée. Par acquit de conscience, je tentai un léger coup de pied, mais n'obtins que la confirmation qu'elle était verrouillée. Je pris ensuite la hache d'incendie fixée au mur par deux crochets. Je la soupesai en observant la porte.

Le sang gouttait de mon bras sur le plancher. Entendant un autre bruit, un grondement, je me tournai vers la fenêtre. Le garçon se tenait juste devant le chien, il le caressait ! Je vis les muscles se contracter sous le pelage lisse du rottweiler et ses oreilles se dresser. La transe était finie. Grognement bas.

Je criai « Éloigne-toi ! », mais je savais qu'il était trop tard. Le garçon eut le temps de reculer à peine, puis son visage se macula de sang. Il tomba à genoux, le regard choqué. Entre lui et la lame de la hache, qui s'était fichée dans le parquet, se trouvait la tête coupée du chien. Deux ultimes cascades de sang jaillirent du cou sectionné.

Je restai pétrifié quelques instants et me rendis alors compte que, depuis le début, pas un son n'était sorti de la bouche du garçon. Je me laissai tomber à genoux en face de lui et ôtai mon manteau pour essuyer le sang de son visage, je posai une main sur son épaule et croisai son regard avant de former les mots avec mes mains :

« Tu es muet, n'est-ce pas ? »

Il ne répondit pas.

« Tu es muet ? » demandai-je d'une voix haute et distincte.

Cette fois, il hocha la tête.

« J'avais un fils qui était muet aussi. On se parlait en langue des signes. Tu connais la langue des signes ? »

Le garçon secoua la tête. Il ouvrit la bouche, montra sa gorge, puis la hache.

« Oh, mon Dieu ! »

Mon téléphone sonna. Je le sortis de ma veste. C'était un appel FaceTime, numéro inconnu, mais je me doutais de l'identité du correspondant. Je répondis, un visage apparut sur l'écran. On aurait dit ce masque de Guy Fawkes qu'avaient revêtu autrefois les rebelles idéalistes du monde entier pour protester contre le pouvoir en place, contre l'État-nation. Avec sa moustache fine, sa barbichette et son rictus ironique qui faisait plisser ses yeux, Gio Greco n'était pas sans évoquer un cochon.

« Félicitations, dit-il. Je vois que vous êtes entrés dans la chambre de torture.

— Au moins, ici, ça ne brûle pas.

— Oh, quand vous verrez ce que je vous réserve, vous regretterez de ne pas être morts dans les flammes.

— Pourquoi faites-vous cela, Greco ?

— Parce que le cartel d'Abu Dhabi me paie deux millions. Vous devriez être fier, c'est un montant record pour un chauffeur. »

Je déglutis. Acquérir une réputation de chauffeur de top niveau entraîne à la fois une diminution et une augmentation des risques. Augmentation, parce que la mise à prix sur votre tête monte, diminution, parce que les autres chauffeurs hésitent à accepter une mission assortie de fortes chances de finir, eux, six pieds sous terre. J'avais eu confiance dans le fait que cela me protégerait.

« En l'occurrence, j'aurais même pu faire monter le prix encore plus, précisa Greco. Si c'étaient eux qui m'avaient contacté.

— C'est vous qui êtes allé les trouver ?

— J'ai suggéré la mission, oui, et un tarif que je savais acceptable. »

Je transpirais abondamment, comme si mon corps pensait multiplier mes chances de survie en éliminant du liquide.

« Mais pourquoi… tout cela ? Il vous aurait suffi de me descendre sur le passage clouté.

— Nous avions le budget pour quelque chose d'un peu plus extravagant qu'une balle, quelque chose qui susciterait un certain écho dans notre secteur. Bâtir sa renommée est tout de même…

— Pourquoi ?! »

J'avais hurlé et le garçon me fixait, terrifié. Au bout du fil, le silence s'était fait, mais c'était tout comme si j'entendais le sourire satisfait de Greco.

« Pourquoi ? répétai-je, dans un effort pour me dominer.

— Vous devez bien le savoir. Vous qui baisez la Reine et êtes de surcroît psychologue.

— La jalousie ? C'est aussi simple que ça ?

— Oh, mais la jalousie n'est pas simple, Lukas. Vous comprenez, quand Judith m'a quitté, j'ai sombré dans une petite dépression. C'est comme ça que je me suis retrouvé chez le psychologue qui m'a expliqué que je souffrais en outre de narcissisme. Je ne sais pas si un ego solide est quelque chose dont on *souffre*, exactement, mais je lui ai répondu que j'étais venu pour avoir des pilules du bonheur, pas un putain de diagnostic de tout autre chose. »

Je m'abstins de tout commentaire, mais ce que Greco disait là était classique chez les narcissiques, ils ne se reconnaissent pas de troubles de la personnalité et ne recherchent pas le traitement, et c'est typiquement en cas de dépression que nous autres, travailleurs de la santé, faisons la connaissance de ce demi pour cent de la population.

« Mais il ne s'est pas arrêté là, ce con ! soupira Greco. Avant que je le descende, il a eu le temps de m'expliquer qu'un trait caractéristique des narcissiques est qu'ils sont envieux à l'extrême. Comme Caïn, le premier narcissique de la littérature. Le gars de la Bible, vous savez, celui qui fait crever son frère en le rouant de coups par jalousie. Eh bien, c'est tout moi. »

Je ne savais pas s'il blaguait avec cette histoire d'avoir

descendu son psychologue, mais je n'avais pas l'intention de lui poser la question. Ni de souligner que se venger de quelque chose qu'on ne pourra pas récupérer n'a aucun sens. Sans doute parce que c'était exactement ce à quoi je me livrais moi-même.

« Vous comprenez, maintenant, Lukas ? Je suis victime d'un trouble de la personnalité qui me fait désirer votre souffrance. Désolé, je ne peux pas y faire grand-chose.

— Chaque jour est une souffrance pour moi, Greco. Pour l'amour de Dieu, tuez-moi et laissez le garçon partir. »

Tel un professeur dont l'élève fait une erreur de calcul au tableau, il claqua trois fois sa langue.

« Mourir est facile, Lukas. Et votre souffrance est en train de s'atténuer, la Reine est un bon remède, non ? Je veux que votre plaie se rouvre. Je veux vous voir gigoter au bout de ma fourche. Je veux que vous essayiez de sauver le garçon. Et que vous échouiez encore. Quand votre fils a été intoxiqué, vous l'avez emmené à l'hôpital, mais vous êtes arrivé trop tard, ai-je entendu dire. »

Je ne répondis pas. Lorsque nous avions senti l'odeur de la fumée, au milieu de la nuit, et nous étions précipités dans la chambre où Benjamin dormait à côté de la lampe qui se consumait, il avait déjà cessé de respirer. J'avais roulé le plus vite que je pouvais, mais je ne suis pas un conducteur rapide, et l'hôpital était loin. Comme d'habitude, j'étais un cavalier du mauvais côté de l'échiquier.

« Les cordes vocales du garçon, articulai-je avec difficulté. C'est vous qui les avez tranchées ?

— Pour qu'il ressemble davantage à votre fils. Donc, quand vous dites pour "l'amour de Dieu", demandez plutôt où était l'amour de Dieu quand votre femme a accouché d'un fils muet. »

Je regardai le garçon.

Où Greco était-il allé le chercher ? Probablement dans les bidonvilles de la périphérie, dans un endroit où la disparition d'un enfant ne ferait pas trop de vagues.

« Je peux me jeter par la fenêtre, répondis-je. Comme ça, on n'en parle plus, cette comédie est finie.

— Alors le garçon se ferait dévorer les viscères par le gaz.

— Le gaz ?

— Il me suffit d'appuyer sur une touche. » Greco présenta une télécommande devant la caméra. « C'est une nouveauté, une invention des cartels. Une variante du gaz moutarde qui attaque lentement les muqueuses. C'est extrêmement douloureux et ça peut prendre plusieurs heures. On vomit ses entrailles avant de succomber à des hémorragies internes. »

Je promenai mon regard dans l'appartement.

« N'y songez pas, Lukas, le gaz sortira par le plafond et par les murs, vous ne pourrez pas l'empêcher. Dans précisément une heure, je vais appuyer sur le bouton. Soixante minutes, Lukas. Tic-tac.

— Les pompiers sont en route, ils nous entendront crier.

— Les flammes sont déjà éteintes, Lukas. Il n'y avait qu'un réfrigérateur en feu et une fine pellicule d'alcool sur un sol en matériau ignifuge. Personne ne va venir. Croyez-moi, vous êtes seuls. »

Je le croyais. Je consultai ma montre en toussotant. « Nous sommes tous seuls, Greco.

— Eh bien, en tout cas, vous et moi nous sommes seuls, maintenant qu'elle nous a été enlevée à tous les deux. »

Je levai les yeux vers sa face de Guy Fawkes. Elle nous a été enlevée. Que voulait-il dire ?

« Adieu, Lukas. »

La communication fut coupée. Je regardai fixement l'écran noir. Si le gel prend de l'extérieur vers l'intérieur, le froid que je ressentais actuellement partait de l'intérieur. Il ne pouvait pas... ? Non, il me manipulait sans doute pour que je croie précisément cela. Mais pourquoi ? Pour que j'appelle sans perdre un instant Judith, afin de m'assurer qu'elle était en sécurité, et qu'il puisse repérer le signal de son téléphone et l'endroit où elle se cachait ? Non, il devait tout de même savoir que Judith et moi utilisions comme lui des téléphones bornant aléatoirement au sein d'un vaste réseau de satellites de cartels et de stations de base privées, le signal était impossible à localiser.

Je regardai fixement le plafond, les murs, ma montre. La trotteuse avançait, rigide, impitoyable. J'essayai d'adopter une pensée lucide, d'évaluer ma prochaine action, mais il m'était impossible de déterminer si mon cerveau opérait rationnellement. J'étais comme l'alpiniste qui gravit l'Everest et sait que le manque d'oxygène en altitude affaiblit son jugement sans que cette connaissance lui soit d'aucun secours pour autant. La confusion, c'est de la confusion.

Soixante minutes. Non, cinquante-neuf.

Il fallait que je sache.

Je l'appelai, mon cœur battait follement alors que j'attendais qu'elle décroche. Une sonnerie. Deux sonneries. Réponds. Réponds ! Trois sonneries.

DEUXIÈME PARTIE

Le milieu de la partie

C'est au milieu de la partie qu'Olsen avait tout perdu. Toujours de bonne humeur, toujours silencieux, il ne jouait pas mal, mais était sous pression après être tombé dans le piège de Murakami pendant l'ouverture. Il avait consacré un temps précieux à réfléchir et se battait désormais à la fois contre la pendule et contre la supériorité de Murakami, qui avait davantage de pièces fortes bien placées. On a abondamment disserté sur la reine d'Olsen et la discussion tourne systématiquement autour de la question de savoir s'il l'a sacrifiée ou si Murakami l'a arrachée. La plupart des gens, moi y compris, jugent évident qu'Olsen n'a pas renoncé à elle de son plein gré, le seul résultat obtenu était un report de l'inévitable. Dans une partie d'échecs ordinaire, Olsen aurait dès ce moment-là capitulé et donné la victoire à Murakami, mais aux échecs rapides, il est toujours possible que l'adversaire, dans la précipitation, fasse une gaffe. Olsen avait donc choisi de prolonger la torture, de se laisser hacher menu, tandis que son cavalier noir restant galopait comme un poulet décapité. Rejouer cette partie, mouvement douloureux par mouvement douloureux, c'était vivre une tragédie grecque. On sait où cela va se terminer, le but est simplement de trouver la plus belle route pour se rendre à sa destination, ce que les chauffeurs appellent la route panoramique.

J'avais rencontré Judith Szabó alors qu'elle était encore la fixeuse de Gio Greco et était en couple avec lui. C'était à un bal au château des Sforza, que Luca Giualli, directeur du cartel de Lombardie, avait racheté à la ville et transformé en forteresse privée. Il avait recruté une véritable petite armée pour assurer la protection de sa famille et m'avait embauché en plus pour repérer d'éventuelles failles de la sécurité et autres signes d'attentat imminent.

Posté à côté du piano à queue de l'atrium, j'observais la foule de riches et de puissants en smoking et robe longue. Elle avait beau chercher à se fondre dans la masse, je la remarquai. Non seulement parce qu'elle était d'une beauté saisissante dans sa robe écarlate, avec ses longs cheveux noir corbeau, mais parce que, chassez le naturel, il revient au galop, elle avançait dans ma direction en ayant l'air de venir pour affaires.

« Vous ne faites pas particulièrement bien votre travail » fut la première chose qu'elle me dit, en baissant les yeux.

Elle dépassait mon mètre soixante-quinze de deux ou trois centimètres.

« Vous devez être Judith Szabó.

— Ah, voilà qui est mieux. Comment êtes-vous parvenu à cette conclusion ?

— J'ai entendu certaines choses à votre sujet. On dit notamment que vous avez un pas de reine et un regard inquisiteur de chauffeur. Vous ne figurez pas sur la liste des invités, comment êtes-vous entrée ?

— Je suis inscrite sous le nom d'Anna Vogel, du cartel de Tokyo. Vous trouverez aussi une invitation à ce nom. Hacker le système a été un jeu d'enfant et le processus de vérification de ma fausse identité s'est révélé d'une insuffisance embarrassante. » Elle agita une carte bancaire.

Je hochai la tête. « Et qu'est-ce qui m'empêche de lancer l'alerte et de vous faire enchaîner ? »

Elle eut un petit sourire, désigna d'un signe de tête Luca Giualli. Il conversait avec le maire de Milan, un homme qui avait plaidé avec ferveur pour un retour au système des cités-États indépendantes en Italie.

« Eh bien…, fit-elle et je savais plus ou moins ce qui allait suivre. Ce serait dévoiler que vous avez laissé une personne s'apprêtant potentiellement à perpétrer un attentat approcher si près de votre employeur qu'elle aurait pu, si elle le désirait, le liquider.

— Bon. Que voulez-vous ?

— Vous transmettre un message. De la part de qui-vous-savez.

— Le Grec. La tête de brocoli. »

Elle esquissa un maigre sourire. « Il voulait simplement déterminer si vous êtes aussi bon qu'on le prétend.

— Meilleur que lui, vous voulez dire ? »

Elle ne répondit pas, se contenta de sourire plus largement. Elle avait de si beaux yeux. Froids, bleus. Je songeai à ce moment-là qu'elle avait un pouls de psychopathe, à savoir un pouls de repos dans des circonstances où la vie et la mort se jouaient à pile ou face. Par la suite, j'allais découvrir que je me trompais ; elle était simplement une comédienne exceptionnelle, si elle savait si bien jouer les psychopathes, c'était qu'elle en pratiquait un au quotidien.

« Maintenant, nous savons en tout cas que vous n'êtes pas meilleur, monsieur Meyer. »

Elle soutint mon regard tout en époussetant le revers de mon smoking Brioni, sur lequel je savais qu'il n'y avait rien à épousseter.

« Bonsoir, monsieur. On m'attend. »

Elle avait dû me voir porter le regard derrière son épaule et secouer lentement la tête, car elle se figea, se tourna et leva les yeux vers les loggias donnant sur l'atrium. La pièce était obscure derrière la porte ouverte et elle ne pouvait rien voir, mais en ramenant son regard sur elle-même, elle aperçut le point rouge du laser qui dansait sur sa robe.

« Depuis combien de temps est-il là ? demanda-t-elle.

— Rouge sur rouge. Il ne nous reste qu'à penser qu'aucun invité ne l'a encore remarqué.

— Et depuis combien de temps savez-vous qu'Anna Vogel n'existe pas ?

— Depuis trois jours. J'ai fait procéder à la vérification de tous les noms de la liste des invités, et lorsqu'il est apparu que personne ne s'appelait Anna Vogel dans le cartel de Tokyo, cela a éveillé ma curiosité. Je me suis demandé qui cela pouvait bien être. Et il semblerait que j'aie deviné correctement. »

Son sourire était légèrement moins assuré.

« Et maintenant ?

— Maintenant, vous allez retourner auprès de l'homme

qui vous attend et l'informer que c'est lui qui a reçu un message. »

Judith Szabó me scruta.

Elle se demandait si j'avais eu l'intention de la laisser partir dès le début ou si c'était une inspiration du moment. Quoi qu'il en soit, deux semaines plus tard, j'allais regretter ma décision.

Quatrième sonnerie. Elle garde toujours son téléphone à proximité, toujours. S'il te plaît, Judith. Cinquième sonnerie. Ne sois pas morte.

Deux semaines après notre rencontre au château des Sforza, je l'avais eue au téléphone.

« Salut », avait-elle fait, en toute simplicité.

J'avais reconnu immédiatement sa voix. Sans doute parce que j'avais pensé à elle.

« Salut. Je rappelle parce que vous avez appelé ce numéro. Puis-je vous demander comment vous l'avez obtenu ?

— Non, répondit-elle. En revanche, vous pouvez me demander si je veux sortir dîner ce soir.

— Vous le voulez ?

— Oui. La table est réservée. Au Seta, à dix-neuf heures.

— C'est tôt. Vais-je survivre ?

— Si vous êtes à l'heure. »

Je souris, croyant à une plaisanterie.

Je fus néanmoins ponctuel. Et cependant, elle était déjà installée quand j'arrivai. Comme la dernière fois, sa beauté sévère me frappa, pas la moindre douceur, on ne trouvait ici que de la bonne santé, des lignes symétriques, des proportions justes. Mais ses yeux, ses yeux…

« Vous êtes veuf, dit-elle une fois que nous nous eûmes échangé les dernières nouvelles de la profession, en prenant garde à ne trahir aucun secret.

— Qu'est-ce qui vous fait penser cela ? »

Elle esquissa un geste vers ma main. « Les chauffeurs ne portent jamais d'alliance, parce que montrer qu'ils aiment quelqu'un révèle quelque chose sur eux et les rend potentiellement vulnérables.

— Et si c'était une manœuvre de diversion ? Ou que j'étais divorcé ?

— Peut-être, mais cette douleur dans votre regard me suggère une autre histoire.

— Mes victimes pèsent peut-être sur ma conscience.

— Vraiment ?

— Non.

— Alors ?

— Racontez-moi quelque chose sur vous d'abord.

— Que voulez-vous savoir ?

— Je suppose qu'il existe une certaine marge entre ce que je *voudrais* savoir et ce que je *vais* savoir. Commencez par ce que vous voulez. »

Elle sourit, goûta le vin et le valida d'un signe de tête au sommelier, qui n'avait pas eu besoin de poser de questions pour déterminer qui de nous deux décidait.

« Je viens d'une famille de la haute bourgeoisie qui a couvert tous mes besoins matériels, mais aucun de mes besoins émotionnels. Le plus approchant en la matière a été mon père, qui a régulièrement abusé de moi à partir de mes onze ans. Qui sait ce qu'un psychologue aurait pu tirer de cette information au regard du secteur dans lequel je travaille aujourd'hui.

— Oui, qui sait…

— J'ai trois diplômes universitaires, pas d'enfants, j'ai vécu dans six pays, j'ai toujours gagné plus que mes amants et que mon ex-mari, et je me suis toujours ennuyée. Jusqu'à ce que j'entre en contact avec ce secteur, d'abord comme commanditaire, puis… un peu plus. Je suis actuellement la petite amie de Gio Greco.

— Pourquoi pas l'inverse ?

— Comment ça ?

— Pourquoi ne dites-vous pas que Gio Greco est votre petit ami ? Vous employez une forme passive.

— Les femmes d'hommes forts ne le font-elles pas toujours ?

— Vous ne me faites pas l'effet d'une femme qui se laisse facilement dominer. Et vous dites "actuellement". Ce qui donne l'impression que cette relation est transitoire.

— Et vous, vous me faites l'effet d'un homme qui se préoccupe beaucoup de sémantique.

— C'est de l'abondance du cœur que la bouche parle. C'est ce qu'on dit, non ? »

Elle leva son verre pour trinquer. Nous bûmes.

« Je me trompe ? » demandai-je.

Elle haussa les épaules. « Toute relation n'est-elle pas transitoire ? Certaines s'achèvent quand il n'y a plus d'amour, d'amusement ou d'argent, d'autres quand il n'y a plus de vie. Que s'est-il passé dans votre cas ? »

Je fis tourner mon verre pansu entre mes doigts. « La dernière option.

— Les chauffeurs de la concurrence ?

— Non. C'était avant que je sois dans le secteur. Elle s'est suicidée. Notre fils était mort dans un incendie l'année précédente.

— Le chagrin ?

— Et le sentiment de culpabilité.

— Elle l'était ? Coupable ? »

Je secouai la tête.

« Le coupable, c'était le producteur de la lampe Mickey. Elle était fabriquée avec des matériaux au rabais très inflammables pour obtenir un prix de vente moins élevé que la concurrence. Le producteur a refusé d'endosser la responsabilité. Le propriétaire de la société était l'un des hommes les plus riches de France.

— Était ?

— Il est mort dans un incendie.

— Nous ne serions pas en train de parler de François Augvieux, qui est mort à bord de son yacht dans le port de Cannes, par hasard ? »

Je ne répondis pas.

« Alors c'était vous. Nous nous sommes toujours demandé qui c'était, aucun commanditaire évident ne se distinguait. Des débuts impressionnants. Car c'étaient vos débuts, non ?

— Le monde n'a pas besoin de gens qui ne veulent pas utiliser leur pouvoir pour faire le bien. »

Elle inclina la tête sur le côté, comme pour m'observer d'un autre angle. « C'est pour cela que vous êtes dans ce secteur ? Pour tuer des chasseurs de profits cyniques et venger votre fils et votre femme ?

— Il faudrait poser la question à un psychologue. Mais dites-moi, que penserait le Grec de notre dîner en tête à tête ?

— Qu'est-ce qui vous fait croire qu'il n'est pas au courant ?

— Il l'est ? »

Elle sourit furtivement.

« Il travaille ce soir. Et moi aussi, d'ailleurs. J'aimerais que vous rejoigniez mon écurie.

— À vous entendre, on croirait que je suis un cheval de course.

— Vous avez quelque chose contre ?

— Contre cette analogie, non, mais je n'ai pas besoin de fixeuse.

— Oh que si. Sans, vous êtes trop facile à torpiller. Vous avez besoin de quelqu'un qui voie ce qui se passe dans votre dos.

— Si je me souviens bien, c'est vous qui vous êtes fait torpiller.

— J'espère que vous ne le prendrez pas mal, Lukas, mais plutôt qu'ici vous devriez être auprès de votre commanditaire. »

Je sentis mon pouls s'accélérer.

« Merci, Judith, mais Giualli est en toute sécurité dans sa forteresse, et il n'y a aucun traître dans notre équipe, j'y ai veillé personnellement. »

De son sac Gucci, elle sortit une feuille qu'elle posa devant moi. C'était un dessin ou une gravure de chat courant avec ce qui ressemblait à une charge explosive attachée sur le corps, la mèche était allumée. À l'arrière-plan se dressait un château fort.

« Cette illustration date de cinq cents ans. On y voit une technique d'assaut allemande du XVIe siècle. Les assaillants capturaient un chien ou un chat qui était sorti par l'une des brèches qu'un animal finira toujours par trouver pour sortir de la forteresse ou du village où il vit, puis ils accrochaient une charge explosive sur l'animal en question et le chassaient dans la direction d'où il était venu. Le plan était qu'il repasse par la brèche et rentre chez lui avant que la mèche ne soit consumée. »

J'avais des picotements entre les omoplates. Je pressentais la suite. Je n'y avais pas pensé, j'aurais dû.

« Gio est… »

Elle semblait avoir besoin de chercher ses mots. Je disais que Judith Szabó n'était pas faible, j'y ajouterais qu'elle ne me faisait pas non plus l'effet d'être quelqu'un qui avait besoin de chercher ses mots. Lorsqu'elle les trouva enfin, elle parlait si bas que je me penchai en avant par réflexe.

« Je n'ai rien contre cette méthode en soi, après tout, c'est notre travail, et nous faisons ce qu'il faut faire, mais il y a des limites. Du moins pour certains d'entre nous. Comme quand ce garçon qui vit chez sa mère au château des Sforza, Anton… »

J'eus un mouvement de recul. Luca Giualli et sa femme, de vingt ans sa cadette, étaient des gens bien, en tout cas pour des patriciens des cartels. Ils avaient trois enfants très polis, que je traitais avec civilité et réciproquement. Il en allait autrement d'Anton, cinq ans, fils de la cuisinière, qui vivait dans un logement de service au sous-sol, et qui ressemblait tant à Benjamin que j'avais dû résister vigoureusement pour ne pas lui vouer toute mon affection. Judith Szabó s'arrêta, sans doute avait-elle senti qu'elle avait touché une corde sensible. Elle toussota et poursuivit : « Je disais donc, comme quand cet Anton est désigné comme chat. »

J'étais déjà à moitié debout.

« Il est trop tard, Lukas. Restez assis. »

Je la dévisageai. Elle parlait d'une voix assurée, mais il me semblait voir des larmes dans ses yeux bleus. Je ne savais rien, si ce n'est que j'étais son cavalier.

Plusieurs jours d'auditions de témoins et d'examens techniques seraient nécessaires pour révéler ce qui s'était passé. Si les enfants Giualli étaient bien sûr accompagnés de gardes du corps où qu'ils aillent, que ce soit chez eux, à l'école, à leur cours de danse, à leur entraînement de karaté ou chez des amis, ce dispositif ne s'appliquait pas en revanche aux enfants des domestiques. Tous les employés étaient fouillés à leur arrivée et avant leur départ, puisque la trahison est tout de même dans la nature humaine, mais le risque qu'ils se fassent kidnapper était considéré comme faible, d'autant plus que leur contrat stipulait clairement que l'employeur se dégageait de toute responsabilité dans de telles situations.

Cet après-midi-là, Anton était rentré de l'école très affaibli, une heure plus tard que d'habitude. Alors qu'il traversait le parc Sempione, avait-il expliqué à sa mère, un homme l'avait arrêté et lui avait plaqué un chiffon sur le visage. Tout était devenu noir et, quand il s'était réveillé dans un fourré,

Anton ne savait pas combien de temps s'était écoulé. Il avait mal à la gorge, mais à part cela, tout allait bien, compte tenu des circonstances. On lui avait demandé de décrire cet homme, mais la seule chose dont il se souvenait était qu'il portait un manteau malgré la chaleur ambiante.

Sa mère était allée en parler avec Luca Giualli, qui avait aussitôt appelé la police et un médecin. Lequel avait expliqué qu'on pouvait bien sûr imputer cette gorge douloureuse et enflée au fait qu'on y avait introduit quelque chose de force — il s'abstint de conjectures sur ce que cela pouvait être —, mais n'était pas en mesure de se prononcer davantage sans examen plus approfondi.

D'après le rapport de police, quatre policiers se dirigeaient vers l'entrée de la forteresse au moment de l'explosion. La puissance explosive des sachets de gélatine dans le ventre du garçon n'aurait pas suffi à tuer Luca Giualli et sa femme s'ils s'étaient trouvés dans leurs appartements et Anton, dans le logement de service, mais, je le disais, c'étaient des gens bien, ils étaient donc avec lui, dans la même pièce. Il ne restait pas grand-chose ni des uns ni des autres quand la police et les pompiers parvinrent à se frayer un accès dans les ruines.

Contemplant les beaux iris bleus de Judith Szabó, dans l'un des meilleurs restaurants de Milan, je n'avais pas encore connaissance de ces détails, mais j'avais toutefois la certitude qu'Anton était mort et probablement Luca Giualli aussi. Je n'avais pas fait mon travail et il était désormais trop tard. Je me rendais compte aussi que Judith Szabó ne plaisantait pas lorsqu'elle m'avait dit que je risquais de mourir si je n'étais pas ponctuel.

« Au bal. Je n'aurais pas dû vous laisser en réchapper.

— En effet. Mais vous vouliez faire passer un message à Greco, non ? »

Je ne répondis pas. « Vous m'avez invité ce soir afin que je ne sois pas au château quand le garçon rentrerait à la maison. Pourquoi ?

— Au bal, j'ai compris que vous étiez doué. Vous auriez eu des soupçons et vous auriez peut-être sauvé Luca Giualli.

— Était-ce une décision de Greco de m'attirer ici pour ce dîner ?

— Tout ce qui concerne les opérations relève de la décision de Greco.

— Mais ?

— Mais c'est moi qui l'ai suggéré.

— Pourquoi ? Comme vous le voyez, vous avez surévalué ma capacité à me douter de quoi que ce soit. Quand vous m'avez invité, je pensais que… » Je me tus, appuyai mon pouce et mon index contre mes yeux.

« Vous pensiez que quoi ? » demanda-t-elle tout bas.

Je soufflai bruyamment.

« Que je vous plaisais.

— Je vois. » Elle posa la main sur la mienne. « Mais vous ne vous trompez pas. Vous me plaisez. »

Je regardai sa main. « Ah ?

— Je vous ai éloigné en premier lieu parce que je ne voulais pas que vous mouriez aussi. L'autre jour, vous m'avez laissée partir. Vous n'étiez pas obligé, je ne crois même pas que c'était votre intention première. Je voulais donc vous rendre la faveur.

— Rendre une faveur, ce n'est pas pareil qu'avoir des vues sur quelqu'un.

— Et pourtant, je vous dis que c'est le cas. J'ai besoin d'un nouveau client. Je crois que je viens de perdre celui que j'avais. »

Elle baissa les yeux, sans bouger sa main de la mienne. De l'autre, elle prit sa serviette sur ses genoux et me la tendit.

« Vous pleurez », m'informa-t-elle.

Entre Judith et moi, tout avait donc commencé dans les larmes. Cela allait-il se terminer de la sorte aussi ? Six sonneries. Sept. Huit. Je m'apprêtais à raccrocher.

« Salut, *lover boy* ! J'étais sous la douche. »

Je me rendis compte que j'avais retenu mon souffle et inspirai profondément.

« Que se passe-t-il ? demanda-t-elle d'un ton inquiet, comme si elle lisait dans mon silence.

— Je suis enfermé dans un appartement avec un garçon muet.

— Gio. » Elle l'avait dit avant même que j'aie terminé ma phrase.

« Oui. Je craignais qu'il ne t'ait trouvée aussi.

— Il ne peut pas me trouver ici, tu le sais.

— Tout le monde peut être trouvé, Judith.

— Où es-tu ?

— Peu importe, tu ne peux pas m'aider. Je voulais juste m'assurer que tu étais en sécurité.

— Lukas, dis-moi où…

— Maintenant tu sais qu'il essaie de t'atteindre en se servant de moi. Ne bouge pas de ta cachette. Je t… »

Même maintenant, dans cette situation, je n'arrivais pas à le dire.

Aime.

Le mot restait réservé à Maria et à Benjamin. Au cours de cette année à deux, j'avais songé que je pourrais peut-être le dire à Judith un jour avec sincérité, mais si elle me fascinait, m'intéressait et m'apportait à tous égards de la joie, je ne parvenais pas à ouvrir cette porte.

« … tiens à toi, ma chérie.

— Lukas ! »

Je raccrochai, m'appuyai contre le mur. Je consultai ma montre, elle jouait contre moi, je le comprenais bien, mais pourquoi m'avait-il accordé tout ce temps ? Pourquoi risquer que j'appelle mes alliés et qu'ils viennent me sauver ? Voire que je téléphone à la police ?

Parce qu'il savait que je n'avais pas d'alliés, en tout cas aucun qui voudrait affronter Gio Greco en personne. Quant à la police, elle ne se mêlait plus de règlements de comptes entre chauffeurs depuis bien longtemps, que ce soit avec ou sans un garçonnet innocent comme appât.

Je claquai ma paume contre le mur, faisant sursauter le garçon.

« Tout va bien, assurai-je. J'essaie juste de réfléchir. »

Je portai la main à mon front. Greco n'était pas fou, pas dans le sens d'agir irrationnellement. Simplement, avec son trouble de la personnalité, dont la dénomination plus précise serait sans doute narcissisme malin, qui n'est pas sans analogie avec la psychopathie, il opérait selon une logique tout à fait différente de celle des individus dits normaux. Pour prédire son mouvement suivant, il me fallait essayer de le comprendre. L'un comme l'autre, nous étions des vengeurs, mais la ressemblance s'arrêtait là. Ma croisade contre les cartels était une démarche de purification spirituelle, une tentative pour atténuer ma douleur, mais elle était aussi principielle. Je voulais contribuer à démolir un ordre mondial où le chasseur de profits le plus avide et le plus cynique détenait forcément tout le pouvoir. Greco, lui, ne souhaitait pas me torturer par principe, mais en vue d'un plaisir sadique et de courte durée. Plaisir pour lequel il était prêt à sacrifier des vies innocentes. Voilà. Cela expliquait sans doute pourquoi il n'avait pas initié tout de suite la torture ou le meurtre. Son plaisir aurait été trop bref. Il voulait se repaître de la pensée que j'étais conscient de ce qui m'attendait. Ma peur était sa mise en bouche.

Je réfléchis à mes conclusions.

Elles ne tenaient pas totalement la route.

Cette idée qu'il voulait uniquement me voir souffrir était le raisonnement qu'il m'avait servi à la petite cuillère, ce qu'il souhaitait que je pense. C'était trop simple. Il voulait autre chose. Et que veut un narcissique ? Il veut de la validation. Il veut savoir qu'il est le meilleur. Ou plutôt, et c'est plus important, il veut que tous les autres sachent qu'il est le meilleur. Évidemment… Il voulait montrer à tout le secteur, à tout le monde des cartels, qu'il était meilleur que moi.

Jusqu'ici il avait réussi à me faire faire tout ce qu'il avait prévu. Je m'étais précipité dans l'immeuble pour sauver le garçon, je nous avais fait entrer dans cet autre appartement, j'avais fait de la hache l'usage qu'il prévoyait, j'avais…

Je me figeai.

J'avais appelé Judith. Il m'avait manipulé pour que je le fasse, il voulait que je le fasse. Pourquoi ? Retracer les appels et localiser les terminaux n'était plus possible comme autrefois.

Je repris mon téléphone, tapai le nom de Judith, plaquai l'appareil contre mon oreille. Silence. Pas de tonalité. Je jetai un coup d'œil à l'écran : le réseau n'était pas mauvais, il était carrément absent. Je me dirigeai vers la fenêtre, tendis mon téléphone aussi loin que je le pouvais. Toujours rien. Nous étions au cœur de Milan, ce n'était pas possible. Enfin, si, bien sûr. Avec un brouilleur de signal que l'on pouvait allumer et éteindre à sa guise.

Je scrutai les murs pour déterminer où Greco avait pu mettre le boîtier. Au plafond, peut-être ? L'appareil était-il destiné à m'empêcher de contacter qui que ce soit d'autre une fois que, comme l'on pouvait s'y attendre, j'aurais appelé Judith ? Greco devait considérer qu'il n'était tout de même pas totalement exclu que je puisse joindre quelqu'un qui serait en mesure de lui mettre des bâtons dans les roues.

Accepter. Je devais accepter que cette possibilité n'en soit plus une. Je devais écarter toute pensée sur le mobile qui avait pu l'inciter à souhaiter que j'appelle Judith, car je ne pouvais rien y faire. Au moins, maintenant, elle savait qu'il était sur le sentier de la guerre et je devais la croire quand elle affirmait qu'on ne pouvait pas la localiser par son téléphone et que Greco ignorait où se situait son appartement. Même moi, je ne le savais pas.

Je consultai ma montre, observai le garçon.

Je ne doutais pas que Gio Greco utiliserait le gaz, il l'avait fait par le passé. Un jour, alors que l'inventeur le plus brillant du premier des trois cartels de l'électronique avait apporté sa voiture au garage, Greco avait soudoyé un mécanicien, était entré nuitamment dans l'atelier et avait tout simplement logé une ampoule de gaz dans la boîte de vitesses pour qu'elle se brise quand l'inventeur passerait la surmultipliée. Le lendemain, des agents de sécurité du cartel s'étaient rendus au garage et assurés de l'absence de bombe avant de s'insérer dans la circulation dense des rues milanaises pour reconduire le véhicule chez l'inventeur. C'est seulement quelques jours plus tard, en allant à sa maison de campagne au bord du lac de Côme, que l'inventeur s'était trouvé sur une autoroute où le recours à la surmultipliée présentait de l'intérêt. Sur l'un des grands ponts, la voiture était sortie de la route avant de s'écraser sur les pavés de la place du village juste au-dessous. L'affaire avait été classée comme un accident. Les initiés savaient qu'il s'agissait de gaz, bien sûr, le décès de toute personne essentielle pour la compétitivité de la société entraîne une autopsie, puisqu'il existe toujours une suspicion de meurtre, quelles que soient les circonstances, mais d'après Judith, le cartel de l'électronique jugeait néfaste à sa réputation de faire publiquement état d'une quelconque vulnérabilité de son dispositif de sécurité.

L'ironie de la chose était que, dans le milieu des chauffeurs, on m'avait attribué l'honneur de l'assassinat. Un jour, un confrère chauffeur de limousine m'avait en effet demandé comment on aurait pu éliminer ce chimiste entouré d'une véritable armée et vivant dans une forteresse qu'il ne quittait presque jamais, ou alors en voiture blindée avec chauffeur et gardes du corps, pour se rendre dans une station de ski de la région de Bergame. J'avais suggéré qu'on pouvait trouver son chauffeur et l'hypnotiser à son insu en glissant un mot déclencheur qui, quand il l'entendrait ou le lirait, provoquerait son endormissement immédiat. Avec ce genre d'hypnose cachée, la personne ne paraît pas du tout affectée et se sent d'ailleurs parfaitement normale. J'avais proposé que le mot déclencheur soit le nom d'une localité indiquée sur les panneaux entre Milan et Bergame et qu'il verrait forcément dans un segment rapide et dangereux.

J'ignore si ma suggestion était parvenue aux oreilles de Greco et l'avait inspiré et je ne sais pas non plus ce qu'il pensait du fait qu'on m'en ait attribué les honneurs. Là où je veux en venir, c'est que je n'aurais moi-même jamais fait une chose pareille, je n'accepte aucune mission où des innocents risquent de mourir.

Encore une fois, je consultai ma montre. Le problème n'était pas que le temps passait vite, car il passait lentement, mais que je pensais plus lentement encore.

Il fallait que je fasse sortir le garçon de l'appartement avant la libération du gaz.

Pourrais-je obtenir que les badauds de la rue arrachent la marquise d'une boutique et s'en servent comme toile de pompiers ?

Je me rendis à la fenêtre et regardai en bas. Hormis un homme imposant en uniforme de police, les lieux étaient déserts.

« Hé ! criai-je spontanément. J'ai besoin d'aide ! »

L'homme leva les yeux. Il ne répondit pas, ne bougea pas. Il était trop loin pour que je distingue ses traits, mais je vis que sa tête semblait enfoncée entre ses épaules. La rue piétonne était barrée aux deux extrémités par des rubalises, de faux accessoires de police, là encore.

Je fermai les yeux et jurai intérieurement. Avec son uniforme et sa carrure, il n'avait pas dû avoir trop de mal à se faire obéir quand il avait ordonné à la foule de se disperser. Et puis le suspense était passé, le feu éteint, et le garçon et moi apparemment sauvés.

Me servant de l'immeuble d'en face comme guide, je tentai de compter combien de mètres nous séparaient de la chaussée. Le faux policier traversa, il franchit la porte de l'immeuble où nous nous trouvions.

J'inspectais l'appartement d'un regard circulaire, mais ma conclusion demeurait inchangée. Il n'y avait que nous, quatre murs, une hache d'incendie et un cadavre de chien coupé en deux. Je fis un tour en tapant sur les murs. Maçonnerie partout, pas de cloisons légères.

« Tu sais écrire ? » demandai-je.

Le garçon hocha la tête.

Je tirai le stylo Montegrappa de ma poche intérieure et le lui tendis.

« Comment t'appelles-tu ? »

Je remontai la manche de mon manteau pour qu'il puisse écrire sur ma chemise blanche, mais la morsure du chien l'avait laissée saturée de sang, et avant que j'aie le temps de remonter l'autre manche, le garçon s'était placé face au mur et écrivait sur le papier peint bleu pâle.

« *Oscar, huit ans*, lus-je à voix haute. Salut, Oscar ! Je

m'appelle Lukas. Et tu sais quoi ? On va être obligés de te faire sortir d'ici. »

J'avais fait mes calculs. Nous devions être à dix-huit mètres de la rue. En attachant mon manteau à ma chemise et à mon pantalon, je pouvais descendre Oscar sur quatre mètres. En y ajoutant ses vêtements à lui, nous arrivions à six mètres. Je pouvais probablement le lâcher à quatre mètres du sol sans qu'il soit gravement blessé, mais pour cela, il me fallait encore huit mètres de cordage de fortune. Et où les trouver dans un appartement vidé de tout ?

Je détaillai le chien. Je n'avais pas fait beaucoup d'anatomie en fac de psycho, mais outre que se trouve entre le globe oculaire et le cerveau un os qui n'est pas plus épais qu'une feuille de papyrus, l'une des informations que j'avais retenues était que le corps humain abrite huit mètres d'intestins. D'intestin au singulier, d'ailleurs, car le tube qui va de la gorge à l'anus est d'un seul tenant. Quel poids pouvait-on imaginer qu'un intestin supporte ? Je pensai à mon oncle de Munich qui servait des saucisses reliées les unes aux autres dans leur boyau ; je me souvins que, petit, j'essayais de les séparer en tirant dessus, mais à la fin, je devais toujours recourir au couteau.

Je pris la hache.

« Tu veux m'aider, Oscar ? »

Le garçon me dévisagea avec des yeux ronds, mais il acquiesça. Je lui montrai comment tenir le chien entre ses genoux et écarter ses pattes tout en les tirant vers l'arrière, afin de tendre l'abdomen.

« Ferme les yeux. »

Nous autres, mammifères, sommes singulièrement

fragiles. Je n'eus qu'à effleurer le pelage du fil tranchant de la hache et le ventre du chien s'ouvrit. Ses viscères s'en épanchèrent, de même qu'une robuste puanteur. J'entrepris aussitôt de retirer les intestins tout en me concentrant pour respirer par la bouche.

Avec tout ce sang, toutes ces humeurs diverses, je ne voyais pas très bien, mais je finis par localiser ce que je pensais être deux extrémités et les sectionnai. Je fis un nœud de chaque côté pour les ligaturer. Les boyaux ne semblaient pas mesurer huit mètres, à peine cinq, mais le matériau paraissait flexible, peut-être s'étirerait-il jusqu'à huit mètres, lesté d'un peu de poids ?

Je me déshabillai et joignis mes vêtements à l'aide d'un nœud plat. Je n'allai pas très vite, vu que je ne m'étais pas exercé depuis fort longtemps aux nœuds que mon père m'avait enseignés à l'époque où il s'imaginait que j'allais l'imiter et me lancer dans les compétitions de voile.

Après m'être trompé à répétition, je finis par m'en sortir, mais ne pus ensuite attacher l'intestin à mon manteau, la manche glissait à travers le nœud. Assis par terre en sous-vêtements, à grelotter dans le courant d'air de la fenêtre, je tentai de me concentrer. En vain, ça ne marchait pas. Je lâchai un juron et constatai sur ma montre qu'il s'était écoulé plus d'une demi-heure depuis que Greco avait entamé son compte à rebours.

Je fis encore un essai, en étant particulièrement généreux sur la longueur, mais l'intestin gluant s'échappa de nouveau à travers le nœud. Je le balançai par terre derrière moi, ainsi que le manteau, et appuyai mes mains sanglantes contre mon visage. Je sentais les larmes monter.

J'étais exactement là où il voulait que je sois.

Une petite main écarta la mienne de mon visage.

Oscar me montrait l'intestin et le manteau. Noués. Je les saisis, tirai de part et d'autre. Le lien tenait. J'examinai le nœud, incrédule, et finis par le reconnaître. Un nœud de tisserand. Je me souvenais des paroles de mon père quand je lui avais annoncé que Maria et moi allions nous marier : avec certaines femmes, il faut nouer ses liens avec un nœud de chaise, facile à faire, facile à défaire, mais se marier, c'est nouer un nœud de tisserand, plus on tire, plus il se resserre.

« Où as-tu appris… »

Oscar porta deux doigts à son front.

« Aux scouts ? »

Il hocha la tête.

Mon téléphone, que j'avais posé par terre avec mes clefs d'appartement et mon portefeuille, se mit à vibrer. Encore un FaceTime. J'avais récupéré le plein réseau.

Je répondis, le visage de Gio Greco envahit mon écran.

« Salut, Lukas. Elle est en route. Regardez, elle se gare. »

Il monta son téléphone vers un écran d'ordinateur. Je vis une rue, manifestement dans un quartier résidentiel chic, la portière d'une Alfa Romeo s'ouvrit. J'eus l'impression que l'on m'injectait de l'eau glacée dans la poitrine. La femme qui sortit et traversa la rue avait une démarche de pro, et de reine.

Greco parla derrière son téléphone. « Quand on n'arrive pas à les trouver, il faut faire en sorte qu'elles viennent à soi. »

Judith était vêtue du manteau rouge qu'elle portait systématiquement pour les pourparlers. Quand elle allait en guerre, comme elle disait. Elle l'ôtait avant le début du rendez-vous. Dessous, son chemisier blanc innocent symbolisait la page vierge, disait-elle, le désir de parvenir à un compromis. Et jamais, jamais elle ne remettait son manteau sans avoir conclu un marché avec son client. C'était si évident maintenant que j'y songeais, un coup de maître aux échecs dont on ne saisit le génie que lorsqu'il nous est montré sur l'échiquier.

Gio Greco avait été le petit ami de Judith pendant plus longtemps que moi, il la connaissait mieux. En plus, il était meilleur joueur d'échecs que moi. Quand il avait prononcé les mots : « Eh bien, en tout cas, vous et moi nous sommes seuls, maintenant qu'elle nous a été enlevée à tous les deux », il savait que je téléphonerais à Judith. Et il savait comment elle agirait quand elle comprendrait que j'étais à sa merci. Elle irait le trouver pour faire la seule chose en son pouvoir, ce à quoi elle excellait : négocier.

Il reparut, un large sourire aux lèvres. « Je crois que vous comprenez ce qui se passe, Lukas. La reine va mourir. Tout est perdu. À moins que ? » Il baissa la voix de façon théâtrale, comme les présentateurs des jeux télévisés que le cartel de Tokyo fabriquait à la chaîne. « Peut-être pourrez-vous la sauver malgré tout. Vous savez quoi ? Je vais vous donner une chance de m'arrêter. Vous allez pouvoir employer votre arme, le grand Lukas Meyer va pouvoir hypnotiser l'affreux Gio Greco et sauver la mise ! Allez, vous avez environ quinze secondes devant vous avant qu'elle arrive. » Il écarquilla les yeux pour montrer combien il était prêt et réceptif.

Je déglutis.

Greco haussa un sourcil peigné, fin comme un trait. « Quelque chose ne va pas ?

— Écoutez…

— Vous n'y arrivez pas, Lukas ? C'est le trac ? Ça vous arrive aussi quand vous la baisez ? »

Je ne répondis pas.

« Bon d'accord, ce n'est pas très fair-play, poursuivit-il. Vous comprenez, le psychologue dont je vous ai parlé m'avait suggéré l'hypnose comme moyen de traitement de la dépression, mais quand nous avons essayé, il est apparu que je n'étais pas réceptif. Il me l'a expliqué par mon prétendu trouble de la personnalité. Je suis immunisé. Il faut bien que la folie apporte quelques avantages. »

Son rire, le T et les longs S, résonnait comme une crevaison de pneu de vélo. Ensuite, il disparut de l'écran. Son téléphone était manifestement posé sur une étagère ou un quelconque support, je voyais en tout cas ce qui ressemblait à une entrée et une porte en chêne avec un interphone. J'entendis une sonnerie stridente. Gio Greco revint dans le champ, de dos. Son costume blanc brillait. Littéralement. Il semblait tenir quelque chose devant lui, je n'arrivais pas à voir quoi. Il décrocha l'interphone de son autre main.

« Oui ? » Silence, puis, d'un ton surpris : « Non, mais c'est toi, ma chère ? Comme c'est sympathique, ça fait si longtemps. Enfin, enfin. Je vois en tout cas que tu te rappelles où tu habitais autrefois. »

Il appuya sur un bouton, on entendit un bourdonnement lointain et une porte s'ouvrit. Je serrais mon téléphone si fort que j'avais l'impression que j'allais le briser entre mes doigts. Comment Judith, qui était si intelligente et connaissait si bien Greco, avait-elle pu ne pas voir le piège, ne pas comprendre qu'il l'avait enfumée en se servant de moi pour la faire sortir de sa cachette ? La réponse vint aussi vite que la question. Bien sûr qu'elle l'avait compris. Et cependant elle était venue. Parce qu'il n'y avait pas d'autre solution, c'était la seule possibilité de me sauver.

Je pleurai. Aucune larme ne vint, mais je pleurai de tout mon corps. J'aurais voulu lui avoir menti, lui avoir dit que je l'aimais, lui avoir donné au moins ça. Car elle allait mourir. Et j'allais regarder.

L'air triomphal, Greco tourna sa face de porc vers moi. Je voyais maintenant ce qu'il tenait à la main. Un couteau karambit. Une poignée arquée, une petite lame courbe comme une dent. Un couteau pour frapper, poignarder ou mordre, et qui, une fois enfoncé, ne bouge pas d'un millimètre.

Je voulais raccrocher, mais ne pus m'y résoudre.

Le couteau dans son dos, que j'étais le seul à voir, Greco se tourna vers la porte, l'ouvrit. Voilà Judith qui entrait, le teint pâle, les pommettes enflammées. Elle enlaça Greco, il la laissa faire, tout en gardant la main dans le dos. Je les voyais tous deux de profil à présent.

« Enfuis-toi ! m'écriai-je. Judith, il va te tuer ! »

Aucune réaction. Greco avait dû couper le son de son téléphone.

« Comme c'est sympathique, déclara-t-il d'une voix qui produisit un écho dur dans l'entrée. Qu'est-ce qui me vaut cette visite ?

— Je regrette, répondit Judith, le souffle court.

— Tu regrettes ?

— D'être partie. J'y pense depuis longtemps. Tu voudrais me reprendre ?

— Houla ! Comme ça, tout de suite, avant même d'avoir enlevé ton manteau ?

— Tu veux ? »

Greco se balança sur ses pieds. « Je… » Il aspira sa lèvre supérieure. « Je veux reprendre Judith Szabó. »

Elle avait le souffle tremblant quand elle sourit en posant la main sur sa poitrine. « Comme je suis heureuse ! Car c'est toi que je veux, Gio, je le comprends maintenant. J'ai mis du temps, j'en suis désolée. J'espère que tu pourras me pardonner.

— Je te pardonne.

— Eh bien, me voici. »

Elle avança les bras ouverts, mais Greco recula. Elle s'arrêta, l'observa d'un air déconcerté.

« Montre-moi ta langue », murmura-t-il.

L'espace d'un instant, Judith eut l'air d'avoir reçu une gifle, mais elle ne tarda pas à se ressaisir et à sourire.

« Enfin, Gio…

— Ta langue ! »

Elle semblait avoir besoin de se concentrer, comme si présenter sa langue était un geste requérant une motricité complexe. Elle ouvrit la bouche à demi, puis tira doucement sa langue rose.

Greco sourit, il contempla la langue d'un air presque mélancolique.

« Tu sais bien que je l'aurais reprise. Elle. Celle que tu étais. Avant que tu deviennes une autre et me trahisses. »

La langue disparut.

« Gio, chéri. »

Judith voulut le toucher, mais il recula encore.

« Qu'y a-t-il ? Tu as peur de moi ? demanda-t-elle. Tes hommes m'ont fouillée devant la maison.

— Je n'ai pas peur, mais si je devais avoir peur de quelqu'un, ce serait de toi. Je ne peux qu'admirer ton courage, mais tu as toujours défendu ceux que tu aimais. C'est pourquoi je savais que tu viendrais. C'est ta méthode. Directement à la racine.

— De quoi tu parles ?

— Allons, Judith, tu es meilleure comédienne que ça.

— Je ne comprends pas, Gio. »

Moi, en revanche, je comprenais. C'était son mantra de fixeuse. Allez directement à la racine. Quand on la contactait pour une mission, chose qui pour des raisons naturelles se passait presque toujours par le truchement d'intermédiaires, elle faisait en sorte de découvrir qui était le réel commanditaire et d'aller le voir. C'était risqué, elle pouvait perdre la mission ou se mettre en danger, mais elle insistait pour aller à la racine et négocier les conditions et modalités de la prestation. Le prix s'améliorait, car on évitait les commissions d'une foule d'intermédiaires et il n'y avait ainsi aucun malentendu quant à ce qui était inclus ou non. J'étais un partisan de cette stratégie, car je souhaitais connaître le but de l'opération, le résultat escompté. Mon chemin vers le ciel était pavé des mauvaises intentions d'autres personnes, mais je devais m'assurer que ne triomphe pas un mal plus grand.

« Peut-être, peut-être que je veux de cette Judith Szabó-ci.

J'aime ta langue. Tu es venue négocier. Alors vas-y. Qu'est-ce que j'obtiendrai si je l'épargne, ton psychologue ? »

Elle secoua la tête. « Ça fait longtemps qu'il est sorti de ma vie, Gio. Mais oui, cela requiert bien sûr que tu ne lui fasses pas de mal. »

Greco renversa la tête en arrière et émit son rire tout en T et en S. Ses yeux de cochon s'effacèrent derrière ses joues rondes. « Allons bon, Judith, une négociatrice se doit de mentir un peu mieux que ça. Tu sais ce que j'aurais voulu ? »

Je frissonnai lorsqu'il tendit la main pour lui caresser la joue.

« J'aurais voulu que tu m'aimes assez pour faire pour moi ce que tu fais pour lui. »

Elle le dévisagea en se couvrant la bouche. Il avait toujours une main sur sa joue, l'autre autour du manche de couteau. Je vis les yeux de Judith s'emplir de larmes, son corps s'affaisser, elle se mettait déjà en garde, savait plus ou moins ce qui allait advenir. Cette issue avait été probable, il était trop tard pour regretter.

« *Hello*..., fit-il.

— Non ! s'écria-t-elle.

— Non ! m'écriai-je.

— ... *I'm Greco.* »

Il manœuvra le couteau dans une courbe serrée et si rapide que la lame sembla laisser un rai d'argent dans l'air.

Judith l'observa, puis elle regarda le couteau, il était propre, mais elle avait la gorge ouverte. Le sang jaillit, en cascades. Elle porta les mains à son cou, comme pour empêcher l'hémorragie de tacher son manteau, son habit magique. Elle appuya, comprima son cou, mais de fins jets de sang giclèrent entre ses doigts. Greco recula, mais trop lentement, sa manche de costume blanc fut aspergée. Les jambes de Judith se dérobèrent sous elle, elle s'affala sur les genoux. Son regard était vitreux, son cerveau ne recevait plus d'oxygène. Ses mains retombèrent, sans vie. Sur sa gorge le flux sanguin diminuait déjà. Pendant une seconde ou deux, son corps vacilla, puis elle bascula en avant et son front heurta le sol en pierre dans un craquement mou.

Je criai au téléphone.

Greco baissa les yeux. Pas sur Judith, mais sur sa manche. Il essaya d'essuyer le sang. Puis il revint au téléphone et je ne cessai de crier que lorsque sa tête de Guy Fawkes emplit tout l'écran. Il me scruta sans rien dire, avec une espèce de gravité douce, comme quelqu'un en deuil. L'était-il ? Ou jouait-il la comédie de la compassion, une parodie d'agent des pompes funèbres ?

« Tic-tac, fit-il. Tic-tac. »

Il raccrocha.

Je composai le numéro de la police et appuyai sur la touche d'appel, mais il était bien sûr trop tard, je n'avais plus de réseau.

Je m'écroulai par terre.

Au bout de quelques instants, je sentis une main sur ma tête.

Qui me caressait.

Oscar.

Il me montra le mur, les mots qu'il avait écrits.

Ça ira bientôt mieux.

Puis il me serra dans ses bras. C'était tellement inattendu

que je n'eus pas le temps de le repousser. Je le tins en fermant les yeux. Mes larmes roulèrent, mais je réussis à ne pas sangloter.

Après quelques instants, je l'écartai.

« J'avais un fils comme toi, Oscar. Il est mort. C'est pour ça que je suis triste. Je ne veux pas que tu meures, toi aussi. »

Il hocha la tête, comme pour signifier qu'il était d'accord ou qu'il comprenait. Je l'observai. Son blazer sale, mais élégant.

Ensuite, alors que nous nouions méticuleusement tous les vêtements et boyaux dont nous disposions, je lui parlai de Benjamin. Ce qu'il avait aimé (les vieux objets, comme les gros livres illustrés, les disques à pochettes bizarres, les jeux d'antan, surtout les billes, se baigner, les blagues de papa), ce qu'il n'avait pas aimé (le poisson frit, l'heure d'aller au lit, se couper les cheveux, les pantalons qui grattaient). Oscar hochait la tête ou la secouait au fil de mon énumération. Il la hochait, surtout. Je lui racontai l'une des blagues préférées de Benjamin et il rit. Un peu parce que c'était bête de ne pas rire quand on n'était que deux, mais surtout parce qu'il trouvait la blague assez drôle, je crois. Je lui expliquai combien mon fils et Maria me manquaient. La colère que je ressentais. Il écoutait, ne répondant que parfois, par des mimiques, et je songeai qu'il avait endossé mon rôle de psychologue muet.

Je lui demandai de me raconter quelque chose sur lui-même pendant que je resserrais tous les nœuds. Il écrivit sur le mur sous forme de mots clefs.

Brescia. Usine de blazers de papy. Belle maison, piscine. Hommes avec pistolets. Papa et maman morts. Couru. Seul.

Niche. Aliments pour chiens. Ballon de foot. Voiture noire, homme en blanc.

Je l'interrogeai, fis les connexions. Il confirma d'un signe de tête. Ses grands yeux d'enfant brillèrent. Je le pris dans mes bras. Son petit menton chaud dans mon cou.

Je regardai la tête de chien par terre derrière lui. Yeux de chien. Yeux d'enfant. Yeux de cochon. Tic-tac, tic-tac. Je baissai les paupières.

Je les rouvris.

« Oscar, dis-je. Prends ton stylo, on va essayer un truc un peu bizarre. »

Il sortit le Montegrappa. L'un de ces beaux objets qui ne se fabriquaient plus.

TROISIÈME PARTIE

La finale

La reine d'Olsen ayant été supprimée de l'échiquier, et l'issue étant connue, on aurait dit que Murakami offrait un petit moment de répit à son adversaire. Il pouvait se le permettre, c'était Olsen qui manquait de temps, et on aurait pu croire que, plutôt que de conclure l'affaire en donnant le coup de grâce, Murakami saisissait l'occasion pour briller devant son public dans un dernier jeu sadique avec la souris. Toujours souriant, toujours silencieux, Olsen renonça à la défense sanglante de son roi et déplaça à la place le cavalier noir à l'autre bout de l'échiquier, comme quelqu'un qui refuse de se rendre aux sombres réalités, un général qui joue au golf alors que les bombes pleuvent sur son pays.

« N'aie pas peur, Oscar. Tu ne vas pas tomber. »

Je parlai d'une voix calme, établis un contact visuel entre nous. Mon cœur battait probablement aussi violemment que le sien. L'intestin était noué par un nœud de chaise autour de sa poitrine. Nous avions ajouté ses vêtements au bout de la chaîne, et Oscar était maintenant suspendu au-dessus de la rue, en slip et chaussures, les mains crispées autour de la grille en fer forgé.

« Je compte jusqu'à trois, dis-je en luttant pour garder mon calme. À trois, tu lâches. D'accord ? »

Oscar me dévisagea, le regard paniqué, mais il acquiesça.

« Un, deux… trois ! »

Il lâcha. Un garçon courageux. Le pied appuyé contre le mur, sous la fenêtre, je sentis la peau de l'intestin s'étirer sous son poids. Notre corde de fortune tenait bon. Nous l'avions testée dans l'appartement et je savais qu'il n'y avait aucune raison qu'elle cède maintenant, uniquement parce que nous étions à dix-huit mètres du sol. J'avais fait deux tours autour de mon poignet pour pouvoir freiner, mais l'intestin se mit néanmoins à glisser. Ce n'était pas très grave, de toute façon, il fallait descendre, mais il ne fallait pas aller trop vite, j'allais devoir ralentir avant la jonction entre l'intestin et le manteau, car en cas d'arrêt trop brutal, l'intestin entier risquait de se déchirer.

Oscar descendait, s'éloignait de moi, tandis que nos regards restaient rivés l'un sur l'autre.

En arrivant au manteau, je vis l'intestin s'étirer comme un élastique. J'étais sûr et certain qu'il n'aurait pas supporté mes quatre-vingts kilos, mais le garçon en pesait tout au plus vingt-cinq. Je retins mon souffle. L'intestin fit le yo-yo. Il tenait bon. Je continuai de dévider la corde pour ne pas laisser au boyau le temps de changer d'avis. Lorsque j'arrivai au dernier vêtement, le blazer, je m'étirai aussi loin que je pouvais par la fenêtre afin de rendre la chute d'Oscar aussi courte que possible. Je tenais la manche du blazer d'une main tout en me retenant à la grille de l'autre.

« Un, dis-je bien haut. Deux, trois ! »

Oscar lâcha.

Il atterrit sur ses pieds, j'entendis le choc de ses semelles sur les pavés, puis il tomba à la renverse et resta allongé un instant, comme convenu, pour s'assurer qu'il n'avait rien de cassé. Ensuite, il se leva et me fit signe.

Je remontai la corde et en détachai ses vêtements, les lui lançai. Il s'habilla promptement. Je le vis vérifier dans ses poches que tout y était, le stylo, l'argent que je lui avais donné et les clefs de mon appartement. Je savais que c'était un espoir vain, mais c'était au moins ça, un espoir.

Il fut de courte durée.

Deux hommes en costume noir de chauffeur sortirent de l'immeuble, l'un d'eux était le grand sans cou. Ils se mirent à courir après Oscar et le rattrapèrent avant qu'il arrive aux rubalises. Alors qu'il se débattait comme un beau diable, ils le portèrent jusqu'à un SUV garé dans la rue piétonne.

Je ne les interpellai pas, me contentai de regarder en silence la voiture qui s'éloignait.

J'avais fait ce qui était en mon pouvoir. Au moins, Oscar n'allait pas mourir en respirant le foutu gaz de Greco. Ce dernier allait peut-être même le libérer. Pourquoi pas ? Quand le roi est échec et mat, les autres pièces peuvent rester intactes. Un chauffeur ne tue pas pour tuer, du moins en général.

Je détachai mes vêtements de l'intestin et entrepris de me rhabiller. La tête de chien me regardait avec un œil abîmé et l'autre entier.

Y croyais-je, à la miséricorde de Greco envers Oscar ?

Non, je n'y croyais pas.

Je consultai ma montre. Il restait douze minutes avant

que le gaz ne se répande dans l'appartement. Je m'assis par terre pour attendre que mon téléphone sonne.

Dehors, le soir tombait.

Deux minutes avant la fin du compte à rebours, Greco m'appela.

Son téléphone devait être posé sur un trépied, je voyais ce qui devait être son salon. De la pierre, du bois, du blanc. Dehors, sur une grande terrasse à la lumière déclinante, se dressait un sapin de Noël illuminé. Deux gardes en tenue de chauffeur surveillaient la porte. Leurs muscles, et leurs armes, renflaient leurs costumes ajustés. Greco était installé sur un canapé en cuir blanc, avec Oscar, les jambes ballantes. Son blazer était boutonné de travers, avec le stylo Montegrappa clippé sur sa poche de poitrine. Il avait l'air effrayé, semblait avoir pleuré. Sur la table basse devant eux était posé un échiquier, la partie semblait en être à la finale. Et à côté traînaient le karambit et la télécommande pour déclencher le gaz moutarde.

« Re-bonsoir, Lukas. Quelle riche journée, vous ne trouvez pas ? Et tant mieux puisque c'est aussi la dernière que vous passerez sur terre. »

Greco frotta la manche de son costume avec un chiffon. La tache de sang, sans doute n'arrivait-il pas à l'éliminer tout à fait.

« J'espère seulement qu'elle va bientôt se terminer, dis-je.

— En fait, mon idée initiale était de placer notre garçon que voilà dans une chambre et de mettre le feu à la lampe de chevet, mais c'était trop… de mal à se donner. En plus, j'affectionne ce couteau. »

Il tendit la main vers le karambit.

« Vous ne comprenez pas à quel point vous êtes malade, Greco ? » J'avais la gorge serrée et la voix rauque, à présent. « C'est un enfant, un enfant innocent !

— Précisément. C'est pourquoi je suis surpris que vous ne vous soyez pas suicidé pendant que vous en aviez l'occasion. Tout cela… » Il fit un grand geste. « … ce n'aurait pas été nécessaire si vous aviez été suffisamment raisonnable pour sauter par la fenêtre.

— Mais vous auriez tué le garçon quand même. »

Il afficha un large sourire. « Et pourquoi donc ?

— Parce que vous êtes vous. Il faut que vous gagniez. Si me supprimer signifiait que je sauvais le garçon, la victoire ne vous aurait pas appartenu à vous seul. Ç'aurait été une partie nulle.

— Ça, fit Greco en riant, c'est dément ! Et vous avez bien sûr tout à fait raison. »

S'emparant de son couteau, il se tourna vers Oscar, qui avait baissé les paupières, comme si la lumière était trop forte ou qu'il voulait bloquer le monde extérieur. Greco posa sa main libre sur la tête du garçon. Long S. Puis il toussota.

« *Hello…* »

Rythme lent, caractéristique.

Je me forçai à garder les yeux ouverts et à regarder l'écran.

Un tressaillement parcourut Oscar et sa main jaillit vers sa poche de poitrine, saisit le stylo Montegrappa et le décapuchonna d'un seul et unique geste, fluide, expert. Greco l'observait, un sourire enjoué aux lèvres.

« … *I'm Greco* », compléta-t-il en accentuant chaque syllabe.

Oscar avait sorti la recharge d'encre en forme de seringue, il la tenait par l'arrière. Le tout avait pris moins de trois secondes, comme lors de nos dernières répétitions. Il actionna sa petite main. C'était un garçon appliqué et, à la fin, il avait atteint l'œil du chien à chaque essai, même quand je tenais la tête de l'animal en hauteur et que je la bougeais. Il avait mis dans le mille, encore et encore, avec ce froid et ce calme robotique que semblent souvent revêtir les personnes sous hypnose. Nous étions descendus à deux secondes et demie de l'instant où je prononçais les mots déclencheurs «*Hello, I'm Greco*» à celui où il sortait le stylo de sa poche, en retirait la recharge et l'enfonçait dans sa cible.

Je vis la pointe de la recharge perforer l'œil et la sentis presque glisser à travers l'os fin comme du papier au fond de l'orbite et pénétrer dans le cerveau. Le petit poing serré d'Oscar reposait contre le visage de Greco comme une excroissance. De son autre œil, Greco fixait non pas Oscar, mais moi. J'ignore ce qu'il exprimait. La stupéfaction ? Le respect ? La peur ? La douleur ? Ou rien du tout, les trémulations de son visage ne faisant peut-être que révéler quels centres cérébraux la cartouche avait touchés, comme à la fac, quand nous faisions bouger les jambes de grenouilles mortes en manipulant leur système nerveux.

Brusquement, le corps de Greco se détendit et il expira, un long sifflement, son dernier S, la lumière s'éteignit dans son œil intact comme le voyant rouge d'un produit électronique de mauvaise facture. Car en dernière analyse, nous ne sommes peut-être que cela, des grenouilles reliées à des câbles conducteurs, des robots connectés perfectionnés. Si perfectionnés que nous avons la capacité d'aimer.

Je regardai Oscar.

« Bonjour, je suis Lukas », dis-je.

Il sortit aussitôt de sa transe, ouvrit sa main, me regarda. À côté de lui, la tête renversée sur le dossier du canapé, Greco gisait, la recharge d'encre plantée dans l'œil.

« Continue de me regarder. »

J'observai les hommes derrière Oscar. Ils avaient dégainé leurs pistolets-mitrailleurs, mais semblaient figés sur place. Aucun coup ne fut tiré. Car il n'y avait plus de danger qui puisse être prévenu, plus de patron qui puisse être protégé. Et, leur indiquait leur cerveau, bien qu'ils ne soient pas encore en mesure de se le formuler clairement : plus personne qui les paie pour tuer ce gamin, cet enfant dont le cadavre reviendrait les hanter.

« Lève-toi tranquillement et sors de la maison. »

Oscar se laissa glisser du canapé. Il ramassa le capuchon et le corps du Montegrappa, les rangea dans sa poche.

L'un des hommes posa deux doigts sur la carotide du mort.

Oscar se dirigea vers la porte d'entrée.

Les hommes s'observèrent d'un air interrogateur.

L'un d'eux haussa les épaules. L'autre hocha la tête et parla dans un micro fixé au revers de sa veste.

« Laissez partir le petit. »

Bref silence pendant lequel il rajusta son oreillette.

« Le patron est mort. Quoi ? Oui, comme dans "fini", oui. »

Greco regardait vers le ciel où on ne le laisserait pas entrer. Une simple larme rouge coulait sur sa joue.

Il me fallut près de trois heures pour fendre la porte blindée et la lame finit par être si émoussée que la hache faisait plutôt office de masse.

En partant, je ne vis personne ni sous le porche ni devant l'immeuble. On avait dû faire savoir aux hommes que tout était annulé et ils se dirigeaient déjà vers d'autres missions, pour d'autres patrons, d'autres cartels.

Je marchai dans les rues obscures sans regarder par-dessus mon épaule. Je pensais à l'échiquier sur la table basse chez moi, où Carlsen venait de tomber dans le piège de Murakami, dix-huit mouvements plus tard, il allait abandonner la partie. Quant à moi, je ne savais pas encore que, douze ans plus tard, je verrais la fameuse partie où ce joueur nommé Olsen, qui lui aussi était tombé dans le piège de Murakami, placerait son cavalier noir sur la case f2 et observerait en silence un Murakami incrédule et désespéré.

En arrivant à mon immeuble, je sonnai à l'interphone, entendis le déclic de la ligne qui s'ouvrait, mais aucune voix.

« C'est moi, Lukas. »

Bourdonnement. Je poussai la porte. Et en montant l'escalier, je repensai à tous ces jours où il n'y avait plus ni Benjamin ni Maria, où je gravissais lentement ces marches en rêvant qu'ils m'attendent à la porte. Lorsque je m'arrêtai sur le dernier palier, subitement exsangue, la poitrine douloureuse, au bord de tomber à genoux, je levai les yeux. Et là, dans le contre-jour de la porte, je vis la petite silhouette, je vis mon garçon.

Il fit un geste pour montrer ses yeux tout en me regardant.

Je souris et sentis de délicieuses larmes chaudes rouler dans mon cou, sous le col de ma chemise.

Oscar et moi déambulâmes dans les rues de Brescia, main dans la main.

Ç'avait été une ville pauvre, l'une des plus pauvres d'Italie, d'ailleurs ; autrefois, cela ne s'était pas trop vu, car elle était située dans une région riche, mais lors de l'effondrement de l'État-nation, Brescia ne s'en était pas sortie et s'était muée en vaste bidonville.

Nous regardâmes par la clôture de l'ancienne usine de confection de blazers, qui désormais n'était plus qu'une carcasse brûlée et semblait occupée par une meute de chiens errants. Je dus faire feu pour les tenir à l'écart.

Nous franchîmes le portail d'une maison dont on percevait encore la beauté perdue. Rien d'immense ou d'ostentatoire, mais une demeure de bon goût, construite dans le style fonctionnaliste. Les murs blancs étaient maculés de taches d'humidité même à l'extérieur, les fenêtres étaient brisées et de l'une d'elles dépassait un canapé. À l'intérieur, on entendait l'écho de gouttes, comme dans une grotte.

Nous passâmes derrière la maison. Dans l'herbe fanée s'étalaient encore les plaques de neige d'un long hiver.

Oscar resta au bord de la piscine vide, enneigée et jonchée d'ordures. Les carreaux étaient fissurés, les margelles brunies par la crasse.

Je vis ses yeux s'emplir de larmes. Je l'attirai à moi. J'entendais ses reniflements saccadés. Pendant que nous étions ainsi, le soleil perça à travers les nuages mêlés de fumée et vint réchauffer mon visage. Le printemps arrivait. J'attendis qu'Oscar ait fini de renifler, puis je l'écartai et lui dis dans la langue des signes que nous nous entraînions à parler que l'été serait là sous peu, et que nous irions nous baigner sur la côte.

Il acquiesça.

Nous n'entrâmes pas dans la maison, mais je vis le nom sur la porte. Olsen. Bien que je l'aie adopté, nous avions décidé qu'Oscar conserverait son patronyme. Dans la voiture, sur le chemin du retour vers Milan, nous dégustâmes des *panzerotti* que j'étais passé prendre chez Luini avant de partir. J'allumai la radio, qui diffusait une vieille chanson de pop italienne. Oscar tambourinait énergiquement sur le tableau de bord en mimant la chanson. Ensuite vint un bulletin d'informations, il était notamment question de Murakami, désormais âgé de quarante ans, qui une fois encore avait défendu son titre de champion du monde. Nous voyions les contours de Milan quand Oscar se tourna vers moi. Je dus ralentir pour ne manquer aucun des signes qu'il formait consciencieusement.

« Tu pourras m'apprendre à jouer aux échecs ? »

DU MÊME AUTEUR

Aux Éditions Gallimard

ÉCLIPSE TOTALE, Série Noire, 2023

DE LA JALOUSIE, Série Noire, 2022 (Folio Policier nº 1017)

LEUR DOMAINE, Série Noire, 2021 (Folio Policier n º 978 ; Écoutez-Lire, 2022)

LE COUTEAU, Série Noire, 2019 (Folio Policier n º 940)

MACBETH, Série Noire, 2018 (Folio Policier n º 913 ; Écoutez-Lire, 2019)

LA SOIF, Série Noire, 2017 (Folio Policier n º 891 ; Écoutez-Lire, 2018)

SOLEIL DE NUIT, Série Noire, 2016 (Folio Policier n º 863)

L'INSPECTEUR HARRY HOLE. L'intégrale, 1 : L'homme chauve-souris – Les cafards (Folio Policier n º 770)

LE FILS, Série Noire, 2015 (Folio Policier n º 840 ; Écoutez-Lire, 2015)

DU SANG SUR LA GLACE, Série Noire, 2015 (Folio Policier n º 793)

POLICE, Série Noire, 2014 (Folio Policier n º 762 ; Écoutez-Lire, 2014)

FANTÔME, Série Noire, 2013 (Folio Policier n º 741 ; Écoutez-Lire, 2013)

LE LÉOPARD, Série Noire, 2011 (Folio Policier n º 659)

CHASSEURS DE TÊTES, Série Noire, 2009 (Folio Policier n º 608)

LE BONHOMME DE NEIGE, Série Noire, 2008 (Folio Policier n º 575 ; Écoutez-Lire, 2019)

LE SAUVEUR, Série Noire, 2007 (Folio Policier n º 552)

L'ÉTOILE DU DIABLE, Série Noire, 2006 (Folio Policier n º 527 ; Écoutez-Lire, 2019)

Aux Éditions Gaïa

RUE SANS-SOUCI, 2005 (Folio Policier n° 480 ; Écoutez-Lire, 2021)

ROUGE-GORGE, 2004 (Folio Policier n° 450 ; Écoutez-Lire, 2021)

LES CAFARDS, 2003 (Folio Policier n° 418)

L'HOMME CHAUVE-SOURIS, 2003 (Folio Policier n° 366 ; Écoutez-Lire, 2020)

Aux Éditions Bayard Jeunesse

LE PROFESSEUR SÉRAPHIN ET LA FIN DU MONDE (OU PRESQUE), vol. 3, 2012

LA BAIGNOIRE À REMONTER LE TEMPS, vol. 2, 2010

LA POUDRE À PROUT DU PROFESSEUR SÉRAPHIN, vol. 1, 2009

Déjà parus dans la même collection

Solange Siyandje, *L'affaire Sylla*
Mike Nicol, *Rabbit Hole*
Marto Pariente, *La sagesse de l'idiot*
Jørn Lier Horst & Thomas Enger, *Que le meilleur gagne*
Sébastien Raizer, *Terres noires*
Jo Nesbø, *Éclipse totale*
Caryl Férey, *Okavango*
Jørn Lier Horst, *Le Mal en personne*
Thomas Cantaloube, *Mai 67*
Chris Pavone, *Deux nuits à Lisbonne*
Marin Ledun, *Free Queens*
Olivier Barde-Cabuçon, *Hollywood s'en va en guerre*
John Brownlow, *L'agent Seventeen*
Jacques Moulins, *Menaces italiennes*
Dror Mishani, *Un simple enquêteur*
DOA, *Rétiaire(s)*
Deon Meyer, *Cupidité*
Thomas Bronnec, *Collapsus*
Chang Kuo-li, *Le sniper, le président et la triade*
Jo Nesbø, *De la jalousie*
Horace McCoy, *Les Rangers du ciel*
Sébastien Raizer, *Mécanique mort*
Jeff Lindsay, *Riley tente l'impossible*
Jørn Lier Horst, *La chambre du fils*
Audrey Gloaguen, *SEMIA*
Sébastien Gendron, *Chez Paradis*
Mike Nicol, *Infiltrée*

Danü Danquigny, *Peter Punk au Pays des Merveilles*
Chantal Pelletier, *Sens interdits*
J. P. Smith, *La médium*
Raf Vallet, *Mort d'un pourri*
Raf Vallet, *Adieu poulet!*
Jacques Moulins, *Retour à Berlin*
Jo Nesbø, *Leur domaine*
Chang Kuo-li, *Le sniper, son wok et son fusil*
Deon Meyer, *La femme au manteau bleu*
William Lindsay Gresham, *Nightmare Alley*
Jørn Lier Horst, *Le code de Katharina*
Olivier Barde-Cabuçon, *Le Cercle des rêveurs éveillés*
Thomas Cantaloube, *Frakas*
Marin Ledun, *Leur âme au diable*
Jean-Bernard Pouy & Marc Villard, *La mère noire*
Parker Bilal, *Les divinités*
Pierre Pelot, *Les jardins d'Éden*
Dolorès Redondo, *La face nord du cœur*
Sébastien Raizer, *Les nuits rouges*
William R. Burnett, *Good-bye, Chicago 1928*
William R. Burnett, *Little Caesar*
Jacques Moulins, *Le réveil de la bête*
Deon Meyer, *La proie*
Jean-Patrick Manchette, *L'affaire N'Gustro*
Jørn Lier Horst, *Le disparu de Larvik*
J. P. Smith, *Noyade*
Dror Mishani, *Une Deux Trois*
Sébastien Gendron, *Fin de siècle*
Parker Bilal, *La cité des chacals*
Vlad Eisinger, *Du rififi à Wall Street*

Danü Danquigny, *Les aigles endormis*
Neely Tucker, *Seules les proies s'enfuient*
Marc Villard, *Barbès Trilogie*
Caryl Férey, *Paz*
Mike Nicol, *L'Agence*
Jo Nesbø, *Le couteau*
Tom Piccirilli, *Dernier murmure dans le noir*
Bryan Reardon, *Le vrai Michael Swann*
Chantal Pelletier, *Nos derniers festins*
Marin Ledun, *La vie en rose*
Elsa Marpeau, *Son autre mort*
Jørn Lier Horst, *L'usurpateur*
Patrick Hoffman, *Chaque homme, une menace*
Éric Maravélias, *Au nom du père*
Thomas Cantaloube, *Requiem pour une République*

Composition : APS-ie.
Achevé d'imprimer
sur Roto-Page
par l'Imprimerie Floch
à Mayenne, le 26 janvier 2024.
Dépôt légal : janvier 2024.
Numéro d'imprimeur : 104122.

ISBN 978-2-07-294691-2 / Imprimé en France.

395264